千山茶客 著

将门嫡女

[典藏版]

下册

青岛出版集团 | 青岛出版社

第十一章
灯火阑珊

定京城的玉兔节,每年都有无数姑娘被拐子拐走。若是男童还好些,女童或少女可就惨了。没有姿色的,给人牙子辗转几次,卖到大户人家做下等丫鬟;长得好看些的,也许被人卖到戏班子,也许被人卖到青楼,或者干脆成了"扬州瘦马",被调教几年,出落成专供贵人玩乐的宠物。

"沈小姐被拐子拐走了?"屋中,季羽书一下子站起身来,来回走了两步,忧心忡忡地道,"三哥,咱们要不要去救她?"

高阳对季羽书的话嗤之以鼻,道:"你没事吧?以沈妙的手段,她怎么可能被拐子拐走?再者,拐子只会挑落单的姑娘或迷路的孩子下手,沈丘和沈信离沈妙不远,那些拐子又不是傻子,怎么会专挑刺儿头?"

他这话说得倒也没错。

季羽书恍然大悟,道:"如此说来,不是拐子干的?那会是谁?这分明是冲着沈小姐来的。会不会是豫亲王府的余党?"说着,他又摇摇头,"豫亲王的人也不知灭门一事和沈妙有关,莫非是沈家人?听闻沈家家中不睦,会不会是其他几房的人?"

一直沉默的谢景行站起身来,道:"是'他们'。"

"他们?"高阳看向谢景行,"他们已经发现了?"

"应该没有。"谢景行摇头,"我之前等他们动手,一直没动静。如今看来,他们可能知道了密室的事，不知道用什么手段了解了当日沈妙在场。我们的身份还未暴露，他们打算从沈妙嘴里找出口。"

"他们是冲你来的？"季羽书一愣，随即有些头疼，"糟了，以那些人的手段，沈小姐落到他们手上，定不会好受。"

"让墨羽军暗部的人出来，沿着万礼湖周围找。眼下人多，他们应该没走远。"谢景行沉声道。

"墨羽军现在出动可不太好。"高阳皱眉，"如今定京城中盯着你的人太多，若是惊动了上头，只怕你的麻烦不小。不如让人守住城门，明日一早派你府上的人暗中在城里搜寻，现在打草惊蛇反倒不好。"

"还要等一夜？"季羽书跳起来，"等一夜的话，沈小姐早就没命了！"

高阳恼怒道："都什么时候了，你还想着沈妙？！一个不小心，我们的身份都会暴露！"

"现在派暗部的人去找。"谢景行冷声道，"我不想说第二次。"

高阳看向他，道："你要为了一个丫头毁了大计吗？别忘了你说过的话。"

"高阳，注意你的身份。"谢景行厉声道，眼中墨色涌动，比定京城的夜幕还要深沉。

季羽书见状，连忙打圆场，道："今日事出突然，谁也没料到，咱们先想想究竟是怎么回事。"

谢景行默了默，才道："不是为了谁，在我的场子玩釜底抽薪，实在让人不舒服。他们既然来了，就把命留下。"

万礼湖岸，人潮涌动，玉兔仙子一舞完毕，欢呼声和笑闹声将别的声音都淹没。硕大的玉兔灯用雪白绢布做成，上面涂了厚厚的油脂，画了玉兔闹喜的图案。灯里点缀着明明暗暗的蜡烛，在万礼湖面上缓缓地漂着。

人们纷纷跑到湖边，将自己亲手做的花灯放下去。

天上纷纷扬扬地下起小雪，万礼湖上灯火明亮。湖中心漂着几艘精致的画舫，平日里，贵人们在其中饮酒作乐，今日因着湖面上尽数都是花灯，画舫反而不引人注目了。

一只没有亮灯的画舫顺着万礼湖面悠悠荡荡地往下游漂去，越往下游离城中越远。人渐稀少，到了最后，几乎无人至及。

沈妙坐在这艘画舫里头，冷眼看着面前的两人。

昏暗的画舫中，点亮了一盏油灯。沈妙嘴里堵着一块破布，手和脚都被绑着，挣也挣不开。

两人身着麻衣，模样陌生。一个瘦高个子的男人站在船头瞧了瞧，又走到船舱里，冲矮些的那人点头道："行了，这里没人。"

矮个子便嘿嘿一笑，伸手把沈妙嘴里的破布拔了出来，道："沈小姐，这儿没人，你也别乱喊，若是乱喊，杀了你再跑的这点儿功夫，咱们还是有的。"

沈妙目光微动，没有说话。

这些人反其道而行之，让画舫在大庭广众之下漂到了下游。沈信他们只会在岸上寻找，却不会想到她就在万礼湖的湖中心。

方才在石台上等着沈丘回来时，她被人从身后一把蒙住口鼻拖走，接着就被五花大绑地扔上了船。

见沈妙不说话，矮个子显得相当满意。瘦高个子走过来，在她对面坐下，目光阴沉地道："沈小姐，明人不说暗话，我们找你来，是想向你打听一件事。当日豫亲王府的密室，你已经去过了吧？"

沈妙的目光一闪。被掳走的时候，她想过很多可能，也许是二房、三房的人，也许是沈垣，或者是豫亲王的旧部，甚至连傅修宜她都想过，没料到来人为的竟是那间密室的秘密。那密室的秘密，如今除了谢景行和高阳，并未有人知道，莫非是傅修宜提前几年知晓了？

既然对方有备而来，沈妙也没有隐瞒，答道："是。当日大哥在豫亲王府处理事宜，我在茶室等待，无意间发现了那间密室，就好奇地去看了一看。"

二人对视一眼。矮个子道："那你应该在密室里遇到过别人，那个人是谁？"

沈妙的手指微微一缩。对方不是为了密室的东西，是为了里头的人。谢景行和高阳？这些人是冲谢景行和高阳来的？沈妙心念闪动。这些人大约不知道里面的人究竟是谁，谢景行和高阳也许在隐藏什么，如果她说出来，谢景行和高阳隐藏的秘密就会暴露。

她疑惑地看向对方，道："别人？"

瘦高个儿阴狠地看着他，道："沈小姐，别在我们面前耍花招。当日你进去密室，我们相信是个偶然，不过密室中的东西已被人取走。你在密室中究竟遇到过什么人？说出来，我们就饶你一命。"

沈妙盯着他，心中飞快地盘算。她因为曾经的关系，知晓豫亲王府的密室，因此在这些人眼中，她只能是"偶然"发现密室的所在。

她摇头道:"我当日进去密室之中,并未见到他人。至于你们所说的东西,我也并未看到。或许是在我进去之前,你们所说的那些人已经离开了。"

"不可能!"瘦高个儿看着她,道,"沈小姐,既然你不说,那我们也得叫你吃点儿苦头……"

他话音刚落,矮个子便眼睛一亮,一只手来摸沈妙的脸,道:"小美人细皮嫩肉的,要不等你吃点儿苦头,或许就能想起来了。"说完,他就去解沈妙的衣扣。

"你若碰了我,无论是什么,你便永远都打听不出来了。"沈妙道。

闻言,矮个子的手停住,他转头看了瘦高个儿一眼。

瘦高个儿盯着沈妙,问道:"你知道是谁?"

沈妙微微一笑,道:"也许我还能想起来呢!"

矮个子有些傻眼。瘦高个儿的目光阴沉不定。

沈妙在这样的情况下反过来威胁对方,令他们意外。没错,若沈妙真的知道密室中人是谁,一旦他们碰了她,对他们满怀恨意的沈妙大约一辈子也不会吐露真相了。

"你想要什么?"矮个子没再用手碰她,面上换了一副和气的神情,"说出那人是谁,我们都答应你。"

沈妙眼皮未眨,道:"你们是谁?"

二人怔了一刻。瘦高个儿冷笑道:"知道我们二人是谁,对你有什么好处?"

"或许我就能想起那人是谁了。"沈妙微笑着看着他。

"你在拖延时间。"

沈妙不置可否。

矮个子一下站起身来,想也没想就扇了沈妙一巴掌,似乎终于耐心告罄,道:"臭丫头,敬酒不吃吃罚酒!别跟她废话了,沈信的兵在外面把守,咱们出不去,先带她回去,等回去后……"他笑容扭曲地道,"自然有的是手段!"

他俯下身,狠狠地摸了沈妙的脸蛋一把,道:"小姐,爷爷刚刚是为了省麻烦才好意对你,既然你自己不想活,也别怨别人!"

沈妙的目光一冷,她突然扬手将手中的刀刺向对方的脸。矮个子猝不及防之下,竟被沈妙划了一道在脸上,顿时鲜血直流。沈妙的身后,绑着她手脚的绳子不知什么时候已被磨开。

她习惯在袖中藏一把匕首,如今匕首被掏出来,正是出其不意。她转头往画舫外头跑，并大喊救命。她方跑到船舱口，便被人扯住头发拖进来，扔在甲板上。她的脊背一下子撞在了船上的木桌上，疼得她倒抽一口凉气，船都摇晃了好几下。她反应也快，二话不说立刻站起来又往外跑。

瘦高个儿冷笑一声，一脚踢在她的膝盖骨上，那一下几乎是钻心的疼痛。

沈妙回过神，举着匕首就往那人的眼睛里戳。瘦高个儿惊了一跳，往旁边一闪躲，避开了她的匕首尖，骂了一句毒妇，将她手中的匕首夺过来。

沈妙忍着腿上的疼，双手一下子攀到了船舱的窗户上，眼都没眨就跳了下去。

"想跑？"瘦高个儿冷笑一声，毫不犹豫地将手中的匕首往沈妙腿上一送，一道血迹立刻在湖面上迅速泛起。

沈妙是会凫水的，可寒冬腊月，万礼湖水冰凉刺骨。她勉强划动几下，便觉得再也动弹不了。

那瘦高个儿就要跳下水将沈妙捞出，还未动手，便听天边传来一阵莫名的爆竹声。他抬头一看，西方亮起了一团烟花。

"情况有变！"矮个子抹了一把脸上的血迹，"撤！"

"先带人走！"瘦高个儿骂了一声，就要往湖水中跳，谁知船身猛地一个颠簸，只见船头不知何时站了两名黑衣人，肩膀处都有金线绣着的鹰样纹路。

矮个子失声道："墨羽军！这里怎么会有墨羽军？"

还未等二人回过神，黑衣人已经掠至眼前。银色的锋芒闪过，二人惊恐的神色便凝固住了，他们缓缓地倒了下去。

湖中，沈妙还在剧烈地翻腾，头开始发沉，耳边嗡嗡的，听不到其他声响，明明水面天光就在眼前，她就是抓不到。

就在她眼睛也快要看不清时，突然瞧见自远而近有人影正往这边游来。那人身姿矫健，在璀璨的灯火湖水中，仿若天降神明，带着明亮往她这里游来。

那人游至沈妙跟前，一把将她拦腰抱住，往水面游去。这样的季节，湖水冰凉刺骨，一人游起来尚且艰难，他带着一个人却游得轻松。待游至画舫前，他将沈妙托起，丢到船上，自己也翻身上来。

沈妙呛了好几口水，上了船后也未翻身起来，只是一个劲儿地捏着嗓子咳嗽。但见面前人影一转，沈妙抬眸看去，那人浑身上下亦是湿淋淋的，面上没有了从前戏谑的神情，拧着眉头看她。

正是谢景行。

这工夫看到谢景行，沈妙连吃惊的想法都省了。那两人本就为了谢景行而来，想来谢景行自己也知道了消息，这才赶了过来。

她费力地撑起身子，看到船舱中还有两具尸体，正是方才的瘦高个儿和矮个子。

这时，从船舱深处走出两名黑衣人。一人走到谢景行身边，低声说了什么话。谢景行一招手，那二人便带着两具尸体应声离去，临走还将舱内的血迹都抹净了。

沈妙动了动身子，只觉得全身上下无一处不酸疼。她冷得打哆嗦，背上也疼得慌，最痛的是小腿处。她低头看自己的裙摆，裙子贴在了身上，小腿处氤氲出一朵血花，同裙子上的红色刺绣混在一起。

她又冷又疼，一句话都说不出来。

谢景行走到船舱中。画舫中平日会有备用的暖炉和衣物，他从木箱里抽出一个火炉，用火折子点燃，往里头添了一点儿炭块。火炉暖融融地烧起来，画舫在湖中摇摇晃晃。

谢景行看了沈妙一眼，忽然勾唇一笑，道："我要更衣，你要睁着眼睛？"

沈妙猛然闭眼。难为谢景行还有心思调笑。她只听一声轻笑，紧接着便是窸窸窣窣的声音。

片刻后，谢景行的声音响起："好了。"

沈妙睁开眼，谢景行正扣好最后一颗扣子。他换了一身玄青色的锦袍，披着白狐大氅，整个人显得冰冷肃然，一双漆黑的桃花眼似笑非笑地盯着她，道："你要不要也换一换？"

她贴身穿着冰冷湿透的衣物，很容易着凉，就算是坐在暖炉边上烤着，要想完完全全烤干，也得费不少时辰。只怕真等到那个时候，她也受了寒气。

她看向谢景行，平静地道："还有别的衣物？"

谢景行起身，从木桌上一个布包中拿出一套衣裳，靠墙坐着，道："我的属下替我送衣服，眼下情况有些麻烦，没办法给你找女子衣物，你要换，只能换我的衣物。"

一个未出阁的女子换上陌生男子的衣裳，说出去便带了几分香艳的色彩。沈妙抬眸，看向谢景行。他唇角的笑容顽劣，也不知是真的情况所逼，还是故意的。

沈妙深深地吸了一口气，道："给我吧。"

她的回答令谢景行有些意外。谢景行看了她一眼，怀疑地道："你要穿我的衣服？"

"这里还有别的衣物吗？"沈妙问。

谢景行一笑，将手中的衣服扔给她。

沈妙接过衣服，忍了忍，还是对谢景行道："还请小侯爷转过身去。"

谢景行闻言，意味深长地将她上上下下打量了一遍。沈妙如今衣裳湿淋淋地贴在身上，少女的窈窕显露无余，狼狈时候倒显出几分平日没有的楚楚姿态。

谢景行饶有兴致地道："乳臭未干的小丫头也会害羞？放心吧。"他的目光挑剔而嫌弃，"什么都没有，也没什么好看的。"说罢，他潇洒地转过头，一点儿也不往沈妙这头看了。

沈妙微微松了口气，拿起谢景行的衣裳。石青色的薄棉长袍，袖口熨帖，料子刺绣皆是上乘。沈妙下意识地摸了一摸，这样的做工，传言临安侯富可敌国，倒也不是假的。

她慢慢地脱下身上湿淋淋的外裳和中衣，擦拭干净身上的水珠，才拿起谢景行的袍子。谁知谢景行的袍子样式繁复，她没穿好，不仅如此，腰带还缠住了左边的小腿。她的小腿本就有方才匕首所致的伤，之前以为不甚严重，此刻看来，血肉模糊的模样有些可怕。腰带磨到了伤口上，沈妙疼得倒抽一口凉气，一下子没坐稳，砰的一声跌倒在地，撞倒了桌上的茶壶。

谢景行听到动静，立刻回头，瞧见沈妙跌倒在地，上前一步将她扶起。

沈妙阻止都来不及，整个人靠在他怀中。她的衣裳尚未穿好，松松垮垮地拢在身上，发丝也未干，倒很有几分旖旎的模样。饶是她再如何从容，也有瞬间的慌乱。

反倒是谢景行，拧眉握住她的小腿，盯着伤口，沉声道："怎么回事？"

沈妙愣了愣，不知为何，竟老老实实地答道："刚才逃跑的时候，被人用匕首伤了。"

谢景行扫了她一眼，从怀中摸出一只瓷瓶丢给她，道："上药。"

沈妙接过来，也没多说话，想着要上药，却因为之前在冰冷的湖水里泡了许久，一点儿力气也使不上来。别说是上药，此刻她就连坐起来都有些困难。

谢景行见状，只得走到她身边，握住她的肩膀，将她扶到画舫的小榻上。沈妙披着谢景行宽宽大大的衣裳，雪白的肩膀都裸露在外，冷风一吹，立刻起了一层鸡皮疙瘩。

还未等她说点儿什么，兜头便罩来一方温暖的东西，将她的脑袋都埋了进去。沈妙抖了抖头，发现罩在自己身上的正是谢景行的狐皮大氅。狐裘暖融融的，沈妙下意识地裹紧了些，只露出巴掌大的小脸，看着谢景行没说话。

谢景行觉得有些好笑，起身走到另一头，不知道拿了些什么，在沈妙面前蹲下，伸手就去捞沈妙的腿。

"你干什么？"沈妙避开，问道。

"你的伤不上药，明日就会溃烂。"谢景行道，"你别想占我的便宜。"

"……"这人说话实在太讨厌了，"我自己来。"

"好啊。"谢景行二话没说就站起身，看热闹一般倚着旁边的柜子，抱胸道，"我看着你，你来。"

沈妙俯下身去。之前在和那两人争执时，她曾被瘦高个儿扔了好几下，撞得浑身酸疼，此刻手都是哆哆嗦嗦的。她勉强打开药瓶，却险些将里头的东西洒出来。

艰难地斗争了老半天，她终于放弃，却又不想这么轻易认输，就坐在雪白的狐裘中，瞪着他不说话。

谢景行嗤地笑出来，从沈妙手里夺过药瓶，蹲下身，握住沈妙的小腿，漫不经心地道："我不是什么好人，你要赌气，只怕会把你的腿赌上。"

沈妙沉默不语。

谢景行握着她的小腿，慢慢地将裤腿撩起。他的手冰凉修长，带着练武之人特有的浅浅茧子，磨在娇嫩的皮肤上，让沈妙有种不自在的感觉，仿佛那一块皮肤也在跟着发烫。下一刻，因为血迹而黏在伤口上的衣料被猛地扯开，疼得沈妙差点儿叫出来。

"伤口有些深。"谢景行端详了一下，皱眉道，"你先前怎么不说？"

"我没想到你这么好心。"沈妙道。

谢景行起身从一边的小几上拿起茶壶，把里头的水倒得干干净净，一只手伸到船外舀了满满一壶湖水，放在暖炉上煮，又道："我的确没那么好心，不过看在你也够义气的分上，就当一回好人。"说到这里，他抬头看向沈妙，"都说沈信忠义，没想到沈家一个丫头片子也懂得讲义气，多谢你，没供出我来。"

他半是玩笑半是认真地道，沈妙便也没解释，其实是他误会了。当时那种情况，若是她马上说出密室中人是谢景行，那两个人立刻就能把她杀了。缓兵之计谁不会，不过能让谢景行觉得欠她个人情，她何乐而不为？

不过，沈妙低头思忖，就算自己真的将谢景行供出来，以谢景行的本事，怕也能全身而退。

短暂的沉默后，壶中的水也开了。谢景行随手扯下袍角的一块布料，蘸着点儿热水，一手握住沈妙的小腿，托在自己的膝盖之上，一手擦拭着伤口周围的污血。

沈妙的脚抵在谢景行的怀中，能够触到他冰凉的衣襟，料子冰凉而硬挺。她有些不自在地偏过头去，脚趾微微蜷起。曾经，除了和傅修宜，她没有和别的男人有这样亲密的接触。即便是傅修宜，她如今回忆起来，也都是勉强多些。

沈妙觉得气氛有些怪异，寻了个话头，问道："那些人是谁？"

她说的"那些人"，自然就是瘦高个儿一行了。

闻言，谢景行没有说话，只是将沈妙小腿上的污血擦净，撒上药粉，又摸出一条手帕替她包扎好。做这些时，他都低着头极为认真，手法也十分熟练。

画舫上的灯火明明灭灭，万礼湖花灯如昼。明亮的光照在他的脸上，少年的眉眼英俊得不可思议，又似乎在这短暂的璀璨中，让人有一种温柔的错觉。

就连沈妙都忍不住微怔，然而这错觉并没有持续多久，谢景行放下她的脚，突然两手撑在沈妙身侧，欺身逼近，轮廓分明的脸近在咫尺，桃花眼中蕴满醉人酒酿。他似笑非笑地盯着她，分明是随意的举动，却强势得让人喘不过气来。

沈妙镇定地与他对视。盯着沈妙看了一会儿，谢景行才松开手，淡声道："知道太多，对你没有好处。"

"我什么都不想知道。"沈妙道，"只希望你不要连累我"。

"只要你懂分寸，没人能连累到你。"谢景行道。

他将画舫上凌乱的布条收拾了一下，找了长竿，将沈妙的湿衣服挂在上头烘烤。

"我什么时候能离开？"沈妙问。

"外头的人手都盯着，现在出去会惹人非议，况且你和我待在一块儿，难保不会赖上我。"谢景行的话依旧能气死人，"为了我的清白，等船靠岸的时候，我会带你去公主府，由公主府的人送你回去。"

沈妙微微一怔，道："公主府？"

"荣信公主，"谢景行拨弄着炭块，"她会帮忙的。"

荣信公主也是先皇的嫔妃所生，虽不比玉清公主得宠，也深得先皇喜爱。先皇的子嗣中，玉清公主和荣信公主姐妹情深。玉清公主嫁给了临安侯，荣信公主嫁给了当朝状元郎，可惜状元郎没过几年就病逝了，荣信公主没有改嫁，自己搬回公主府，这么多年一人寡居。

想来，以玉清公主和荣信公主的交情，荣信公主也会帮谢景行这个忙。

沈妙抬眸看了谢景行一眼。他倒是想得长远。如果此刻就设法让沈家人过来，瞧见他们孤男寡女、衣衫不整的模样，沈家人难免会多想。由荣信公主出面，也不失为一个好法子。

头顶传来焰火炸开的声音，沈妙靠着画舫窗户而坐，顺着窗户往外看，京城夜幕下的天空，都是五颜六色的璀璨焰火。如白露和霜降所说，这一夜的焰火不会停歇，方才人潮涌动的时候看，同眼下在静寂的湖面上看，她的心境又是不同。

"你喜欢看这些？"谢景行挑眉，问道。

"不喜欢。"沈妙回道。

明齐皇室每年的年宴，皇帝与妃子同乐，也在御花园中燃放无数焰火。那时她刚从秦国回来，宫中突然多了一个楣夫人圣宠不衰。年宴的时候，楣夫人同傅修宜在御花园饮酒作乐，她坐在坤宁宫中，只有婉瑜和傅明陪着。她一个人看着烟花消逝，那是她看过最冷的一场焰火。从此之后，她就不喜欢这些东西了。

"转瞬即逝的东西，有什么好看的。"她目光悲凉地道。

谢景行诧异地看了她一眼，想了想，起身从一头的柜子里取出点儿东西，走到沈妙身边，递给她。

"等船靠岸不知要多久，今天既然是玉兔节，你也放盏花灯吧。"谢景行道。

沈妙看着手中的花灯，大约是之前在画舫上玩乐的人留下的，还未放进蜡烛，平平整整地叠着。她顺着窗户看去，万礼湖湖面上层层叠叠的尽是花灯，他们这画舫穿梭在一片璀璨中，仿佛皎皎银河中的渡舟。

不等沈妙回答，谢景行自己就先打开一盏。他将蜡烛点燃后，把花灯随手放进湖水中，动作漫不经心。

沈妙见状，问："你为何不写纸条？"

花灯里要放纸条，纸条上写着放灯人的心愿，这样神明才能听到人的祈祷，会在来年保佑放灯人心想事成。

"我不信神。"谢景行懒洋洋地道，"不写也罢。"

沈妙想了想，也将两盏花灯折好，没有写纸条，也没在里面放上蜡烛，只在花灯最上头的花朵处用火折子点燃，伸手放进湖中。

两盏花灯自上而下地燃烧，湖面上像有两团火。

谢景行一怔，问："这是用来祭拜的灯，你在干什么？"

点燃的花灯，就是祭给亡者的灯，看起来这般热闹，竟是在祭拜死人。

沈妙看着火苗将花灯整个儿吞没，许久后，湖面上再也没有花灯的影子。

这一世，有些事情可以重来，有些事情却无法重来。比如婉瑜和傅明，前生今世，再见即是永别，这一生，她的身边再也没有那个温柔大方的公主和那个懂事稳重的太子了。

一方帕子递到沈妙面前，她抬起头。谢景行不耐烦地道："怎么又哭了？"

沈妙摸了摸脸颊，不知不觉中，她的脸颊竟然湿了。大概是乐景生哀情，她连流泪了也不自觉。

见她接过帕子，谢景行开口道："你有几分义气，以后若是有什么困难，可以来找我。"

他没头没脑的话让沈妙一时愣怔，看向谢景行，少年的侧影在满湖如锦花灯下越发挺拔深艳。他倚着窗口，目光中有复杂的情绪闪过，却是漫不经心地道："我不喜欢欠人人情，今日你既然没有供出我，我也不会亏待你。看你惹上的麻烦也不少，也许日后有相求于我的地方，那时候，看在今日的分上，我也会出手相助。"

沈妙道："那便多谢小侯爷了。"

谢景行一笑，忽而转头看她，语气中多了些调侃，道："不过帮归帮，你可不要爱上我。"

沈妙简直要被气笑了，道："小侯爷未免想太多。"

"是吗？"谢景行从窗前走过来，俯视坐在榻上的沈妙，忽然拔下她头上的簪子，若有所思地端详着，"那你为何要戴着我送给你的簪子？"他故意将"送"字咬得有些重。

沈妙语塞，刚想说那是丫鬟给自己戴上的，就听谢景行继续道："今日你将我摸也摸了，看也看了，不过，以身相许就算了。"他笑得不怀好意，"还没长大的小丫头，我也不至于饥不择食。"

这人说话忒毒，还喜欢颠倒黑白！

"我不喜欢小侯爷，以后也不会喜欢，小侯爷大可放心。"沈妙讽刺地道。

"那就好。"谢景行盯着她，唇边的笑容依旧玩味十足，不过漆黑的双眸中却在一瞬间透出了某种警告和漠然。

他说:"小丫头,我可不是什么好人。"

船舫静静地顺着水流往下,窗户外头纷纷扬扬地下起小雪,湖面半是雪花晶莹半是灯火璀璨,天上的焰火五彩斑斓。这个新年的玉兔节似乎并不怎么样,但终究是特别的。

少年靠着窗户,漠然地瞧着窗外,也不知瞧了多久,待转过头,却发现沈妙不知什么时候已经伏在小几上睡着了。

她睡着的时候,面上没了拒人于千里之外的疏离端庄,身上围着谢景行那件略显宽大的狐皮大裘,像个没长大的小姑娘。头发已经被暖炉烘得微干,一绺长发遮挡住了眼睛,大约是有些痒,睡梦中的沈妙便皱了皱眉。

谢景行走到她身边,顿了顿,伸手将遮住她眼睛的长发别到耳后,又从袖中摸出方才从沈妙头上拔下的玉海棠簪子,把玩了一会儿,又轻轻地插到她头上。他抱胸看了一会儿,见她睡得香甜,挑眉道:"当着陌生男子的面也睡得安稳,还真是不知害怕。"

他又坐了一会儿。船舫摇摇晃晃,猛地一顿,终是靠岸了。

谢景行走到船头,岸边现出几个黑衣人的身影。领头的一人道:"回主子,已经全部处理干净了。主子现在回府?"

谢景行回头瞧了船舱一眼,道:"先去公主府。铁衣,弄辆马车过来。"

他转身走到船舱之中,敲了敲小几。沈妙蒙眬地抬起头,听谢景行道:"到岸了。"

"已经到了?"沈妙一下子清醒过来,瞧了一眼窗外,就要往外走,然而腿上的伤到底还没好,刚站起来就腿一软,差点儿摔倒。

谢景行一把攥住她的胳膊,想了想,伸手把她身上的狐裘裹紧了些,直接连着狐裘打横将她抱起,往船外走去。

沈妙吓了一跳,下意识地伸手去搂谢景行的脖子。她抬眸看去,谢景行勾着唇道:"老实点儿,别占我便宜。"

沈妙:"……"

谢景行一手环过她的肩背,因人高腿长,抱起沈妙也毫不费力。沈妙的脑袋靠在他怀里,她能感觉到他结实的胸膛和有力的心跳。

待出了画舫,沈妙才发觉外头早已站着一众黑衣人。

众人见谢景行抱了个小姑娘出来,虽竭力忍耐,却都是神色有异。最轻松的是谢景行,他走到马车前,将沈妙往车里一扔,就道:"去公主府。"

马车晃晃悠悠地走了，剩下一众黑衣人面面相觑。一人道："铁衣，主子怎么抱了个丫头出来？她和主子是什么关系？"

另一个女人也走了过来，摸了摸下巴，沉吟道："这么多年了，多少美人儿都没能近主子的身，原来主子喜欢这样的。"她眼睛一亮，"难怪了。"

"谁说的？"模样妩媚的成熟女子不满地道，"那种黄毛丫头有什么可看的？毛长齐了吗？"

"火珑，我们知道你喜欢主子，不过这个可不能忌妒。"之前的女人笑道，看向中年男子："铁衣，你跟主子最近，那小姑娘和主子怎么了？你跟我们说说呗。"

"都闭嘴！"站在中间的铁衣忍无可忍地道，"都回去！回去！暗部的人这么闲，明天都去守塔牢！"

闻言，众人立刻退避三舍，纷纷道：

"突然想起还有些事情……"

"方才那些人尸体处理干净了吗？"

"还是先回暗部回禀情况吧！"

"今日可真是凶险得很。"

众人一边聊着一边走远了。

铁衣松了口气，转身消失在夜色中。

另一头，公主府上。

外头的人禀明谢景行来时，荣信公主已经准备就寝了。

她寡居多年，身边又无子女，逢年过节更显形单影只。这么多年的玉兔节，荣信公主既不进宫，也不出门游玩，而是待在府中，就如平日一样。

今日却不同，荣信公主更衣后，亲自出门迎接。方走到大厅，她便见谢景行已经坐在椅子上等待，瞧见她便微微一笑，道："容姨。"

荣信公主闺名玉容，同玉清公主又姐妹情深，谢景行叫她一声容姨不为过。

"怎么今儿过来了？"荣信公主乍见谢景行，有些疑惑，更多的是欣喜。她没有子女，早把谢景行当成自己的儿子。

"想念容姨，就过来瞧瞧，容姨不会不欢迎我吧？"谢景行笑道。

荣信公主点了下他的额头，笑道："连我这个老人家都敢调笑，你这浑小子，胆子越发肥了。"

"想念容姨是一回事,不过今夜前来,还有一事求容姨帮忙。"他道。

荣信公主一愣,随即正色道:"景行,你是不是遇到什么困难了?有什么难办的事,尽管跟容姨说。"

"容姨别紧张,小事而已。"谢景行笑着解释,"今日,我有个朋友在玉兔节与家人走散了,不巧又落了水,我虽救了她,却有些不方便,还想让容姨以公主府的名义送她回去。"

他虽说得简单,荣信公主一听却明白了其中的事情。她顿了顿,看向谢景行,道:"你的那位朋友,竟然是位姑娘吗?"

谢景行点头。

"这么多年,倒没见你身边有过哪位姑娘。"荣信公主突然促狭地道,"景行,你也是大人了,不知那位姑娘年方几何,家中可有婚配?"

"容姨,"谢景行无奈地道,"她还是个小姑娘。只因之前我欠她个人情,所以不得不帮忙。容姨不会不想帮我吧?"

"你说的是什么话?"荣信公主佯怒,"哪次容姨没帮你?行行行,那姑娘现在在什么地方?"

"在外面的马车上,容姨顺带给她找件衣裳换上。"谢景行道。

荣信公主闻言,看向谢景行的目光更加意味深长。

谢景行见状,只是摇头笑,懒得解释。

荣信公主吩咐身边的侍女去将马车上的沈妙扶到寝屋休息,与谢景行道:"不过你还没告诉我,她是哪家的姑娘?"

"京城沈家,威武大将军的嫡女沈妙。"谢景行懒洋洋地道。

荣信公主正在喝茶,闻言险些被茶水呛住。她看向谢景行,不可置信地道:"那个草包贵女,她不是恋慕定王吗?"

谢景行耸了耸肩。荣信公主小心翼翼地看着他,斟酌着词语,道:"景行啊,世上姑娘千千万,你如今年纪还小……再等等吧。"

谢景行:"……"

花开两朵,各表一枝,这厢荣信公主和谢景行谈心,那头沈妙坐在荣信公主的寝屋里,看着来来往往的婢女为她整理衣裳、头发。

在她的记忆里,荣信公主曾经待她可没有这般热情,许是瞧不上她自奔为眷的做派,许是觉得她才学粗鄙,总归待她冷冰冰的。即便她后来做了皇后,荣信

330

公主也对她不冷不热。

如今荣信公主这样殷勤,倒让沈妙有些莫名。她在荣信公主府上坐了片刻,换了身衣裳,重新梳了头,等喝完一杯茶后,荣信公主走了进来。

"沈姑娘的身子还好吧?"荣信公主笑道,"我已经吩咐厨房去煮姜茶了,这么冷的天,暖暖身子,莫要染上风寒。"

沈妙回以一笑,道:"多谢公主殿下。"

荣信公主瞧着她,在她的印象里,沈妙是个胆小懦弱却又厚颜大胆的女子。此刻一看,少女姿容清秀,目光清澈如水,让她不由得改观几分。

"今夜万礼湖人潮拥挤,沈姑娘和家人走散,想必是吓着了。等会儿你喝完姜茶,本宫就让下人送你回去。"她面上带了几分试探,"今日你出事,本宫那外甥可是破天荒来求我帮忙呢。"

沈妙道:"谢小侯爷侠肝义胆,今日也是叨扰了。"

说罢,沈妙又被自己的话酸了一酸。今儿本就是她被谢景行连累,现在反倒像她承了谢景行的人情一般。

荣信公主见沈妙似是刻意撇清与谢景行的关系,心中觉得新鲜,笑道:"说什么叨扰,景行那孩子也都说了,你是他的朋友,朋友之间不必见外。说起来,景行是本宫的外甥,你既和他有交情,将本宫当成自己的姨母也是可以的。"

沈妙捧着茶杯,差点儿被一口茶呛住。

见她愣怔,荣信公主更觉得这孩子实诚,没有侯门小姐的心机,便拉着她的手道:"本宫没有孩子,你日后也不妨来本宫这里坐坐。"她褪下腕间的镯子,给沈妙戴在手上,"这个就当本宫送给你的见面礼。"

"这太贵重了。"沈妙推辞。镯子是牡丹翡翠双环响,一共五个金环,环环相扣,是已经去世的皇太妃的陪嫁,也就是荣信公主生母的陪嫁。

"你戴着便是。"荣信公主笑道,"不过是个小玩意儿。"

"皇太妃的镯子,臣女怎敢接受?"沈妙道,"太贵重了……"

荣信公主一愣,道:"你怎知道这是皇太妃的镯子?"

沈妙心中暗道一声糟糕。她是因为曾经入主六宫之首,对宫中女眷之事皆知,可如今她只是臣子家的女儿,对皇家私事自然不会知道。

眼见荣信公主怀疑的目光,沈妙灵机一动,笑道:"曾听谢小侯爷提起过,谢小侯爷与公主殿下感情甚好,时常说起公主殿下。"

"原来如此。"荣信公主的面色柔和下来,"这些年本宫将他当自己的孩子,难为他是个有良心的。"说到此处，她看向沈妙的目光又是不一样，"不过，他竟然将此事都告诉了你……"

沈妙身子一僵，果然听荣信公主道："看来他是真的将你当朋友。"荣信公主叹了口气，"景行这孩子，看着虽是顽劣了些，却是个好孩子。这么多年，本宫倒未曾见他对哪家姑娘这样上心，你是头一个。"

恰在此时，婢女送了熬好的姜茶来。荣信公主一边与沈妙拣话儿说，一边看着沈妙喝姜茶。

荣信公主的性子冷漠古板，别说是外人，就算是亲人，对着文惠帝，她也是冷冰冰的模样。今日，她却和一个陌生姑娘相谈甚欢，差点儿惊掉公主府一众下人的下巴。

直说到一炷香都快燃尽，荣信公主才意犹未尽地起身，道："时候不早了，再不送你回府，想来沈将军和沈夫人也都急坏了。本宫已让人备好马车，这就送你回去。"说罢，她便起身吩咐来人。

待沈妙随着荣信公主出去后，被这阵势吓了一跳。荣信公主的马车华丽无比，更让人震惊的是配备了好多带刀侍卫。

荣信公主笑道："今日街上人多，多些人守着，省得再出什么意外。"

对方一片好心，沈妙断没有拒绝的道理，况且借着荣信公主这阵势，恰好可以整治沈府中的一些人。她便从善如流，同荣信公主告了谢，才走上马车。

定京城的街道，眼下人潮未减，忽然出现这么一众招摇的人和马车，未免引人注目。

街道拐角的城墙上，正站着一名身披狐裘的少年，少年身边还跟着一名中年大汉。大汉道："公主殿下竟然派出这么多侍卫护着沈小姐回府。"

"容姨可不是容易讨好的人。"少年饶有兴致地道，"沈家这位小姐，本事倒很大。"

中年人默然无声，突然听见身边的少年道："今日抓到的活口怎么样了？"

"回主子，都在塔牢关着，其中三个是死士，已经咬了毒药自尽。剩下三个被卸了下巴，咬死不肯说。"

"那就挑一个，捏碎骨头，全身上下一寸都不要放过，杀鸡儆猴不用我教。"

"是。"大汉犹豫一下，"混入城中的……"

"找出来，杀无赦。"

沈府厅中，所有人肃然而立，最中间的沈信夫妇眉宇间难掩焦急忧心，沈丘更是满面懊恼。

众人找了一整晚都未找到沈妙的下落，沈信夫妇不是傻子，知道眼下这种情况，大约沈妙不是被拐子拐走了，对方多半是有备而来。

连沈家军都出动了，沈信也暗中通知了城守备将城门关起来，可他们在定京城挨家挨户地寻，都寻不出沈妙来。时间流逝中，沈信几人都已经快疯了。

陈若秋温温柔柔地开口道："大哥、大嫂，眼下这样可不是办法，要不……还是报官吧。若是报了官，有京兆尹出面总能好些。咱们现在这么搜，不是个办法呀。"

"不错。"沈万也开口道，"大哥，眼下拖得越久，对小五越不利。沈家军一直在外头搜寻，别人看到了也会猜疑。"

沈玥站在陈若秋身后，低着头，免得让人看出她翘着的唇角。活该！她只盼着沈妙也如沈清一样被人污了清白送回来，从此以后，沈家的嫡女中就她一人独大。就算沈信夫妇兵权在握，沈妙名声全毁，下半辈子都会抬不起头！

"不行！"罗雪雁柳眉一竖，狠狠地瞪了陈若秋一眼，"若是报了官，娇娇的名声就全毁了！"

今日沈妙走失，沈信本想瞒住别人，奈何沈家几房都是人精，纸包不住火，沈妙不见的事，到底被捅了出来。

而沈信和沈丘搜寻了一整晚未果，只得令手下先继续寻人，自己回府再做打算。

"大嫂，"陈若秋一脸真诚地道，"娇娇的名声重要，还是性命重要？若是女儿家都为了名声失去性命，大嫂日后也会后悔的。"

"陈若秋，你诅咒谁呢？！"罗雪雁怒喝道。

"吵什么吵？！"沉默不语的沈老夫人开口道，怒视着罗雪雁，"你自己把五姐儿弄丢了，冲别人发什么火？！老三家的说错了？时间久了，五姐儿的命都没了，还管名声做什么？！"

这话表面上听着是在为沈妙着想，可罗雪雁就是觉得不舒服，下意识地想反驳。

"大伯母，"沈垣也开口道，"就算不报官，沈家护卫在外头这么大阵势地找人，只怕明日就有人猜出真相，到时候报官不报官，又有什么区别？"

沈贵惋惜地道："唉，小五好端端的孩子，怎么就遇上这种事？大哥，你可有什么仇家？"

万姨娘拉着沈冬菱站在沈贵身后。她是姨娘，这里没有她说话的份儿。她只是暗暗庆幸将沈冬菱拉得紧，没让沈冬菱也被人拐走。

"行了，老大家的，左右都是要被别人知道的，眼下报官，兴许还能让五姐儿少受点儿苦。早些报官吧。"沈老夫人道，眼中却是闪过一道精光。

沈丘握紧了拳头。他年少气盛，却不代表不会察言观色。这些人表面上口口声声都在为沈妙着想，可眼中都是幸灾乐祸之色。难怪了，难怪一年时间沈妙变化如此之大，可不就是被逼出来的？

罗雪雁和沈信对视一眼，如果说祠堂失火一事尚且有些误会，眼下这一幕，却清清楚楚地呈现在眼前。罗雪雁是愤怒的，而沈信则是极度震惊与失望。

他待他们赤诚一片，在他女儿出事的时候，自己从他们那里看到的却是窃喜。

沈玥担忧地开口道："那些人会把五妹妹怎么样呢？五妹妹生得好看，听说好看的姑娘，拐子都会卖得特别远……"她说着，便流下两滴眼泪，仿佛极为悲伤。

在一边安静地站着的沈冬菱眼中划过一抹讽刺，未曾说话。

"大哥，到底报不报官？"沈万问。

气氛正是僵持的时候，忽听得外头传来小厮气喘吁吁的声音："夫人、老爷，五小姐回来了！"那小厮跑进大堂，气都没歇一口，道，"五小姐被公主府的人送回来了！"

众人先被小厮惊了一跳，乍闻"公主府"三字，一时间没回过神。

倒是沈万心中一动，上前一步，问道："哪个公主府？"

小厮喘过气来，有些兴奋地道："是荣信公主殿下！公主殿下派了好多人护送五小姐回府，侍卫都在府门口站着呢！"

荣信公主？

陈若秋脚步一顿，一下子咬紧了唇。

荣信公主严肃古板，多少贵夫人想要讨好她都吃了亏，如今她却亲自派人送沈妙回来？瞧着这阵势，竟然还不小！

陈若秋心中忌妒得快发疯了。

沈信和罗雪雁二话不说就往府门走，其余人见状，也都跟了过去，就见将军府门口黑压压一片人。众人走近了方看清楚，那些都是穿盔甲的带刀侍卫。

一个女官模样的人走到马车边，将沈妙扶了下来。

罗雪雁连忙迎上去，担心地道："娇娇！"

女官笑着道："今日，公主殿下在万礼湖游玩，不巧遇着走失的沈五小姐，公主的马车不小心撞倒了沈五小姐，便带沈五小姐回公主府休憩，没想到惹得沈将军和沈夫人着急，公主让婢子道歉。"

她的一番话便解释了沈妙为何会和荣信公主走到一起，虽然其中多有蹊跷，可荣信公主都发话了，谁还敢质疑？

"公主殿下客气，应该是沈某多谢公主殿下救下小女。"沈信回道。

那女官忙侧身避过，笑道："不敢受沈将军的礼。人已送到，婢子便先行离去。"说罢，她便又催那些护卫动身，要走时，忽而又想起了什么，走到沈妙身边，道："公主殿下十分喜爱沈五小姐，沈五小姐日后若是得了空闲，还请去公主府多坐坐。"话毕，她才随着队伍离开。

荣信公主十分喜爱沈妙？还让沈妙得空去公主府坐坐？

沈家人都站在府门口，为女官最后一句话呆怔。

沈玥差点儿把手中的帕子都绞碎了。她自然晓得这位公主有多难亲近。如今沈妙终究和皇家攀上了关系，那日后是不是可以和定王殿下搭上关系？沈玥这回真急了。

沈冬菱的目光动了动，她听见万姨娘羡慕的声音响起："五小姐真走运，这可是公主啊！"

沈垣冷哼一声，转身拂袖而去。

沈妙对着沈家人微微一笑，道："今日让大家操心了。"

她这么轻描淡写地一说，立刻让沈信夫妇想起方才沈家人的嘴脸，二人顿时脸色难看。

见沈妙无事，沈家一众人俱是失望，纷纷寻了个由头离开。

沈妙随着沈丘他们往西院走，瞧见沈丘不甚好看的脸色，心中便了然。

之前她是故意拖着不让公主府的人提前告诉沈家这头她的下落，为的就是趁着这个机会让沈信看清楚，沈家人究竟是怎样一群豺狼。

沈信看清楚了这家人的面目，许多事情才会更好办。

明齐六十九年的新年，下了一夜的大雪。瑞雪兆丰年，百姓喜气洋洋，祈祷来年丰收。对将军府来说，这是特别的一年。

沈家二房折损了一个嫡女，当家主母疯了。权势最大的大房和其余两房之间生了龃龉，不如往日亲近，反倒有种明显的疏离感。

之前同沈清定亲的黄家，因沈清之事，与沈家彻底结仇了，不过沈信夫妇常年不在定京，倒没有迁怒于大房。至于和沈妙定亲的卫家，也由罗雪雁出面，亲自证实不过是一场误会。卫家人实诚，并没有为难她，加之沈信也答应，日后在朝中可以多多帮衬卫大人，卫家自然也乐意买这个面子。

是以对沈妙来说，这个新年过得相当不错，没有傅修宜，没有豫亲王，没有任婉云和沈清，有些事情终于在一步步改变。

然而她这边是欢喜的，有的人却不怎么高兴。

荣景堂内，沈老夫人坐在椅子上，沈元柏在她身边爬来爬去，她却有些不耐烦。

"老大家的如今越发不把我放在眼中了，今年公中的银子一点儿也没多出。宫里赏下的几箱宝贝，全都锁在了自个儿院子里！他们到底想干什么？还有没有把我放在眼里！"

"老夫人莫要生气，兴许等这些日子过后，大老爷气消了，东西就能送过来。"张妈妈宽慰道，"想来是因为之前咱们待五小姐的事让大老爷不满，他才不肯将东西送过来。"

"怎么待五丫头了？"沈老夫人怒道，"这么多年，我供她吃供她喝，将她养到这么大，老大家的还不满足？养不熟的白眼狼！五丫头如今也变得死精死精的，谁知道是不是背后有人教！"

张妈妈见沈老夫人动怒，默了一下，才道："五小姐如今长大了，心思也重了。老夫人不如哪日将五小姐叫到面前，说些好话哄哄她。五小姐是大老爷、大夫人的命根子，老夫人拿捏住了五小姐，不就是拿捏住了大老爷一家？"

沈老夫人冷笑一声，道："我还要哄她？我看见她就恶心！"

张妈妈有些无奈，还想再劝，却听见门口的丫鬟道："二少爷，您来了。"

沈垣大步走进来。

"垣儿。"沈老夫人瞧见沈垣进来，态度缓和许多。

榻上的沈元柏见了，也笑嘻嘻地看着自家二哥。

沈垣笑着道："过来瞧瞧祖母。"

"我有什么好看的？"沈老夫人嗔道，面上却是欢喜。

"侥幸得了一瓶玉雪膏，特意给祖母拿来。祖母可不要辜负孙儿一片好心。"

沈垣笑着将手中的瓶子递给沈老夫人。

沈老夫人佯怒道："我都多大年纪了，还用这些，你莫不是在故意气我？"

沈老夫人是歌女出身，胭脂水粉便是老了也不会断，沈垣倒也会投其所好。

"祖母可年轻了，这样的好东西就是要用在祖母身上。"沈垣面不改色地奉承道。

祖孙二人又其乐融融地说了一会儿。沈垣突然想起什么似的，状若无意地道："说起来，祖母，似乎过几日表妹和表弟就要来了吧？"

沈老夫人一愣，随即语气冷淡地道："什么表弟表妹？住几日就走。"

沈老夫人在做歌女之前，祖籍苏州，家中也有兄弟姐妹。后来她被沈将军带来定京，做了将军夫人，就和家人断绝了往来。今年那家人不知从哪里打听到沈老夫人的消息，就让自己的一双孙儿女前来定京，说是瞧瞧沈老夫人，其实就是打秋风。

沈垣笑道："我还从未见过这一双表弟妹，想来他们的年纪正和五妹妹的相仿。"他喟叹一声，"说起来，大哥此番回定京，我听闻大伯和大伯母正在为他挑中意的姑娘，大约也要为他操心大事了。"

"沈丘要挑媳妇儿？"沈老夫人顿时坐直了身子，"我怎么不知道这事儿？垣儿，你可知他们挑的是哪家的姑娘？"

"这倒是不知。"沈垣想了想，"以大伯和大伯母的门第，他们应该会挑一位家族位高权重的姑娘，大哥有了大嫂府里的支持，只会如虎添翼，更上一层楼。"

沈垣越这样说，沈老夫人的面色就越难看。半晌，她才酸溜溜地道："那也得看人家姑娘看不看得上他！"

沈垣状若无意地道："不过最重要的还得大哥喜欢，若是大哥喜欢，没那么大的家世也无妨。要我说，指不定咱们的小表妹就被大哥看上了，那时候才是亲上加亲。"

"你说些什么胡话？"沈老夫人眉头一皱，下意识地反驳沈垣，"她是什么身份，老大家的怎么会看得上？"

"我就是随口说说，祖母不必介怀。"沈垣又笑着将话头岔开，说了几句话后才告辞，临走却又不动声色地看了张妈妈一眼。

待沈垣走后，沈老夫人便一直想着之前他说的话。一方面，她深知沈垣话说得离谱，毕竟二者身份太过悬殊，沈丘也不是好色之徒。另一方面，沈老夫人又为沈垣的话心动，若是沈丘找了个高门小姐，岂不是势力又上一层楼？但要是娶了自家侄孙女，她的侄孙女就能拖沈丘的后腿，那才叫好。

张妈妈一边为沈老夫人捶着肩，一边轻声道："老夫人，其实老奴也觉得方才二少爷的话有道理。"顿了顿，她才道，"您想一想，若是大少爷和表小姐成了，亲上加亲，表小姐是老夫人这边的，老夫人要做什么便容易得多。若是亲事成了，日后银子的事也轻而易举，表小姐的银子不就是您的？"

沈老夫人闻言，眼睛亮了起来。不错，如果沈丘和侄孙女成了亲，侄孙女自然是她这边的人。她把控住了沈丘，就是把控住了大房。

张妈妈继续道："要是表少爷和五小姐成了就更好，日后整个大房的银子财产，便全是老夫人的了。"

沈老夫人心中一动，张妈妈的话句句掐着她的点儿说，直将她说得心花怒放。想想能谋夺大房的财产，暗中使手段让大房内里起乱，沈老夫人就高兴得不得了。

可是转瞬，她又担忧起来，道："你这话说得容易，可是我那侄孙女是从蓬门小户出来的，老大家的又不是没见过世面，怎么可能瞧上他们？"

"我的老夫人，"张妈妈笑了，"您倒是忘了从前那些手段了！这男女之间，哪里就有那般复杂呢？表小姐只要稍微动动脑子，没什么不可能的。"

她这话引出了沈老夫人的一点儿遐想，片刻后，沈老夫人也跟着笑起来，道："也是，男欢女爱，也就是那么点子事。"

说完这话，她与张妈妈对视一眼，都瞧见彼此眼中的深意。

沈老夫人道："来人，去将我屋里的箱子找出来。我的这双侄孙女，许久不见，我也该给些见面礼才是。"

屋外，沈垣听着荣景堂飞出的低低笑声，眼中闪过一丝冷笑，慢慢地走出了院门。

西院中，沈妙将十张银票交给莫擎。

"你去宝香楼找一位叫流萤的姑娘，与她待一夜，什么也不要做。以后，你便隔三日去一回。"沈妙道。

莫擎的脸色有些发青，他迟迟不去接那银票，看着沈妙，道："小……小姐，你是在与属下说笑吧？"

"你什么时候见过我与别人说笑？"沈妙严肃地道。

莫擎摇了摇头，红着脸吭哧吭哧地道："小姐，这……属下……为什么要属下去……去宝香楼？"

沈妙瞅着他，道："让你去你就去。若那位流萤姑娘问起你为何如此，你便什么也不要说，当个哑巴就好。"

莫擎："……"

看莫擎还是一脸不情愿的表情，沈妙厉声道："你连我的话都不听了吗？"

"属下不敢！"莫擎连忙道。

沈妙继续道："我听闻流萤姑娘媚骨天成，极有手段，拜倒在她石榴裙下的人不计其数。我挑中你，是因为知道你是个正人君子，又意志坚定，让你坐一夜就是坐一夜，可别趁着时机就真的做了什么。若是办砸了，你就不用待在沈家军了。"

莫擎的脸色青一阵红一阵，他从来没像眼下这般窘迫过。

沈妙看莫擎的脸都憋紫了，才放过他，挥手道："去吧。记住我说的话。"

莫擎一溜烟地跑出去了。

惊蛰正从外面回来，见状，奇道："莫侍卫怎么了？出事了吗？"

"没什么。"沈妙问道，"让你打听的事如何了？"

惊蛰闻言，道："奴婢打听清楚了，老夫人娘家的表小姐和表少爷两日后就到。"

"是吗？"沈妙淡淡一笑，"那位表小姐，闺名可叫荆楚楚？"

"姑娘怎么晓得？"惊蛰惊讶地道。

沈妙不言，低头掩下眸中的一抹杀意。她自然晓得，那女子是她曾经的……大嫂。

第十二章
表哥表妹

两日后，天放晴了。

沈妙起了个早，在院子里看沈丘和沈信比剑。

三人正是兴致高昂时，沈老夫人身边的丫鬟喜儿过来，说老夫人让大家赶紧去荣景堂，她娘家的表小姐和表少爷来了。

沈丘挠了挠头，问道："哪个表小姐、表少爷？我怎么不知道？"

罗雪雁倒是很快明白过来，道："是老太太娘家那头的亲戚吧。"

沈信没什么反应，不过对方千里迢迢来到定京，又是小辈，沈老夫人如此看重，他们也只得前去做做样子。

沈丘放下剑，同沈信回去换衣裳，一回头见沈妙站在门口，神情冷硬，不由得走过来，问道："妹妹怎么忽然不高兴了？"

沈妙回过神，看了沈丘一眼，笑道："无事。"

待几人到了荣景堂，老远就听见沈老夫人的笑声。他们踏进荣景堂，便见沈万一房和沈贵一房竟都在，沈老夫人面前正站着一男一女。

见沈信他们来了，沈老夫人便对跟前的两人道："这便是你大伯父一家。"她又对沈信道："这是我兄弟的孙子和孙女，冠生和楚楚。"

荆冠生，荆楚楚。

那二人闻言，忙转身冲沈信一行人一一行礼。

沈妙站着不动，目光平静地打量着眼前的二人。

荆冠生今年十八，荆楚楚今年十六。荆冠生生得普通，微胖，颇有些文气，穿一身褐色长衫，长衫剪裁大方，他的一双眼睛中却是若有若无地透出些精光。

荆楚楚与沈老夫人轮廓有些像，小家碧玉的模样。她着樱草色的石榴裙，秋香色的并蒂莲裌子，花颜月貌，极为羞涩腼腆，怯生生地说话行礼，眼睛却盯着地面，不敢抬头看人。

待她同沈妙问好时，沈妙便笑道："表姐怎么只看着地下呢？"

荆楚楚一怔，抬起头来，不知所措地看着她。

沈老夫人顿时皱眉，道："楚楚刚来，怕生，五丫头你客气些。"

沈老夫人毫无顾忌地护短，让沈信几人的面色变了变。他们可不会为了一个莫名其妙的亲戚让沈妙委屈，对荆楚楚的态度立刻冷淡下来。

沈老夫人浑然未觉，倒是沈垣皱起眉，不动声色地看了沈妙一眼。

沈妙笑眯眯地道："怕生啊，没事，多住几日就不怕了。表姐来了这里，总归是会与大家熟络起来的。"

荆楚楚对着沈妙腼腆一笑，又低下头，去绞帕子。倒是一边的荆冠生，对着沈妙笑得温文尔雅。

沈妙的目光压根儿就没落在荆冠生身上，她盯着荆楚楚，却能听到自己磨牙的声音。

荆楚楚总是这样，羞涩、腼腆、毫无心机，怯生生地低着头，好似人人都能欺负她。所以事发后，众人看到她与沈丘躺在一张床上，才会辱骂沈丘禽兽不如。谁又能想到，这样纯洁如纸的姑娘，最后却给沈丘戴了绿帽子。沈丘还因为误杀奸夫，被关进了大牢。那些时常出错的军务，沈丘从马上摔折的腿，大约全和荆楚楚脱不了干系。最后的最后，沈丘的尸体被人从池塘发现，荆楚楚却卷了沈家大房的银子逃之夭夭。

沈妙觉得眼前这张兔子一样温顺的脸比蛇蝎还要毒辣。

沈妙一直盯着荆楚楚看，连沈丘这样的粗神经也察觉到了不对。他疑惑地问道："妹妹？"

荆冠生也道："五妹妹怎么一直盯着楚楚看？"

荆楚楚后退一步，有些紧张，侧过身子让荆冠生替她挡住沈妙的目光，好似十分害怕。

沈妙微微一笑，道："表姐生得实在太美了，不小心，我就看过头了。"

沈玥咬了咬唇。如今沈妙容色渐长，眼下又多了个荆楚楚，她心中难受极了。

荆楚楚脸一红，小声对沈妙道："妹妹才是生得美。"

沈妙一笑，不置可否。

沈老夫人清咳两声，道："既然楚楚和冠生已经到了，就是咱们府上的客人，都是一家人。五丫头、大哥儿，你们平日里多带着他们转转。"

明明还有沈垣和沈玥，再不济还有沈冬菱，沈老夫人却偏偏叮嘱他二人。沈妙的唇角微微一勾，她看了一眼低着头的荆楚楚，笑得十足温和，道："我自然会好好照顾表姐的。"

沈妙容颜清秀，可在这一屋子女眷中，身上竟有种从容不迫的气度，脸上绽放的笑容让荆冠生看得有些痴了。

沈老夫人满意地道："既然如此，你们就都下去吧，我还有些话想与楚楚这丫头细说，这么多年未见，也不知家里好不好。"

荣景堂外，荆冠生对沈妙道："五妹妹平日在家喜欢做些什么？"

沈信和罗雪雁走在最前面，没有听见此话。沈丘闻言，警惕地走到沈妙身边。

沈妙微微一笑，道："也没什么，看看书而已。"

"正巧，我在府中也喜欢看书，"荆冠生笑道，"大约可以向表妹讨教一下。"

沈妙扫了他一眼，道："算了吧，表哥府上的藏书想来也不多，表哥与其向我讨教……不如回头我让人送几本书给表哥吧，都是孤本呢！"

沈妙不加掩饰地嫌弃对方出身寒微，荆冠生的脸色一下子僵了。

荣景堂内，沈老夫人拉着荆楚楚的手，慈祥地道："小小年纪出落得如此水灵，说亲了没有？"

荆楚楚小声道："回老夫人，还不曾。"

"不曾啊。"沈老夫人的笑容更深了，"你这般相貌心性，要是能做我沈家的孙媳妇儿就好了。"

荆楚楚低着头，脸更红了。

沈老夫人拍了拍她的手，笑着道："你这年纪，倒和老大家的丘儿很相配。咱们丘儿如今也是副将，更好的是，他现在尚未婚配。"

自从荆楚楚和荆冠生来了，沈府便多了一层微妙的气氛。沈老夫人自私吝啬，面对来打秋风的娘家侄孙儿女，不仅没有表现出一点儿冷脸，反而待他们十分亲切，还经常拿银子买礼物送给他们。

这二人也好似打算在府上长期住下来，因着沈老夫人待他们客气，下人们也会看脸色，同样待他们客气得很。

沈府东院中，万姨娘坐在桌前打络子，对坐在屏风后练字的沈冬菱道："老夫人这是转了性子了？待表小姐和表少爷这样好。"

"老夫人的算盘可没有打错的时候。"

"菱儿也觉得有些蹊跷？"万姨娘停下手中的动作，"不过老太太讨好这二位究竟是为了什么？"

沈冬菱笑了笑，道："年轻的小姐、少爷，老夫人自然希望有人以色引人。"

万姨娘一个激灵，突然明白过来，看向沈冬菱，道："老夫人想让谁跟他们好？"

"无权无势蓬门小户出来的人，又是老夫人的娘家人，"沈冬菱小心地落下一笔，"老夫人最恨谁，自然就是谁了。"

沈府西院，沈丘与沈信方练完一回剑，让手下接着练，自个儿准备歇一会儿，就见院子尽头款款走来一位黄衣少女。

少女花容月貌，娇柔胆怯，腕间挎着一个竹篮，端的是惹人可怜。她走到边上，低着头怯怯叫了一声："表哥、表叔。"

正是荆楚楚。

罗雪雁正在那头指点小兵的动作。

沈信和沈丘见状，有些惊奇。沈丘上前一步，道："表妹来做什么？"

他说表妹二字的时候还有些不习惯，毕竟突然多了个表妹，让人难以接受。

荆楚楚羞涩地一笑，将腕间的竹篮放到一边的石台上，小声道："楚楚自己做了些点心，想着表哥在此练剑恐会累着，便带了过来，希望表哥和表叔不要嫌弃。"说着，她又低下头将盖子打开，从里面端出几盘点心来。

点心精致可爱，闻着香甜，沈信还没说什么，沈丘这个吃货已经咽了咽口水。

会做饭的年轻姑娘，还长得好看，除了胆子小点儿，沈信父子都对她印象非常不错。

荆楚楚道:"过来叨扰了这么多日,心中惶恐,楚楚没什么本事,所以做些点心表达心意。"

瞧瞧,人家还懂得知恩图报。沈信父子最喜欢的就是知礼懂事的人。

沈丘道:"表妹不必挂怀,就当这里是你的家,一家人说什么叨扰不叨扰。"

荆楚楚害羞地低下头。

沈丘拿起一块糕点,笑着道:"那我就不客气了。"他正要咬下的时候,却听到身后传来一声:"大哥。"

沈丘转过头去,却见沈妙不知什么时候过来了。她就站在院子边上,身后跟着四个丫头,目光冰凉地瞅着他。不知为何,沈丘竟生出一种心虚的感觉,下意识地放下手中的糕点,问道:"妹妹怎么来了?"

沈妙不言,抬脚朝他们走去。

待走得近了,见四个丫鬟人手一个篮子,沈信问道:"娇娇,你这篮子里装的是啥?"

"今日天气冷,想着各位练剑身子乏渴,我就做了些羹汤。"沈妙淡淡地扫了沈丘一眼,沈丘脊背一凉,只听沈妙道,"让那些小兵都过来喝汤吧,炖了一早上的菌菇鸡汤,暖暖身子也好。"

"我去叫!"站在沈丘身边的阿智见状,顿时喜出望外,跑去练场那头。

不过一会儿,院子里的几十个小兵都跟了过来。

沈妙让惊蛰她们去盛汤给诸位。那些小兵都是沈信和沈丘身边最得力的手下,瞧见有汤喝,高兴得很,笑着道:"还是小姐体贴我们!小姐真是好心肠!"

阿智喝了一口汤,惊叹道:"这汤真不错!"他三两下喝完,递给惊蛰,道:"再来一碗!"

惊蛰白了阿智一眼,道:"当然好喝了,这可是我们姑娘亲手熬的。"

沈信和沈丘见状,先是一愣,沈丘道:"妹妹亲手熬的?"

"是。"沈妙道。

"格老子的,都别喝了!"沈信大吼一声,"不许喝!"他又冲谷雨吼道:"给我来一大碗!"

罗雪雁方才喝过白露盛的汤,也是十分惊讶,道:"娇娇,这汤是你自己做的?你的厨艺精进了这么多?"

汤的香味飘出来,引得人垂涎三尺。

沈妙垂眸，笑道："看着做的。"

曾经，她为了讨傅修宜欢心，变着法儿地磨炼厨艺，好歹也是见识了两国皇室的菜肴。至于这位连京城都是头一次来的姑娘……沈妙的目光扫向荆楚楚。

荆楚楚站在柱子后，咬着唇，含着眼泪看着一群兀自喝得热闹的粗人，仿佛受了十足的委屈。

嫡出大小姐亲自熬的汤，可比表小姐做的点心让人觉得珍贵多了。况且沈妙还给院子里的所有小兵都分了一份，这样一对比，只给沈信父子做点心的荆楚楚实在是太小气、太上不得台面了。

荆楚楚又羞又气，看着沈妙的目光就带了一丝恨意。

沈丘也想盛汤喝，可谷雨几人就是不给他。沈丘也察觉到了什么，猜到沈妙在生他的气，可又不知道哪里做错了，只能眼巴巴地看着沈妙。

沈妙直等众人都喝得差不多时，才让白露从篮子的最下层拿出一个碗，道："你喜甜，这碗是放了蜂蜜的，喝吧。"

"妹妹真好！"沈丘喜出望外地道。

那些小兵得了沈妙亲手熬的汤，心中半是感动半是喜欢，又将沈妙奉承了一番。沈妙被小兵们簇拥着，荆楚楚便完全被冷落，有几次都欲走，最后还是一咬牙留了下来。

等大家再去练剑时，沈信和罗雪雁也都去了。沈丘坐在石狮子上休息，沈妙才走到荆楚楚身边，笑道："表姐这点心做得不错，不过练武之人在白日里练剑，本就甚累，又口渴，你还做点心，岂不是让他们更加口干舌燥？下一次还是做羹汤吧。"

荆楚楚的面上又青又白。沈妙这话分明就是在揭她的底，她打着送点心的幌子，却不是真正为这些练武之人着想。她心中虽恼怒，还是有些慌乱地低下头，仿佛很害怕，道："多谢表妹提点，楚楚知道了。"说完，她又将求助的目光投向一边的沈丘，希望沈丘为她解围。

可惜，沈丘虽然个性真挚赤诚，在男女之事上却是个不懂风情的榆木疙瘩，对上荆楚楚的目光只觉莫名。

倒是沈妙见状，笑道："大哥方才不是要吃表姐的糕点？现在吃点儿吧。"

"咯。"沈丘摆了摆手，"方才喝了一碗汤，有些饱了，吃不太下，晚点儿再吃吧。"

沈妙十分满意。她给沈丘的那碗汤分量格外足。她就不信沈丘喝完汤，还有肚子去吃荆楚楚的糕点。

荆楚楚有些失望。

沈丘站起身来，道："我也再去练练。"说完，他便朝院中走去。

看着沈丘远去的背影，荆楚楚有些不甘心，想说些什么，却只能咬着唇看着。

沈妙微微一笑，拍了拍她的手，道："表姐的糕点凉了，怕是不好吃，若表姐不介意，倒是可以给二哥送去。"

"二哥？"荆楚楚疑惑地看向沈妙。

"是啊。"沈妙微笑道，"如我大哥他们，一年到头都在西北苦寒之地，这些精致的东西品不出来。我二哥却不同，他年纪轻轻便入了仕途，如今更在京城上任，日后的前途不可限量。"说到这里，沈妙摇头叹息，"可惜身边都没个人照顾他的起居，男儿家对这些吃穿总是不上心的，表姐这苏州的小点心，说不定会对他的胃口。"

荆楚楚闻言，目光有些阴晴不定，只听沈妙笑道："待日后二哥有了妻子，大约能经常享口福了吧！也不知哪位姑娘有这样的福气做我二嫂？表姐有所不知，我二哥可是京城中许多官家小姐的心上人。"

"二少爷……"荆楚楚犹豫了一下，问道，"如今还未有心仪的姑娘吗？"

沈妙叹道："二哥整日忙于朝事，哪里有工夫去见别的姑娘？"

荆楚楚若有所思。沈妙也不点破。两人又说了一会子话，荆楚楚见沈丘他们没有要停下来的意思，自己再待下去便显得奇怪了，这才离开。

荆楚楚走后，沈丘才过来，小心翼翼地看了沈妙一会儿，才道："妹妹，你今日怎么怪怪的？"

"我哪里奇怪了？"沈妙没好气地道，"大哥是在为方才我打断你吃表姐的糕点而生气吗？"

"我不是那个意思。"沈丘急得脸通红，却见沈妙浑不在意地摆了摆手，道："算了，不过你如今正是大好年纪，大把姑娘都眼巴巴地看着你，你日后挑嫂子可得睁大眼睛。"

这话沈丘倒是听懂了，他无奈地道："妹妹你在说什么？表妹也不是那个意思，她就是来送个糕点。"

"你要真喜欢她，尽管吃个够。"说完此话，沈妙便头也不回地走了。

这次回来，沈丘还从未见过沈妙对他如此发脾气，吓了一跳，竟是眼睁睁地

· 346 ·

看着沈妙走远了。

回屋的路上,谷雨问道:"姑娘是不是不喜欢表小姐,不然怎么会生这么大的气?"

"是。"沈妙揉着额心,道。她恨极了荆楚楚,眼看如今沈丘又差点儿被荆楚楚的皮相迷惑,就气不打一处来。

"不过,姑娘不是与表小姐说了二少爷?"谷雨道,"或许日后表小姐会转向二少爷那边吧。"

沈妙摇头道:"她可不蠢,若是被我三言两语就说动了,也就不是荆楚楚了。"沈妙微微一笑,"不过,动点儿心思也是好的。"

宝香楼是定京城最大的销金窟,随便拎出一个姑娘,都能做寻常楼坊中的红牌,环肥燕瘦,泼辣温柔,娇蛮可爱,天真风情,只要能想到的类型,宝香楼都有。

门口的漂亮姑娘们甩着香手绢迎接客人,一名甲衣男子走了进来。

来得起宝香楼的人非富即贵,面前的男子却不像富贵人家的,身上的煞气倒是惹得姑娘们纷纷退避。直到一名红衣裳的半老徐娘走出来,瞧见他一笑,道:"莫公子又来啦?今日还是找流萤吗?"

莫擎点点头,从怀中掏出一张银票递给对方。那女人得了银票,笑得满意,道:"公子随我进来,这就带您上楼,流萤这几日正等着你呢!"

莫擎强忍住心中的不自在,一脸坦然地随着女人上了楼。

宝香楼的姑娘都是最好的,因每日都有新来的姑娘,个个模样好又有才艺,男人都是喜新厌旧的,来找流萤的客人近年来已经少了许多。

不过最近,已经门庭冷落的流萤却有了笔大生意,一名年轻男子隔三岔五就会来找她。大家都猜测,他是想要为流萤赎身。

莫擎随着女人来到楼上一间小筑,红衣女人退了出去。

软榻之上,妙龄女子一身轻薄水红纱衣,斜斜地倚着,抱着一张瑶琴弹拨,水眸含情,半露香肩,惹人遐想得很。

莫擎深吸一口气,目不斜视地走到桌前坐下,给自己倒了一杯茶,照旧开始一日的行程——发呆。

琴声戛然而止,流萤面上显出一抹气急败坏之色,走到莫擎面前,怒道:"莫公子来了几次,都对流萤视而不见,莫非是在戏耍流萤?还是嫌流萤身子脏？"

姐妹们羡慕她可以熬出头了，因为有男人愿意独点她一人，殊不知无论她使出什么解数，这人都不看她一眼，更别说其他了。

莫擎摇头，却不说话，直勾勾地盯着面前的茶杯。

流萤怒极反笑，干脆一屁股坐在莫擎的大腿上，伸手勾住对方的脖子，在莫擎耳边吐气如兰，道："莫公子，你舍得让我这么坐着吗？"

啪的一声，却是莫擎一把将流萤推倒在地。

宝香楼对面的快活楼中，某间雅室里，桌上玉盘珍馐，琳琅满目，丝竹绕耳，当中坐着三人。

自外头走来一名侍卫模样的人，冲最中间的紫衣少年附耳说了几句话。

"话说回来，"季羽书疑惑地开口道，"为什么沈小姐要让自己的侍卫去宝香楼找姑娘呢？"

"而且这侍卫还只看不吃。"高阳补充道。

沣仙当铺的人一连观察了好几天，实在不明白沈妙这么做的深意。

"莫非她是想培养一个太监做心腹？"季羽书的想法总是格外诡异，"如今就是让那侍卫提前适应太监过的日子？"

高阳沉吟道："我看她是想笼络流萤，或许是为了对付沈家其他两房。可那也不必找流萤啊！宝香楼里比流萤勾人的姑娘多了去了。"他看向谢景行，道："你怎么看此事？"

谢景行正看着窗外，闻言，懒洋洋地扫了二人一眼，道："你们很闲？"

"你好歹同沈小姐也有些交情，难道就不关心一下？"季羽书道，"你聪明，你一定知道。"

"我不想知道。"谢景行打断他的话，"最近我要出城一趟。"

"是为了玉兔节的事？"高阳皱眉，问道。

"皇帝打算开春让谢老头出征。"谢景行道，"不能等了。"

高阳沉默了一会儿，道："若是这样的话，时间怕是来不及。"

"听说沈垣最近和定王走得很近。"谢景行唇角一勾，"似乎准备对付沈家大房？"

"沈小姐又要倒霉啦？"季羽书有些吃惊地道，"她怎么老是招惹这些不怀好意的人？"

"定王此人深不可测，"高阳皱眉，道，"虽然瞧着无心权势，私下里兵力一点儿也不比别人少。沈信兵权在手，匹夫无罪，怀璧其罪，沈家家大业大，本就为皇家忌惮，定王出手，沈信只会大伤元气。"

"沈小姐岂不是有危险？"季羽书看向谢景行，"你要怎么帮她？"

谢景行挑眉，道："我为什么要帮她？"

"你……你们不是……姑且算得上朋友吧？"季羽书瞪大眼睛，"你之前不是还救了她吗？你不打算帮沈小姐？"

谢景行似笑非笑地看了他一眼，眼眸深邃如潭，道："我需要沈家帮我拖延时间，定王若对付沈信……甚好。"

季羽书倒抽一口凉气。

定王府。

高座上的年轻男子一身淡色华服，模样冷峻，与底下人说话时，却又极亲切，将那冷峻融化了一两分。

这人正是定王傅修宜。

厅中正坐着几名陌生人，都是傅修宜的幕僚。他知人善任，又懂得礼贤下士，招揽了许多智者。也正是因为这些人，傅修宜的筹谋和大计，到如今依然将天下人蒙在鼓中，包括文惠帝。

坐在中间的年轻人一身蓝衣，站起身来。

傅修宜道："沈垣，你有什么想法，大可一说。"

沈垣冲傅修宜拱了拱手，道："眼下大家都在暗中争夺兵力，谁有了兵力谁就更有筹码。南谢北沈，谢家兵力虽盛，可陛下开春过后让临安侯出征，必有其打算。谢家动不得，沈家却不同。"沈垣顿了顿，才继续道，"沈信主动提出在京滞留半年，想拉拢沈信者不在少数。沈家军变数太大，若是得不到，倒不如毁去，就此一搏，许还能合陛下心意，也能让殿下证明并无其他野心。"

沈垣自己就是沈家人，却一口一个沈家，他的话明显带着对沈信的敌意。

傅修宜含笑看他，许是听懂了却故作不知，毕竟沈垣的话对他来说，只有好处而无坏处。他道："你说得的确不错，可沈家，如今找不出一丝漏洞，就算要找错处漏处，也没有理由。"

沈垣不说话。

傅修宜的目光闪了闪，语气更加亲切："你既然在沈府，定当知道一些寻常人不知道的事。若是此次真能制住沈家，你的功劳最大。"

得了自己想听到的保证，沈垣这才恭敬地开口道："回殿下，早在之前，下官的人就混在队伍之中。沈家军之前在西北作战的时候，有的事情做得不合规矩，眼下下官的人还在搜集证据，一旦证据齐全，下官必定双手奉上。下官保证，这一次就算不能让沈家军彻底倒下，也是元气大伤。"

傅修宜淡淡地一笑，道："那就有劳你费心了。"

沈府的新年过得十足热闹。

荆楚楚兄妹最爱往沈府西院跑，尤其是荆楚楚，经常送些糕点吃食给练剑的众人，有了之前的教训，她再来的时候，都是带足所有人份的羹汤。

今日，亦是如此。荆楚楚带来吃食，沈丘并未与她说话，就要继续去练剑，却被荆楚楚叫住："表哥……"

"表妹还是早些回去吧。"沈丘爽朗地一笑，"练剑的都是些粗人，刀剑无眼，若是不小心伤了你就不好了。再说，你整日往这里跑，又是姑娘家，看大老爷们儿练剑也不是个事儿。"他竟在婉转地下逐客令。

荆楚楚的脸色一下子变得通红，她难以置信地看着沈丘，眼睛水波荡漾，好似下一刻就会哭出来。只是沈丘不是欣赏佳人的人，他只是傻乎乎地站着，并未想上前安慰。

顿时，荆楚楚的脸又白了。她慌忙低下头，提起篮子，道："楚楚知道了。"说完，她提着裙角转身小跑着走了。

荆楚楚走后，柱子后面才现出一个人。沈妙道："大哥，你也太不懂惜花了。"

"嘿嘿。"沈丘挠了挠头，"我不是怕妹妹生气吗？"

"我生什么气？"沈妙轻飘飘地道。

沈丘顿时感到一阵冷风嗖嗖地吹过，道："妹妹不喜欢表妹吧？"

"表姐和我没过节儿，我怎么会不喜欢？"沈妙反问道。

"娇娇，是不是那丫头暗中欺负你了？"刚刚练完剑的沈信和罗雪雁也走了过来，恰好听到沈丘同沈妙的话，就问道。

沈妙道："她没有欺负我。"

"那妹妹你怎么不喜欢她？"沈丘问道。

"我没有不喜欢她。"沈妙道。

她的话音刚落，一边的惊蛰开口道："姑娘喜静，表小姐和表少爷时常过来寻姑娘说话，尤其是表少爷，非得和姑娘闲谈。姑娘本就不喜欢和生人说话，想来是烦了。"

沈信和罗雪雁面上霍然变色。一个表少爷时常来找表妹说话，这是什么意思？罗雪雁怒道："你那侄子到底是什么意思？"

"夫人息怒。"沈信连忙宽慰，随即对着沈丘道："臭小子，你在院子里安排了这么多护卫，就没发现你妹妹每日被那些阿猫阿狗纠缠？"

沈丘委屈地道："我真没发现……"

沈丘自然发现不了，因为荆冠生挑着和沈妙偶遇的地方，都不在院子里，或是在府门口，或是在花园中，或是在走廊，总之，时时刻刻，哪里都能"偶遇"。

"去把院门口给我守好了，再看到那兄妹，就说院子里紧闭练剑，谁也不许放他们进来！"沈信吼道。

沈丘立刻就去挑人了。

罗雪雁摸了摸沈妙的头，道："娇娇，日后那人再来纠缠你，别跟他们客气，揍他。"

沈信："……"

待罗雪雁和沈信回到练剑场后，沈妙才轻飘飘地扫了惊蛰一眼，道："你话太多了。"

"奴婢知错，可是姑娘……"惊蛰垂下头，"表少爷分明是对您不安好心，您早就看出来了，为什么不跟老爷夫人说呢？"

"荆冠生可是个精明人。"沈妙微微一笑，"精明人就这么废了倒可惜，借力打力，这个人，我留着还有用呢。不过……"她话锋一转，"今日你这么一说，想来有些事情也会起变化，咱们就拭目以待吧。"

自从沈丘让人在西院门口安了护卫，西院就安静了不少。没有了两兄妹的叨扰，沈妙也自在许多。他们这头是清净了，有人却急了。

荣景堂中，沈老夫人目光犀利地盯着荆楚楚，问道："楚楚，你到底是怎么做的？怎么现在连老大家的院子都进不去？"

荆楚楚恼怒地低下头，小声道："不知道为什么，五妹妹好似防我很紧。表哥其实对我挺好的，可是五妹妹总会让他疏远我。院门口的护卫也是五妹妹让人找来的。"

"又是五丫头！"沈老夫人气得脸色铁青，"那丫头死精死精的，你哥便罢了，如今连你也被她防成这样，气死我了！"

"老夫人，"张妈妈沉吟道，"五小姐这作态，恐怕已经对表小姐起了疑心，眼下表小姐要想循序渐进，怕有些困难。"

荆楚楚闻言，心中更是羞恼。她自觉美貌聪明，在家乡一带，王孙公子也吃她柔柔弱弱这一套。谁知道她竟在沈丘这里碰了壁，不知道心中有多憋屈。

"你的意思是……"沈老夫人皱眉，道。

"病重下猛药。"张妈妈提醒道，"若是一直这么拖下去，等大老爷给大少爷定下亲事后，就晚了。"

沈老夫人一个激灵，随即道："你说得不错，等到那时候就晚了。"她看向荆楚楚，面上又浮起一个慈爱的笑容，道："楚楚，你到底想不想嫁给丘儿？"

荆楚楚垂着头，道："想的。"

"为了嫁给丘儿，你可什么都愿做？"

荆楚楚一愣，隐约猜到了什么，心不由得狂跳起来。她握紧了拳头，小声道："楚楚……愿意。"

沈老夫人满意地笑了。

一连几日，荆楚楚和荆冠生兄妹待在荣景堂后面的院子里，不知在屋里捣鼓什么，并不出门。

这一日，沈妙打算出门，恰好在走廊遇着了荆楚楚。荆楚楚穿着一身月白夹袄，翡翠色小裙，这位小家碧玉倒也别具风味，惹得路人驻足回望。

"五妹妹。"荆楚楚冲她行礼。

沈妙微微一笑，道："表姐这是要去哪儿？"

沈妙难得与荆楚楚说话，荆楚楚一愣，才道："回屋做些绣活，"她腼腆地低下头，"反正也无事。"

"既然无事，倒不如与我一同出去吧。"沈妙道，"我正要去珠宝铺子挑些首饰，你若是不介意，也可一同去挑一挑。"

荆楚楚这回真愣住了。沈妙待她一直不冷不热，无论她怎么亲近示好都不行，今日却破天荒地愿意带她一同出门。荆楚楚第一个反应是警惕，可听到沈妙说要去的地方是珠宝铺子的时候，眼睛就亮了。

荆楚楚的目光又落在沈妙头上的莲花珍珠钗上，那珍珠又大又圆，微微闪动的光泽几乎要晃花荆楚楚的眼睛。她连忙低下头，道："既然五妹妹无人相陪，那我便一同前去吧。"

两人出了府门，便乘马车往定京城中而去，有沈丘的护卫跟着，倒也威风得很。等到了珍宝阁，沈妙随意挑了几件首饰。倒是荆楚楚，拿着这个，又摸摸那个，爱不释手的模样让掌柜的都有些侧目。

见荆楚楚这般，沈妙也没有吝啬，将她看中的几样都付了银子。荆楚楚自觉和沈妙亲近了许多。

临近中午，沈妙便道："今日咱们便在外头吃吧，挑了一上午也有些饿了，你大约未曾来过定京城的快活楼，寻常人家可没这个口福。"

荆楚楚瞧着面前的酒楼，眼中露出向往之意。沈妙今日又是挑首饰又是请吃饭，荆楚楚平日哪见过这般阔绰的手笔？她一时间有些晕晕乎乎的，也更坚定了要入主沈家的心。

待到了酒楼坐定，沈妙挑了二楼临窗的位子。伙计报了些菜名，沈妙挑着点了几样。

伙计走后，沈妙才对荆楚楚道："来这里吃饭的人非富即贵，许多都是京城的大官，不能小觑。"

荆楚楚连连点头。

沈妙微微一笑，端起茶来喝，一不小心手一抖，茶杯翻倒在身上，大半茶水都泼在了裙子上。

荆楚楚吓了一跳，道："五妹妹？"

"无事。"沈妙摆了摆手，站起身，"这里当有换衣裳的地方。马车里还有些衣裳，我现在去换，你在这里等我。"说罢，她便招呼白露、霜降："走吧。"

她一走，沈府的护卫也跟着要走，荆楚楚连忙喊道："五妹妹，这些护卫……"

她有些害怕。

"不用担心，光天化日，没人敢为难你。"沈妙道，"况且这里的客人都是有身份的人，不会做什么事。"她的神情柔和，语气却不容置疑。

荆楚楚下意识地没有反驳，待回过神，沈妙已经带着一众护卫走远了。荆楚楚的面色暗了下来，她端起面前的茶盏，学着沈妙方才的模样，小口小口地啜饮。

正在这时，一行人自她身边走过，在她旁边的桌子前坐下来。为首的是个年轻人，文质彬彬，锦衣华服，连身后的家丁都穿得精致。

想到方才沈妙说的"来这里的人非富即贵"，荆楚楚心中一动。

那年轻人似乎也注意到她，往这边看来，看清荆楚楚的模样时，也忍不住眼前一亮。荆楚楚穿月白小袄配翡翠小裙，雪肤花貌，最重要的是那股子柔柔怯怯的神态，看一眼那年轻人，便受惊般飞快地低下头去。京城中的女子大多大方得体，如这般娇娇怯怯惹人怜爱的南方姑娘却极为少见。

那年轻人看得眼睛发直，目光越是热切，荆楚楚的脑袋也就埋得越深。

时间慢慢过去，菜都已经上齐了，沈妙却迟迟没有过来，桌前只坐了荆楚楚一人。她一人也不好吃东西，只好端着茶小口小口地抿，很有些不知所措。

终于，邻桌衣着富贵的公子哥儿忍不住了，众目睽睽之下走到荆楚楚对面坐下，柔声问道："见姑娘一个人在此等候许久，是在等什么人吗？"

荆楚楚吓了一跳，抬起头看见对方后红了脸，小声道："我……我在等我表妹。"

公子哥儿就关切地问："姑娘的表妹怎么迟迟未来，留姑娘一个人怎么行呢？"

荆楚楚红着脸摇头，似乎想说什么又不敢，这副作态落在别人眼中，便是被欺负了。

公子哥儿心中一定，就道："这样吧，所幸我也无事，不如在此陪姑娘一起等候？"

"不……不必麻烦了。"荆楚楚连忙道，"公子何必……"

"无妨。"那人笑言，"你一个人坐在这里，若是有不怀好意的人过来，只怕会多不少麻烦。我在此陪着你，总还好些。"他言语柔和，面上又挂着文质彬彬的笑容，很容易让人对他心生好感。

荆楚楚低着头，道："那就多谢公子了。"

"姑娘看起来不是定京城的人？"他道。

"我……我是苏州人。"荆楚楚道。

二人便这样一言一语地说起来。那年轻人极会说话，几句话就哄得荆楚楚面上泛起笑意，她待那人的态度也逐渐亲近。年轻人说些自己的趣闻，言谈间似乎去过不少的地方，家底颇为丰厚，如此一来，荆楚楚也就笑得更深了些。

快活楼，另一间雅座，沈妙透过雕花的窗口，恰好远远地能将荆楚楚那桌看清楚。

白露道："表小姐和不认识的陌生男子也能说这么久。"她言语间，很是瞧不上眼。

"那可不是普通男子。"沈妙一手支着下巴，淡淡地道。

"姑娘认识那位公子？"霜降奇道。

沈妙微微一笑，没有说话。

"我说……"另一头，快活楼中某一间房中，季羽书的眼珠子都要掉出来了，"她不会认识孙才南吧？"

"孙才南虽是孙天正的唯一嫡子，可自来没有入仕，是养在府中只知吃喝玩乐的败家子，连广文堂都没去过，沈妙从哪儿认识他的？"高阳瞥了一眼，问道。

"莫非你相信这是偶然？"季羽书激动地道，"这哪里是偶然了？傻子都能看出来，沈小姐分明就是故意让孙才南遇上她这不知打哪儿冒出来的表姐。"

"我什么时候说这是偶然了？"高阳啪的一下展开折扇，"不过我倒觉得她不只是认识孙才南，就连孙才南喜欢坐的位子，怕是也早就知道了。你不觉得很奇怪吗？"高阳摸了摸下巴，"沈妙一个闺中小姐，怎么看着比你这个掌柜的还要厉害？我很怀疑，她是否还知道什么我们不知道的？"

"你少来诬蔑我！"季羽书反驳道，"沈小姐本就不是个普通人。你和我整日在这儿监视沈小姐的行踪，回头三哥要是知道了，肯定得骂我们闲得慌。"

"监视她可比做其他的事情有意思多了。"高阳看着外头同孙才南相谈甚欢的荆楚楚，"不如你来猜一猜，她这么做的目的是什么？"

季羽书认真地思索了一番，道："她想给孙才南和她表姐做个媒？"

"你什么时候见沈妙这么好心过？"高阳毫不犹豫地泼他冷水。

"那你说怎么回事？"季羽书气馁地问。

"吏部尚书……和沈家最近有什么往来吗？"高阳用扇子抵住下巴，沉思不已。

快活楼上，荆楚楚和孙才南说了许久的话，两人越聊越投机。

过了一会儿，几个沈府护卫走到荆楚楚身边，道："表小姐，姑娘的衣裳不合身，败了兴致，已经同掌柜的付清银子，自己先走了。属下们奉命保护表小姐，待表小姐吃完后，送表小姐回府。"

荆楚楚有些诧异地道："五妹妹先回去了？"

护卫点头。

"沈五小姐怎么就这么留你一个人呢?"孙才南打抱不平道。他已经从荆楚楚嘴里知道,她要等的那位表妹就是沈府五小姐沈妙。

他要做怜香惜玉的主儿,荆楚楚又怎会浪费他的一片心意?她垂下头,不安地道:"那我现在就回去吧。"

"唉,这怎么行?"孙才南立刻道,"你现在回去,岂不是浪费了这一桌子的好菜?快活楼中的酒菜,可从来没有被人这么直接扔下过。"他看着不知所措的荆楚楚,微笑道,"这样吧,若是姑娘不嫌弃,在下愿意陪姑娘一同用饭。你的这么多护卫都在这里,咱们吃完后,就由他们送你回去可好?"

"这……"荆楚楚有些茫然地道。

"既然相遇,你我二人便是有缘;既然有缘,便不要平白辜负。"孙才南一张嘴巧舌如簧,"在下今日一见姑娘,便有见到故人之感,这才与姑娘相谈,不知道在下的这个提议,姑娘肯不肯赏脸接受?"

犹豫半响,荆楚楚终于迟疑地点了点头,道:"那便……依公子所说吧。"

两人便开始真正地一起吃饭相谈。

远远的隔间里,沈妙瞧着那对人,唇边慢慢浮起了一个冷笑。

孙才南,她是熟悉的,曾经就是这一位给沈丘戴了绿帽子。沈丘年少气盛,拖着一条残腿一口气将这人给杀了,最后才知,孙才南竟是吏部尚书的独生子。孙才南平日里不学无术,凭借着一张嘴和好皮相四处勾搭女子,无论是少女还是妇女都尽数吃下。孙天正怕御史参自己一本,平日里不许孙才南出去,所以认识他的人寥寥无几。

孙才南就是化成灰,她都认识。他最喜欢柔柔弱弱的美丽女子,否则曾经也不会胆大包天地睡了沈丘的女人。

沈妙垂眸,喃喃地道:"孙才南、荆楚楚,可不要辜负我亲自为你们牵起的这段缘分才好啊。"

荆楚楚和沈妙一起出门,却一个人回来,在沈府并未引起许多人的注意。

这天夜里,沈妙破天荒地来到老夫人的偏院,找荆楚楚说话。

适逢荆楚楚在摆弄桌上的首饰,有一只玉手镯格外显眼,少说也要上百两银子。昨日沈妙在珍宝阁给荆楚楚买的首饰里,可没这玉镯。

沈妙一进屋就盯着那玉镯看,荆楚楚吓了一跳,手忙脚乱地将它收到匣子里。

沈妙微笑道:"表姐的玉镯看起来不是凡品。"

荆楚楚小声地问道:"五妹妹知道这镯子吗?"

"曾见过一只类似的舶来品,成色不及你这只好,即便如此,当初也卖到了五百两银子。想来表姐的这只,千两白银才拿得下来。不过表姐,这只玉镯既如此珍贵,又是从哪里来的?"沈妙问道,"之前未曾见你戴过。"

"是……是一位朋友送的。"荆楚楚低声道。

沈妙眼中闪过一丝了然。孙才南倒是舍得砸银子哄女人。

"这位朋友待表姐一定很好。"沈妙道。

荆楚楚红了脸,看向沈妙,道:"五妹妹过来有何事?"

沈妙慢条斯理地整了整衣裳,才道:"听闻今日表姐是被人送回来的?"

"我……我遇着了一位好心的公子。"荆楚楚受惊地道,"他一片好意,我不敢推辞,可是我们一直恪守礼仪。"

"表姐不必紧张。"沈妙微微一笑,"表姐可知那人是谁?"

荆楚楚一愣,道:"是谁?"

"是吏部尚书孙天正大人唯一的嫡子,孙才南。"沈妙道。

荆楚楚看着沈妙,眼中满是惊讶之色。

沈妙心中冷笑。孙天正对孙才南管得严,孙才南四处勾搭女人,却极少表明身份,除非要将那姑娘纳入府中做姬妾。对荆楚楚,他怕是也没说明自己的身份。荆楚楚如今知道了孙才南的身份,一心攀龙附凤的她怎么会放过?

"表姐也知道,吏部尚书是个很大的官儿。"沈妙微微一笑,"最重要的是,孙大人只有孙公子一个嫡子,他这样身份的人,竟会送表姐回府,莫不是……"沈妙轻描淡写地道,"喜欢表姐吧?"

"五妹妹莫要胡说。"荆楚楚忙反驳道,脸颊却迅速变得通红,眼神也有些飘忽,"我和孙公子是清白的。"

"我并没有说你们有什么。"沈妙笑道,"窈窕淑女,君子好逑。表姐生得美丽,有王孙公子心悦很自然。孙公子仪表堂堂还家世丰厚,谁能做他的妻子,谁就是整个尚书府的未来当家主母,孙大人可只有这一个嫡子。"

荆楚楚抿了抿唇,没说话。

沈妙站起身,笑道:"我就是过来随意一说,表姐也别往心里去。世上的事都是看缘分的,若真有缘分,说不定表姐就能一辈子留在定京城了。"沈妙说完这话,转身走了出去。

荆楚楚一个人坐在屋中，下意识地又从匣子里摸出那只光滑的玉镯，没想到孙才南竟然是吏部尚书的儿子。

见识了定京城的繁华，荆楚楚更不愿意回苏州。如今沈妙最后一句话已经打动了她，若是嫁给孙才南，她就能一辈子留在定京城了。可是……沈老夫人那边呢？

外头，沈妙跨出院子。

谷雨小声地问道："姑娘希望给表小姐和孙公子做媒吗？"

"你什么时候见过我这么好心了？"沈妙觉得好笑。

"那是为何……"谷雨更不解了。

"得让表姐的心乱啊！"沈妙淡淡一笑，"老夫人和表姐之前是一头的，可若她们所求的不是一件事，你猜会怎么着？"

惊蛰一个激灵，立刻道："狗咬狗！"随即，她慌乱地道，"奴婢不是说她们是狗，奴婢……奴婢不识字……"

"你说的话也没差。"沈妙道，"这几日，你去同荣景堂的福儿打好关系。"

"福儿？"惊蛰一愣，问道。

"老夫人要把她嫁给管事的屋里瞎了一只眼的儿子。"沈妙道，"福儿可不愿意得很。"

惊蛰愣住，道："福儿自小跟在老夫人身边，怎么……"就连养的猫儿狗儿也都有几分感情，老夫人怎会把好端端的姑娘嫁给他？

"沈老夫人得了管事每年分的田利，自然要有所表示。她不愿意出银子，就得出人。"

"姑娘是打算帮福儿？"谷雨小心翼翼地问道。

"当然帮。"沈妙气定神闲地道，"老夫人犯的每一个错，都是我们的机会。"

"姑娘想收买福儿？"惊蛰问道，"可是福儿会被收买吗？福儿从前对老夫人可是最忠心的。"

"忠心得不到回报，倒戈的力量才会大。养在身边的狗发起疯来，才会咬得主人最疼。"沈妙道。

一连好几日，沈府都风平浪静，荆楚楚没再往西院晃荡，反而时常带着沈府的几个护卫出门逛街，说是想瞧瞧定京城的热闹。

不过荆楚楚身上穿的戴的，却是一日比一日富贵起来。众人都说是因为荆家两兄妹来到定京城，眼界宽了，小门小户的习惯也收敛了起来，变得越来越像定京城的人。

荣景堂内，沈老夫人看着面前的荆楚楚，眼中闪过厉芒，道："楚楚，最近可有不习惯的地方？"

"托老夫人的福，楚楚过得很好。"荆楚楚道。

"既然你过得好，那给你的药包，为何到现在都不用？"沈老夫人一双三角眼紧紧地盯着荆楚楚，语气颇重地道。

荆楚楚低着头，道："老夫人，楚楚如今连表哥的身都近不了，实在找不到机会。"

沈老夫人早早地将药包交给了荆楚楚，只让她一找到机会就给沈丘下药，谁知这么多日过去了，沈府风平浪静，荆楚楚压根儿就没动手。

"你整日在外头晃荡，晚了才回府，若是寻得到时机才怪。"沈老夫人忍不住冷笑，"楚楚，你是不是不愿意？你若不愿意，此事就算了。"

"楚楚并没有不愿意。"荆楚楚连忙道。

这些日子，她每日都和孙才南私会，孙才南待她温柔小意，送她衣裳首饰，荆楚楚心中便犹豫起来。比起沈丘去西北苦寒之地一年到头不见人影来说，她嫁给孙才南显然安逸多了。她把孙才南迷得神魂颠倒，可孙才南是尚书府嫡子，两人门不当户不对，就算孙才南喜欢她，孙天正也不会答应，给孙才南当妾，她又不愿意。

荆楚楚犹豫了，沈老夫人保证她能当上沈丘的正妻，可孙才南待她也温柔大方。人心贪婪，得陇望蜀，荆楚楚拿不定主意，便一直没给沈丘下药。

她迟迟不动手，沈老夫人急了，这才找她兴师问罪。

"你既然愿意，为何迟迟不动手？"沈老夫人问道。

"楚楚……楚楚想确保万无一失才下手，毕竟西院护卫守得很紧。若是打草惊蛇，楚楚要再动手就难了。"

"楚楚，我是中意你的。"沈老夫人慢慢地道，"但如果你一直这样，我也会失望。舍不得孩子套不住狼，你这样胆小，只怕难以成事。"

荆楚楚低头称是。

沈老夫人看了她一眼，似乎有些厌恶，道："你出去吧。"

荆楚楚忙不迭地退了出去。

待荆楚楚离开后，沈老夫人啪地摔碎了面前的杯子，怒道："上不得台面的东西！"

张妈妈一边吩咐婢子去捡地上的碎片，一边安慰道："老夫人不必心急，表小姐是胆子小了点儿，姑娘家做这种事，总还有几分顾忌。"

"我怎么能不急？"沈老夫人气急败坏地道，"垣儿昨日已经来说了，老大家的最近到处替沈丘相看姑娘，此事若真的定下来，日后我们要动手就更不可能了。"

张妈妈替沈老夫人拍着胸口顺气，道："表小姐年纪还小，且说的话也有几分道理，大老爷一家防得紧，弄不好咱们打草惊蛇，里子面子全撕破了就坏了。"

"那你说怎么办？"沈老夫人没好气地道，"时日紧迫，那丫头又不肯动手，总不能眼睁睁地看着沈丘娶个高门小姐吧？"

"老夫人，"张妈妈沉吟一下，道，"表小姐年纪小，这事儿由她来做是有几分冒险，倒不如让咱们的人来做？"

"咱们的人？"沈老夫人看向她，问道。

"不错。"张妈妈道，"咱们的人做事周全，到时候就算出了什么问题，也能将表小姐择出去，留条后路。"

沈老夫人目光微动，沉默了一会儿，突然道："你说得也不错，既然那丫头不敢动手，我就让人帮她一把。去把福儿、喜儿叫进来。"

这一日，沈妙从外头回西院，刚跨进屋门，便见谷雨和惊蛰面色焦急地等在屋里。见她回来，谷雨忙将门掩上，将沈妙拉到里屋榻前坐下。惊蛰小声道："姑娘，荣景堂的福儿传话过来了。"

"如何？"沈妙问道。

"老夫人打算亲自动手，就安排在两日后。"惊蛰怒道，"老夫人实在太坏了！老爷、夫人待她那么好，她居然算计大少爷！还有那个表小姐，奴婢早就觉得她不是什么好人了，她真是不知廉耻！"

"好了。"谷雨打断她，道："姑娘，咱们现在做什么？"

"为什么是两日后？"沈妙问道。

"两日后是家宴，恰好二夫人的闺中好友要过来看望二夫人……"惊蛰没有把话说完，可意思毫无疑问，沈老夫人想要趁着人多，坐实沈丘玷污荆楚楚清白的祸事，还要在众目睽睽下让沈丘给人家姑娘一个交代。

一模一样的手段，重来一世，沈老夫人的办法依旧没有高明到哪里去。

"这样吧，你同福儿吩咐一句……"沈妙招手，让惊蛰附耳过来，低声说了两句话。

"不过，还是得找人盯着。"沈妙道，"这事不能出错。"

"奴婢明白了。"惊蛰眼中闪过一丝跃跃欲试之色。

沈妙微微一笑，道："这是件好事儿，别给人办砸了。坏人姻缘，可是要遭报应的。"

夜里，离定京城几百里开外的庄子上，大厅中正坐着一人。

厅中站着的人俱是黑衣长靴，气势惊人。

为首一人拱手道："属下办事不力，消息传了回去，请主子责罚。"

"行了。"坐在正座上的少年懒洋洋地摆手。他一身紫衣，袍角用金线绣着细细的龙纹，灯火明灭下，金龙好似要从流动的紫云间腾空飞去。他把玩着手中一根细细的簪子，俊美迷人的面上连笑容都带着邪气。

"你们瞒不住的。"谢景行道，"我本就没打算瞒下去，只是争取时间罢了。"

"主子，"为首的黑衣人皱眉，道，"定京事宜还未处理好，眼下时间紧迫，主子打算怎么做？"

"不留后患，就先……"他侧头思索了一下，才漫不经心地道，"找个时间把谢长武兄弟解决了。"

"主子？"黑衣人一愣，迟疑地道，"这么多年都……主子为何？"

"他二人太不安分。"谢景行道，"不除了，我走得不安心。"

"可是谢侯爷已经带他二人入仕了。"黑衣人道，"如今两兄弟跟在谢侯爷身边寸步不离，我们要想动手不难，可难免惊动旁人。"

"谢鼎这个蠢货！"谢景行面色一沉，语气微带怒意，"成事不足，败事有余。"

黑衣人轻咳一声，道："主子迟迟不入仕，谢侯爷怕后继无人，所以才先让他二人顶上。"

"算了！"谢景行皱眉，"临安侯府的事，先缓一缓。公主府那边，从今日起，派人暗中保护荣信公主。"

"主子……"黑衣人犹豫了一下，仿佛下定了决心，这才狠心道，"既然日后都要如此，倒不如现在就和荣信公主划清界限……"

"什么时候轮到你教我做事？"谢景行扫了他一眼，后者立刻噤声，只觉得脊背顿时布满了寒意。下一刻,黑衣人头上有声音传来,"我做不做是我的事,她领不领情是她的事,我已仁至义尽。"

谢景行的话中含着漠然和狠绝,衬着他那张俊美无俦的脸,有种令人不寒而栗的可怖感。

他站起身来,袍角在座位上微微滑动。在一片流动的金光中,他道:"按计划办事。"

"听闻沈垣已经搜集了大半证据,"黑衣人开口道,"只怕年关一过,证据就能全部搜取完毕,那时候沈家会成为第一个被开刀的。"

"挺好。"谢景行耸肩,"要是沈垣有什么难办的地方,你就暗中帮个忙。"

"可沈垣是定王的人。"黑衣人提醒道。

"我当然知道他是定王的人。"谢景行摆了摆手,"只是让沈家先替我们挡挡而已。"

沈家家宴定在两日后。

每年家宴都是任婉云一手操办,今年的家宴却只能交给陈若秋。沈老夫人自觉给了陈若秋天大的脸面,殊不知这外表风光的差事私下里却让人苦不堪言。

秋水苑里,陈若秋坐在桌前,一手拿着账本,一手打着算盘。她身后的丫鬟开口道:"夫人,都算了一上午了,歇一歇吧。"

"银子怎么都对不上。"陈若秋苦恼地摇头,"明日这一笔银两,还得我自己掏腰包。"

陈若秋自诩出身书香世家,闻不得满身铜臭味。当初沈老夫人将中馈大权交给任婉云,她心中不是不忌妒,却放不下面子去争。这么多年,自己好容易熬出头了,成为沈家的当家主母,才发现这中馈大权也不是那么好把握的。

任婉云出身富商之家,平日里沈老夫人要多开支银两,任婉云还能从陪嫁中扣一些,毕竟任婉云不缺银子。可陈家只是文官,说得好听点儿是两袖清风,说得不好听便是穷酸,哪里拿得出多余的银子贴补?眼下马上又要家宴,银子却是不够。

从前还好,沈信每年从宫中得到的赏赐颇为丰厚,能盈余不少。眼下沈信和沈家人关系闹得僵硬,更别说贴补了。

"夫人,银两不够,要不问老爷要一些?"画意道。

"说什么胡话?"陈若秋道,"老爷的俸禄打点官场都不够,怎么能让他再出银子。我再想想如何做。"

陈若秋知道，自己没有儿子，能倚仗的无非就是沈万对她的爱意。如果连银两的事她都解决不好，岂不是要让沈万烦心？

"况且，这点儿银子也不是白出的。"陈若秋的目光闪了闪，"若是能有所收获，倒也花得值得。"

"夫人的意思是……"

陈若秋一笑，道："老太太早不办家宴晚不办家宴，偏偏这时候办，着实有些奇怪。再说了，我听闻前段日子，苏州来的表小姐很喜欢往西院跑……"陈若秋的语气里显出一丝嫌恶，"老太太这手段可真是下乘。不过……恰好，我也不喜欢沈丘。回头我再写几张帖子，你找人送到各夫人府中去。"看热闹的人，总归是越多越好。

两日后，沈府家宴。

自从沈清出事、任婉云疯了后，那些贵夫人便断绝了和任婉云的往来，渐渐和陈若秋走得近了。毕竟沈府的关系还要维系，沈不止一个夫人，比起常年不在京城的罗雪雁，出自书香门第的陈若秋显然更好巴结。

易夫人和江夫人老早就来了。江采萱和易佩兰拉着沈玥说话："年关以后我们才去广文堂，这些日子被关在府里可无聊了。"

沈玥也笑着与她们应答，沈清的事被几人颇为"默契"地遗忘了。

白薇看着远处的人影，道："那是谁？就是你们所说的表小姐？"她抬着下巴点了点不远处站着的少女。少女一身杏色衣裙，衣饰简单朴素，站着与身边的婢子说话。

"那是三妹妹冬菱。"沈玥笑道，"姨娘所出，从前身子不好都没出来，你们没见过也自然。"她故意咬重了"姨娘"二字。

江采萱几人闻言，目光顿时变得不屑起来。

易佩兰道："什么身子不好啊？还不是……就出来了。这些姨娘养的，心眼最多。玥娘，你可别被她骗了。"

沈玥笑道："三妹妹不怎么出院子，你们瞧，那才是我表姐。"

沈玥说话的工夫，就见荆楚楚从一边走了过去，没瞧见沈玥三人在这头。

白薇眼尖，疑惑地问道："玥娘，你不是说你表姐是从苏州乡下来的吗？怎么方才我看她的衣裳首饰，好像也很贵重。你看她戴的那只镯子，比你的都要好呢！"

白薇无心之言，沈玥却是脸色一白，勉强笑道："我也不知，大约是祖母送的吧。"

"有什么可看的？"江采萱道，"从小地方来的，衣裳首饰能装，眼界可不行。你看她那娇娇怯怯的样子，哪里上得了台面了？"

沈玥摇头道："你们可别这样说表姐。"

"你就是心太善了，"易佩兰道，"什么人都亲近，就连你们府上的草包，你以前都护着，现在人家有出息了，还不是不把你放在眼里？话说回来，怎么没见到那个草包？"

而她嘴里所说的草包沈妙，此刻正在西院屋中看沈丘喝茶。

"祖母到底是怎么回事？"沈丘皱着眉头，道，"怎么宴请了这么多女眷，吵死了。"

"大约把三婶认识的所有人都请到了吧。"沈妙给沈丘递茶，"也许是仰慕你少将军的风采。"

"妹妹饶了我。"沈丘摆手，"一个就已经够难缠，那么多女人，战场也没这么可怕。"

沈妙觉得有些好笑，安抚他道："也有不那么难缠的，日后等你遇着了心仪的姑娘，便不会这么想了。"

沈丘见了鬼似的盯着她，片刻后才摇头，道："妹妹，你方才说这话的神情，真是像极了娘。"

沈妙："……"

她正想说话，突然听见外头有响动，便同沈丘对视一眼。

两人一同出了门，见院门口有人在大喊："你们是怎么回事？我就是来看看沈妙，放我进去！"

沈妙一怔，道："冯安宁？"

那人听见沈妙的声音，即便被护卫拦着，也愣是朝她招了招手，道："是我啊！沈妙，你快让他们放开我！"

"放开她吧。"沈妙道，"她是冯家小姐。"

冯安宁被那二人放开后，才气急败坏地拍了拍身上的尘土，怒道："怎么回事？院子外头为什么围着这么多护卫？我还以为你出事了！好好地这么多人在外头拦着，沈妙，你有病？"

冯安宁头一次被人拦着，大小姐脾性发作，先劈头盖脸地将沈妙斥责一通，却恰恰撞上了沈丘。

沈丘侧身上前，横眉冷对，道："你又是谁？在别人府上大喊大叫，知不知礼？"

沈妙："……"

冷不防又被训，冯安宁抬起头就想反驳，瞧见沈丘后忍不住微微一愣。沈丘剑眉星目，非常俊朗，和定京城柔柔弱弱的公子哥儿不同，平日里笑容和煦，冷着脸的时候，还是令人闻风丧胆的少将军，很有几分铁血气概。

冯安宁满身骄纵之气立刻收敛了，小声地问道："你又是谁啊？"

"这是我大哥。"沈妙道。

"你来做什么？"瞧见冯安宁有些尴尬，沈妙又问道。

冯安宁一听这话就抱怨道："我来找你说话。你也知道广文堂那些人自从知道我与你交情不错后，连我也一并排斥了。"

沈丘闻言，面上缓和了几分。他知道沈妙在学堂里颇受冷落，可惜他常年不在，不能时时护着沈妙。如今沈妙有了一个朋友，虽然脾性骄纵又不晓得礼仪，不过……凑合吧。

"既然你朋友过来，你们聊吧。"沈丘轻咳一声，"我出去找爹说点儿事。"

沈妙应了。

待沈丘走后，冯安宁才小声道："你大哥怎么这么凶神恶煞的？刚刚吓死我了。"

凶神恶煞……沈妙道："是啊，他一向杀人如麻。"

冯安宁赶忙拍着胸口，侥幸地道："幸好我认错低头早，下次可不敢就这么冲进来了。"

不知不觉，到了沈府家宴开宴的时候。

男女眷是分开坐的，女眷们都在荣景堂宴客的厅中，男子们由沈贵和沈万招呼。沈信并无闲心应付京城官场上的阿谀逢迎，便自个儿坐着喝酒。

来的男子不多，且都是和沈贵沈万交好的文臣，本就和沈信说不到一块儿去，是以热热闹闹的一桌看过去，好似沈信和沈丘被人刻意冷落了。沈丘一点儿也没因此不快活，自己吃得也热闹。

另一头女眷席上，受到冷落的自然就成了罗雪雁和沈妙。陈若秋和沈玥被诸位小姐夫人问东问西，连荆楚楚和沈冬菱都被人假意关怀了两句，只有沈妙，被人故意无视了。

罗雪雁有些动怒，不过沈妙好像并不放在心上。众人只觉一拳打在软绵绵的棉花上，多来几次，也都有些兴致缺缺了。

易夫人笑道："都说苏州宝地钟灵毓秀，我原先还不信，如今见了老夫人家的表小姐，方觉得此话不假。咱们京城里可养不出这么水灵的姑娘。"

沈老夫人在宴席上表现出了对荆楚楚的十二万分看重，诸位夫人虽不知道是为什么，却也不是傻子。既然沈老夫人要抬举荆楚楚，她们将话说得漂亮些总没坏处。

荆楚楚羞得满面通红，低下头不吭声。

沈老夫人笑道："易夫人这么说，老身可不依，易小姐也是水灵得很，我看着都喜欢。"

易佩兰笑着谢过沈老夫人的夸奖，小声问沈玥："老夫人看起来还真是很喜欢你表姐？"

沈玥含含糊糊地应了，心中也有些疑惑。

沈老夫人一边嘱咐荆楚楚多吃些，一边又与人说荆楚楚的好话，直把个懂事聪慧的小家碧玉说得天上有地下无。

直到过来倒茶的婢子一不小心将茶水溅到荆楚楚身上，这样的抬举才停止。沈老夫人责骂那婢子："你是怎么做事的？烫到表小姐怎么办？"

"无妨。"荆楚楚笑道，"茶水不烫，我没事。"

"衣裳可弄湿了。"沈老夫人看着荆楚楚衣襟上大片的水渍，关切地道，"这大冷天儿的，可不能穿着湿衣裳。喜儿，你带表小姐下去换件干净衣裳。"她又嘱咐荆楚楚道："千万莫着凉。"

荆楚楚低头看着自己的衣襟。冬日的衣裳，茶水渗到棉花中去，穿在身上怪不舒服，当下她便没有推辞，红着脸对沈老夫人道了一声好，又冲在座的女眷们告辞，随着领路丫鬟离开。

江夫人道："荆家小姐真是个有福气的，得老夫人这般看重。"

沈老夫人笑得脸上的褶子都皱在了一起，道："是老身的福气，这丫头乖巧懂事，老身喜欢。"

众人又是奉承一番。陈若秋看了一眼沈老夫人，下意识地朝沈妙瞟去。察觉到她的目光，沈妙也朝陈若秋看来，目光中微微带了疑惑。

陈若秋一笑，低下头去，心中闪过一丝快慰，却没看到，在她低头的瞬间，沈妙眼中的疑惑尽数散去，取而代之的是极淡的笑意。

男子席比不得女眷席上的细致，到底是官场做派，一派酒酣耳热。沈信和沈丘虽被冷落，也有几位同僚过来敬酒，几杯过后，沈丘的头有些晕沉。

"臭小子，才几杯就醉了，没吃饭吗？"沈信怒道。

沈丘揉了揉眉心，摇头道："不知道。"

军营中长大的男子汉，这点儿酒自然不在话下。平日他们在军营里都是拿坛子喝酒，对京城的酒向来瞧不上眼，觉得不够烈，谁知道今日就被打脸了。

"真是白教你这么多年。"沈信恨铁不成钢地道。

"大伯父别气。"荆冠生笑着解释，"表哥不是没酒量，而是将扶头酒和银光酒混在一起喝了。"他指了指沈丘面前的酒杯，果然，酒杯中的酒不似扶头酒泛红，也不似银光酒剔透，反而有种混在一起的模样。

荆冠生继续道："这里有人喝银光酒，有人喝扶头酒，表哥大概没注意，倒在一起了。银光酒和扶头酒一块儿喝，旁人半杯就倒了，表哥还清醒着，实属不易。"

"哈哈哈。"一位大人闻言笑道，"世侄这酒量已经很不错了，沈将军莫要责怪他。"

沈垣扫了沈丘一眼，道："大哥再这么喝下去可不行，还是让人扶他到房中休息为好。"

沈丘挥了挥手，嘴里含含糊糊地不知在说什么，看来已经醉得不轻了。

"要不我送表哥回去吧？"荆冠生笑着道。

伸手不打笑脸人，沈信看了他一眼，道："既然如此，就麻烦你和阿智一块儿把他扶回去。"

荆冠生正要起身，却见沈丘一把抓住一边的沈垣，摇头道："阿智，你带我去。"沈垣一怔。

沈信皱眉，道："这小子，把你当成阿智了。"他又对沈丘道："臭小子，快点儿松开你二弟。"

沈丘不动。

沈垣的目光微微一动，他道："表弟和我是一样的，既然如此，我送大哥回房吧。"说完，他扶起沈丘，不等沈信拒绝，就往外头走去。

沈信正要说话，沈万已经端着酒过来，道："大哥，我敬你一杯！"

宴席上的这点儿波折，谁都没有放在心上。只是直到宴席结束，诸位夫人在院子里闲谈散心，白夫人似乎才想起，道："怎么荆家小姐还未回来？"

荆楚楚被婢子打翻的茶水弄脏衣服后，就换衣裳去了，可是自那以后便没有出现。沈老夫人一愣，对身边的喜儿道："去找人问问，表小姐怎么还不过来？"

"许是有些醉了，"沈玥笑道，"她方才饮了不少蜜酒。那酒虽说甜，后劲儿却大。表姐指不定有些犯晕，在房中休息呢！"

喜儿应声出去了。

冯安宁撇了撇嘴，推了推沈妙，道："原以为你们府上女儿多，家宴定很热闹，如今看来，也一样无聊得很。"

"历来如此。"沈妙答道。

冯安宁瞧了一下左右，道："我要去净房，等会儿再过来，你等我啊！"

待冯安宁随着婢子走后，喜儿也回到了沈老夫人身边，摇头道："老夫人，表小姐不在房中。"

"不在房中？"沈老夫人拔高声音，诸位夫人全朝这头看来，沈老夫人忙压低声音道，"那在什么地方？"

喜儿摇了摇头，道："下人们也不知道。"

"这个丫头，"沈老夫人有些焦急地道，"不会是出什么事了吧？"

她这般模样，落在各位贵夫人眼中，她们心中就起了思量。

恰好陈若秋从另一头走来，询问究竟出了什么事后，笑道："老夫人不必担心，我方才从老爷那里回来，想来是因为楚楚醉了。说来也巧，丘儿那孩子也醉了，已经被送回房中休息。咱们家宴上的酒后劲儿大，楚楚指不定是到了其他房间。"

她有意无意地点明"沈丘也喝醉了"的事实，沈妙的目光陡然锐利。

沈老夫人摇了摇头，道："你去寻几个人找一下楚楚，那丫头着了凉就不好了。"她又看向众人，道："说起来，老身最近得了一幅《金佛图》，是张巧仙绣的双面绣，就挂在正堂中。各位有心想看的，老身愿意领各位去瞧一瞧。"

张巧仙是明齐的刺绣大家，众人听闻沈老夫人这里有一幅她的珍品，都想开开眼界。

夫人、小姐们果然很热络地随着沈老夫人去看那刺绣图。荣景堂的正堂是供客人休憩的房间，平日很少有人去，因沈老夫人的客人不多，茶室大多数时候都是空着的。

然而,众人方走到茶室门口,却见那里有些异样。

房中传来一些响动,暂且听不出来是什么,似乎有什么东西打翻在地。

众人蓦地驻足。

"谁在里面?外头守门的人去哪儿了?"沈老夫人问道。

"回老夫人,之前还在这里呢,应该无人在茶室呀!"喜儿疑惑地道。

"真是养了一帮闲人,连门都守不好!"沈老夫人有些动怒,"把门打开!"

沈老夫人说这话的时候,面上已有些许愠怒之色。诸位夫人从来都是看热闹不嫌事大的主儿,无一人离开。

陈若秋宽慰道:"娘,您别生气,许是客人进错了屋子。"

说罢,陈若秋对丫鬟使了个眼色,身边的两个丫鬟便上前一步,走到门前一推。那门瞧着是紧闭的,然而并未关牢实,轻轻一推就开了。紧接着,两个丫鬟惊叫一声,似乎吓了一跳,竟是后退两步。

她们如此做派,反令人心生怀疑。沈老夫人厉声喝道:"怎么回事?!"

其中一个丫鬟似乎没站稳,双手扶了一下门,却无意间将门打开,里头的情景顿时暴露在众人面前,所有人不禁倒抽一口凉气。

茶室很小,只有一张供人靠着的小榻和案几。眼下,案几上的茶杯摔碎一地,窄小的榻上,两个人影重叠,依稀可以看清有男子压在女子身上。方才里头传来的动静,就是案几上的茶杯在争执中被摔碎的声音。

这混乱的场景不加掩饰地暴露在众人面前,那些夫人立刻就捂住自家姑娘的眼睛,生怕她们瞧见这脏污的事情。

外头的喜儿也惊呼一声,道:"表……表小姐!"

"楚楚!"陈若秋也喊道。

"什么?!"沈老夫人一愣,差点儿昏厥过去,身边的福儿连忙扶住她。

"这是怎么回事?"陈若秋面上慌乱,看在别人眼中,便是府中出了丑事后,一时间有些无措。

屋中两人不知是什么状况,听见外头这么大动静,趴在女子身上的男子没动,女子却费力地想推男子起身。

"天啊!"喜儿捂住嘴巴,一脸惊讶地道,"大少爷喝醉了酒,不是已经回屋了?怎么会在……"

她的一句话,众人听在耳中,顿时明了了三分。

喝醉的大少爷偶遇独自一人换衣裳的表小姐，色心突起，情难自控，做下污人清白的恶事。

　　"丘儿向来稳重，怎么会做出这样的事？"陈若秋痛心疾首地道，"都是喝酒误事！"言语之间，她竟已笃定了沈丘的罪名。

　　沈妙沉默地看着同曾经一模一样的画面。沈丘醒来之后百口莫辩，事实摆在面前，吃亏的是姑娘家。若是沈丘不娶荆楚楚，这么多人眼见着，回头御史参沈信教子不严，沈信也无可奈何。

　　沈玥突然道："五妹妹，你怎么不说话？"

　　顿时，所有人都朝沈妙看来。沈妙是沈丘的妹妹，沈丘德行有失，沈妙又能好到哪里去？

　　"我只是觉得很奇怪。"沈妙淡淡地道，"你们不想着解决事情，却在这里议论，要不要让人再将沈府门口的外人也一同叫起来，毕竟人多才好看热闹嘛。"

　　她讽刺的话语犹如一把刀，一下子正中红心。

　　是啊，出了这种事，寻常人家都会立刻想法子遮掩，可沈老夫人和陈若秋好像巴不得知道的人越多越好，甚至在门口议论起来。

　　陈若秋和沈老夫人有些尴尬，却听沈妙继续道："就算我娘不在这里，这里也总该有人主持大局，难道由二婶换成三婶当家，三婶就不知该怎么做了？"

　　陈若秋的脸色一下子青了，连带着沈玥的面色也不好。沈妙这话分明是说陈若秋主持大局的能力不如任婉云。

　　沈老夫人被沈妙几句话说得恼羞成怒，开口道："五丫头，你大哥出了这等事，你就是这般态度？简直冥顽不灵！"

　　沈妙摇了摇头，道："这事也算大事，还是将爹和二叔、三叔请过来，再做定夺吧。"

　　沈老夫人愣住，陈若秋愣住，在场的所有夫人都愣住。这件事本就是越少人知道越好，怎么现在沈妙也巴不得让更多人知道？

　　门就那么大喇喇地开着，里头的人似乎也没什么动静。丫鬟们本想将门掩上，却听沈妙冷笑道："别关了，既然该看的都看过了，再关门也是掩耳盗铃。谁还要看的，大可再仔细看个清楚明白。"

　　沈老夫人觉出些不对，想让人进屋去，可此刻骑虎难下，再多做什么反而显得欲盖弥彰。因此，她也只能按捺下心中的不安，眼巴巴地看着沈妙吩咐人去将沈信他们请来。

江采萱抹着眼泪，道："荆家小姐如今年纪还小，出了这种事情，下半辈子可怎么办呀？"

"烦请诸位给我做个见证。"沈老夫人道，"我沈家自来家风端正，出了这种败坏门风之事，自然要给楚楚一个交代。楚楚是我娘家的侄孙女，自来乖巧懂事，我本想留她在身边，日后给她找个好人家，谁料……"沈老夫人面色沉痛地道，"我沈家不是仗势欺人的人家，不管日后怎样，楚楚都是我沈家的孙媳，这一点毋庸置疑！"

好一个冠冕堂皇的理由！好一派义正词严的嘴脸！若非知晓其中内情，沈妙也要为沈老夫人这般作态叫一声好。沈老夫人不愧是戏子出身，做起戏来倒精彩。

果然，沈老夫人说完这番话，就博得众人的好感。

"不愧是世家大族，真是敢做敢当。"

"若是这样，那荆家小姐下半辈子也算有个依靠。"

"没想到沈老夫人还有这般气度。"

那些话，一半是称赞沈老夫人知错就改，一半是可怜荆楚楚莫名其妙地遭此横灾。至于沈丘，已经被众人刻画成了不知廉耻的色狼。

正在此时，众人听得一声匆忙的惊呼："楚楚！楚楚！"

众人抬眼看去，沈妙吩咐的人终于将沈信一行人叫了过来。

这倒也还好，下人未曾将那些官场上的同僚叫来，只有沈信三兄弟和罗雪雁，走在最前面的是荆冠生。诸位夫人见了他，皆为他让了道。荆冠生站在门前并不进去，只是呆呆地看着门里，如遭雷击。

"怎么回事？"罗雪雁急道。

陈若秋抹了把泪，道："大嫂莫要急，此事也不怪丘儿，都是喝酒误事。"

来的路上，沈贵和沈万已经听说了此事。沈贵做出一副惭愧的姿态，道："都怪我不好，丘儿喝酒的时候，我该拦着。若不是他喝醉了，怎么会出这种事情？"

"二哥不要自责了。"沈万叹道，"出这种事，谁都不想，还是想想眼下该如何？"

"还能如何？"荆冠生双眼通红地道，"我妹妹好端端来到此处，却被人图谋，污了清白，我自然要为她讨个说法！"

"你的嘴巴给老子放干净点儿！"沈信一听就火了，"沈丘那臭小子是老子看着长大的，不可能做这种事！"

"不错。"罗雪雁冷笑一声，"荆楚楚又不是什么国色天香，丘儿在边关的时候，多少大人想将自家姑娘嫁给他，随便拎一个出来都比荆楚楚好看，为了个荆楚楚搭上前程，丘儿是不是傻呀？"

沈信本就是软硬不吃的狠角色，罗雪雁更是泼辣，说话都不会婉转，一番话说得荆冠生脸色发白，沈老夫人更是给气得说不出话来。

沈妙有些想笑，曾经沈信和罗雪雁也是这般护着沈丘的，可惜沈老夫人叫了这么多京中贵夫人来"做证"，无非就是让沈丘没有退路。

"人证物证俱在，你们怎么狡辩？！"荆冠生怒道，"难道我妹妹一个弱女子还能强迫沈丘！我原以为沈丘是个君子，不想却是知人知面不知心，我要报官！"

沈老夫人怒道："够了！冠生，你是我的侄孙，楚楚这丫头我喜欢得紧，让她受委屈，别人同意，我还不同意！放心，我一定会给你一个交代！"

"老大！"沈老夫人话锋一转，又对着沈信怒道，"这件事情本就是丘儿有错在先，你爹从前是怎么教你的？沈家人做事顶天立地，坏了人家姑娘的清白就要对人家负责！丘儿做了这等事，必须娶了楚楚，待她好一辈子！"

沈信听到这话，再看沈老夫人的面容，只觉她说不出地虚伪可恨，心中无名火起，大怒道："我说过了，丘儿不可能做这种事！"

"可是……"一直躲在后面无人注意的沈冬菱突然开口道，"为什么都没进去看，就说里面的人是大哥呢？大哥真的在里面吗？"

众人都呆了呆。

不错，里面的人真的是沈丘吗？从开始到现在，一直都无人进去瞧一眼，能瞧见的，也只是两具重叠在一起的身子。其实诸位夫人心中都大致明白，这事儿水深，说是酒醉后的误会，大约里头的人也是被算计了。不过，既然沈老夫人算计到了这份儿上，沈丘也只有自认倒霉。

陈若秋笑道："冬菱说的什么话？只有丘儿醉酒离席了，不然还有谁呢？"

"还有二哥呀。"沈妙轻飘飘地开口道，"为什么二哥也不见了？为什么就只要我大哥负责呢？"

"妹妹，你说什么负责？"

一个突兀的声音响起，陈若秋的脑子一炸，众人皆回头看去。不远处，沈丘衣衫清爽，身边站着冯安宁，两人皆有些疑惑地看着众人。

"安宁！"冯夫人吓了一跳，忙过去将她拉走，斥责道，"你怎么到处乱跑？！"

"我去净房，转头就迷路了。"冯安宁很是无辜地道，"我绕了许久都出不来，恰好遇着沈家大公子，他就带我过来。出什么事了？"

沈信和罗雪雁怔了片刻。沈信哈哈大笑起来，那笑容听在众人耳中，很有几分得意。

沈丘好端端地在这里，里面的人又是谁？

"看也看够了。"沈妙微微一笑，"来人，让我们看看清楚，要负责的人，到底是谁？"

沈老夫人想阻拦已经晚了。罗雪雁身边的婢子都是孔武有力的，不等陈若秋发话，她们便先冲了进去。只听得里头呻吟一声，两个婢子已架着那男子往众人面前看去，道："回夫人，是二少爷！"

沈垣衣衫不整地出现在众人眼中。

沈妙嘲讽的声音响起："什么呀？原来不过是误会一场，好端端的，差点儿就让大哥背了黑锅。你们这些下人，下次眼睛都给我放亮点儿，坏人名声这回事说出去，是要被关牢房的！"

"妹妹，你在说什么？"沈丘挠了挠头，"我要背什么黑锅？"

"丘儿，有人想塞媳妇儿给你呢！"罗雪雁算是看出来了，无名之火噌噌地往上冒，说话也就越发不客气，"我就说，咱们丘儿的媳妇儿定要我亲自过目，丘儿又恪守本分，哪里会随随便便往自己屋里领媳妇儿呢！"

冯安宁恍然大悟，道："什么呀，我与沈大公子一直在一起，沈大公子想来是醒了酒。我只听过强娶，莫非眼下还有强嫁？"

冯夫人变了脸色，斥责道："安宁！"

冯安宁吐了吐舌头，不再说话了。

"祖母、表哥、二叔，现在这模样，可怎么办？"沈妙为难地开口道。

什么叫打脸？这就叫打脸！

沈老夫人有些着慌。为什么沈丘变成了沈垣，她不晓得其中出了什么变故。一看沈妙笑眯眯的模样，沈老夫人就明白，此事定和沈妙脱不了干系。

沈贵也傻了。他是听说沈丘犯了错，才特意过来看热闹，如今沈丘变成了沈垣，沈垣才刚回京赴任就出了这事，这……这不是断他的官路吗？！

诸位小姐尚且迷糊，夫人们却看得明白。今日之事，分明是沈家自己做的一场戏。有人想借着荆楚楚坑沈丘,谁知道最后沈丘却变成了沈垣。今日布局之人怕也没想到会被反将一军,甚至连她们这些被请来"做证"的人,都一并成为对方的筹码。

沈老夫人骑虎难下,双眼一翻,就要装昏厥将此事糊弄过去,却听沈妙道:"表哥,表姐出了这事,你身为她的哥哥一定很难过,放心吧,祖母方才说过,一定会对表姐负责的。"

沈老夫人霎时就不晕了,瞪着沈妙,道:"垣儿此刻还昏迷不醒,明显是被人算计了。五丫头,你可莫要胡说八道!"

"老夫人,您这是说的什么话?"不等沈妙开口,罗雪雁先炸了,"方才您说里头那人是丘儿时,可不曾听到您替他着想。垣儿是您的孙子,丘儿就不是您的孙子吗?您这一碗水也端得太平了吧?"

罗雪雁不怕与沈老夫人撕破脸,沈老夫人只能大怒道:"你这是要造反?!"

"祖母,咱们还是先来说说怎么处理二哥的事吧。"沈妙微微一笑,"方才祖母是怎么说的?祖母说,祖父以前说过,沈家人就是要顶天立地,坏了人家的清白,就必须对人家负责。二哥必须娶表姐!"

她故意学沈老夫人义正词严的语气,罗雪雁扑哧一声笑出来。

沈妙又看向众人,道:"各位夫人都瞧见了,祖母说话一向言而有信,这么短的时间,一定不会忘记的。"

周围的贵夫人都知道沈妙是将她们当枪使了,却只能呵呵干笑。

沈老夫人被沈妙这么一顿连嘲带讽,气得脸色红一阵白一阵,只能一遍遍地重复道:"这件事情有蹊跷,这件事情有蹊跷!"

"我也觉得这件事情有蹊跷,"沈妙挑眉,道,"所以还是报官吧。爹,你的手下动作快,现在去来得及。"

沈妙的话音未落,众人就听见沈贵喝道:"不行!"

沈妙惊讶地道:"怎么又不行了?"

沈贵恶狠狠地看着她,一旦报官,这件事就怎么都瞒不住了。朝中那些御史每日清闲得很,知道了这事,不好好参他一本才怪。

"算了,"沈妙有些头疼地摆了摆手,"总归这件事还要看表哥的意思。"她看向神色阴沉不定的荆冠生,笑道:"表哥才是最痛心的人吧?"

荆冠生不说话。

沈老夫人怒道:"先找大夫来!"

陈若秋忙着打点诸位夫人，那些个夫人、小姐看够了好戏，口口声声地保证不说出去，接着告辞。

冯安宁对沈妙眨了眨眼，跟着冯夫人离开了。

沈玥看着一片狼藉的院子，心中颇为失望，明明只差一点儿就能毁了沈丘，为什么最后变成了沈垣？

沈信他们也随着沈老夫人往正厅走去，这事总归要给个处理的法子。

沈妙走在最后，突然被人喊住。她回头一看，却是荆冠生走到身前。

荆冠生向来斯文和气的脸上，此刻只有恶狠狠的阴沉。他道："五妹妹，这是你做的吧？"

"是啊。"沈妙爽快地承认了。

没料到沈妙会这么说，荆冠生先是一愣，随即扬起拳头。惊蛰和谷雨忙挡住。沈妙冷冷地看着他，道："是我干的，你又能奈我何？"

"你无耻！"荆冠生低吼道。

"无耻的是我？"沈妙看着他，"表哥，今日之事，你敢说你不知情？"

荆冠生怒视着她。身为荆楚楚的兄长，荆冠生怎会不知道沈老夫人的打算？让荆楚楚成为沈丘的夫人，对他来说有益无害，可谁知道最后那人变成了沈垣！

"让自己的妹妹成为筹码，现在却说我无耻，表哥，你不觉得太恶心了吗？"沈妙笑道。

"你！"

"事情已成定局，表哥不妨换个法子想一想。"沈妙看着他，"表姐已经当着那么多人的面失去清白，日后再想嫁个好人家，成为表哥的筹码，可就很难了。谁愿意娶个不清白之人呢？"

她说得恶毒，荆冠生捏紧拳头，却不得不承认沈妙说得不错。

"表哥，看在你我表兄妹一场的分儿上，我也提醒你一句，"沈妙笑得亲切，"其实只要表姐嫁到沈家，对你们来说，都算攀上高枝了。既然如此，表姐嫁给大哥或是二哥，又有什么区别？"

荆冠生心中一动，看着沈妙不言。

"说起来，我二哥也是年纪轻轻就入仕，日后也是前程似锦，比起我大哥来说，亦是优秀。既然你是打着拿妹妹换前途的主意，床上的人变成了二哥，那表姐就从大嫂变成二嫂，反正对你们也没坏处。"她看着自己的指甲，也不知是在对谁说话，"做人啊，要懂得变通。"

沈府家宴中的这桩丑事，表面上到底没有流传出去。至于私下里，这位夫人当个笑话说给那位夫人，早早地就传遍了。沈老夫人自作聪明的那番话，也把自己逼上了绝路。

　　因为这事，大房和沈老夫人算是彻底闹僵了。沈垣和荆楚楚醒后，荆楚楚又哭了一回，只说是被沈垣扯进去的。沈垣大怒，不肯承认，只道醒来时已经和荆楚楚躺在一起，指不定荆楚楚还是完璧之身。

　　不过，荆楚楚是不是完璧之身一点儿也不重要，当着那么多夫人的面，给大家看到了那样的一幕，荆楚楚的下半辈子也就完了。

　　许是受了刺激，许是因为别的，荆家兄妹一改往日的温和柔顺，咄咄逼人起来，非要沈垣给他们一个交代。沈老夫人先前也说了，对方如果是沈丘，荆楚楚便能成为沈府的大少夫人，如今对象变成了沈垣，自然而然地，荆楚楚就该成为沈府的二少夫人。

　　沈老夫人的算盘打得精妙，她怎能让这种事发生？沈垣是她最出色的孙子，绝对不能娶一个小门小户出来的姑娘。顿时，她就找了些推辞的借口。

　　荆冠生看着斯文，实则精明无比，二话不说要带着荆楚楚见官，还一封家书送回老家，乡下老家的人听说此事，气愤沈老夫人心口不一的做派，带着人马要上定京讨说法，竟是要和沈家耗上了。

　　原先的同盟一朝破裂，沈老夫人整日大骂荆冠生两兄妹白眼狼，荆冠生兄妹也明嘲暗讽沈老夫人为老不尊，沈府里乌烟瘴气。

　　沈垣也恼怒得很，但这事闹得太大，他总不能直接把荆楚楚杀了，因为荆楚楚一旦出事，谁都会怀疑到他头上。

　　屋里，惊蛰一边替沈妙收拾着桌上的纸墨，一边道："听说今儿个表少爷又和老夫人吵起来了。荆家人也已经在路上了，老夫人眼看着是拖不下去，着急了吧？"

　　"该说的话，我们都说了。"沈妙端起茶，抿了一口，"表哥是聪明人，总不能让他妹妹白白被人占了便宜。"

　　"表少爷也真够狠的，"谷雨也道，"整日拿报官要挟，明知道二少爷方回京赴任，这要是报了官，二少爷的官路可就毁了。奴婢看，这回二少爷少不了得娶表小姐，还多亏了老夫人谨遵老太爷的家训。"

沈老夫人的做派让人作呕，如今她搬起石头砸自己的脚，怎么不大快人心？

"不过……"惊蛰问道，"表小姐这样费尽心机地嫁给二少爷又有什么好？老夫人与她撕破了脸，二少爷心中也不喜，她嫁到府上，也不会与二少爷恩爱。表小姐这不是在给自己找罪受吗？"

沈妙微微一笑，道："荆楚楚嫁的不是人，而是银子。既然如此，喜欢不喜欢，恩爱不恩爱，又有什么区别？"

曾经，荆楚楚嫁给沈丘，沈丘待她也不错，可她最后还不是将沈丘害到了那个地步。

"说起来……"谷雨撇了撇嘴，"表小姐想害大少爷，如今却让她这么好端端地嫁进来，真让人不痛快。"

沈妙打开窗户，看着窗外，道："你以为，这就结束了吗？"

谷雨眼睛一亮，道："姑娘还留着一手？"

"让他们哑巴吃黄连，只是开始。"沈妙道，"荆楚楚算计大哥在先，她以为自己逃得了？"

惊蛰和谷雨目光闪闪地看着沈妙。沈妙摆了摆手，道："先去把给福儿的银子结了。"

谷雨接过银子，笑道："奴婢晓得了。表小姐身边的丫鬟，也送一份银子过去，对吗？"

沈妙满意地点头，道："不错。"

咬人最疼的，是养在身边的狗。她曾在这上面吃过亏不要紧，得来的教训，亦可以用于他人身上。

五日后，沈垣和荆楚楚定亲的消息传遍了定京城。

沈垣在外历练几年，刚回京赴任，等待他的是大好前程。京城不乏家世相貌都好的姑娘，他认真挑一挑，找个能帮衬自己的妻子也不难。可他最后选择的，是来自乡下的姑娘。事出反常必有妖，定京的那点子事，谁还不知道？私下里沸沸扬扬地传着，沈垣之所以娶荆家姑娘，不过是因为趁着酒醉把荆家姑娘睡了。荆家也不是省油的灯，口口声声要去报官。娶个一穷二白的姑娘总比被御史参一本丢了官帽好得多，沈垣也是被逼到绝路，才会出此下策。

这事被当笑话般在贵人圈子里传来传去，一连好几日，沈贵上朝的时候都顶着同僚们看笑话的目光，更别提沈垣了。他们因此名声大损，对荆楚楚来说却是毫无关系。她坐在屋里，百无聊赖地尝着点心。

在她身边，正收拾着屋子的贴身丫鬟桃源道："老爷和夫人不日就到了，到时小姐的婚事一定办得热热闹闹，传回苏州，可风光得很呢！"

荆楚楚一笑，道："也不枉我一片苦心。"

"不过……"桃源有些担忧地道，"如今沈家二少爷和老夫人待小姐如此恶劣，小姐嫁过去，万一他们欺负小姐可怎么办？"

"怕什么？"荆楚楚打开一盒胭脂端详，"我早已打听过，二表妹死了，二表婶如今是疯的，主持不了大局。二房里就只有一个姨娘，总插手不到嫡子的房中事。至于表哥，也不是日日都待在府上。那时我一人在二房院中，想做什么就做什么，自由得很。"

"话虽如此，"桃源摇头，"日后二少爷再娶些姬妾回来给小姐添堵……"

"这不就看你的了嘛。"荆楚楚看着桃源，施舍一般道，"这几年，你跟在我身边，我瞧着你忠心，真有那一日，我便让二表哥收了你，你替我笼络住他。"她笑得满意，"可不是人人都有这般福气，从丫鬟变成大户人家的姨娘的。"

桃源低下头，连忙道："奴婢……奴婢听小姐的话。"

荆楚楚合上胭脂盒，目光又落到梳妆台上的一只手镯上。她拿起镯子，有些发呆地看着。

桃源见状，奇怪地道："这不是……孙公子送给小姐的镯子吗？"

"孙公子……"荆楚楚的神情有些飘忽。

"说起来，孙公子待小姐可真好。"桃源笑道，"也不知听闻小姐定亲的消息，孙公子会有多伤心。"

"你胡说八道什么？"荆楚楚柳眉倒竖，打断桃源的话。

桃源不服气地道："奴婢并没有说错。孙公子与小姐虽见面不多，可一见如故，又花心思送小姐东西，可见他是真将小姐放在心尖上的。若不是二少爷这事，孙公子一定会想法子娶小姐为妻！"

荆楚楚一愣，面上生出一丝红晕，摇头道："尚书府高门大户，怎会娶我这样白户出身的人为妻？"

"可孙公子是真心喜爱小姐！"桃源有些口无遮拦了，荆楚楚非但没生气，反而有些欢喜，只听桃源还在继续道，"孙公子成为荆家的姑爷才好，孙公子比起二少爷来，对小姐爱若珠宝。要是嫁过去，孙公子也会把小姐捧在手心。"

"别说了！"荆楚楚打断她的话，"既然我选择了沈家，再谈孙公子也无意义。"她的语气竟还有些感伤。

人总是对自己得不到的东西念念不忘，桃源的一番话，像是蚂蚁在荆楚楚心上爬过，让她觉得痒痒酥酥的。

"小姐……"桃源迟疑了一下，"小姐不妨去和孙公子见一面，孙公子知道这事，却不晓得其中的内情，误会你便不好了。小姐与孙公子说开了此事，孙公子也只会心疼你的遭遇。人一辈子难得遇到孙公子这么好的人，小姐这么做，孙公子一定很伤心。上次见面的时候，孙公子还说给小姐送那支蜻蜓宝石簪呢！"

荆楚楚闻言，目光动了动，似乎思考了半晌，下定决心般道："你的话也有道理，我应该跟他解释。"

"不过，小姐现在同二少爷有了婚约，此事不能被外人瞧见。"桃源道，"不如交给奴婢吧。奴婢找一处无人的地方，届时小姐和孙公子说得清清楚楚，也算没有辜负他。"

荆楚楚点了点头。

沈垣大步往院子里走来，额上青筋跳动。

这些日子，他每日都顶着众人异样的眼光。傅修宜虽未指责他，对他的态度却淡了不少。很简单，沈垣是傅修宜暗中培养的心腹，可终有一日，沈垣是要站到明面上来的。如今他有了这么一个污点，连带着傅修宜的脸上也不好看。

沈垣自己也憋屈，被人当笑话看了一场后，还得娶荆楚楚那个虚有其表的女人。哪怕日后有谁家的官家小姐看上他，也不会嫁进来被人耻笑。

他深深地吸了口气，目光紧紧地盯着朝这边走来的人。

沈妙和两个丫鬟自花园走过来，瞧见沈垣，她停下脚步，道了一声："二哥。"

想想自己落到这般狼狈的境地，全都是拜眼前的少女所赐，沈垣就恨不得将沈妙掐死在面前。

见沈垣不说话，沈妙自己笑了起来，道："说起来，二哥和表姐定亲了，我还未道声恭喜。恭喜你啊二哥，抱得美人归。"

沈垣冷声道："多谢五妹妹。"他顿了顿，又看着沈妙，"五妹妹好本事。"

沈妙施施然接受。沈垣冷笑一声，道："五妹妹，木秀于林，风必摧之，这个道理，你还是早些明白为好。"

"大家都知我是个草包。"沈妙沉吟道，"倒是二哥自来优秀。"

"是吗？"沈垣缓缓地反问道，"五妹妹是不是成竹在胸了？是不是认为，我娶了荆楚楚，这局就是我输？"

"怎么会？"沈妙谦虚得很，"我知道二哥顽强坚韧，又百折不挠，这些小打小闹肯定不会被二哥放在眼里，离棋局结束还早。"

"或许没你想的那么早，"沈垣突然古怪地笑了一下，"也许很快就结束了。"

沈妙挑眉，问道："二哥又想算计我？"

"你怕了？"

沈妙颔首，道："我不怕被人算计，就怕别人不来算计我。别人不来算计我，我怎么有机会呢？"

"那你就自求多福吧。"沈垣冷笑道，"希望到了那一日，你还笑得如此开心。"

说罢，他便大步走远了。

待他走后，沈妙面上的笑容消失无踪。

惊蛰和谷雨瞧见，心中一惊。

谷雨道："姑娘，二少爷可是有什么不妥？"

沈妙摇了摇头。沈垣这个人，若是没有把握，不会说出那番话。到底是什么事让他觉得，她连翻身的机会都没有？沈妙心中隐隐生出一些不安，又被飞快压下。

沈妙看着沈垣的背影，轻声道："棋局还早得很，但棋局也快结束了。"

定京城的宝香楼中，歌舞升平，丝竹袅袅。

小筑中，茶室里，桌前的茶水放了一夜，早已凉透。

侍卫打了个盹，差点儿把茶壶打翻，惊得睡意全无。他脚尖一翘，摔落下去的茶壶稳稳地停在他的靴子上，被他拿起放回桌上。

啪啪啪！掌声响起。床上的美人儿冷眼瞧着这一幕，不咸不淡地恭维道："好功夫好武艺，真是让人大开眼界。"

莫擎别开眼，不去看女子裸露的香肩，只看着窗外的日头，心中一喜。太阳出来了，一夜已经熬过去，自己又可以轻松三日。他想着想着，面上生出一丝轻松的喜意，就要起身走人。

不等他站起身，流萤就一屁股坐在他对面，道："莫公子。"

莫擎面无表情地看着对方。

"莫公子要是嫌弃流萤身子不干净，大可以找宝香楼别的姑娘。"流萤冷着一张俏脸，赌气般道，"这里每日都会有新来的姑娘，干净得很，莫公子不必在我这里浪费银子，惹人误会。"

莫擎心中尴尬，并不去看流萤。沈妙交给他的差事让他如坐针毡。他宁愿去沈府门口守夜，也不愿在烟花之地流连。

见莫擎不说话，流萤更是气不打一处来，道："莫公子下次也别过来了，流萤担不起莫公子的银子，拿钱不做事，可别砸了我辛辛苦苦立的招牌！"她说着便转过脸去，看着窗外。

莫擎摸了摸鼻子，觉得说什么也于事无补，便放下一锭银子，出了门。

莫擎走后，丫鬟进来扫洒，安慰流萤道："姑娘别生气，左右莫公子每次都是拿了银子来的。"

流萤怒道："谁稀罕！"

"莫公子是个好人吧。"小丫鬟喃喃地道。

"谁知道！"流萤正准备收回看着窗外的目光，无意间扫到街边角落，有个人站在阴影里，抬头看着上头，似乎在看她。

她微微一愣，离得太远，看不清对方的相貌，只见那人一身青衫落落，即使只有影子，也显得颇有风度。

"咦？"流萤摇着手中的团扇，"莫非近来我变美了？一个个的，光是看我便满足了？"

"姑娘生得美，想看姑娘的人可多了。"小丫鬟嘴甜地道。

流萤撇了撇嘴，道："尽是怪人。"一手掩上窗户。

街道的另一头，莫擎驻足，皱眉盯着那角落中的一袭青衫。

那人瞧的地方正是流萤小筑，不过……莫擎目光动了动，青衫男子面熟得紧，他记得有一次随沈妙回府的时候，曾与那人见过一面，听惊蛰说过，那人是沈妙广文堂的先生，似乎叫裴琅。

荆家人几日后来到了京城。

荆家夫妇知道了荆楚楚和沈垣的事，先痛哭了一顿自己女儿命苦，又吵闹着要报官，一定要让沈垣付出代价。明眼人都清楚，荆家夫妇是得了便宜还卖乖，愣是要做出沈垣巴巴地娶荆楚楚的阵仗。

不是一家人不进一家门，沈老夫人在府里蛮不讲理了这么多年，娘家人的横行霸道与她如出一辙。几番较量下来，沈老夫人竟处于下风，答应八抬大轿迎娶荆楚楚过门，还得赔上一大笔聘礼。

沈老夫人哑巴吃黄连，有苦说不出，每日面对荆家夫妇的嘴脸，更是气得嘴歪眼斜，一怒之下，干脆躲进荣景堂，什么人都不见。

尚书府中，孙才南看着手中的帖子，三两下揉成一团，扔到纸篓中。

"沈垣这个浑蛋！"他恨恨地道。他在荆楚楚身上花费的工夫格外多，没想到最后被沈垣占了便宜。

小厮小心翼翼地道："荆姑娘和沈二公子也是不得已为之。"

沈府家宴发生的一切，孙才南早就从旁人嘴里听说了。他沉下脸，道："荆楚楚那个贱人，收了小爷的东西，还敢耍小爷。"

沈府家宴之事，怕和荆楚楚脱不了干系。她一边收着他的东西，一边却筹谋嫁给沈家人？对孙才南来说，被女人玩弄才是最耻辱的事。

"少爷打算怎么办？"小厮问道，"荆姑娘给的帖子，接还是不接？"

孙才南低头看向手中的帖子，帖子上头犹有芬芳，仿佛女儿香，一如荆楚楚温顺无害的外表，总是藏着一颗不安分的心。即便她快要嫁给他人，还要来撩拨他最后一把。

"当然接了。"孙才南笑了一声，"本少爷给了她那么多银子，还没占过便宜呢！"他瞪了小厮一眼，"去，回张帖子。"

这些日子，沈垣总是不在府中，任凭荆家人如何作怪，他都鲜少露面。这可苦了陈若秋，她一边要应付沈老夫人的怒火，一边要满足荆家人贪得无厌的胃口，公中银子只出不进，越来越少。

"夫人这几日怎么都是忧心忡忡的？"沈万下朝回来，见状便问道。

陈若秋勉强笑了笑，不想与沈万说银子的事，就道："荆家人整日在府上作乱，惹人烦心。"

沈万也叹了口气，道："娘这次是赔了夫人又折兵，垣儿也被拖了后腿。"

"这些日子，你也辛苦了。"陈若秋温柔地道，"沈家出事，你也要被人指点。"

沈万摇了摇头，道："这倒没什么，只是垣儿娶了荆楚楚，日后我想在官场上与他互相帮衬，却有些麻烦。"他叹了口气，"本来垣儿是最有指望的。"

陈若秋低下头，道："谁知道呢，眼下五姐儿也变得这般厉害，大哥大嫂一家……真叫人为难。"

"也不用担心。"沈万拍了拍她的肩膀，"垣儿不是普通人，小五算计垣儿，垣儿肯定要还回来，大哥大嫂也有无能为力的时候。"

"夫君的意思是……"陈若秋心中一动。

"垣儿最近有些奇怪。"沈万低声道，"我总觉得有事要发生。"

西院中，沈妙放下手中的书，蹙眉道："沈垣究竟想干什么？"

莫擎低声道："小姐让属下守着宝香楼已经许久，眼下……"

"继续。"沈妙打断他的话，莫擎的脸色顿时垮了下来。

他想了想，又道："不过广文堂的那位裴先生出现了，小姐有什么别的吩咐？"

"没有。"沈妙道，"你做好自己的事就好。"

"没想到裴先生也会去宝香楼那种地方。"谷雨眨了眨眼，"他看着真不像是那样的人。"她顿了顿，又补充了一句："莫侍卫也不像。"

莫擎脸上臊得慌。

"莫擎，这些日子，你除了去宝香楼，偶尔也注意下东院沈垣的动静。"沈妙道。不知为何，沈垣总是让她有些不安心。

莫擎点头称是。

待莫擎走后，惊蛰问道："姑娘，二少爷还会打什么坏主意吗？"

"很奇怪。"沈妙道。

沈垣在出事后，一不去调查那日到底为什么会生出变故，二不设法阻拦。荆楚楚要嫁给沈垣，沈垣用别的法子大约也能拖一拖，可他竟然连拖都没有，只能说明，他眼下在做一件更重要的事情。

沈妙想不出有什么比对付自己还重要的事。

沈垣在算计什么？可他整日都不待在沈府，沈妙也不能窥探出来。

"姑娘不必担心，对了！"惊蛰突然想起了什么，"桃源说，表小姐给那头送了帖子，也已经收到了回帖，明日就去赴约。"

沈妙眼睛一亮，道："很好。"

沈垣让她觉出不安，有些事情越早进行越好。

他们这头商量事情，沣仙当铺的临江仙楼上，也有人在说此事。

"沈垣已经搜集了沈信的证据，全都呈给傅修宜。"季羽书道，"三日后傅修宜会上折子给皇帝，沈家想必难逃一劫。"

"违抗君令，阳奉阴违，这种事情被翻出来，沈信最轻也是解甲归田。"高阳道，"沈家这个沈垣也有点儿本事，这种东西都能找出来。"

"不是说了吗？"季羽书有些不耐烦地道，"沈垣着手对付沈信已经多年，一直筹谋等着派上用场。要不是这次事情来得急，等他再搜集两年，沈家大房全得完蛋。"

"所以说，傅修宜确实挺有眼光。"高阳道。

"所以现在到底怎么办？"季羽书头疼地道，"沈家大房倒霉，沈小姐该有多难过？"

"你还想着沈妙？"高阳白了他一眼，"要不是沈妙撺掇着把沈垣捉奸在床，沈垣也不会这么快动作。他提前出手，不过是被沈妙逼的。"高阳摸着下巴，"以沈垣对沈妙的痛恨，这一次定不会轻易放过沈妙。也许沈家大房其余人尚可捡条命，沈妙的下场一定是惨之又惨。"

季羽书急得抓耳挠腮，道："那怎么办？沈垣那个浑蛋，该不会对沈小姐使出什么下三烂的手段吧？他连自家大伯都能算计，心肠肯定黑透了。"

"放心吧，"高阳慢悠悠地道，"沈垣的心肠黑透，沈妙也不是什么省油的灯。我这次倒很好奇，沈妙又会使什么手段力挽狂澜。以她出手就灭了豫亲王府满门的性子，我总觉得她不会这么束手就擒。"

季羽书忽而想到什么，看向高阳，道："三哥临走前说不许咱们插手沈家的事，所以……她要是赢了，你也不许帮沈垣。"

"你对她倒是挺有信心。"高阳展开折扇摇了摇，"我也很想看她究竟会用什么法子。"高阳看着季羽书松了口气的神情，又毫不留情地给他泼冷水，"不过你也不要太过放心，定京城的局势变了不少，有一点却不会变，就是定王的野心。沈家是块送上门的肥肉，他岂会不好好利用？沈妙也只是个闺阁女子，定王不比豫亲王愚蠢，一人之力难以抗衡诸多势力，沈信的官帽这回十有八九要丢。而沈信一旦丢了官帽……"他半是叹息半是感叹地道，"对沈家大房来说，就是灭顶之灾，他要护的人，一个都护不住。"

季羽书的脸色慢慢地沉下来。

"谢三曾经说过，无论如何，沈家大房都免不了覆亡的宿命。"高阳停下摇扇的手，目光微微闪动，"就和谢家一样。"

第二日，天气晴好，荆楚楚带着桃源出府。

马车上，荆楚楚有些紧张，问桃源道："你选的那间酒楼到底牢不牢靠？"

"放心吧，小姐。"桃源道，"酒楼远得很，又偏僻，平日里去的人也极少，小姐戴着斗笠，不会被人认出来的。"

荆楚楚这才放下心。

马车经过城南，在一处偏僻的巷子前停下。荆楚楚摆正了斗笠，扶了扶面纱，才由桃源扶着往酒家走去。

酒家只有上下两层，倒真如桃源所说，偏僻又冷清。客人三三两两，不甚拥挤，瞧她进来也未曾留意。

桃源给了掌柜的一锭银子，笑道："掌柜的，昨日就订好的那间客房在何处？"

掌柜的连忙吩咐伙计带荆楚楚进去。

二楼客房位于最后一间，阁楼都是木质的。桃源谢过伙计，扶着荆楚楚进房。

一进房，荆楚楚就迫不及待地摘下斗笠和面纱，道："闷死我了！"

"小姐先歇一歇，喝点儿茶。"桃源道，"想来孙公子快到了。"

"你过来替我理理头发。"荆楚楚对着铜镜摆弄两下。

"小姐好看得很，"桃源恭维道，"今儿个更是美得紧。"

两人正说着，门吱呀一声开了。荆楚楚和桃源都一愣，便听一个熟悉的声音响起："楚楚，真的是你？"

孙才南站在门口，目光殷切地瞧着荆楚楚。

荆楚楚顿时红了脸，看了桃源一眼，道："你下去吧。"

"好。"桃源笑道，"孙公子和小姐先说话，奴婢就在门口守着，不会让人进来。"

荆楚楚低下头。待桃源出去将门掩上，孙才南上前两步，唤了一声楚楚。

荆楚楚迟疑了一下，抬眼看去，目光里似乎有星点水意，半是惆怅半是依恋。

孙才南走到荆楚楚面前，柔声道："楚楚，你和沈垣定亲一事，是真的吗？"

荆楚楚顿了顿，才点了点头。

"你……"孙才南仿佛受了巨大的打击，后退两步。

荆楚楚见状，红了眼眶，怯怯地道："你生气了？"

"不。"孙才南顿了顿，突然伸手抚上荆楚楚的脸，"事情我都听说了，是沈垣强迫于你，你是没办法才跟他成亲的。我不怪你，也不生你的气。"

闻言，荆楚楚低下头去，无人瞧见她眼中的得意。孙才南是真心爱慕她，就算她要嫁给沈垣，都舍不得怪罪她。

"其实……"荆楚楚别过头，"那日二表哥并未碰我，只是当时众目睽睽难以解释。"她低下头，"孙公子，其实我……仍是清白之身！"

那一日，荆楚楚和沈垣之间，其实并未发生什么，只是看在众人眼中，无法说清楚罢了。男人总希望自己的女人是清白的，如果荆楚楚和沈垣真有了什么，孙才南心里便有个疙瘩，眼下这个疙瘩解开了，孙才南才会对荆楚楚更加怜惜。

果然，孙才南一听此话便愣住，道："什么？"

荆楚楚抬起头，含泪道："女儿家的身子，自然要给心仪之人。二表哥与我不过误会一场，可日后没有别的出路。我……我与孙公子相逢太晚，孙公子可会在心中厌弃我？"

孙才南一把将荆楚楚搂在怀中，温声安慰道："我岂会厌弃你？我心悦你、心疼你、喜欢你！"

孙才南眼中闪过狂喜之色。荆楚楚还是清白之身，这实在令他意外。

荆楚楚被孙才南抱住，假意挣扎了几下，便不再动弹，由着孙才南慢慢地解开她的裙带……

适逢楼下，有人骑马至酒家门前，将马匹交给外头的伙计拴好，自己走了进去。他来到掌柜面前，轻车熟路地给了一锭银子，便自行向楼上去。楼上有个伙计正往下走，见他就喊了一声："公子！"

"何事？"沈垣问道。

伙计忙摇了摇头，肩头搭着毛巾，噔噔噔地往楼下跑。

伙计与他错身而过的瞬间，沈垣清晰地听到对方小声道了一句："全天下都知道戴了绿帽子，真可怜。"

沈垣脚步一顿，见坐在楼下的食客目光若有若无地落在他身上，他的神情渐渐阴鸷起来。这个酒家是他常来的，偶尔和傅修宜的人传消息，都在此处进行。沈垣每次来都很小心，也会换身衣裳，此处不会有人认识他，可为何现在情况有些奇怪？

他摇了摇头，径自上了二楼，那个他每次和傅修宜的人接应的地方。他来到最末间的客房时，却破天荒地瞧见一名熟人。

桃源看见他，吓了一跳。沈垣心下一沉。桃源是荆楚楚的丫鬟，怎么会在此处？莫非……他抬脚要往里走，桃源躲闪不及，被沈垣一脚踹开客房大门。

只见宽敞的客房内，软榻上正交叠着两人，满地衣裳，要多旖旎有多旖旎。桃源惊叫一声："小姐，二少爷来了！"

床上的人一下子坐起身，半个雪白的身子裸露在外，正是荆楚楚。她不知所措地看向沈垣，道："二……二表哥！"

沈垣冷眼瞧着她。床榻上的另一人，孙才南也慢慢地清醒过来，坐起身。他与荆楚楚缠绵时被人打断，心中恼怒得很，就道："你是何人？"

"二表哥！"荆楚楚一下子回过神来，指着孙才南道，"二表哥，都是他强迫我的，我……我不是自愿的！"

"贱人！"孙才南冷笑一声，一巴掌扇过去，"明明是你眼巴巴地请我来，怎么，翻脸不认人了？"

"孙公子！"桃源义愤填膺地冲过来，"你怎能如此待小姐？难道就是为了给我家二少爷戴绿帽？你非要如此和二少爷作对！"

一片混乱中，竟没人留意到桃源这番话的不对。

孙才南冷笑道："二少爷？"他上上下下地打量着沈垣，傲慢地一笑，"不错，我就是给你家二少爷戴了绿帽子，如何？沈垣，你还没尝过你这位未婚妻的滋味吧？还是挺不错的。"

"你……你胡说！"桃源一愣，"我家小姐……"

"你们还不知道？"孙才南夸张地看了沈垣一眼，"难怪了，被个女人玩弄于股掌之中。可是沈二少爷，你就是在朝廷中有天大的本事，你的女人还是被我睡了，而且你还得娶她。怎么，这感觉如何？"

沈垣额上青筋暴动，终于两步上前，一拳将孙才南打翻在地。

"你敢打我？"孙才南二话不说，爬起来往沈垣身上扑去。

他二人本都不是武将出身，只能凭着直接想法，你一拳我一拳对着干。孙才南比沈垣高壮一些，沈垣渐渐处于下风，被孙才南压着打了。

"浑蛋！"桃源冲过去，帮着沈垣从后面将孙才南抱住。沈垣瞅准空隙，好容易腾出手，感觉手中被塞了个冰冰凉凉的东西。他被打得狠了，想也没想就将那东西往面前一推。

噗的一声响起。那一声格外漫长，周围似乎都静止了，直到传来桃源长长的尖叫声。

沈垣低头一看，他的手，此刻握着银质的刀柄，只有刀柄，剩下的刀刃在孙才南的小腹中。

大片大片的血花绽放开来，孙才南仰面倒了下去。

沈府西院的石桌前，沈妙正和沈丘下棋。

沈丘挠头要落子时，院子外头忽然匆忙跑来一人，是洒扫的二等丫鬟。丫鬟面上尽是惊恐之色，慌乱地道："不好了！大少爷、五小姐，二少爷在外头杀人了！"

"什么？！"沈丘眉头一皱，一颗棋子掉了下来，滴溜溜在地上打了个转。

沈妙弯腰捡起棋子，看向丫鬟，温声问道："他杀了谁？"

京兆尹大牢中，沈垣被关在最里面的一间，手上和衣裳染得通红，脸上也有些青紫。

沈垣第一次落到如此狼狈的境地。在和荆楚楚的奸夫扭打时，不知为何，他心中十分暴躁，等清醒过来，孙才南已经被他用刀捅死了。那酒家是木质阁楼，两人打架的阵仗惊动了不少人，桃源和荆楚楚的尖叫声，几乎立刻让这桩杀人案暴露于人前。

直到这时，沈垣的心才渐渐冷静下来。今日他太冲动了。

荆楚楚不知被带到了哪里，不过此事因她而起，想来她的下场也不会轻松。

只是……沈垣还有些奇怪，酒家的人为何会认识他与荆楚楚？为什么荆楚楚会奸夫的时候，偏要挑在那一间？他隐隐觉得不对，可又飞快地摇了摇头。那是他与傅修宜的人接头之地，除了傅修宜的人，根本不会有人知道。

正在此时，一个狱卒走了过来，在牢门前停下脚步。

沈垣抬头一看，惊喜地叫了一声："董浩！"

董浩便是要与他接头之人，此刻换了狱卒打扮，是混进来与他说话的。

"听我说，此事是个误会。"沈垣连忙道，"这次还请殿下救我，日后我必报答殿下。"

沈垣从来都没有指望沈贵会过来救他，沈贵为了仕途什么做不出来，怎么可能为他涉险？如今能帮他的只有傅修宜。

沈垣道："给殿下的那份证据，尚且有些不完整的地方，殿下很快就要上折子给陛下，还请殿下想法子救我出去，我来为殿下补完最后一笔。"

董浩闻言，目光动了动。沈垣这话分明就是留了一手，防的就是傅修宜过河拆桥，却没想到今日自己身陷囹圄，只得将保命符提前拿了出来。

见董浩不言，沈垣有些焦急地道："此事只是场误会，并不难办，银子我自己可以出，只要殿下与那头打个招呼，类似的事以前也发生过。"

沈垣之所以如此冷静，很大一部分原因就是此事看起来没那么糟。只要他给些银子安抚死者家人，再让傅修宜的人随意给死者安个罪名，比如那人是想行刺沈垣，被沈垣制住之类。至于杀人的罪名，只要他杀的不是高门大户之人，最后都能遮掩过去。

况且他此刻的身份还未被发现。在别人眼中，只晓得有人杀了人，却不晓得杀人的是谁。

董浩摇了摇头，道："沈垣，你这次惹上了大麻烦。"

沈垣脸上刚浮起来的笑容顿时僵住，有些不明白董浩的意思。

"你可知你杀的那人是谁？"

沈垣心中隐隐浮起不祥的预感。黑暗中，他见董浩慢慢地开口："是吏部尚书唯一的嫡子，孙天正的儿子，孙才南。"

将军府门口，此刻围着一大群人，俱是举着棍棒。门口的沈家护卫拦不下来。

屋里，沈玥躲在陈若秋怀中，吓得瑟瑟发抖，问："娘，二哥真的杀人了吗？"

陈若秋一边安抚着她，心中也有些疑惑。外头的人自称是孙家的人，说是沈垣杀了吏部尚书的嫡子孙才南，吵着闹着要进来打砸，可沈垣好端端的怎么会去杀孙才南？

若不是沈信的沈家军，只怕真的就由那些人闯进来了。

万姨娘躲在小屋中，紧张地拉着沈冬菱的手，道："真的是二少爷杀人的话，那些人不会对咱们怎么样吧？"

"放心吧。"沈冬菱道，"别人想对付的只是二哥，与咱们何干？"

"姑娘！"惊蛰蹦蹦跳跳地跑进屋中，"外头闹得好凶，连老夫人都被惊动了！"

沈妙眼皮子都未抬，问："哦？老夫人如何？"

"听闻二少爷杀了人，又厥了过去。"惊蛰幸灾乐祸地道。

"姑娘，此事不会牵连咱们吧？"谷雨忧心忡忡地问。

"无妨，有人替我们挡着。孙天正位高权重，沈府的地位也不比他们的低微。再说了，他们的目标是沈垣。沈垣以命偿命，他们也无话可说。"

"可是二少爷真的会以命偿命吗？"谷雨问，"二老爷不会这么轻易让二少爷去送命的。"

"如果没有沈元柏，二叔一定会竭尽全力替二哥开罪。"沈妙道，"可是有了沈元柏，二叔有退路，失去一个儿子来平息孙家人的怒火，在二叔眼中是值得的。"

沈贵是沈府三个儿子中对亲情最淡漠的一个。若没有沈元柏，沈贵肯定会拼上一拼。可有了沈元柏，沈贵便还有一个儿子，沈垣则显得不是必须的。更何况，孙家人岂是那么好打发的？前生杀了孙才南的是沈丘，孙天正一家人愣是将沈丘关进牢中，沈信散尽家财才保了沈丘一命。孙天正只有一个嫡子，死了唯一的儿子，他怎么会轻易放过杀子仇人？

"可只有二少爷倒霉吗？"惊蛰语不惊人死不休，"小姐就这么放过表小姐了？她现在还躲在府里不出来呢！"

出事后，荆楚楚自己溜了回来，和荆家人一道躲在沈府中。

"怎么会？"沈妙微微一笑，"毕竟她才是罪魁祸首嘛。"

府门外，沈万有些狼狈地劝道："诸位听我说，此事尚未弄清楚情况，还请各位先回去，我等一定会给各位一个说法！"

一名妇人呸的一声吐了口口水在沈万脸上，叉腰道："欠债还钱，杀人偿命！我们少爷被沈垣杀了，赔命！这事儿没完！"

沈贵心中将沈垣骂了个狗血淋头。此刻，外头除了尚书府的下人，还有一些围观看热闹的百姓。有人高声起哄道："不是说二少爷是因为争风吃醋才杀人吗？那位被夺的美人儿究竟长什么样子，也让我等一饱眼福如何？冲冠一怒为红颜，那红颜得有多美啊！"

闻言，周围的人也附和起来。

尚书府的人也猛地反应过来，他们一心想要沈垣赔命，倒把荆楚楚给漏了，此刻被提醒，倒是想了起来。

孙家人立刻道："对！交出那个贱人！都是她勾引的我家少爷，不要脸的狐狸精！快把她交出来！"

别说是孙家人，就是沈贵自己也恨不得亲手杀了荆楚楚。自从荆楚楚来到沈府后，他们沈家二房便接二连三地倒霉。先是家宴上，荆楚楚坏了沈垣的名声，如今更让沈垣为此惹上人命官司。沈贵二话不说便吩咐下人，不多时，荆楚楚便被绑着送了出来。

沈贵冲沈万使了个眼色。沈万道："各位不要动怒，我们会讲道理。既然此事因楚楚而起，我便将她交给你们，任由你们处置！"

荆楚楚惨呼一声，孙家人一把将捆得跟猪似的荆楚楚扯了过来，劈头盖脸赏了几十个巴掌，荆楚楚当场晕过去。

"你们不要欺人太甚！"荆冠生和荆家夫妇也赶来，见此情景大怒。

孙家人冷笑一声，道："难怪是从乡下小地方出来的，眼皮子浅就罢了，还如此伤风败俗！都是定了亲的人，还要到处勾引男人。这事儿没完，你们也别想好！"

荆家人又怒又怕，怒的是孙家人如此嚣张，怕的是他们在定京城，除了沈府，并没有靠山。沈家之前就和他们闹得十分不虞，如今见他们倒霉，不落井下石就是好的，怎么可能不袖手旁观？！

众人在沈家门口吵闹了好一阵，眼见天色暗了下来，孙家人这才抓着气游若丝的荆楚楚离开。临走时，为首的妇人冷笑道："今日不过是开始，你们沈家人等着，老爷已经向皇上写折子了，世上断没有拿了人命还能逍遥自在的道理。一命抵一命，谁也别想好！"

沈贵看着孙家人留下一片狼藉后大摇大摆地离去，差点儿一口气没上来。最后那句孙天正已经给皇帝写折子的话更是让他心惊。孙天正只有一个儿子，孙才南一死，孙天正就算闹得鱼死网破也不会让他好过。眼下看来，就算沈垣死了，也不一定能平息孙家的怒火。

沈丘回到西院，抹了把汗，对着沈妙抱怨："孙家人太无礼，差点儿将大门都砸了。"

"丧子之痛嘛，"沈妙安慰他，"自然要发泄。"

"爹和娘这次都不打算插手。"沈丘自言自语地道，"不过沈垣从不冲动，就算荆楚楚私会孙才南，他怎么会一怒之下动手杀人？"

"谁知道呢？"沈妙漫不经心地道，"也许是孙才南命中注定会有一死，死在谁手里都一样。"

孙家大厅，一屋子姬妾跪在地上，大厅正中摆着用白布蒙着的尸体。

孙夫人自从知道孙才南死了后就晕了过去，醒后几乎崩溃，谁劝也不听。孙天正已经天命之年，此刻双眼布满血丝，两颊微微发抖。

曾有云游道士算过，孙天正一辈子命中无子，孙才南是孙夫人好不容易怀上的，谁知却死在沈垣手上。这下子，真的应了道士的那句话，命中无子了。

"沈垣……"孙天正咬着牙道，"我要他赔命！"

"老爷。"孙天正的一个爱妾抹泪道，"听说下人们把那女子也带回来了，说到底都是那女子引得咱们少爷如此，老爷打算……"

孙天正冷笑一声，道："先别弄死了，留口气，送给夫人。"

爱妾打了个寒战。孙夫人的手段这些姬妾都领教过，如今怀揣着丧子之痛的孙夫人，想来对荆楚楚只有想不到的，没有做不到的。

"沈家我们只能动沈垣，荆家一个白身也想全身而退？"咔嚓一声，孙天正生生地捏碎了手中的杯子，恨道，"我要他们荆家所有人都给南儿陪葬！"

沈垣杀了吏部尚书独子，全京城都在议论。

定王府上，董浩站在厅中。

傅修宜摩挲着茶杯的杯沿，思索道："本来明日就要呈给父皇沈家的折子，沈垣偏在今日出事。"

"沈垣手中的证据尚不完全，殿下，可要用法子？"

"不必。"傅修宜摆了摆手，"沈垣给的那些东西，已经足够了。就算我希望能再完全，这件事我都不能出手。"

"殿下的意思是放任沈垣如此？"董浩问。

"是别人就罢了，偏偏是孙天正。孙天正是周王的人，周王必会插手此事。我若出手，只会令周王警觉。沈垣这回的祸事，惹得太大了。"傅修宜摇了摇头。

董浩沉默了一会儿，问："若沈垣打算鱼死网破，供出殿下怎么办？"

"沈垣惯会给自己藏后手，你说的，我自然要防。"傅修宜看着手中的茶杯，"所以这事我不仅不能帮沈垣，还得催着刑部赶快处决他。在狱中杀了沈垣难免惹人怀疑，你想办法喂点儿东西给他。"

董浩连忙称是，又问傅修宜："殿下明日还上折子吗？"

"不上。"傅修宜揉了揉额心，"现在不是时候说折子的事，缓一缓。"他突然睁开眼睛，"不过，你最好查一查，最近沈垣到底和谁有过节儿。"

董浩一惊，道："殿下的意思是，此事是有人在背后捣鬼？"

"沈垣从不冲动，这次一冲动就杀人，杀的还是孙天正的独子，你不觉得太巧了？况且荆楚楚偷人，为什么偏偏和沈垣遇上？很奇怪。"

"沈垣不是会被算计的人。"董浩道。

"能把沈垣逼到如此境地……"傅修宜道，"此子不能留。我培养一颗棋子，不是为了看他成为废子的。"他眼中也闪过一丝阴沉。

"属下一定会认真查明。"董浩道，"好在出事之前，沈垣就将东西给了殿下。"

傅修宜道："可惜还得等一等。"

另一头，沣仙当铺楼上，季羽书一拍巴掌，笑得合不拢嘴，道："妙啊！沈小姐果然不出手则罢，一出手便惊人。本来明日该沈信倒霉的，结果今日沈垣入狱，这时机来得真是时候。"

"只是巧合罢了。"高阳白了他一眼，"沈妙现在大约不知道此事。"

"不管知不知道，与你打的赌反正是我赢了。"季羽书得意扬扬地道，"银票之后你自己送到当铺来，交给红菱就行。"

高阳默了默，还是道："或许沈垣从没想过会栽在这下三烂的手段中。"

"孙天正明日就会上折子。高阳，你说沈垣这次到底会不会赔命？"季羽书问。

"你觉得沈妙如何？"高阳问了一个不相干的问题。

"这和沈小姐有何关系？"季羽书不解地问。

"沈妙这个人布的陷阱，一旦踩了进去，你可见过有人安然而退？从豫亲王的事你就应该看得出来，她的陷阱从来都不是一招。此事看着是对付沈垣，实则不然。"

"你说她还有后招？"季羽书问，"最多不过沈垣赔命，她还想如何？"

"我倒觉得，沈垣只是其中一个。"高阳摇头，"如果是她下手，我总觉得不会仅仅只要一人赔命。"

季羽书默了片刻，认真地问："沈小姐和沈家其他人究竟有什么深仇大恨。如此手笔，看着虽是毛骨悚然，想来也是有原因的。莫非沈家人对她做过什么不可饶恕的事情？"

连沣仙当铺也查不出来，若仅仅是因为沈家用捧杀的手段将她养成草包，她便出手报复，似乎有些说不过去。

高阳摇摇头，道："我也不知。不过她行事太过张扬。此次她让沈垣入狱，而沈垣是定王的人。定王吃亏，一定会注意到她。"

"沈小姐对上定王可不好。"季羽书忧心忡忡地道，"定王心思深沉，手段诡谲，一旦发现是沈小姐所为，也不知日后会怎么做。"

"不用担心。"高阳道，"我倒觉得，沈妙对定王熟悉得很。或许她所做的一切，未必不是没有考虑过被定王知道的下场。你与其担心她，倒不如担心担心自己。谢三要你找的人，找到没有？"

"喀。"季羽书摸了摸鼻子，"我立刻派人去。"

"没想到沈家后院这么乱，开春就来这么一出大戏，日后怎么得了？"

"啊呀呀！两位王孙公子同时爱上平民女子，争风吃醋一死一伤，这不是戏本子里才有的戏码吗？"

"要我说，那女子长得也实在平平无奇，也不知两位王孙公子怎会瞎了眼，为她争风吃醋，还不如让两位王孙公子在一起。"

"火珑，你最近是不是又看了什么奇怪的话本子？"

黑衣女子撩了撩自己的长发，端的是妩媚风情，道："难道我说得不对？要男人为之大打出手，至少也得有我这般美貌。"

"你们在说什么？"

一个突兀的声音响起，暗部那一群蹲在地上玩闹的黑衣人顿时噤声，一个个如临大敌般站起来，看着面前的人。

紫衣少年眉目英俊，在夜色中越发冷傲。他扫了众人一眼，问："怎么不继续说了？"

众人低着脑袋不言。

谢景行负手走过，远远地将那群人抛下才停了脚步，自嘲般一笑，道："你倒有手段。"随即，他看向天边无星的夜色，低声道，"我却没有时间了。"

第十三章
二房覆亡

沈垣误杀孙才南一案审得极快。孙天正一封折子上到朝廷，要求沈垣血债血偿，若是不然，自己痛失爱子，须得告老还乡。这架势，竟是威胁文惠帝，自己要撂挑子不干了。

孙天正在位多年，结下的人脉不少。吏部尚书突然换个人，朝堂只怕要出乱子，文惠帝自然要安抚孙天正。

令人意外的是沈贵的态度。沈贵跪在文惠帝面前，一把鼻涕一把泪地保证此事是他教子无方，愿意大义灭亲，让沈垣以命赔命。

此话当时就惊呆了朝堂上的文武百官。虽说听着铁面无私，可沈贵这样对待的人是自己的儿子，未免太没有人情味了。

文惠帝问起皇子们的意见，九位皇子不约而同地站在孙天正这一边。

沈垣的斩令下在三日后，大约是明齐开国以来最快的斩令了。这其中固然有孙家的推波助澜，沈家的不作为也是很大的原因。

阴暗的囚牢中，沈垣坐在最里面。他几日未曾清洗，身上发出酸臭的味道。平静的目光里隐约能瞧见隐藏着的星点绝望。

昨夜里有人潜入此地，给他喂了哑药。是谁这么做，是谁神通广大到牢房也敢闯，沈垣心知肚明。

傅修宜是不会来救他的，沈垣清楚，傅修宜最擅长趋利避害，根本不会为他冒险。何况沈垣已经成为傅修宜一颗不安分的棋子，傅修宜自然会毫不留情地铲除他。

喂一颗哑药，未必就是不想杀他，只是傅修宜生性谨慎，大约怕他死在牢房反而令人生疑。沈垣的嘴角慢慢浮起一抹苦涩的微笑。成王败寇，沈垣在傅修宜手下办事，就应该想到也许会有这么个结果，只是没想到来得这样快。

黑暗中有脚步声响起，沈垣抬头看去，只见昏暗的灯火下，一袭紫色衣裙近在眼前。少女容颜清秀，看着他微微一笑，道："二哥。"

沈垣心中一口气堵上来。就算不明白事情为何会变成这个样子，有一点沈垣却清楚，此事和沈妙脱不了干系。

沈妙慢慢地蹲下身，和沈垣目光齐平，笑道："二哥这些日子在里面一定过得不好。二婶疯了，二叔又不肯来看你，七弟年纪还小，说起来，老夫人才最疼你。可老夫人昨日里下了令，谁都不许在府中提起你的名字，看来也是放弃你了。我思来想去，总归你我是兄妹，便来送你最后一程。"

沈垣咬牙切齿地看着沈妙。

"如此想来，二哥和大姐姐果真是亲生兄妹，你们都曾入过牢狱。不过大姐姐入狱时，二婶尚且还在奔走，如今却无人为你奔走。"

沈垣不说话。

"二哥为何不说话？"沈妙偏头看着他，"是不愿意与我说话，还是……"她突然笑了，"被人喂了哑药？"

沈垣一愣，还未思索出什么，接下来沈妙的话便令他大吃一惊。

"看来傅修宜的手段还是一如既往，并未有什么不同。"沈妙沉吟。

沈垣惊诧。沈妙知道他在为傅修宜办事？她为何还用如此熟稔的语气？听她的话，她似乎对傅修宜极为了解？

"二哥不必如此惊讶。"沈妙扫了他一眼，"我不仅知道傅修宜，连他的筹谋也知道。你若想因此转告傅修宜关于我的事，将功赎罪的话，也晚了。定王殿下生性谨慎，既然喂了你哑药，又不会救你出来，这段日子为了不引人注目，是不会派人再来此处的。从你成为废子的那一刻起，他就与你没有任何关联了，也不会让你有任何手段攀扯上他。"

沈垣的心开始不断地狂跳。沈妙说得没有错，傅修宜就是那样的人。所以昨日以后，沈垣几乎是抱着绝望的心情，等待自己的死亡。

沈垣伸出手指，在满是灰尘的地面上蘸着碗里的浑水写了几个字：你的目的是什么?

沈妙一下子笑出声来。她笑起来的时候,眼儿弯弯,嘴角弯弯,却让人心中有些发寒。

沈妙好不容易才止住笑,看着沈垣,问:"我的目的是什么,二哥不是猜出来了吗?"

你想对付二房?沈垣在地上写。

"岂止是二房,"沈妙的双眼突然迸出一点儿凶狠来,"还有三房,还有老夫人,还有……定王。"

沈垣紧紧地盯着她。

"你又想问为什么?"沈妙道,"我只是在把你们做过的事再做给你们看而已。就如同这次一样,荆家的事,二哥都不觉得熟悉吗?那是因为我用的本就是你的手段啊!用你的棋路来对付你,你又怎么能解开呢?"

沈垣看着沈妙,听不明白她的话。沈妙这样对二房、三房便罢了,可对定王的恨又从何而来?仅仅是因为她当初爱慕定王却得不到回应?

"二哥,"沈妙古怪地笑了一下,"你应当感谢妹妹我。在你的黄泉路上,是我让如此多的人为你陪葬。你放心,在你之后,沈家二房不会有别人占了你的位子,你一定还是独一无二的嫡长子。"

沈垣怒视着沈妙。

沈妙站起身来,声音在黑暗中重重地落下,砸进沈垣的耳朵。

"二房会断子绝孙。"

看过沈垣,待回到沈府,一进屋,沈妙便见正堂中围了不少人。她定睛一看,正是荆家人。

荆家夫人打着滚在地上撒泼,道:"你们还我的楚楚!你们还我的楚楚!"

沈老夫人气得面色铁青,招呼一边的家丁:"还不把这些人给我轰出去!"

"老夫人,"荆冠生一改从前的斯文模样,凶神恶煞地道,"我们楚楚好端端进了你们府上,却被人带走,现在生死不知。这事儿就算拿到官衙去说,也是你们理亏。"

沈老夫人气得大骂:"若非她这个扫把星,沈家怎么会吃上官司?!"

"老夫人慎言。"荆冠生道,"当时我们都说了,此事必然有人在暗中捣鬼。我妹妹的贴身丫鬟后来也不知所终,诸位不觉得蹊跷吗?定是有人收买了她!"

厅中，女眷都在。陈若秋头疼地看着眼前的一切。沈玥厌恶地瞧着荆家人。罗雪雁一副事不关己高高挂起的态度。万姨娘牵着沈冬菱的手，安静地立在一边。

"表哥未免扯得太远了，以为将所有罪过都迁怒在一个丫鬟身上，就可以一了百了吗？"沈妙的声音响起，"毕竟与人私通的事，丫鬟可强迫不来。"

荆冠生的脸上一阵红一阵白。

众人朝门口看去，沈妙走了进来。

罗雪雁拉沈妙到身边，道："娇娇出去这么久，累不累？"

荆家夫人还在哭闹："您与爹是血亲，楚楚身上也有您的血脉，怎能如此狠心啊？老夫人是要逼死我们啊！"

沈老夫人不胜其烦地道："谁与你们是血亲了？一群上京打秋风的破烂户，也想同我攀关系？也不撒泡尿看看自己是谁！真以为自己有些姿色就可以为所欲为了？一身骚气，年纪轻轻就晓得勾引男人……"

沈老夫人一急，竟将从前在市井风尘中那套骂人的话拿了出来。

半晌，荆冠生笑道："老夫人，你果真如此无情？楚楚之事，真要袖手旁观？"

"荆楚楚与我何干？可笑！"沈老夫人毫不犹豫地道。

"好啊。"荆冠生冷笑一声，突然扫了沈妙一眼，"既然你要过河拆桥，也别怪我不讲义气。当初你让楚楚爬沈丘的床，要我想法子讨沈妙的欢心，那时候可不是如此无情。"

闻言，众人皆惊。惊的是虽然早已猜到其中内幕，却万万没想到荆冠生会当面说出来。

最吃惊的是罗雪雁，她看向荆冠生，缓缓地开口道："你说什么？"

荆冠生不管沈老夫人暴怒的脸色，破罐子破摔道："表婶不知道，当初我和楚楚兄妹二人刚来沈府，老夫人待我们热情有加，说喜爱我们兄妹，希望能和荆家做亲家。可是大表哥怎么看得上咱们小门小户出来的楚楚？老夫人当时可是亲自下药，想来是促成姻缘的心情急迫，却没想到，最后被二表哥落了好。"

罗雪雁气得浑身发抖，猛地从腰间拔剑，横在荆冠生脖颈之前。

荆冠生的面色变了变，他强笑着道："表婶可是弄错人了。我兄妹二人都知道自己几斤几两，没有老夫人敲边鼓，怎敢肖想？再说了，下药也是老夫人动的手，表婶是不是该怪别的人？"

罗雪雁转头盯着沈老夫人，杀气暴涨，吓得沈老夫人差点儿从座位上跌下来。

沈老夫人道："老大家的，你是要弑母吗？！"

"老夫人不仅想让楚楚嫁给大表哥，还想让我讨表妹欢心。"荆冠生笑得轻佻，"还说了，男欢女爱不就那么回事，生米煮成熟饭，人自会死心塌地……"

罗雪雁听不下去了，一剑劈向地面。

荆家夫人吓得惨叫一声，沈老夫人也是面色发白。

罗雪雁一手拉着沈妙，一手提剑看向沈老夫人，喝道："老夫人，自我嫁入沈府，同沈信待你情深义重，虽然你并非他生母，我夫妻二人仍尊重你。不过如今我晓得了，这世上还真的有白眼狼，这样的沈家，我待不起！"

"老大家的，你别听他胡说！"沈老夫人贼心未死，"你是要不孝吗？"

"是不是胡说，一查便知。至于不孝……"罗雪雁冷笑，一字一顿地道，"老娘就是一辈子背不孝的名声，也不会让我的儿女跟在这样的人身边！"她拉着沈妙："走！"

沈老夫人在身后如何暴跳如雷，荆家人如何胡搅蛮缠，陈若秋怎样圆场，这些事都不重要了。沈妙被罗雪雁拉着往西院大步走去，心中畅快得很。

有时候，一面之词未免让人觉得力度不够，不是因为当事人不相信，而是分家并不是那么简单。其中涉及许多利益纠缠，可能会背负骂名，沈信要下决心分家，不是一件容易的事。

可今日之后，分家一事就会容易多了。从此以后，对沈老夫人，沈信和罗雪雁不会再有一丝怜悯。父母在面对伤害自己儿女的人时，会本能地警惕。

罗雪雁拉沈妙回到屋中，先将门关上，喘了口气，才冷笑道："你爹和你哥今日去了宫中，真该让他们亲眼看看这些人是什么货色！"

沈妙看向她，问："接下来要怎么做？娘今日对老夫人说了那样的话，老夫人事后定会拿此事指责娘。"

"怕什么？"罗雪雁一拍桌子，"等你爹回来，咱们就商量分家。如此龙潭虎穴，我们再待下去，谁知道还会遇到什么事？"她摸了摸沈妙的脸，"难怪你要让我们在京城多待半年，你是不是……早就知道了？"

沈妙笑而不语。罗雪雁越发觉得心中的猜测是对的，起身道："不行，我还得去查查这事。我让外头的侍卫守着院子门，你别出去。"

沈妙点头。待罗雪雁出去后，惊蛰问："姑娘，真能分家吗？"

"当然。"沈妙道,"我娘是眼睛里揉不得沙子的人,家是自然要分的。"

"那可真是太好了。"惊蛰欢喜极了,"分了家后,姑娘就不必整日防着这个防着那个。"

白露走进来,对沈妙道:"姑娘,桃源姑娘已经送出去了,安顿在庄子上,给了银钱。"

沈妙点头。荆楚楚身边的桃源,她收买得极为简单,桃源不想当沈垣的小妾通房,舍命一搏,终于得了自由。

谷雨道:"二少爷被处斩后,府里大概会消停了。这时候分家,正合适。"

沈妙微微一笑。哪里就会消停?荆家人留给孙天正对付不说,可二房的人还没死绝呢!

"二婶得知二哥被处斩,一定很伤心。"沈妙轻声道。

"二夫人不是已经疯了?"谷雨闻言,惊讶地道,"已经疯了便没有神志,听彩云苑的人说,二夫人现在连人都认不得,哪里晓得其中事?"

"疯了?"沈妙摇了摇头,"那可不一定。"

人在痛苦到绝望时,会用"疯"来逃避无法面对的现实。任婉云最痛苦的无非是卧龙寺那一夜她的"不作为",使沈清一步步走到绝路。她无法面对沈清的死亡,也无法面对自己,终于"疯了"。如今沈垣的死一传回去,想必她会"疯"得更加彻底。

任婉云会不会继续疯下去,端看她能不能渐渐接受这些事实。想来再过不久,任婉云就会清醒。因为她还有沈元柏,她怕沈元柏遭万姨娘的毒手。

沈妙要让任婉云提前"清醒"过来。她要对付的从来都不是一个人,而是整个家族的命脉。她要的,是沈贵三代绝后。

三日后,沈垣行刑于午门。

无数老百姓奔走相告。沈垣大约从未想过自己会有这一日。他心高气傲,一心想往上爬,想让所有人都看见他做出来的功绩,如今却被他眼中的"贱民"指指点点。

许多人往沈垣身上扔菜叶、烂鸡蛋,不用想,定是孙家的人。沈垣跪在行刑台上,身边是刽子手。原本这时候,死囚家人可以来送死囚最后一程,喂他吃上路饭,喝上路酒,可今日沈家的人一个都没来。

沈信不必说,已经同沈家势同水火。沈贵自来趋利避害。任婉云"疯"了。

沈老夫人腿脚不便，不过就算腿脚灵活，怕也不肯来。怪就怪在一向爱扮心地仁善的三房，今日也未曾露面。想来他们是在心地仁善和得罪孙家人之中取舍了好一阵子，才做了这个决定。

沈家的人如此，看在别人眼里，只觉唏嘘。

沈垣抬起头，烈日炙烤定京城，明明是新年刚过，冬日余寒未消，金灿灿的日光竟也如夏日一般刺眼。午时已到，刽子手喷出一口酒，举起鬼头大刀，当头斩下！

刀落！

人群中暴起阵阵惊呼，女人们吓得捂住眼睛。一颗脑袋滴溜溜地滚到人群中，片刻才有血洒出来。地上，沈垣眼睛大睁，似乎还有微微的困惑，仿佛这颗已经和身子分离的头颅下一刻还会说出什么话来。

有人瞧见，悄然转身，隐没在人群中。

此刻的沈府，亦是一片死寂。

西院里，沈妙正在披衣裳，惊蛰一边替她理了理头发一边道："二少爷的灵柩已经抬回来了，听说很快就要下葬，连丧事都不会大办。"

沈垣身为二房嫡长子，死了连丧事也不办，实在凉薄。沈家这么做固然是为了遮丑，更重要的是，朝中愿意为沈贵得罪孙天正的人不多。若沈家真的办了丧事，来吊唁的人也不见得多，反而惹人笑话。

"二老爷这几天白日都不在府中，"谷雨也道，"回去也是歇在万姨娘院子里。好歹二少爷也是他的亲生骨肉，他竟如此无情。"

沈妙一笑，道："他白日忙着笼络与他疏远的朝臣们，至于夜里，不歇在万姨娘房中，难道要与二婶同床共枕吗？"

谷雨有些尴尬。沈妙道："派去孙家那头打探消息的人如何了？"

"孙家人藏得太严实，下人们也知之甚少。"惊蛰回答，"只晓得表小姐的日子定不好过。听说第一日……第一日……"她说不下去了。

"第一日怎么了？"沈妙转过头，看着惊蛰。

惊蛰支支吾吾道："听说第一日他们就将表小姐丢进了马厩里，被马匹践踏，受了重伤。"

谷雨差点儿被自己的口水呛住，问："马厩？"

荆楚楚那身子柔柔弱弱的，被马踩只怕会丢了半条命。

谷雨还在问:"孙家的人都是变态吧?"

对孙天正的手段,沈妙倒是见怪不怪。她站起身,道:"跟我去一趟彩云苑。"

"姑娘去那里做什么?"谷雨惊奇地道,"二老爷不在,姑娘是去找万姨娘吗?"

沈妙摇头,道:"我找二婶。"

"二夫人已经疯了……"

"未必。"

彩云苑中,如今已经是翻了天地。

不过短短几月,整个沈府,准确说来是沈家二房,也就是彩云苑发生了翻天覆地的变化。

从前春风得意的二夫人成了疯子,大方聪明的大小姐成了与人私通、在狱中畏罪自杀的罪人,就连出类拔萃少年天骄的二少爷,也在满城百姓面前成为阶下囚,死在刽子手的鬼头大刀下。人生如戏,而彩云苑的这出戏未免太过悲怆。

沈元柏养在沈老夫人身边,若是任婉云不疯,凭着沈元柏,还能暂时坐稳正房的位子。可也只是暂时,谁知道……沈贵日后还会不会纳妾?毕竟沈贵自来好女色,再生出儿子来,也不是没可能。

比起任婉云,万姨娘却迎来了春天。她伏低做小了这么多年,连带着女儿都多年不见天日,没想到这一次如有神助。万姨娘只要牢牢地把握住沈贵的心,重获荣宠,沈冬菱的地位只会水涨船高。

"冬菱,过几日让老爷给你换一处院子。"万姨娘一边做着针线,一边笑着对沈冬菱道。

"换什么院子?"屏风后看书的沈冬菱抬起头,问。

"你一直跟我挤在一个院子里,别的小姐在你这么大年纪,早已单独安排院子了,这地方终究是挤了点儿。"

"她们是嫡女,我是庶女。"沈冬菱平静地道。

万姨娘闻言,心中一痛,定了定神,道:"之前大小姐有处院子是腾出来的,你不用睡她的那间房,睡另一间。大小姐的院子朝向好,风景又美,空着怪可惜。如今老爷待我们不错,想来会同意这个要求的。"

"不用了,姨娘。"沈冬菱拒绝了她的建议,"现在这个时候可不是出头的时机,还是等安定一些的时候再谈此事。"

万姨娘还想再劝,忽然见自己的贴身丫鬟芦花跑了进来,道:"姨娘,五小姐来咱们院子了!"

"五小姐?"万姨娘一下子站起身来,"她来找我做什么?"

沈冬菱也看向芦花。

芦花摇了摇头,道:"不是来找姨娘的,奴婢瞧见她去了二夫人静养的屋子。"

"五小姐去见二夫人!"万姨娘声音一下子高亢起来,"五小姐找二夫人做什么?二夫人都已经疯了!"

"奴婢本想偷听,可五小姐带了几个丫鬟拦得死死的,其他人都在屋外,听不到也看不到。姨娘,现在怎么办?"

万姨娘惊疑不定地在屋中走来走去,自语道:"莫非五小姐是去看望二夫人?可二夫人与五小姐之前便多有龃龉,五小姐怎么可能这么好心?"她看向沈冬菱:"冬菱,你怎么说?"

沈冬菱思索了一会儿,才道:"既然偷听不了,那就不要妄自打听。五妹妹既然做了,便有万全的准备。"

"莫非就这样算了?"万姨娘有些不甘地问,"万一她和二夫人合谋什么呢?"

"二夫人和五妹妹可都不是相逢一笑泯恩仇的人。"沈冬菱笑道,"况且我们从未与五妹妹对立过,五妹妹要算计谁,也不会算计到我们头上。我们等着看戏就好了。"

彩云苑外,谷雨三人守在屋外几步远的地方,惊蛰随沈妙进了屋。院子里的其他丫鬟都规规矩矩地做着自己的事。任婉云已经疯了,下人们自然不必再巴结着讨好她。因此,面对有大房撑腰的沈妙前来,这些丫鬟拦都未拦。

不过任婉云也有自己的心腹,就是她的贴身丫鬟香兰和彩菊。此刻屋内,香兰和彩菊正盯着沈妙。

床榻上,妇人裹着被子坐在角落,目光涣散,嘴唇微动,望着天上,也不知在说些什么。

"五小姐,如今你也看到了,咱们夫人的身子未好,您这样打扰,只会让夫人病情加重。"香兰道。

"我今日是来告诉二婶一件事的。"沈妙微微一笑,"二婶虽病了,想来耳朵应当还是灵敏的。二哥今日午时被处斩，灵柩停放在那里，很快就要入土了。"

"五小姐，夫人已经病了！不能听这些话！"彩菊厉声道。

沈妙理都不理两个丫鬟，看着任婉云微微笑道："今日二哥行刑时，府中一个探望的人也没有。二叔、三叔、三婶、老夫人，一个都没有。"她看着任婉云，"我想，若是二婶未病，一定会去送二哥最后一程。如今倒好，黄泉路上，二哥一个人孤零零的，多可怜。"

"五姑娘！"香兰忍不住再次喝道。

"你怕什么？"沈妙唇角一勾，"二婶现在病着，听不懂我的话，你是怕我将二婶刺激了？"

"自然不是。"香兰急急地否认。

"那你最好老老实实地闭嘴。"沈妙挑眉，"否则，我也有法子让你永远服侍不了你的夫人。"

香兰和彩菊一惊。

"二哥临走时，二婶就病了，所以二婶也未曾见过二哥一面。二哥心中定是伤心，临到头了，爹娘都未见着，实在悲惨。"

任婉云还是专注地盯着头上，一脸痴相，手指却几不可见地微微一弯。

"前些日子，万姨娘还来找过我。"沈妙笑道，"她急着与我打好关系，若是日后我在老夫人面前替她美言几句，二叔扶她为平妻的可能性就大多了。"

闻言，香兰和彩菊都面色一白。万氏若一朝得势，甚至升为平妻，岂不是会倾其所有进行报复？而任婉云已经和沈贵离心，又被沈老夫人不待见，日后她的日子会有多惨？

"我自然不愿意。"沈妙偏头想了想，"二婶是府中的正房，我自然站在二婶这边，可万姨娘瞧着不甘心。再说了，如今七弟还在老夫人跟前，等七弟大了，万姨娘又被扶为平妻，二婶你还病着，七弟岂不是要被养在万姨娘跟前？啧啧，万姨娘与我打好关系，是不是也有着这方面的思量？"

"你敢打我七哥儿的主意，我一定要你生不如死！"角落里，任婉云发出嘶吼的声音，那盯着天上的眼睛，不知什么时候已经牢牢地锁在沈妙身上。

"我怎会打七弟的主意？"沈妙微微一笑，"二婶若是不信，我可以发誓，若是打了七弟的主意，就叫我天打雷劈，不得好死。"

任婉云冷笑道："你千方百计来这里说这些，想看我到底疯了没有，不会就是为了发这通毒誓吧？沈妙，我斗不过你，是我小看了你。若是能重来一次，我一定在你还未长到如今这般时就将你害死，绝不会心慈手软！"

"二婶真会说笑。"沈妙道，"你何时对我心慈手软过？"

"你已经将我逼到如此地步，清儿和垣儿出事也和你不无关系，若非为了七哥儿，我定会与你同归于尽。"任婉云咬牙道。

"我知道二婶为了七弟也舍不得做出玉石俱焚的事，也知道二婶必然病不了多久。"

"你究竟想干什么？"任婉云死死地盯着她，"你还有什么手段，尽管使出来。"

沈妙笑得亲切，道："二婶何必这般不近人情？我来，其实是为了给你一条活路的。"

"活路？"任婉云惨然道，"都到了这个地步，我还有什么活路？"

"莫非二婶以为现在的境地就是最糟了吗？"沈妙惊讶地道，"二婶向来聪明，怎么会如此糊涂？"

"你想说什么？"任婉云沉下脸来。

"简单。"沈妙一笑，"如今万姨娘将二叔哄得欢欢喜喜，二婶就没想过，若是万姨娘给二叔生了个儿子……七弟又该如何自处？"

任婉云的身子一僵。

"二叔看重万姨娘还是二婶，二婶也心知肚明，因此，二叔会看重万姨娘生的儿子，还是看重七弟，也不得而知。若有朝一日，万姨娘被抬为平妻，二房可就有了两位嫡子。这两位嫡子，却不是同胞兄弟，你猜……"沈妙压低声音，"他们会不会手足相残？"

任婉云听得心惊肉跳。

"那一位有万姨娘护着，七弟有二婶护着，可是二婶，那时候，你还能如从前一般在二房中说上话吗？"

沈妙的话字字戳心，任婉云忍不住反驳道："那个贱人以前就没有生下儿子，以后更不可能生下儿子！"

"二婶果然聪明。"沈妙叹息道，"这便是我要说的了。难道二婶以为，二叔日后除了万姨娘，就不会有别的女人了吗？"

任婉云被沈妙说得一愣。对啊！沈贵是什么德行她比谁都清楚，他怎么会只有一个女人呢？她是主母的时候，沈贵都一房一房地往家里抬姬妾，要不是她给那些狐媚子喂了绝子汤，只怕现在二房都人满为患了。

405

"你看，防得了一时防不了一世。防得了一个万姨娘，还会有别的姨娘。世上能生孩子的女人数不胜数，想进二房门的女人也数不胜数。除非二婶还像以前一样把控内院，给二叔的每个女人喂绝子汤，可现在的二婶，还有那个能力吗？便是有，当年的万姨娘也还是生了三姐姐，日后，会不会再有一个万姨娘呢？"

任婉云面上显出一点儿慌乱来。她能倚仗的无非就是生下儿子，若是连这点都没有了，日后怎么办？

"二婶，你难道想看着自己辛辛苦苦操持的家、府里的银子，最后不是被二哥得到，不是被七弟得到，而是被其他女人的儿子得到吗？明明二房的一切都该是二哥的，现在却被鸠占鹊巢，为他人作嫁衣裳，你甘心吗？"

任婉云盯着沈妙，问："你想说什么？"

"我给你一条活路。"沈妙微微一笑，从袖中摸出一包东西来，放在任婉云手中。

"绝子药，男人用的。"她轻声道。

任婉云低下头，看着沈妙放在自己手中的纸包，忍不住全身颤抖起来。

"给任何一个姨娘下绝子药，算得上什么好法子？就算一个生不出儿子，还会有第二个、第三个……二婶，你防不完的。"沈妙的话带着轻微的蛊惑，落在耳中，有种悦耳的动听之感。

"我凭什么信你？谁知道这里面装的是不是砒霜？"任婉云轻蔑地道。

"二婶不信我，自然可以让丫鬟们带一点儿出去找大夫问问。再不行，丢了它，自己去买也是一样。"

"我为什么要这么做？"任婉云冷然地开口道。

"为什么？"沈妙略略一想，"大约是，如果二叔日后都没了生育的本事，七弟嫡子的位子才能稳稳当当。不仅如此，作为二叔唯一的子嗣，七弟定能得到二叔的青睐。物以稀为贵嘛！"

任婉云一笑，道："你以为我不知道你打什么主意？沈妙，我低估了你，你想要二房绝后！"

"话可不能这么说。"沈妙佯作惊讶，"二房怎么算是绝后，不是还有七弟吗？不过，二婶莫非以为，日后还能与二叔再生一个孩子出来？哪怕二婶有这个本事有这个能力，也得看二叔愿不愿意啊。"

"放肆！"香兰怒斥道。

"你不知廉耻！"任婉云气得脸色通红。

"不知廉耻也好,放肆也罢,总归都是在为你着想。"沈妙微笑,"我已经给了二婶一条活路,是走出去还是将路堵死,端看二婶怎么选择。"她站起身,似乎想到了什么,偏头道,"当然,二婶还可以将此事告诉二叔,毕竟你们是一家人。不过有句话,我要提醒你,如今我爹娘和老夫人已经闹僵了,早已撕破脸,更不怕别的。"

任婉云坐着没说话。香兰和彩菊警惕地盯着沈妙。

"言尽于此,告辞。"沈妙笑着走出去。

待沈妙离开后,香兰上前一步,看着任婉云,问:"夫人,果真要听五小姐的话?"

"五小姐定没安好心。"彩菊附和道,"她这么做,分明是故意和老爷对着干。"

"是和老爷对着干。"任婉云低声道,"不过如今,老爷与我也早已不是一条心了。"

"夫人的意思是……"香兰瞪大眼睛。

任婉云低下头,道:"我再想想。"

等回到西院屋中,惊蛰小声地问沈妙:"姑娘,二夫人真的会给二老爷下药吗?"

"当然。"沈妙轻描淡写地道,"任婉云最看重子女,接连丧去一儿一女,只剩沈元柏一根独苗,偏偏沈贵又不是心善之人。她只有给沈贵下药,才能保住沈元柏的位子。"

"可若是二夫人将此事告诉二老爷怎么办?"谷雨一直担忧的便是此事。

"不会,若是沈贵知道自己被下了绝子药,一定会对任婉云恨之入骨,也会迁怒沈元柏。任婉云就算为了沈元柏,也会将此事瞒得死死的。也许沈贵一辈子都不会发现自己生不出儿子的事实,就算大夫看过了,也绝不会想到是任婉云给他下的药。"

"那么……"惊蛰咬着牙,似乎在犹豫什么,终于心一横,道,"就算是二夫人神不知鬼不觉地给二老爷下了药,二老爷真的生不出儿子了,可不是还有一个七少爷吗?七少爷如今年纪小,日后长大了,明白事理,只怕会为了二少爷、大小姐向姑娘复仇。姑娘给自己从小养一个仇人,又发了那样的誓言……"

"那也等他长大了再说。"沈妙摇头,道。

就在一年后,京城闹瘟疫,沈元柏染了天花而死。当时沈妙已经嫁给了傅修宜，整个京城人心惶惶。沈信他们在西北打仗，躲过一劫。城中高门还好，贫苦百姓却死了不少。

沈妙一直相信，天理昭昭报应不爽。前生沈贵夫妇作的孽，报应在了沈元柏身上。

二房注定要绝后，但他们现在满怀希望，不知厄运已经慢慢走近，只待来日镰刀挥下，将满门生机彻底收割。

"姑娘，莫擎来过了。"白露走进来，有些为难地道，"说之前给的银票已经花光了，还要不要去宝香楼？"

"再去取三百两银子给他。"沈妙道。

白露面露痛苦之色，只听沈妙又吩咐道："可以让莫擎对流萤说那句话了。"

屋中几个丫鬟俱是一愣，有些好奇地看着沈妙，毕竟她嘴里的"那句话"，谁也不知道是哪句。

白露正要出去，忽然想起了什么，道："对了姑娘，荣景堂的张妈妈来过一趟，想打听老爷和夫人分家的事。"

那日从荆冠生嘴里知道真相后，罗雪雁回头就告诉了沈信。沈信怒不可遏，即刻去了荣景堂和老夫人理论。罗雪雁一心想分家，沈信在此事后也对沈家人心灰意冷，自然赞成。沈老夫人自知如今还需借用沈信的银子和声威，见此情景竟假装中风晕了过去，让人觉得好气又好笑。

如今张妈妈来打听消息，自然是旁敲侧击想要探探大房的口风。

"若她再来打听，便告诉她，我们分家心意已决，烦请她好好照顾老夫人。若是老夫人迟迟未好，我们去请族中的长老来分也好。"

族中长老瞧不上沈老夫人的出身，沈老将军在世时偏爱沈信，长老们自然也会偏心沈信。族中来人分家，定不会让沈老夫人讨了好。

"奴婢明白。"白露笑着出了门。

定京城的这些风波，不过是人茶余饭后的笑谈，谈过之后，便付之一笑，谁都记不起来。

宝香楼依旧如往日一般热闹，最近新来了一批波斯舞姬，美貌大胆，王孙公子闻美而来，宝香楼的门几乎要被挤破了。

男人喜新厌旧，新来的舞姬们红极一时，往日的花魁们便觉得寂寥冷清。在这些贪欢的男人中，有一人却格外不同。他走到门口，迎客的姑娘挥了挥手绢，嬉笑道："莫爷，今儿个不点流萤姑娘了吧？"

莫擎将手中的银子放到姑娘手中，道："老规矩。"

那姑娘半是忌妒半是羡慕道："莫爷是个长情之人，流萤可真是前生修来的福气。"说着，她便扭着腰上楼叫人去了。

宝香楼的对面，快活楼靠窗的位子，三人正在对饮。季羽书远远地指着莫擎进入宝香楼的身影，道："看看看，他又去了！"

"有什么好看的？"高阳白了季羽书一眼，"隔三日去一次，一次一夜，第二日一早天亮就走，多一刻都不留。你都背得滚瓜烂熟的事，有必要一惊一乍？"

季羽书不甘示弱地回瞪了高阳一眼，道："咱俩是知道这事，三哥刚回来，哪里知道？我是在跟他说清楚。"

二人对面，谢景行倚着榻，懒洋洋地瞧着宝香楼。今日，他穿了件墨色窄腰长袍，显得极为冷峻，细细看来，眉宇中还有些风尘仆仆的痕迹，显然刚回来不久。

"这次事情处理得如何？那些人怎么样了？"高阳问。

"都是死士，问不出来，全都杀了。"谢景行有些心不在焉地道，"时间紧迫，这边动作要快。"

"沈垣之前有动作，和傅修宜走得近，手中或许有一些筹码。只是如今他都死了……"高阳沉吟道，"傅修宜应当会想办法在沈垣身上再搜出些东西。"

"哎哎哎，先别提这个。"季羽书打断他们的交谈，"说起来，咱们在这里蹲守了这么久，姓莫的隔三岔五往宝香楼跑，到底是什么意思？沈小姐待下人都是如此宽和？连下人找姑娘的银子也一并出了？她比我这个沣仙当铺的掌柜还要大方啊！"

"你见过找姑娘每日天一亮就跑路的？"高阳瞥着季羽书，"我怎么记得你找芍药姑娘，都是赖在人家闺房不走，恨不得日日都黏在身边。他这样每次都在一个时间走，倒像是在完成任务。"

"你们的眼睛都长到天上去了？"谢景行瞥了二人一眼，"没瞧见对面还有个人？"他目光往下一扫。

二人一愣，顺着谢景行的目光看去，见在宝香楼的对面街角，站着一名青衫男子，望着流萤的小筑出神。

"看着挺普通。"季羽书道，"穿得这般寒酸，一看就是想进去找姑娘又没有银子，看着解解馋呗。这有什么不对？"

"这人……"高阳远远地端详,"身影倒是眼熟,似乎在哪里见过。"

"裴琅。"谢景行道。

"裴琅是谁?"季羽书问。

"广文堂的先生。"

"我想起来了。"高阳也道,"之前曾在宫宴上见过他。不过,他来这里做什么?"

"先生?"季羽书咽了咽口水,"先生也来逛花楼?"

谢景行道:"这么大个人在这儿,你们两个竟然没发现?"

"我也不认识他呀!"季羽书委屈地道,"我怎么知道他还是个先生?"

高阳看向谢景行:"你觉得裴琅有问题?可他只是个穷秀才。"

"沈妙从来不做无谓之事,让手下找流萤肯定有用意,之前我不懂,看到他就明白了。"

"你是说……"高阳若有所思地道,"沈妙绕了这么大一个弯子,其实是冲着裴琅去的?"

谢景行扬眉一笑,目光似有深意流动,道:"沈妙格外看重这个裴琅,看查到的东西,裴琅只是个穷秀才,其中一定有问题。"

另一头,流萤小筑中,莫擎依旧如往常一般坐在桌前喝茶。

流萤如今是对莫擎彻底死心了,走过来拿起桌上的一锭银子收进匣中,在莫擎的对面坐下,倒了杯茶抿了一口,不冷不热地道:"多谢莫公子一如既往给流萤捧场,让流萤不至于在如今这么不景气的时候吃不上饭。"

流萤没打算和莫擎攀谈,来了这么多次,莫擎从未和她谈过一句。

可今日,莫擎破天荒地对她开口了。

莫擎道:"不是我。"

流萤太过惊讶,以至于只能瞪大眼睛瞧着他:"啊?"

"给你银子的不是我。"莫擎道。

流萤不解地道:"什么银子?"

"我家主子要我隔三日来这里找你,给你银子,什么都不做。"

流萤闻言,目光顿时警惕起来,站起身,问:"你的主子是什么人?"

莫擎摇头,道:"不能说。"

"你!"流萤怒视着他。

"主子说，等再过些日子，她会来见你，"莫擎道，"让你暂时不要接别的客人。"

流萤笑了，道："大哥，我不知道你主子是什么人，也不知他想干什么，但我是宝香楼的姑娘，我不接别的客人，我吃什么？喝什么？你养我啊？"

莫擎不吭声了。见莫擎不吭声，流萤更怒。

莫擎见流萤的神色变幻不定，犹豫了一下，还是说了一句沈妙并未吩咐他说的话。他道："我的主子是个好人，你……不要害怕。"

流萤愣了一下，道："我凭什么相信你？"

莫擎："……"

这天夜里，无星无月，沈妙陪罗雪雁说了会儿话，才准备回自己院子。

路上，惊蛰将打听到的消息告诉沈妙："姑娘，荆家人今儿下午启程回苏州了，临走时将荣景堂偏院里值钱的摆设都卷走了，老夫人气得差点儿中风。"

"荆家人信誓旦旦要为表小姐讨个说法，现在灰溜溜地回去，表小姐也不管了。"惊蛰道。

"民不与官斗。"沈妙嘴角微扬，"荆家人也知道自己闯了大祸。"

"都不是什么好人。"惊蛰撇撇嘴，道。

沈妙不置可否。荆家人连夜赶回苏州，可孙天正从来不是一个心慈手软的人，荆家人在回去的路上会遇到什么，是无人知道了。

方走到院子里，沈妙正要推门进去，忽然一顿，扫了窗户一眼。

"惊蛰，"沈妙道，"你先去烧水，我想沐浴，烧热一点儿。"

惊蛰愣了一下，点头答应。

沈妙推门走进去，走过外堂，走过屏风，走到自己的闺房内，将门掩上。

灯火微微晃动，桌前正斜斜地坐着一人。那人一手撑头，一手百无聊赖地翻着沈妙桌上的书籍。听到动静，他漫不经心地转过头，露出一张唇红齿白的俊脸。

"怎么这么晚才回来？"他皱眉问。

"我似乎并未邀请你。"沈妙平静地看着他，"谢小侯爷。"

"我等了你很久，已经饿了。"谢景行挑眉，道。

"滚。"

闻言，谢景行唇角一勾，饶有兴致地侧头看向沈妙："许久不见，你的脾性越来越暴躁了。"

沈妙在桌前坐下，冷声道："你还是一如既往，喜欢不请自来。"

沈妙已经决意要远离谢景行。对方身上的秘密太多太深，如今他又自己过来，让她怎么能不动怒？

"我路过此地，顺便过来看看你。"谢景行换了个舒服的姿势。他今日穿着素色深衣，皎白的衣领，本是冰雪季节，却因他出色的眉眼，显得屋中都布满春意。

他抚着下巴，道："还有一事想要问你。"

"讲。"沈妙眼下一个字也不愿对他多说。

谢景行见沈妙如此态度，倒也不恼，道："沈垣在府里，有没有信任的人？"

闻言，沈妙有些惊讶地看了谢景行一眼，道："没有。沈垣回京时日短，和府中人也不亲近。你问他做什么？"

"刚从他院子里转了一圈，"谢景行懒洋洋地道，"没找到东西，过来问问。"

沈妙垂眸思索。莫非谢景行是想在沈垣那里找到什么，却没找到，以为是沈垣将东西交给了信任的人，才从她这里打听？

"你要找的究竟是什么？"沈妙问。

谢景行没有回答，问道："这段日子你也过得不错，听说沈家二房快败了。"

"小侯爷对沈府的事情了如指掌，不知道的，还以为你是沈府的人。"沈妙嘲讽地道。

谢景行摊手，道："没办法，沈府的护卫像摆设，偏偏发生的事又有意思，我想不知道也难。"他打量了沈妙一下，"只是我低估了你的狠辣。"

"你也可以一试。"

谢景行笑眯眯地看着她，道："我没那么多工夫。"

"听起来你倒是很忙，"沈妙盯着他，"却有这么多闲工夫逛别人的府邸。"

谢景行道："小姑娘火气总是这么冲。"

沈妙没好气地道："问都问完了，你还不走？"

谢景行站起身，拍了拍衣裳，果真打算从窗口掠出去，忽而想到什么，又回过头，古怪地看着她，问："差点儿忘记问你，沈妙，你爱慕裴琅？"

沈妙："……"

她还没来得及说话，又见谢景行挑剔地上下打量了她一番，目光似有嫌弃。

他道："应该也是白搭。"谢景行说完，身影转瞬消失不见。

412

"这个浑……"沈妙磨牙,却听见惊蛰在外头敲门:"姑娘,水已经开始烧了,奴婢先替您放香料。"

惊蛰进来,奇怪地道:"姑娘站在窗前做什么?仔细别着凉。"

沈妙收回目光,道:"无事,刚赶走一只野猫。"

"野猫啊。"惊蛰笑道,"这个季节野猫出没是常事,不过就是扰人清梦,赶明儿让人赶出去,省得麻烦。"

"还是下砒霜为好。"沈妙道,"死了干净。"

"咦?"惊蛰有些摸不着头脑。

沈府另一头,万姨娘的目光带着忧虑,似乎又有些愤恨。她对沈冬菱道:"也不知那日五小姐对夫人说了什么,听彩云苑的下人说,夫人的病一日一日好起来了。如今夫人认得人,也不发脾气,还让身边的婢子熬粥给老爷喝,怕是想重新得老爷看重。真到那一日,又是咱们受苦的日子。"万姨娘有些埋怨地道,"看来五小姐果真是要帮着夫人了,还给夫人治好了病。"

沈冬菱正在桌前梳理自己的长发,道:"姨娘多虑了。五妹妹本事再大,也不可能妙手回春,看来夫人一直在装疯卖傻。"

万姨娘一惊,道:"菱儿,你说夫人一直在装疯卖傻?那这么久以来,老爷对咱们照顾有加,岂不是都被夫人看在眼里?"

"姨娘担心什么?"沈冬菱道,"因为大姐姐和二哥的事,爹对夫人已经十分瞧不上眼。就算夫人真的清醒过来,想得到从前的地位,也已经是不可能了。"

万姨娘疑惑地道:"既然夫人知道老爷不会原谅她,为什么不继续装疯?五小姐究竟跟她说了什么,让她改变了主意?"

"现在除了七弟,夫人什么都没了,五妹妹大约是在七弟一事上做文章吧。姨娘也要努力给爹生个儿子,不管是庶子,还是嫡子,只要生了儿子,日后姨娘就能在这里站稳脚跟,谁都不敢踩在您头上。"

万姨娘苦笑一声。她又何尝不想生出儿子?心中胡思乱想着,万姨娘岔开话头,道:"说这些做什么,菱儿倒不如猜猜五小姐究竟想干什么,她帮着夫人,就是和咱们作对啊!"

"那倒未必。"沈冬菱摇头,"总而言之,咱们不要掺和到这些事情中去,过好自己的日子,否则,一不小心就会惹祸上身。"

万姨娘听得心惊肉跳,试探地问:"所以……"

"不要看，不要问，不要说，"沈冬菱看着镜中的自己，"顺其自然就好，总有一日，我们能过上好日子。"

第二日一早，沈妙刚用过饭，霜降从外头气喘吁吁地跑进来，一进屋就道："姑娘！出事了！"

"有话慢慢说，急成这样像什么样子！"谷雨斥责道。

霜降吐了吐舌头，没忍住，噼里啪啦一股脑儿说了出来："前些日子，荆家人不是启程回苏州了嘛，今儿个官府的人来说，荆家人在回苏州的路上遇上流寇，全被灭了口。晓得荆家和老夫人有些关联，官府才上门知会。"霜降拍着胸口，心有余悸地道，"如今这匪徒也越发猖獗了，光天化日之下就敢这样杀人，一个活口也没留！早知道这样，荆家人一定后悔来京城一趟。"

沈妙垂眸。荆家人被灭口，究竟是不是流寇所为，端看个人怎么想了。此事因荆楚楚而起，孙才南丧了命，孙天正怎么能甘心？沈妙相信，若是可以的话，孙天正恨不得将沈家人也全部灭口，只是沈家终究不是荆家。

荆家依旧是和前生一样的结局，因荆楚楚的贪婪而送命。而今荆楚楚还在孙天正手中，孙天正不会让她轻易死去。荆楚楚这样满怀绝望地活着，或许比死了更痛苦。

不过，这些与沈妙都没有关系了。

沈妙对谷雨道："准备的东西呢？"

谷雨道："在箱子里，不过……"谷雨有些犹豫地道，"姑娘，您真的要……"

"去取。"沈妙打断她的话。

半个时辰之后，沈府西院侧门中走出了四个人。为首的是一名眉清目秀的小公子，穿着一身月白衣裳，戴一顶帽子，也算得上翩翩公子，就是个头矮了些。紧跟在他身后的，是两个随从打扮的人，走路却有些笨手笨脚，扭扭捏捏的。随从的身后是一个侍卫，比起这三人，他显得高大了许多。

"别怕，"沈妙道，"胆子大些，别露了马脚。"

这几人不是别人，正是沈妙、惊蛰、谷雨和莫擎。

惊蛰和谷雨不习惯穿男装，哭丧着脸，还有些害怕。沈妙从容得很，看得莫擎都心中犯嘀咕，却不晓得当初在秦国做人质时，她曾被那些皇室捉弄，要她扮男装，足足扮了几月有余，是以如今扮起来，竟也活灵活现。

414

待三人上了马车，莫擎亲自驾着马车。

谷雨问沈妙："姑娘，咱们真的要去宝……宝香楼吗？"

"当然。"

"可是……"谷雨道，"有话不能在外边说吗？要是被人看见姑娘逛花楼……"

"宝香楼是生意场，生意场给银子就行。逛花楼的人不会讲礼仪道德，本就是放浪形骸的场所。逢场作戏，不会有人注意咱们。"

惊蛰和谷雨对视一眼，无奈地摇摇头。

快活楼的雅室里，有人掀开帘子走进来。

季羽书道："三哥，你来得正好，有件事情要跟你说，定王……"

"咦？"一边的高阳突然出声，握着酒杯的手一顿，自言自语道，"这次怎么不同？"

"什么不同？"谢景行一边说一边在临窗的位子坐下，给自己倒了杯茶，顺着高阳的目光看去。只见宝香楼楼下，一辆马车方停，从里面下来几个人，为首的正是莫擎，身后却是跟了三个少年模样的人。

"姓莫的都是独来独往，怎么今日来了这么多？这也是沈妙吩咐的？"高阳托着下巴打量。

"我看看。"季羽书伸着脖子看去，灵光一现，"莫非沈小姐其实是以银子来嘉奖做得不错的下人？下人干得好，就赏他们去宝香楼一日游。嗯！我也想当沈小姐府上的下人。"

"一边儿去。"高阳将季羽书的脑袋拨开，道，"我怎么觉得这几个人看着有点儿眼熟呢！"

他话音未落，就见谢景行一口茶喷了出来。

"三哥！"被喷了一头一脸的季羽书手忙脚乱地跳起来，一边整理衣裳一边怒道，"你干什么？！"

谢景行没理他，目光颇为意外地盯着楼下的几人，道："竟然自己来了。"

"自己？"高阳抓住他话中的意思，往下仔仔细细一看，待看清楚时，也差点儿仰面翻倒过去。那为首的粉雕玉琢的小公子，不是沈妙又是谁？

沈妙随着莫擎进了宝香楼。

门口迎客的姑娘瞧见莫擎，驾轻就熟地迎上去，笑道："莫爷，还是点流萤姑娘吧？"

415

莫擎点头。那姑娘似乎这才注意到莫擎身后的几人，迟疑了一下，道："这几位……"

"和我一道的。"莫擎道。

姑娘先是一愣，随即想到什么，神色促狭地看着莫擎，道："倒没想到莫爷好这一口……没事，人多热闹。"

惊蛰和谷雨一听，立刻红了脸。莫擎也有几分不自在。一行人中最坦然的便只有沈妙。

那姑娘领着他们往流萤小筑里走。待到了流萤小筑，领路的姑娘敲了敲门，对着里头道："流萤，莫爷来看你了。"说罢，她又对莫擎几个道："奴就先下去了。"

莫擎推开门走进去，梳妆镜前正坐着一名女子。女子的衣裳松松地披在身上，一头青丝如瀑。她对着镜子梳妆，听见动静，头也不回地道："你今儿来得倒早。"

惊蛰和谷雨诡异地看了莫擎一眼，莫擎轻咳了两声，道："不止我。"

梳妆的手一顿，流萤转过头来，瞧见沈妙几个先是一怔，随即俏脸爬上一丝怒容，道："你这是什么意思？"

"我……"

不等莫擎说完，流萤又冷笑道："若是想要这么玩倒也可以，不过你得出两倍银子！"

流萤此话一出，不仅惊蛰和谷雨，连沈妙也目光诡异地朝莫擎看过来。

莫擎窘迫极了。

"流萤姑娘，在下是莫擎的主子。"沈妙开口打破僵局，微微一笑，"我们今日不是来'玩'的。"

听见"主子"二字，流萤愣了愣，目光警惕地将沈妙上上下下打量了一番。

沈妙走过去，惊蛰和谷雨忙将桌前凳子搬到靠近流萤的地方，等沈妙坐下来。

"是你让莫擎天天来点我牌子的？"流萤问。

沈妙点头。

流萤一手支着下巴，目光悠然，风情万种，道："公子这么做，可就让奴家不明白了。莫非公子是对奴家动了真情？"

莫擎望天。惊蛰和谷雨却面露鄙夷之色。

沈妙看着她，问："流萤姑娘以为如何？"

流萤仔仔细细地打量沈妙，目光顿了顿，忽而笑了，问："这位姑娘想玩戏本子里假凤虚凰的把戏？"她竟是一眼识破了沈妙的女子身份。

沈妙也不意外，只道："我想替你赎身。"

流萤笑不出来了。她被卖入宝香楼的时日不短，到现在，比不得当年红极一时，是以过问她的人越来越少，更别说花一大笔银子替她赎身了。

"姑娘的意思，流萤不明白。"

"我曾侥幸得过一方帕子，是难得的双面绣，明齐会双面绣的举国不过数十人。"沈妙道，"我多方打听，得知出自流萤姑娘之手。"

"你！"流萤双手一紧，"你如何得知出自我手？"

沈妙摆了摆手，道："我如何得知并不重要，重要的是我有一处绣坊，还缺个绣娘。流萤姑娘有没有兴致，替我管理绣坊？"

流萤觉得不可思议，看着她，忽然笑得花枝乱颤，问："姑娘，你不会是想让我从良吧？"

惊蛰和谷雨有些不满流萤的神态。莫擎也微微皱眉。多少风尘女子渴望洗尽铅华，流萤尚且年轻，如果逃离风尘之地，未必就不会有一个好前程。

"我自来就被卖入此地，"流萤面露轻佻之色，"学的是房中术，只懂得如何伺候讨好男人。姑娘让我打理绣坊，出卖苦力，那等苦日子我可过不来。姑娘就不怕我将绣坊弄垮了？"

沈妙盯着她，微笑道："垮不垮是我的事，可干不干，是你的事。"她轻描淡写地道，"只是……这对我是可有可无的一件事，对你，却是能脱离此地的唯一生路。

"世上有千般人、万般行业，各人有各人的活法。对我来说，并不觉得青楼女子就比人下贱，可是世人眼光如此。"沈妙道，"就如同我的莫侍卫，同样也是为奴，可不会有人瞧不起他。我的贴身丫鬟，有的人甚至会羡慕她们。世情如此，人分三六九等，谁不想当人上人？谁又想每日都被人戳脊梁骨呢？"

"你！"流萤最恨的就是有人拿她出身风尘来说事，闻言更是气得不行。

沈妙道："你不妨好好考虑一下。"

"姑娘既然看不起沦落风尘之人，又何必与我说这么一番话？"流萤不怒反笑。

"我看不起的，是甘心沦落风尘之人。"沈妙站起身来，"几日之后，莫侍卫会再来一趟，流萤姑娘不必心急回答我。不过以色侍人，自来都没什么好结局。"

沈妙冲莫擎使了个眼色。莫擎连忙掏出一锭银子放在桌前。流萤扫了他一眼，面上有些恼怒。莫擎也很尴尬。沈妙不打算久留，对流萤点了点头，便起身走了，也不知身后的流萤是何模样。

待出了宝香楼，惊蛰才愤愤不平地道："姑……少爷好心好意想为她赎身，却不想她竟如此不领情！咱们实在是好心没好报。"

莫擎想说什么，最后忍了下来。

谷雨问："姑娘，咱们现在是回去吗？"

沈妙没有回答，岿然不动。

谷雨觉得有些奇怪，瞧见沈妙似乎在看什么，顺着她的目光看去，便见她看的地方正是街道对面的角落。那里站着个青衣人，正望着宝香楼的小筑。

谷雨还没来得及开口，就见沈妙抬脚往那头走去。

屋檐下，青衣男子站得笔直，紧紧地盯着流萤小筑的方向。他太过入神，连身边何时走来了人都不知道，直到一声轻咳打断了他的沉思。他面前不知何时站了四人，为首的少年一身月白长衫，生得眉眼清秀，不知是哪家的小公子。此刻那少年瞧着他，唇边含着淡淡的微笑。裴琅觉得这少年似曾相识。

少年冲他点了点头，道："裴先生。"

"沈妙！"裴琅微微瞪大眼睛，看着沈妙身后随从和侍卫模样的人，又看了看沈妙，震惊地道，"你……怎么穿成这个样子？"

女扮男装的事情并不少有。在明齐，许多小姐出门为了行事方便，偶尔也会穿男装，打扮起来倒也别有一番俏丽。不过沈妙……裴琅看着面前翩翩如玉的少年郎，一时不知道说什么好。

"我方才从宝香楼出来。"沈妙道。

裴琅一下子咳了起来。

沈妙突然上前一步，凑近裴琅，啪的一下展开手中的折扇，将二人的脸挡住，在折扇那头轻声道："大家都说宝香楼的姑娘才是人间绝色，所以我特意去逛了一圈。近来那里新添了许多波斯舞姬，个个香艳无比。"

裴琅恍然生出一种错觉，仿佛面前真是哪家走马章台、眠花宿柳的公子哥儿，在同他谈论哪家的舞姬更美艳。

"胡闹！"裴琅从牙缝里挤出二字。

沈妙笑道："可是，我点的是流萤姑娘的牌。"

裴琅的身子僵了。

沈妙收回折扇，笑着看向他，问："我看裴先生在此地观望流萤小筑许久，是不是也对流萤姑娘充满向往？"

裴琅盯着沈妙，神情突然阴沉。

沈妙不为所动，依旧笑得开怀，指了指一边的快活楼，道："既然裴先生也对流萤姑娘充满兴趣，不如与我一同进去喝杯酒，聊聊美人儿。"她横折扇于胸前，自顾上了楼，远远地抛下一句，"饮美酒聊美人儿，方是人间快活事。"

惊蛰三人忙跟进去。

裴琅一个人站在原地，顿了片刻，才下定决心般走进了快活楼。

楼上靠窗的位子，季羽书一下子跳起来，道："她果然是为了那个秀才！"

"方才她用扇子遮住脸，同裴琅说的到底是什么话？"高阳摇头，"偏用扇子遮住了，莫非他知道你懂唇语？"

高阳说这句话的时候，看向谢景行。

谢景行站起身，季羽书问："你去哪儿？"

"当然是听听他们说什么了。"谢景行意味深长地一笑，"我倒要看看，裴琅到底是颗什么样的棋子。"

快活楼的雅室中，莫擎守在门边，惊蛰和谷雨站在两旁，俱是低着头。

桌前，沈妙在倒酒。

酒是鲁酒，色若琥珀，只要酒量不是太差，少饮些许也不会有事。

沈妙倒了两盅，裴琅眼睁睁地看着沈妙将一盅酒推到他面前，笑道："先生请用。"

"沈妙！"裴琅直呼其名，"你到底想干什么？"

"裴先生竟如此心急，不用美酒就论美人儿，是不是有些牛嚼牡丹？"

见裴琅迟迟不说话，沈妙轻轻地笑起来，道："与裴先生开个玩笑罢了，先生怎么这样紧张？"

她说这话时，眼眸清澈，却似带着促狭之意，有种不自知的风情。裴琅的目光微微一顿。

"这酒是鲁酒。"沈妙端起酒盅，冲裴琅遥遥一举。

裴琅的面上倏然变色。沈妙自顾曼声道："齐鲁之地，酿的酒也是琥珀色，快活楼中的鲁酒也是托人从齐鲁运过来的。"

裴琅看着她，忽地端起桌上的酒盅，一饮而尽。

"这酒不醉人。"沈妙言笑晏晏，道，"否则旁人看了，还以为裴先生是个酒坛子。"她的话让裴琅手心微润，"说起来，鲁地人擅饮酒，饮酒多用坛，裴先生方才那样，却有些像鲁人了。"

裴琅抿着唇，不说话。

沈妙一手支着脸颊，缓缓地道："我想起十几年前，鲁地的一位知府好似也姓裴。不晓得的，还以为裴先生与那人是一家。"

裴琅一下子把酒盅蹾在桌上，与此同时，莫擎虎目一瞪，右手按上了腰间佩剑。

"可惜那裴知府因卷入前朝一桩陈年旧事，被陛下斩了全家。阖府上下，男儿皆被处死，女儿流放，充为官妓。"沈妙笑得止不住，"听闻裴知府有一双出色的儿女，尚且年幼，他们也死在那场风波之中。"

裴琅的嘴唇微微发抖，他一字一句地问道："你到底是什么人？"

"嘘。"沈妙做了一个噤声的动作，"其实我还听闻了一桩秘事，看在裴先生也姓裴的分上，不妨与先生分享。

"裴知府本有能力送一双儿女逃出生天，免于灾祸。可惜官差追得紧，裴知府只能保下一人，于是……他保下了儿子，让女儿被官差捉走。"她惋惜地摇头，"官差都如狼似虎，对罪臣的家眷从来不会手下留情，小姑娘被人捉住，岂有好下场？要我说，裴知府明知女儿落入虎口必然生不如死，却还是将女儿推了出去，未免有些无情。"

裴琅闭了闭眼，面上显出痛苦之色。

"裴先生如此感怀，想来是感同身受。"沈妙笑盈盈地瞧着他，"不过想来这和裴先生都没什么关系，因为裴先生并非鲁地人，而是生在定京的商户。说起这些，不过是因为鲁酒醉人，一时感怀罢了。"

裴琅面上是浓浓的警惕和防备之意："这是沈将军的意思？"

沈妙摇头。

"我父亲疼爱我，给了我一处绣坊，可我的绣坊还缺一个绣娘。"沈妙拖长声音，"听闻十多年前，裴知府的大女儿从小就会双面绣。可巧，宝香楼的流萤姑娘也会双面绣。我便想，都是沦落风尘之人，都会双面绣，指不定流萤姑娘和那位罪臣小姐有几分渊源。我呢，就动了恻隐之心，想解救她出风尘。裴先生，你觉得学生这样做，对是不对？"

她自言学生，满头青丝包裹在男式官帽中，笑盈盈地看过来，很有几分如玉少年郎的风采。在故作娇俏的灵动里，她将宦海臣子间笑里藏刀的那一套发挥得淋漓尽致。与她打交道，仿佛悬崖走钢丝，她话中藏话，敌友难清。

裴琅侧头，道："你以为如何？"

沈妙笑得纯粹，似乎真的只是为自己做了一件好事而高兴，道："我以为甚好。就是那位裴知府的儿子知晓了姐姐的下落，亲自来为姐姐赎身，只怕以裴姑娘对当年裴知府的怨和本身的心气，也不会愿意的，反而会糟蹋自己的一生。"

裴琅没有说话。

"世上有些人本是玉，混在石头堆里久了，也就成了石头。可有些人的心气藏在骨头里，就算碾碎成渣，骨子里的傲气都不会变动一分。听闻裴知府当初也是个傲气之人，想来教出的一双儿女不遑多让。你说……"沈妙看向裴琅，"那姑娘是宁愿以沦落风尘的贵女身份活着，还是以青楼名伶洗尽铅华的身份活着？"

"说了这么多，"裴琅冷笑一声，"你想我做什么？"

"裴先生聪明过人，闻弦歌而知雅意。"沈妙道，"先生身负妙才，胸有经纬，为何不入仕？"

"沈妙！"裴琅怒道，"你休想！"

"裴先生不妨心平气和地听我先说。"沈妙笑道，"许是裴先生被我方才那个故事吓到了，觉得官场之上，一不小心便会连累阖府上下，凶险多舛，加之入仕后，大抵没有现在做个逍遥先生来得自在。可先生现在孑然一身，既无眷侣，也无家人，不必担忧连累。况且……站得高才看得远，站得高，也能做得多。先生固然能桃李满天下，可是……"沈妙气定神闲地举杯，言语有种冷淡的凉薄，"真正出事的时候，高门大户避之不及，又怎么会劳心尽力？只有自己强大，方是正道。"

"这些话是谁教你说的？目的又是什么？我入仕，对他又有什么好处？"

沈妙微微一笑，道："裴先生为什么要问对别人有什么好处，却不问对自己有什么好处？升官发财，最后便宜的也是先生自己。做生意，哪有问别人得了几文，却不提自己赚了几两呢？"

"我哪里有赚？"裴琅淡淡地道。

"先生是没有赚，可流萤姑娘赚了啊。"沈妙笑着瞧他，眸中微光闪烁，"女子从良，后半生有个稳当依靠。先生入仕，可算是救了别人的一生？"

裴琅死死地盯着沈妙。到了这时候，如果他还没明白沈妙的用意，就是傻子了。

"入仕之后，我要做什么？"裴琅问道。

"其实也没什么。"沈妙道，"先生才华横溢，就算不主动入仕，一年之后，自然也会有贵人招揽。只希望那个时候，先生不要拒绝贵人，想法子应了他，当然是表面应了，却要为我所用。"

"你要我当内应？"裴琅不可思议地看向沈妙。

沈妙摇了摇头，道："怎么能算是内应？先生大可升官发财，我保证不让先生的身份暴露，只要在必要时，告诉我一些消息就行了。"

裴琅沉默片刻，看向沈妙，道："你所说的贵人，是哪位？"

沈妙微微一笑，道："定王傅修宜。"

裴琅悚然一惊，道："你到底想干什么？"

裴琅已经问了许多次这个问题，到了现在，他也不确定做出这些事的究竟是别人，还是沈妙自己。他的底牌已经被沈妙看清了，可他连她最初的目的都没有弄清楚。他被绝对地压制。

"我不想干什么，只想做一个对我和先生都有利的决定而已。"沈妙笑着将垂到面前的一缕头发别到耳后，越发显得脖颈洁白如玉，"先生，究竟是应，还是不应？"

"我只能在这里作答？"裴琅问道。

"你有……"沈妙指了指酒壶，"一壶酒的时间。喝完这壶酒，先生告诉我答案。"

"不必了。"裴琅打断她的话，"你若能做到承诺的事，我答应你。"

屋中静默一瞬。片刻后，沈妙笑了起来，提起酒壶，给空了的酒杯斟满酒，再端起自己面前这杯，作势要同裴琅干杯。

"祝先生日后鹏程万里，锦绣无量。"沈妙笑着将酒一饮而尽。她饮得极快，一丝酒液顺着嘴角流出来，滑过微尖的下巴，没入洁白的衣领中。

裴琅别开眼，沈妙眼中闪过一丝畅快。

大约是她饮了酒，一些藏在心中的情绪罪恶般地滋生出来。她记得裴琅端正肃容，最讲究情理。在裴琅面前，她最终妥协，最后还是被裴琅的利弊权衡打败。

前生能决定傅明生死的国师，如今却被她拿捏着软肋；前生在裴琅面前她端着皇后的仪态，连为和亲的婉瑜大哭都不可以，如今……她没有皇后的端庄，也没有谨守的妇德，女扮男装、逛花楼、同先生饮酒，行迹轻佻，放浪形骸，裴琅又能怎么样呢？他也不能把她怎么样。

然而那畅快只是短短一瞬。

沈妙眼中因酒意而生的风情尽数褪去，一寸寸爬上清醒。她站起身，道："待我将流萤姑娘安顿好后，会把绣坊的所在告知先生。银钱我已结过，先生慢饮，鲁地的酒，可不是常常喝得到的。"那最后一句，也不知是讽刺还是客气。

裴琅眉头微皱，眼见着沈妙带着几人走了出去。他端起酒来饮了一口，那酒本是醇厚的佳酿，喝在嘴里偏涩得惊人。

沈妙走出门外，被外头的冷风一吹，面上的红霞散尽。她闭了闭眼，再睁开时，眸中只剩冷厉。对于裴琅，她终究是怀了当初因他袖手旁观的怨恨，再怎么掩藏，也泄露了一丝一毫。

不过，她的目的是成了。

"回府。"她走向马车。

快活楼毗邻雅室的另一间屋子里，房中几人皆是静默。

方才他们看了一出好戏，初看只觉妙趣横生，如今人走茶凉，细细想来，不觉悚然。

季羽书咽了咽口水，打破沉闷的氛围，道："有关系真好，至少听墙角的时候方便多了。"

雕花柱子后头，有一方巨大的琉璃，被细细的栏杆掩映，据说是从西洋运来的，那头看不到这头，这头却可以看到那头。加之有铜做的布满小洞的柱子，那边说的什么，这边听得一清二楚。

季羽书说完，雅室中另外两人却没有回答他。高阳以折扇抵着下巴。谢景行则屈肘撑着头，一边把玩着手里的茶杯，一边垂眸思索什么。

受不了这样的气氛，季羽书开口道："你们两人别沉默了，不就是鲁州裴知府，裴琅就是裴知府的儿子嘛！"

鲁地罪臣裴知府有一双儿女，姐姐是流萤，弟弟就是现在的裴琅。在逃离途中，为了保全裴琅，裴家舍弃了流萤，致使流萤最终沦落风尘。而裴琅在裴家人早已安排好的退路下，化作定京人氏，自小生活在此地，出身商户，父母几年前过世，如今孑然一人。这浑然天成的身世，许多年都没有人发现。

然而……谢景行懒洋洋地勾唇道："所以，季羽书都查不出的底细，她是怎么知道的?"他说到最后,语音转冷,桃花眸中有杀气弥漫。

"怎么说?"季羽书问。

高阳摸着下巴,道:"既然她要对付定王,便不是定王一支的人。太子、周王、离王,沈妙是哪边的人?"

"哪边都不是。"谢景行道。

"咦?"季羽书奇怪地问,"怎么又哪边都不是了?"

谢景行淡淡地道:"裴琅尚未入仕,如今倒显稚嫩。刚刚你们都听过,沈妙那一套,便是沈信,也未必比她使得利落。"

滑不溜秋,不承认,不否认,不推辞,也不接受……宦海沉浮多年的臣子也未必有她得心应手。沈信和罗雪雁是武将,沈妙这一套是从哪里学会的?沈家背后还有高人指点?他原先是这样以为,眼下看来,倒可以确定都是沈妙自己的主意。若她是太子或别的皇子的人,万万不会用这样一步一筹划的办法。各皇子背后各有势力,又怎么会用这样笨拙的法子?

然而,她却在自己的能力范围内,将所能收获的利益最大化。让人不禁怀疑,倘若给她足够的背景和权势,她还会翻起多大的风浪?

天下如棋局,明齐这一局,有太多人在博弈。谢景行从未将沈妙放在其中。她是弱女子,也没有任何动机。可如今,谢景行透过少女杯酒收英雄于麾下的本事,看到了她的野心。

"咱们还是不知道她是怎么摸清裴琅的底细的。"季羽书道,"沣仙当铺都没查出来过。"

就同之前的陈家兄弟一样。

"别管她了。"谢景行道,"请帅的折子写好没有?"

"写好了。"高阳皱眉,"可是你真的确定……这事一旦开始,你就没有回头路走了。而且你这头是计划好了,那边却还没传来消息,万一那边不同意……"

"照我说的做。"谢景行站起身来。

回到沈府,西院屋中,沈妙换下衣裳,刚把头发拆了,白露便进来道:"姑娘,夫人让你去屋里,说有要事商量。"

沈妙让白露和霜降留在屋里,并嘱咐二人,若有人问起来,便说她出去逛了。

待她到了罗雪雁屋中,意外地瞧见沈信和沈丘也在。

罗雪雁拉她在身边坐下，道："今儿娇娇出门去干什么了？"

她道："随意逛了逛，路过快活楼，给爹和大哥带了几坛烈酒。"

"爹的乖乖！"沈信一听，眼睛都亮了，"定京城的酒忒甜，腻歪歪的，哪里算得上酒？还是烈酒好，痛快！"

沈丘也高兴地道："妹妹想得周到！"

罗雪雁看着沈妙，道："娇娇，今日其实是有一事想跟你商量。"

"娘请说。"

"分家的事，你也听说了，再过些日子就能分出去。我和你爹想清楚了，得重新买个宅子。城东有处宅院不错，可以买些仆妇、下人洒扫伺候着，只是……"罗雪雁看着沈妙，有些为难地道，"从前我和你爹去西北，将你留下，觉得有沈家护着，你也安稳些。如今一旦分家，倘若我和你爹、你大哥再离开，你一个姑娘家，独自守着一个宅子，住着不安全，我们也怕别人胡说八道，所以……娇娇，你愿不愿意和娘一道去西北？"

沈妙微微一怔。

"妹妹，西北可好玩了，"沈丘见沈妙发怔，忙道，"没他们说的那般夸张！小春城依山傍水，珍禽异兽也多，到时候我再给妹妹打猎，能打出白虎皮做披风。"

"胡闹！"罗雪雁笑骂道，"你妹妹一个姑娘家，要白虎皮做什么？"

沈丘挠了挠头，道："那还有矿山，宝石可大了，妹妹也可以用那些来做首饰！"

沈妙微微笑起来，本来还有些犹豫，留在定京城，她也有别的事情要做，可听沈丘这么一说，倒对西北小春城有些向往起来。

"好啊。"在众人期待的目光中，沈妙点了点头，"我也很想去见识见识。"

罗雪雁松了口气。沈信大声笑道："我就说娇娇肯定会同意！"

"妹妹！妹妹！"沈丘激动地道，"到时候我带你去见我的那些兄弟，他们都知道我有个妹妹，从没见过你呢！还有外祖一家，你出生后就没见过他们，这次去，他们一定认不出你来。"

罗雪雁的娘家就是西北的镇关武将，只在沈妙出生的时候赶过来一回，后来因远隔千里，这些年沈妙竟也没见过他们。

沈妙垂眸，曾经罗雪雁死后，罗家就和沈家断了往来。

一家子又说了些话，直到时辰晚了，罗雪雁才赶沈妙回房休息。

沈妙梳洗后，坐在桌前，看着跳动的火苗，不禁叹了口气。真要随沈信去西北，她得在这半年内将所有的事情都打点好。若说如今唯一值得安慰的，就是裴琅一事了。

她一直清楚，沈家树大招风，不好卷入宫廷中事。她只是一个闺阁女儿，平日里没有机会去接触更深的东西，唯有让裴琅做她在傅修宜那里的眼线，届时她顺水推舟，事情才容易得多。

而她收服裴琅，大抵还靠着一点儿运气。当年傅修宜收服他，也是因着手下一名幕僚曾与裴知府有过交情，顺藤摸瓜摸出了裴琅的身世，又因为傅修宜安顿了流萤，才让裴琅为他所用。拿捏住了流萤，就是拿捏住了心有愧疚的裴琅。

几年后，裴琅会更加成熟，再看今日沈妙的一席话，就会觉得漏洞百出。可眼下的裴琅还未入仕，即便再聪明，终究经验不足。

"姑娘还是早些歇息。"惊蛰笑道，"明儿个还要随着夫人去看城东的宅子呢！"

沈妙点头，这半年至少能分家，总也能开府另过的。

然而她没想到，计划终究赶不上变化。

第二日一早，沈妙用过饭，正准备与罗雪雁一道去看宅子，还未出门，宫里便来了人，要罗雪雁进宫一趟，来的宫女还说，若是无碍，可以将沈妙也带上。

沈信和沈丘当即面色沉下来。罗雪雁也很迷惑，算来算去，自己和宫中的女眷都没什么交情。

沈信道："不如我也陪夫人进宫一趟。"

"你去做什么？"罗雪雁道，"又没人请你去，还嫌不够添乱？我带娇娇去吧。这么多人，总不会出事。我也不是手无缚鸡之力的女子，若是……"她想说若是有什么不对，真动起手来，也不见得会吃亏。

沈信想了想，点头道："如今的局势还没这么紧张，你放心去就是。"

罗雪雁拉着沈妙的手，上了宫中安排的马车。

沈丘看着马车走远，不安地问道："爹，娘和妹妹不会有事吧？"

"我去兵部一趟。"沈信转身，"你留在府里，有什么事也好接应。"

沈丘点头。

待沈妙母女到了宫门口，早有来接应的宫女。见了她二人，宫女径自将她们往里领去。途中，罗雪雁向宫女打听是哪位娘娘请的人，那宫女却笑而不答，只说到了就知道了。

此刻，宫中的瑶光殿内，大厅里，两名华衣女子正在笑谈。左侧的女子梳着仙子髻，着水红绣金宫装，容颜姣美，虽是笑着说话，却有些心不在焉。她身边的女子穿着一身杏色印梅长裙，容颜不及左侧的女子出色，却温婉有礼，倒也清雅。

这二人不是别人，正是今日请沈妙母女来宫中的宫妃。穿红色宫装的女子是徐贤妃，右侧那位则是董淑妃。

"陛下要我们请沈夫人过来便罢了，怎生还带着沈家小姐？"徐贤妃有些不耐烦地道，"去了许久都不来，也真是好大的面子！"

"将军府离宫里路程不短，"董淑妃笑道，"姐姐别急。"

徐贤妃笑了一声，道："妹妹你倒是惯常做好人。"她忽而想到什么，促狭地一笑，"说起来，那位沈家小姐还曾爱慕过九殿下。你莫不是对她十分满意，所以才这般维护？"

董淑妃微微一滞，随即笑道："姐姐真会开玩笑。只是……陛下既然要你我二人过来，咱们还是做正事的好。"

见董淑妃搬出文惠帝的名头，跋扈如徐贤妃也不好说什么。忽然瞧见自己的女官进来，徐贤妃问道："来了？"女官点点头。

不多时，罗雪雁和沈妙就走了进来，同两位女眷行了礼。沈妙随着罗雪雁低头站在一边，并不抬起头，只听到一个略显尖细的声音道："沈夫人，这位就是令千金吧？抬起头来让本宫看看。"

沈妙顿了顿，慢慢地抬起头来，正对上坐着的两个女人打量的目光。待瞧清楚坐在右侧的人是谁的时候，沈妙不由得心中一紧，只觉得浑身的血液都沸腾起来。左侧的徐贤妃是周王、静王二人的母妃，右侧的董淑妃却是傅修宜的生母。

此刻，董淑妃含笑看来，对徐贤妃道："真是个齐整孩子，干干净净的，看着就有福相。"

福相？沈妙只觉心里堵得慌。

董淑妃并不得宠，文惠帝身边的女人数不胜数，董淑妃温温暾暾的，什么都不争，什么都不抢，就凭着一个稳字，坐到了四妃之一的位子。

当初沈妙嫁给傅修宜，董淑妃也盛赞她"福相旺夫"，后来傅修宜羽翼渐丰，董淑妃便待她不冷不热。等她从秦国回来后，贵为太后的董淑妃更与楣夫人一个鼻孔出气。后来傅修宜废太子，董淑妃第一个出面，要扶傅盛上台。

沈妙飞快地低下头，掩住眸中的一抹恨意。

徐贤妃和董淑妃以为沈妙害羞,徐贤妃随口问道:"今年多少岁了?"

"回娘娘,"沈妙轻声道,"臣女十四。"

"十四……"徐贤妃沉吟一下,才笑道,"再过不久,便能出嫁了。"

她没头没脑的一句话顿时让罗雪雁紧张起来。瞧见罗雪雁如此神情,徐贤妃反倒扑哧一声笑了,道:"沈夫人这般紧张,怎么,是怕本宫给沈小姐做媒?"

罗雪雁忙道:"臣妇不敢。"

"放心,"徐贤妃道,"本宫就算真给人做媒,也不会乱点鸳鸯谱,必会问一问小姐的意思。说起来……"徐贤妃看向沈妙,笑得不怀好意,道:"沈小姐,如今可有意中人?"

谁都知道沈妙曾爱慕傅修宜,这就是当众让董淑妃难堪。徐贤妃自来仗着文惠帝的宠爱嚣张跋扈,四妃中董淑妃又最好欺负,能拿董淑妃作筏子,徐贤妃一直乐此不疲。

"多谢娘娘的好意,臣女现在还无意中人。"沈妙垂着头,道。

徐贤妃觉得有些无趣,摆了摆手,道:"罢了,没有就没有吧。"

罗雪雁越发谨慎,听见上头董淑妃笑言:"夫人不必紧张,今日我姐妹二人请你们入宫,其实只是想与夫人说说家常。"顿了顿,她才继续道,"我姐妹二人不曾去过西北之地,夫人随将军出征传为一段佳话,我们对北地十分好奇,故请夫人来一叙。"

董淑妃的声音温和亲切,如春风般抚慰人心,罗雪雁却没有放松,沈妙反而更加生疑。

"多谢娘娘抬爱。"罗雪雁也笑道,"只是北地自来枯燥,说起来怕娘娘不喜。"

"无妨。"董淑妃笑道,"我们既然请你来,便不怕无聊。"声音一顿,她忽而想起了什么,看向沈妙。

傅修宜知道皇帝要她们试探罗雪雁,也知道罗雪雁可能带上沈妙,以示警告。昨日,他交代过董淑妃,若是沈妙在场,谈论的时候要将沈妙支开。傅修宜是董淑妃的儿子,董淑妃自然不会怀疑,只是……无论如何,她都看不出来这个略显木讷胆怯的小姐有什么值得提防的。

沈妙垂着头,董淑妃看不清楚她的表情。

董淑妃道:"不过咱们说这些话儿,小姑娘听着未免觉得无趣。童瑶,你带沈五小姐逛逛园子,若她逛累了,你就带她去宜居室吃吃点心,照顾好她。"

罗雪雁心中隐有不安,虽说将沈妙放在眼前最好,可眼下的局面让她也意识到，接下来同两位宫妃说的话应当不是真正的闲谈。至少……这大白天的，这些人也不敢让沈妙出事。

这样一想，罗雪雁便笑着对沈妙道："娇娇，你随女官去逛园子，等会子同娘娘们说完话，娘再来找你。"

沈妙心中暗叫不好，好端端的，为什么要支开她？她自然可以撒娇要赖在这里不走，可那样就太刻意了。她什么都没说，恭敬地起身同徐贤妃等告辞，随着童瑶往外头走去。

童瑶带她往园子里走，皇宫中随处可见花园。沈妙无心欣赏。这里的每一寸土地，她比谁都熟悉，哪里还有兴趣来看？

童瑶也看出她心不在焉，就道："沈小姐若是累了，奴婢带您去宜居室坐坐，那里有点心。"

沈妙颔首，方走到一半，跑来一个小太监，急匆匆的模样，在童瑶耳边说了几句话。童瑶对沈妙歉意地道："宜居室就是前面的殿屋，沈小姐先进去，奴婢送完东西就过来，很快的。"

沈妙点头，倒没有计较。宜居室本就近在眼前，且宫中各处都有守卫，她倒不怕出事。

她走到宜居室门前，打开门走进去，那门啪的一声自己合上。沈妙心中一个激灵，还未等她做出反应，一双手自背后捂住了她的嘴。沈妙想也没想就一口咬下去，屈肘恶狠狠地往身后撞。

她只听得身后哒的一声，某人倒抽一口凉气。她的手肘被那人一把擎住，动弹不得。一个熟悉的声音响起，带着几分压低的怒气："沈妙，你是泼妇吗？"

沈妙微微一愣，身后的人松开手。她转过头，对面谢景行摸着自己的手，脸上还有微微的怒意。不过……沈妙在意的却不是这个。

同从前玩世不恭的桀骜风流模样不同，今日他穿一件深红色绲银边官服，袖扣精致，长帽青靴，锐利傲气的模样同从前判若两人。沈妙从未见过他如此，一时间怔住。

谢景行将门反锁，转过头来抱臂看着她，一副秋后算账的模样。

不过沈妙并不怕他，皱眉道："你在这里干什么？"

"我从宫里出来看到，觉得可能是你，就过来看看，不想还真是你。"谢景行说得轻松无比，"皇帝召你爹入宫了？"

沈妙心中一跳，道："什么意思？"谢景行不会无缘无故说这样的话，定是有别的用意。

谢景行挑眉，看向她，道："沈垣是定王的人。"

沈妙没有说话。

"沈垣出事之前，和定王密谈过。"谢景行道，"沈家内宅如今水火不容，皇帝除了对付你爹，还能有什么事？"

"不可能！"沈妙失声叫道。

谢景行目光探索地盯着她，仿佛要将沈妙整个人看穿，问道："为什么？"

沈妙的手心微湿，她有一瞬间的混乱。沈家真正开始出事，并不是在这两年，皇家着手对付沈家，还会推迟一阵子。沈垣为定王做事，两人都是极为谨慎的性子，没有万分把握不会出手。譬如曾经，到最后她才知道，二房、三房也在其中出力。而沈垣，必然也是到了最后才拿出沈信谋反的证据。

可现在是什么时候？现在离皇家对付沈信还早得很，沈垣怎么会在这个时候出手？这时候皇家手上的证据应该不齐，傅修宜选在现在动手了？怎么会变成这样？

她这般神色不定，抬起头正对上谢景行若有所思的目光。沈妙心中一个激灵。谢景行心思敏捷，怕从她的神色中也能摸索出什么。思及此，她便掩饰地笑道："沈垣是我二哥，为何要害我爹？"

闻言，谢景行反倒笑了，颇有深意地道："沈妙，你当我是傻子吗？"

"谢小侯爷既然告诉我这些，"沈妙正色道，"可知定王殿下要如何对付我爹？"

谢景行摇头。

沈妙本就没抱多大希望，就算谢景行知道，也断然没有告诉她的道理。谢家在明齐也是涉水匪浅，他胡乱帮忙，只会惹祸上身。今日若是换了她在谢景行的位置，她连提醒都不会。

只是……沈妙打量着谢景行的这身官服，疑惑地问道："你进宫做什么？"

她问得随意，不知自己这理直气壮的模样让谢景行顿了一顿。不过短短一瞬，谢景行便懒洋洋地道："进宫请帅。"

"请帅？"沈妙愣了一下，下意识地问道，"为谁请帅？"

谢景行但笑不语。沈妙猛地看向他，道："你……自请为帅？北疆……匈奴？"

谢景行诧异地道："你怎么知道？"

北疆匈奴一事是秘事，未下达诏令之前，沈信都未必知道，更别说沈妙了。

沈妙呆呆地看着他，心中却有惊涛骇浪翻涌。

北疆之地，匈奴之困一直未退，然而北疆地势复杂，北疆人又凶残勇猛，前几年文惠帝小打小闹，不愿与之正面相抗，后来匈奴变本加厉，文惠帝派谢鼎出征。谢家军自来勇猛，却全军覆没于战场。同年年关，谢鼎马革裹尸，举国哀恸。第二年开春，谢景行代父出征，兵败如山倒，得万箭穿心、扒皮风干、晾在城楼的惨烈结局。

谢景行死在二十六岁那年，如今算起来，他才刚刚十九。

皇帝不可能在这个时候就对付匈奴，谢景行是自请为帅不错，可谢鼎此时还不知道此事，眼下看谢景行这模样，他应当是拿到将令了。

又变了！又变了！明明还有几年的，却提前出现。谢景行此时出征，莫非又会如同曾经的结局？

对于谢家，沈妙本想留着，待日后与之拧成一股绳对抗皇权，然而不管她怎么改变，有些人的命运仍旧按照旧时的轨迹走吗？她面前这个唇红齿白、眉目风流的桀骜少年，终于还是要走到最糟糕的一步吗？

谢景行瞧见沈妙神情有异，目光微微一闪，道："你好似很担心？"

这略显调侃的话，沈妙此刻却无心理会其中的促狭之意，心中有些混乱，看着他，道："你……谢家军？"

"多注意谢家军内，也多注意身边人。"沈妙一字一顿地开口道，声音有些干涩，到了后来，神情渐渐严肃起来，"北疆风沙大，将士铠甲厚重，无论如何，你也不要取下护心镜。"

曾经谢景行被万箭穿心，沈妙觉得他的死太过蹊跷，皇室本就对世家多加打击，谢家军中未必就没有皇室中人。

谢景行扬唇一笑，逼近沈妙，微微俯头。他刻意与她离得这样近，一双桃花眼含着笑意，调侃道："这么关心我？"

沈妙沉迷于自己的思绪，忽而惊觉，还没从猜度中回过神，一时间略显茫然。

谢景行微微一顿，心中生出无奈的感觉。他退后一步，道："沈家军声势太壮，不是好事。"

沈妙答道："今日进宫的是我娘，召她入宫的是徐贤妃和董淑妃。"

他说："退。"

"退？"沈妙问道。

谢景行不再说话。终究他还是给沈妙提示了一点，若是沈妙聪明，就能明白他的意思。

沈妙垂眸，想了一会儿，道："多谢。"

谢景行懒洋洋地摆了摆手，不知道在想什么。

沈妙又问道："请帅令……什么时候出发？"

"十日后。"

"这么快？"沈妙惊呼道。

"怎么？"谢景行侧头看她，似笑非笑地道，"舍不得？"

"非也……"沈妙面无表情地道，"如此……就遥祝小侯爷旗开得胜，早日凯旋。"

"回头得了赏赐，"谢景行浑不在意地道，"送你个小玩意儿，算作彩头。"

沈妙正要说话，却见谢景行按住腰中，道："有人来了。"随即，他便对沈妙一笑，"后会有期，沈……娇娇。"他转身从宜居室的窗口飞掠而去。

这人走窗户竟跟走自家大门一般。沈妙尚在呆怔，门已被人推开。

童瑶走进来，瞧见沈妙站在屋子中央，有些奇怪地问道："沈小姐怎么不坐着？"

沈妙回神，笑了笑，起身走到 边坐下，心中仍想着方才谢景行说的话。

谢家已经如同曾经一般走向不可避免的结局……沈家呢？沈家会如何？谢景行临走时给她提示了一点，可那并不是她想看到的结局。这样退却下去，沈信固然能保命，却也仅仅是保命。没了权势的维护，平安的日子便成了奢侈。曾经的路让沈妙清晰地明白一点，人只有站在比敌人更高的位置，才能真正把控自己的命运。

谢景行的法子，固守有余，进攻不足。

她该用什么法子来破解？接下来的几个时辰里，沈妙一直在思索这个问题。

不知等了多久，直到外头有小太监来请人，童瑶女官才带着沈妙出去。罗雪雁在门口等她。待见了沈妙，罗雪雁脸上勉强挤出一丝笑，拉着沈妙出宫回府。

虽然罗雪雁极力表现出若无其事的模样，可沈妙是什么人？她道："娘，她们与您说了些什么？"

罗雪雁笑道："也没什么，就是聊了些在小春城生活的事情。大约她们是没去过西北，想见识一下。"

沈妙问道:"果真是这样吗?可若是这样,她们还特意将娘叫进宫里说了这么久,未免也太奇怪了。"

罗雪雁摸着沈妙的头,道:"这有什么奇怪的?宫里的娘娘们不能到处走动,日子烦闷,娘与她们说些远处的事解解闷,她们也会高兴一些。"虽说如此,罗雪雁还是忧心忡忡。

宫里都是人精。今日她与徐贤妃、董淑妃的谈话,根本未曾涉及军务。她们连沈家军都没提到,只是问小春城的百姓如何,这便让罗雪雁不解了。

作战之人,对危险都有一种直觉。明明感觉到危险逼近,却不知道哪里出了问题,罗雪雁感到烦闷。她怕吓着沈妙,便不打算与沈妙说这些。沈妙也没再问她。

等母女俩回到府上,天色将近傍晚。沈丘和沈信一直在府门口等着,见二人回来,皆松了口气。

用过饭后,罗雪雁嘱咐沈妙早些歇息,便拉着沈丘和沈信回屋,当是商量今日进宫一事。沈妙也没跟着。沈妙已经从罗雪雁嘴里得知了许多事情,如今想不明白的,是沈垣到底将什么东西给了傅修宜。

油灯明晃晃地照着眼睛,沈妙坐在桌前沉思。

外头开始下起淅淅沥沥的小雨。年关以来的第一场小雨,预示着春日将要到来。

春意将生,万物复苏,分明是新的希望,然而她要怎么在重重冰雪之中,走出一条柳暗花明之路?

沈妙闭了闭眼。

这一夜,亦有人锦衣夜行。

谢景行回到屋中,只见已经有二人候着。一人年近中年,满脸络腮胡子;一人年纪轻轻,眉目端正。

大胡子中年人问道:"主子,您真的要……"

谢景行在桌前坐下来,摆了摆手。

"谢长朝和谢长武……"那年轻一点儿的道,"要不要……"话到最后,他面上显出一点儿杀气。

"不必。现在动手,节外生枝。"谢景行打断他的话,"没有我,谢长武和谢长朝也不会对谢鼎做什么。至于方氏……"他冷笑一声,"留着吧。"

两人俯首称是。

谢景行从袖中摸出一封折子，正是今日呈上的请帅令的临摹。

他到底还是要走这一步棋。

第一缕日光透过雕花窗户照在桌上，沈妙坐在桌前，一动也不动。

惊蛰端着银盆进来，便吓了一跳，道："姑娘今儿个怎么起得这样早？"

沈妙未曾说话。惊蛰走过来，桌上的油灯已经燃尽，沈妙的眼底有淡淡的青黑。惊蛰愣了一下，惊呼道："姑娘不会是一夜都未睡吧？"

沈妙摇了摇头，有些疲惫地按了按额心，道："端点儿粥来吧，我吃了睡一会儿，此事不要对别人提起。"

惊蛰应了一声，转身小跑出去。

沈妙站起身来，想用热水净净脸，才洗到一半，忽听门外有脚步声。

惊蛰又跑了回来。

"怎么这么快？"沈妙有些诧异地道。

"姑娘，不好了！"惊蛰慌乱地道，"宫里来人了，召老爷、夫人，还有大少爷，马上进宫！"

沈妙手中的帕子掉在水盆中。她稳了稳心神，道："我去看看。"

院中，宫里来的太监奉了文惠帝的圣旨，正与沈信说话。这些人平日里见了威武大将军，总要客气几分，今日的态度却不甚分明，显然这次进宫，不是什么好事。

沈妙出来时，院子里其他几房的人都出来了。

沈万同那太监道："敢问陛下召大哥进宫，所为何事？"

太监的目光朝着天上看："咱家只是奉陛下口谕行事，陛下的意思，咱家也不知道。大人，还是快快随着咱家进宫吧。"他催促沈信赶紧走。

沈丘见沈妙走过来，道："妹妹，你怎么过来了？"他又安慰她道，"妹妹放心，陛下只是召咱们入宫谈些兵事，很快就会让咱们回来。等回来了，大哥带你去吃糖葫芦。"

沈妙笑道："是吗？大哥要说话算话。"

见沈妙如此，沈丘才松了口气。

罗雪雁和沈信也安慰沈妙道："娇娇就待在府里，哪里也不要去。等爹娘回来，咱们一起去给娇娇做开春的新衣裳。"

沈妙便也应了，眼睁睁地瞧着那太监带着沈信一行人离了府。

待人离开后，沈妙不再站在这里同沈家人纠缠，快步回到自己屋中。

外头沈贵一行人也看够了热闹，三三两两地散了。沈玥跟在陈若秋后面，面上生出一丝欢喜。倒是被万姨娘牵着手的沈冬菱，若有所思看了院子一眼，跟着回去了。

偌大的西院，转瞬变得空空荡荡。

文惠帝忽然召人入宫，沈家军也被监禁起来，万幸的是莫擎还在沈妙身边。

屋里，惊蛰四人站在沈妙身后，莫擎垂首立在门边。

沈妙坐在桌前，看着面前的手札。沈家是在后来才被傅修宜一举灭门的，当时她也曾阻拦，但傅修宜当着满朝文武，一条条地数落沈家的罪名，直数得她哑口无言。虽然那些罪名都是假的，然而他言之凿凿，让人反驳都显得无力。

当日，在金銮殿上，那份讨沈檄文是按时日的长短，一日日一幕幕说的。如今是明齐六十九年，而她重生是明齐六十八年，在沈垣呈给傅修宜的东西中，罪证必然是明齐六十八年或之前发生的事。

明齐六十八年之前，沈家有哪些罪名？

沈妙闭上眼，脑中一瞬间划过某些片段。

她穿着皇后朝服，满头凤钗都压不住一身狼狈。文武百官群情激愤。裴琅垂首，淡漠地站在那里，而傅修宜愤怒地将折子甩到她的脸上。

有文臣念道："明齐六十八年，沈家将士违抗帝命，私放寇贼，欺君罔上……"

私放寇贼，欺君罔上！沈妙猛地睁开眼睛。她突然想起来，明齐六十八年，的确是发生了一件不小的事。沈信大败西戎，夺回三座城池！文惠帝下令，城池中人，杀无赦。

屠城是最残酷的功勋，而西戎的城池中，除了士兵，大多是老弱妇孺。沈信本不是好杀之人，私下里便留了那些妇孺一命。

除了沈家军，这事应当无人知道，而沈家军的人都是沈信一手带出来的，断没可能背叛沈信。如此看来，其中应当有沈垣的功劳，或许在很早之前，他就埋了暗棋在沈家军中。

当初废太子后，傅修宜追究沈家的罪名，一桩桩一件件，这个"欺君罔上"的罪名反而显得不那么重要。然而，一向稳重的傅修宜会在时机尚未成熟的时候单独抛出沈家的"罪证"，只能说明，如今的局势让傅修宜感到了危机，沈家已经成为变数。如今没有她和傅修宜的纠葛，傅修宜便没有拦住文惠帝让沈家多留几年，皇家终于还是盯上了沈家这块肥肉。

所以，沈垣交给傅修宜的证据，应该就是沈信没有按照文惠帝"屠城"的命令行事。此事说大可大，说小也可小。只是如今这样的局面，皇家一心想收回沈家的兵权，又怎会放过这个机会？事情变得棘手极了。

沈妙慢慢地平复自己的心情，如今还不到最糟的时候，皇家虽有心对付沈家，可也只是想收回兵权。这个时候动沈家，难免引起别的世家不满，傅家人多狡猾，不会这么做。

屋中几人看沈妙的神色变幻不定，皆是疑惑。

沈妙忽地站起身来，道："我要出府一趟。"

"啊？"谷雨一愣，"姑娘，这个时候出府，未免引人口舌。"

"家中出事，心中烦闷，不过是找朋友纾解。"沈妙目光转冷，"走。"

莫擎道："属下去安排。"

见莫擎如此，惊蛰和谷雨也没再说话。白露和霜降留在府里等消息，其他人和沈妙出了门。

出了府门，莫擎驾车往冯府驶去。

待驶过小巷，确认后面无人跟随，沈妙才道："去苏府。"

"苏府？"谷雨一愣，"哪个苏府？"

"平南伯苏家，苏煜府上。"

莫擎对定京城的路很熟，都不需要问，掉转马头就往另一个方向奔去。

惊蛰和谷雨想问什么又不敢问，连她们做下人的都知道，在朝堂上，沈家政敌中谢家算一个，谢家和平南伯苏家又是一条船上的，苏家和沈家自然也是水火不容。如今沈家出事，自家小姐怎么还请死对头帮忙了？

不过……小姐此行大约也不是为了求助吧？惊蛰和谷雨惴惴不安地想。

平南伯苏府上，苏明枫的屋里，此刻还坐着一人。那人一身紫金袍，流光溢彩，面上挂着漫不经心的懒散笑意。反倒是苏明枫，一脸焦急地道："怎么回事？你怎么会自请出帅？"

"京城太闷，去北疆玩玩。"谢景行道。

"玩玩？"苏明枫看着他，温文尔雅的面上显出愤怒之色，"你知不知道北疆是什么地方？你去凑什么热闹？"见谢景行并不将他的话放在心上，苏明枫放缓语气,"我知道你爹带着谢长朝、谢长武入仕,你心里不痛快,可你也不必用这种办法发泄。虽然你武艺高强,可是北疆地势复杂,你又从未去过……"

"苏明枫,"谢景行觉得好笑地道,"陛下都将请帅令给我了,你以为我还能不去?"

苏明枫一愣。皇帝金口玉言,岂有反悔的道理?此刻,请帅令都在谢景行手中,可见事情断没有转圜的余地。

"混账!"苏明枫骂道,"这事你怎么不跟我商量?"

"跟你商量有用吗?"谢景行不甚在意地拿过一边的茶壶倒茶喝。

"你!"苏明枫一边气,一边又无可奈何。

谢景行过来,不过是"告知"一声,他已将请帅令拿到手,时日一到就出发罢了。

"你到底为什么非要去北疆?"苏明枫在屋里来回踱步,"你知不知道,若你赢了自然好,可若输了……你那两个庶弟,第一个就拍手称快!"苏明枫说到此处,忽然顿住,看向谢景行,"这件事,你爹知道了吗?"

谢景行摇头。

"看吧!"苏明枫道,"谢侯爷知道后必然大怒。你那两个庶弟再搬弄些口舌……等你从北疆归来后,谁知道府里会变成什么样?谢景行,你果真放心?"

谢景行笑了笑,不想再提起这些,道:"待我离京,你多替我看着公主府。"

谢景行在定京城中,除了苏家,交往最多的便是荣信公主。他选在此时去北疆,短则一年半载,长则不晓得何时才能回来。荣信公主知道了,必然又要感伤一场。

苏明枫本想数落谢景行几句,见谢景行神情微沉,也不好再说什么。他只听谢景行又道:"两年之内,苏家最好也暂避锋芒,你不要入仕,称病就是。"

"咦?"苏明枫奇怪地道,"这与我又有何关系?不是说我只要少掺和军马一事就行了?"

"让你做你就做。"谢景行扫了他一眼,站起身来,"我走了。"

"喂!"苏明枫道,"你……你这就走了?今天到底是来干吗的?"

谢景行耸耸肩。两人突然听见门口扑通一声响,苏明枫吓了一跳,打开门,一个浑圆的团子就滚了进来。

苏明枫将他扶起,拍了拍团子衣裳上的灰尘,才道:"明朗,你过来干什么?"

苏明朗瞧见屋中还有人，这人还是谢景行，先是吓得瑟缩一下，随即又躲到苏明枫的身后，牵着他的衣角，道："大哥，沈家姐姐来了。"

"什么？"苏明枫没听明白怎么回事，见门口又跑来自己的小厮，气喘吁吁地道："少爷，有位姑娘在府门口找您。"

闻言，苏明枫愣了一下，随即朝谢景行看去，后者似笑非笑地看着他。苏明枫轻咳一声，道："胡说！我哪里认识什么姑娘？"

"是真的！"那小厮急道，"说是威武大将军府上嫡出的五小姐，找您有要事相商。"

"威武大将军府上嫡出的五小姐……"苏明枫尚在理清这绕口的称呼，一边的苏明朗已经跳起来："是沈妙姐姐！大哥，是沈妙姐姐来找你！"

沈妙？苏明枫傻了一下。

谢景行皱起眉。

沈家和谢家暂且不说，沈家与苏家可是从无往来。至于私下里，苏明枫和沈妙更没什么交情。

苏明枫一头雾水地问谢景行，道："莫不是……来找你的？"

"沈妙姐姐定是来找我的！"苏明朗欢欢喜喜地托着脸蛋，"大哥，我们去看沈妙姐姐！"

"这……"苏明枫迟疑地道。

"去吧。"谢景行突然开口，目光似有深意，"人就在你的屋里。"

沈妙带着莫擎进苏明枫屋里的时候，正好瞧见苏明枫的小厮将苏明朗带出去，并将门掩上。沈妙同苏明朗打了个招呼，推开门走了进去，见苏明枫一人在小几前坐着。

莫擎站在门前不动，省得里面出什么意外。

沈妙走到苏明枫的对面坐下。她如此坦然，苏明枫忍不住侧目。

沈妙也在打量苏明枫。

平心而论，苏明枫也是个清俊少年，只是站在谢景行身边，光芒多多少少被掩盖了一些。事实上，沈妙知晓，苏明枫还是有些真本事的，只可惜最后苏家却因贩卖军马一事满门覆灭。苏明枫也在那场灾祸中丧命，最后苏家父子的尸首，还是谢景行亲自收殓的。

苏明枫轻咳一声，道："沈姑娘，不知来府上所为何事？"

"我爹娘并大哥都被陛下召进宫中了，苏少爷可知为何？"沈妙问道。

苏明枫觉得有些莫名其妙。沈家的事一大早就传遍了整个定京城，可沈家出事，和他苏家有什么关系？

"我不知道。"苏明枫答道。

"我爹在西北灭西戎收回城池时，陛下下令屠城，我爹并未遵守。"沈妙道，"想来陛下会以欺君罔上、违抗圣旨之罪惩治我爹。"

苏明枫吓了一跳，这件事放在任何一个人手中都能算个把柄，遮掩还来不及，沈妙居然这么直白地告诉他？苏明枫不晓得如何接话，只干笑两声，敷衍道："啊，那可怎么办才好？"

"所以我想请苏少爷帮忙。"沈妙道。

苏明枫再一次震惊，思来想去都想不出苏家和沈妙有什么交情，或者沈家和苏家有什么交情，值得苏家现在伸出援手。百思不得其解之下，苏明枫偷偷地往屏风处扫了一眼。

"沈姑娘说笑。"他飞快地收回目光，看着沈妙，笑得温文有礼，"只是在下究竟帮得上什么忙？而且，此事错综复杂，胡乱帮忙，只怕会引火烧身，我……实在不愿冒险。"

闻言，沈妙轻轻地笑了，道："苏少爷，虽然你如今'病休'，可令尊似乎还在掌管军马。"

苏明枫微微皱眉，道："不错。"

"令尊可曾与你说过，军马处似乎出了点儿问题？"沈妙道。

这一下，苏明枫的眉头皱得更紧。他盯着沈妙，道："沈姑娘，此话怎讲？"

沈妙微微一笑，道："我听闻军马处近来出了些小问题，好几匹军马都生了病，药石无灵？"

苏明枫一下子握紧了茶杯。

苏煜这些日子正为此事忙得焦头烂额，除了军马处的几个下属和苏煜偷偷对他说过，便无人知道。军马处的人也断不可能告诉沈妙。此事若是传上去，文惠帝治罪，所有人吃不了兜着走，反而更糟。沈妙是如何知道的？

苏明枫听到自己干涩的声音："沈姑娘……从哪里听来的这些不实之言？"

"不实之言？"沈妙叹息一声，靠近苏明枫，低声道，"难道苏少爷就不怕这马病最终成为马瘟？"

苏明枫的瞳孔蓦地变大。马瘟？！

"平南伯谨慎小心，又和军马打了一辈子交道，不可能不怀疑到此处。"沈妙佯作惊讶地道，"怎么，他没告诉过苏少爷吗？"

苏明枫咬着牙，不说话。

苏煜没有告诉他吗？自然告诉了他，药石无灵的马病，就是马瘟暴发的前兆。一匹军马要用许多银两才能养活，一旦马瘟暴发，军马死伤惨重，不仅是银钱损失。在战场上，没有充足的军马，军队根本无法打仗。上头责怪下来，负责的官员轻则丢掉乌纱帽，重则脑袋都不保。

只是马病来得蹊跷又刁钻，苏煜为此寻了好多个兽医，皆无办法，只得将那些病马隔开，可依旧陆陆续续有马匹病亡。

"沈姑娘，究竟有何见解？"苏明枫涩然道。

沈妙捞过桌上的空茶盏，倒了一杯茶送到嘴边，抿了一口。

苏明枫做洗耳恭听状。

"我有法子解你们的马困。"沈妙道。

苏明枫一愣，道："此话当真？"

"我侥幸认识一位兽医，医术超群，听闻曾解过一模一样的马病，将他寻来，此次军马病亡一事便可迎刃而解。"沈妙又端起茶盏，喝了一口茶，"亡羊补牢，未为迟也。苏少爷，等马病扩大到瞒也瞒不住的时候，遭殃的，可不仅仅是马了。"

苏明枫咬了咬牙，看向沈妙，道："沈姑娘今日特意送来良策，只怕还有别的话要说。若是你觉得我苏家也有相助沈家的良策，还请道来。"

"爽快。"沈妙称赞道。

苏明枫苦笑一声。哪里是他爽快呢，分明是沈妙狡诈。之前他便说了，苏家没有义务蹚浑水去帮沈信，沈妙便直接给了交易的条件。不管怎样，她抛出这个条件，他根本无法拒绝。

交易就是交易，摊开了说，谁也占不了便宜。

"我知晓平南伯在朝中认识不少人，比起我爹娘常年在西北，平南伯的势力更广。我想请平南伯帮忙，将所有有交情的同僚集合起来，替我爹上折子。"

"上折子？"苏明枫眉头一皱，"替沈将军说情？"

沈妙摇头，道："不，要参我爹的不是。"

苏明枫愣住。

"平南伯应当不愿蹚这浑水。"沈妙微微一笑，"所以如何劝服平南伯，便交给苏少爷你了。只是苏少爷万万不可对平南伯说出军马一事，也勿提起我，否则，这桩交易便罢了。"

苏明枫有些不明白。

"我不能久留，麻烦苏少爷决意好后，托人送信到我府上。事成后，我必送上兽医的处所。"她站起身来，冲苏明枫行了一礼，"多谢。"

苏明枫忙站起身，道："一定。"

沈妙扫了屏风一眼，才转身带着莫擎走出屋子。

等沈妙离开后，苏明枫才松了口气。屏风后走出一人，不是谢景行又是谁？

"你都听到了，"苏明枫道，"沈家这位小姐，倒比想象的更让人猜不透。"

谢景行挑眉，未说话。

苏明枫的目光落在桌上，沈妙用过的茶杯还在那里，杯沿微微润湿。

"说起来，那是你喝过的……"苏明枫道，"你……"

谢景行毫不客气地狠踹了他一脚。

"哎哟！"苏明枫惊叫一声，"你踢我干什么？我方才也想提醒她，只是她喝得快，我有什么法子？"苏明枫打量了谢景行一下，"再说了，吃亏的是人家，你有什么好计较的？"

谢景行没理他，在桌前坐了下来，沉眸，问道："她说的军马一事可是真的？"

苏明枫闻言，脸色难看起来，艰难地道："不错。"

"你为什么瞒着我？"谢景行问得逼人。

苏明枫摇头，苦笑一声，道："这事私下里只有父亲与我商量过，我一人都未往外说，父亲就更不可能了。我本想过段日子告诉你……可沈家小姐怎么会知道此事？莫非他们在军马处也有相熟的人？"

谢景行瞥了苏明枫一眼。苏明枫从小在苏家被保护得滴水不漏，未曾经历什么大风雨。倒是沈妙手中的底牌层出不穷，一次又一次出乎他的意料。谢景行给了沈妙一个"退"的策略，却没想到沈妙压根儿不用。她联合苏家及别的相熟大臣参沈信一折子，反其道而行之，确实能解沈信的燃眉之急。然而帝王的心思捉摸不定，这一次，皇帝放过沈信，沈家依然势大，沈家躲得了一时，躲不了一世。

苏明枫问道："可有什么问题？"

谢景行摇头，道："你是怎么想的？"

"从马病到马瘟，的确极有可能。此事事关重大，父亲又掌管军马，一旦出事，苏家第一个遭殃。"苏明枫道，"如果沈小姐没有骗我，我以为可以一试。虽然说服父亲有些困难，不过……我自当尽力。"苏明枫顿了顿，看向谢景行，"你以为这桩交易如何？"

谢景行挑眉，道："交易最大的赢家必然不是你，不过你也没吃亏，照她说的做吧。"

苏明枫低下头，有些迟疑地道："可……让朝臣联合起来弹劾沈信，她就不怕弄巧成拙？"

"你没发现吗？"谢景行似笑非笑地道，"帝王的心思，她比你摸得更清楚。"

苏明枫不言。见谢景行站起身来，苏明枫愣了愣，道："你去哪儿？"

"请帅令，"谢景行又恢复到之前懒洋洋的模样，"得拿给临安侯看一眼。"

沈妙离开苏府，坐上马车以后，谷雨问她道："姑娘，苏少爷会帮老爷和夫人吗？"

沈妙点头，道："会的。"

曾经，苏家因私自贩卖军马一事被斩了全家。除了贩卖军马，还有一事也载入了罪过，就是明齐六十九年初，平南伯苏煜统管的军马出了马病，暗中引起了小波马瘟，只是后来被平南伯从乡下寻来的一位兽医将疫情控制了。后来平南伯被抄家，此事便被人捅了出来。

沈妙看过平南伯有罪的卷宗，晓得那位兽医住在何处。其实就算今日沈妙不来找苏明枫，过不了多久，马瘟泛滥时，苏煜也能找到那位兽医。沈妙之所以不让苏明枫告诉苏煜这事，就是为了利用其中的时间差。

只是……沈妙的面色一沉，傅修宜居然现在就开始着手对付沈家，这让沈妙感到一丝紧张，眼下时间未到，也无契机，倒真应了谢景行的那个字——退。

不过，要如何退也是个问题。退避三舍是退，以退为进也是退。要怎么在安排好一切后全身而退，才是她现在该操心的问题。能做的她都做了，她如今唯一该做的，就只有等。等苏家联合其他朝臣上折子，等……文惠帝的疑心病发作。

第十四章
以退为进

宫中，淑芳宫里，董淑妃侧首坐在软榻上，笑盈盈地听琴师弹拨小曲儿。她算不得多美，虽说秀丽，却温温暾暾没什么脾气，是四妃中最不起眼的。

她的侧首坐着一名年轻男子。男子身着华服，容颜俊秀，对董淑妃道："弹得倒是不错。"

这人是九皇子——定王傅修宜。

董淑妃含笑看了傅修宜一眼，摆了摆手，琴师猝然收声。

董淑妃笑道："拿些赏钱。"

琴师抱着琴下去了。

"都退下吧。"董淑妃扫了宫人一眼。

宫人们规规矩矩地退了下去，转瞬间，殿里便只剩下董淑妃母子二人。

"母妃调教下人的手段越来越高明了。"

"施恩比结仇好。"董淑妃笑道。

傅修宜感叹道："可惜儿臣所处的位子，结仇比施恩容易得多。"

董淑妃闻言，脸上的笑意淡了些，问道："这几日，你父皇都在操心沈家一事，你那头……可有把握？"

"父皇本就关注此事，自然不会重重举起，轻轻落下。"傅修宜道，"我的证据呈上去，恰好对了父皇的心意，只会顺利。"

"我晓得你有主意。"董淑妃摇头,道,"不过小九,情势紧张,你最好多加小心。让他们争,等他们争累了,你再出手也不迟。"

"儿臣谨听母妃教诲。"傅修宜道,"如今沈家留着也是变数,斩草要除根,儿臣不会留下后患。"

"所以,这一次威武大将军在劫难逃?"董淑妃问道。

"那倒不是。"傅修宜笑了笑,"现在除掉沈家,只会引起更大的变数。父皇收了沈家的权,沈家会渐渐式微,到时机成熟,将他们一网打尽就是。"

"若是中途出了变故如何办?"董淑妃看向他,"沈家也许还有别的底牌,若是他们安然度过又如何办?将来查出是你上的折子,我怕你会受累。"

傅修宜摇头,眼神倏尔狠戾,道:"欺君罔上,沈家的这个罪名已经很大了。沈家再如何神通广大,我也不能让他们安然而退,只是……这一步本来就是我的一个试探。"

"试探?"董淑妃疑惑地道。

傅修宜看着指尖,道:"没错。"

沈垣之前让他留意沈妙,傅修宜并未放在心上。后来一系列的事,包括豫亲王府的灭门,沈垣的死,都让他渐渐意识到那些可能是真的。

沈妙一个闺阁女儿,无论如何都是办不成这些大事的,唯有一种可能,沈妙背后还有人。她背后的人如此有能力,让傅修宜不得不防备。

这次沈家出事,独留了一个沈妙,自然是他同文惠帝建议的。只是傅修宜的目的,是想看这位藏得颇深、连他都可以玩弄于股掌之间的沈家五小姐,究竟会用什么样的方法解困。她的帮手又是谁?

不过,无论她使用什么法子,沈信都不可能安然而退。到嘴的肥肉,傅修宜焉有吐出来的道理?

沈家注定灭亡于明齐的史书中。

今夜的临安侯府,亦是不太平。

最里面的院子,屋中,谢景行方脱下外袍,门啪的一声开了。

小厮战战兢兢地立在门口,低头道:"少爷……小的拦不住……"

临安侯谢鼎站在门口,闻言气不打一处来,怒道:"拦?你拦我试试!我是你爹!谢景行,你给我站好!"

谢景行扫了谢鼎一眼,将袍子随手扔在榻上,自己在椅子上坐下来,往后一靠，摆出一副纨绔子弟的派头，道："侯爷半夜前来，有何贵干？"

谢鼎自然又被气了个倒仰，跟在谢鼎身后的谢长武和谢长朝二人闻言，面露愤慨之意。

谢长朝道："大哥，你怎么能如此对爹说话？你还有没有礼仪尊卑了！"

"关你屁事。"谢景行吐出四个字。

在外头风度翩翩、矜贵高傲的谢小侯爷，每次面对谢鼎三人都活像个痞子。

"臭小子！"谢鼎怒道，"你这写的是什么请帅令？！"他一巴掌将手中的纸扔到谢景行脸上。

谢景行接过纸，瞧了一眼，挑眉道："侯爷要是不满意，让陛下重写一封就是。侯爷大半夜的不睡觉来这里，就是为了此事？"

"谢景行，你到底要做什么？！"谢鼎暴跳如雷，"你知不知道北疆是什么地方？请帅令不是闹着玩的！你从没指挥过谢家军，我没教过你，你知不知道怎么用他们？！"

闻言，谢长朝和谢长武眼中同时闪过一丝阴鸷。谢家军是临安侯府最重要的底牌。谢景行一旦真的将谢家军收为己用，谢长朝和谢长武就是奋斗一辈子，也难以到达谢景行的高度。

"那又如何？"谢景行扬唇一笑，目光扫向之处，带了点儿邪气，"用多了就顺手了。"

"不行！"谢鼎断然拒绝，"你明日跟我上朝，和陛下说清楚，这请帅令不能接！"

"侯爷，"谢景行侧着脑袋看他，"请帅令是我自己请回来的，再对陛下反悔……侯爷想看我掉脑袋，直说就是，何必学别人这么迂回婉转？"

谢长武道："大哥，爹也是一片好心。北疆地势复杂，若是出事，不仅你自己安危难测，就连爹也会被责罚，整个谢家军都要蒙羞。你不能只想着自己出风头，不管谢家日后的前程啊！"

他的言外之意，就是谢景行此次出征，完全是好高骛远，不知天高地厚，想要建功立业又不知道自己有几斤几两，出去也是丢人。

"弟弟不必担心。"谢景行反唇相讥，"哥哥我等着你们入仕，在朝建功立业。届时，哥哥还得靠你们庇护谢家才好。"谢景行是在讽刺他们资质不行，只能凭着谢家的关系往上爬。

"你！"谢长朝正要说话，却听谢鼎大吼一声："够了！"

谢长朝和谢长武立刻不吭声了。谢景行有些不耐烦地道："侯爷说完了没有？要是说完了赶紧出去，我要睡了。"

"景行，"谢鼎突然疲惫地道，"这么多年了，你还是如此恨我吗？恨到不惜牺牲自己的性命，也要远离侯府。"谢鼎说这话的时候，声音都有些颤抖。他平日里待谢景行气恨不已，此刻却像是一个父亲对儿子最无奈的投降。

恨？恨什么？恨谢鼎当初让方氏进门，让心术不正的女人有了可乘之机？让玉清公主含恨而终，让谢景行生活在这般畸形的宅门中？明明是他自己有错在先，偏偏还如痴情种子般再也不娶。有那样的痴情种，却不肯将方氏处死，只对谢景行百般疼爱，妄图以此来赎罪？

错误已成，斯人不在，罪恶又怎么能赎清？

谢景行扫了他一眼，目光有一瞬间的锐利。他从来都不曾恨过谢鼎，只是不屑而已，况且……

谢景行道："侯爷想多了，我哪里有那个闲工夫？"我哪里有那个闲工夫来恨你。

谢鼎闻言，不自觉地后退两步，面上凄怆难明。

"如此……"谢鼎艰难地道，"那你便出征吧。"他的声音低落下去，"我会同谢家军说明，那些人会辅佐你。府里的铠甲、护心镜，你都拿去吧。你……多保重。"

谢长朝和谢长武扶着谢鼎出去了。临出门时，谢长朝还对谢景行笑了笑，道："小弟就恭祝大哥大败敌军，得胜归来了。"那模样，却是巴不得谢景行死在战场上。

等他们三人离开后，门被掩上。灯火下，不知何时出现了一名黑衣人。

黑衣人道："主子，谢长武和谢长朝……"

"算了。"谢景行道，"现在他们死了，临安侯更不会放我离开。"

"谢家军只听从临安侯的，必然不会听从主子的命令。"黑衣人道，"主子打算如何？"

"区区谢家军，谁看在眼里？"谢景行有些不耐烦地道，"公主府打点得如何？"

"安插的人都在暗处，保护荣信公主殿下。主子不与公主道别？"

"不必。"谢景行摆了摆手，"这样就行了。"

黑衣人恭声称是，转身退了下去。

明明暗暗的灯火中，那张唇红齿白的俊脸褪去往日的桀骜风流，显出几分温和。褪去紫金袍，只着玉白中衣，少年眼睫长长，端详着那火光，英俊似画中人。

"恨？"他垂眸，淡淡地笑起来，"天下人都会恨我。"

京城从来不缺乏新鲜事。

今日的这出热闹，说的是明齐风头无两的威武大将军。

平倭寇，打匈奴，一年到头征战西北，不居功，不自傲，军功赫赫，保家卫国，说的就是将门沈家。

如今，一顶欺君罔上的帽子扣下来，百姓都傻眼了。

欺君罔上，那可是抄家灭族的重罪。一大早，朝廷的官差就围在沈府门口，说要搜集证据。

"沈将军怎么会欺君罔上？多好的人啊！"

"上次我家孩子调皮，惊了沈夫人的马，沈夫人非但没怪责，还给我们赔礼道歉。这么好的人，莫不是弄错了？"

"什么弄错了！听说这次可是铁板钉钉的事儿，证据都有了。"有人低声道，"虽然不知道到底是什么，反正听说是定王殿下亲自参的沈将军。"

"定王殿下？"

"是啊，你想，定王殿下定不会作假。说不定是因为沈五小姐曾爱慕定王殿下，遭了羞辱，沈将军为了给女儿出气，才做了对不起陛下的事。"

"这么说倒也有可能，沈将军一家倒是被那嫡女害惨了。"

百姓议论的声音并不低，沈妙站在府门口，将他们的话清晰地听在耳中。

沈玥佯作害怕地躲在陈若秋身后，同情地看着沈妙，道："五妹妹，这些人怎么能这么说你？大伯做的事，与你有什么干系？"

沈妙笑了笑，一次瞎眼，终生被打上"爱慕定王的草包"这个烙印，还真是恶心极了。

沈老夫人在确定不会连累到她后便放下心来，摆出一副主母的姿态，怒斥道："老大家的怎么能做出如此背君之事？我沈家世代忠良，没有这么不要脸面的人！简直丢尽了沈家的脸！"

沈妙闻言，心中一动，看向沈老夫人，道："祖母这是说的什么话？父亲也是沈家的一员。从前父亲被陛下赏赐赞扬，祖母不是还说，沈家得此男儿，是沈家之福？说出去的话泼出去的水，祖母这回又忘了？"

百姓的目光唰的一下射向沈老夫人。

威武大将军从前军功卓绝、得圣上赏赐的时候，沈老夫人可不是这么说的。本是一家人，就该一荣俱荣、一损俱损，沈老夫人怎么这模样，像是只能同富贵不能共患难呢？一见人家有难，她就迫不及待地划清界限，这怎么得了？

沈老夫人也意识到众人看她的目光不善，一时恼羞成怒，只得看向一边的陈若秋。

陈若秋笑道："五姐儿，老夫人只是被气着了。你也知道，咱们沈家的家风从来正直，至于欺君罔上……若是老将军地下有知，也会责怪你爹的。你爹做出这样的事，让沈家日后如此自处？"

沈老夫人见陈若秋帮腔，底子也硬了些，点头道："不错，你爹犯了错，还不许人说了？"

沈妙道："如此说来，祖母莫不是要和我爹划清界限，将我爹逐出沈家才罢休？"

她一说这话，陈若秋就心道糟糕。陈若秋还未来得及阻拦，就见沈老夫人眼睛一亮，义愤填膺地道："如此不肖子孙，自然要逐出沈家！"

"祖母真要如此无情？我爹如今身陷囹圄，祖母不帮着周旋……"沈妙垂眸，道。

沈老夫人瞧见沈妙低头示弱，心中顿感快慰，语气越发义正词严，道："沈家世代忠良，就算背上再无情的骂名，老身也要替老爷做这个决定，这样的人不能入我沈家祠堂！从今日起，我就将沈信一房逐出沈家！"

沈老夫人没瞧见陈若秋勃然变色，虽说划清界限，可沈老夫人做得如此直白，实在是太蠢了！

陈若秋赔笑道："五姐儿，老夫人不是这个意思，她只是被大哥气着了。等过些日子，老夫人气消了，便不会这样了。"

"三婶不必说了。"沈妙大声道，"既然老夫人如此看重沈家门楣，连亲情都不放在眼中，我又有何惧？倒不如就此分开，一别两宽，各生欢喜，免得坏了沈家的门楣。"她说得讽刺，"只是一时半会儿搬家有些困难，等军爷搜寻完了，我自会收拾行李，只等爹娘一回来就搬出去，再也不玷污沈家一分一毫！"

粗粗一看，她像是骄纵少女被逼得口不择言，可细细听来，其中一点儿转圜的余地都没有。

周围的百姓一片哗然，未曾想到会在这里看到这么一出好戏。只是沈老夫人的作态着实令人不喜,反倒是被称为草包的沈五小姐被逼到如此境地,不由得令人同情。

陈若秋暗暗心惊,现在说什么都晚了。沈妙与老夫人当着这么多百姓的面争吵,不出半日,满定京城的人都会晓得这事。虽说如今和沈信划清界限,是自家得利,可陈若秋心中隐隐不安。沈妙这么做,倒像是借着沈老夫人说的话,帮沈信摆脱沈家?

可众目睽睽之下,沈家日后想反悔也不成了。

金銮殿上,文惠帝高坐于龙椅之上,面色阴沉得能滴出水来。他看着殿中一众臣子,啪地将手中的折子扔到最近的一个大臣脸上。

大臣被折子打到脸,一句话也不敢说,立刻跪下来。

沈信夫妇并沈丘自进宫后一直未离开。外头都不晓得到底出了何事,臣子间却心知肚明,沈信夫妇分明是被文惠帝扣了下来。

"平南伯,你来说!"文惠帝点名道。

平南伯苏煜的身子一个激灵,别的朝臣纷纷将目光投向他。苏煜想到昨天夜里苏明枫对他说的那番话,不再犹豫,自袖中摸出一封折子,上前恭敬地递给皇帝身边的公公,由公公呈给文惠帝。

"回陛下,微臣也认为威武大将军此举胆大妄为,未将皇室放在眼里,还请陛下重惩沈信,诛他九族!"

诛九族?和苏煜交好的臣子还好说,那些平日里和苏煜没什么交情的臣子闻言,目光惊讶极了。一直以来,平南伯在朝堂上手腕温和,算是老好人,谁知道一开口就是要沈信一家的命。

文惠帝目光如炬地盯着苏煜。

苏煜昂着头,一副慷慨激昂的模样。

"启奏陛下,"临安侯谢鼎也道,"沈信拥兵自重,在外连陛下的命令也敢反抗,只怕早已有了谋逆之心。微臣也赞同苏大人所说,诛沈家九族!"

众人都朝谢鼎和苏煜看过来。谁都知道苏、谢两家交情匪浅,沈家同这两家却是泾渭分明。如今沈信出事,苏谢两家肯定要跳上去踩几脚才甘心的。

文惠帝的目光阴晴不定。

本来,傅修宜送来的这份证据,他极满意。他早就对沈家这块肥肉虎视眈眈,奈何一直找不到机会。傅修宜的这份证据,不管怎么说,至少用来收回沈家的兵权是极简单的。谁知道今儿一大早上朝，朝臣竟是一股脑儿地表示定要严惩沈信。

沈信常年在西北征战，和朝堂上这些臣子交情不深，文惠帝早已料到看沈信不对的人很多，却没料到多到这个地步，为沈信求情的人反倒寥寥无几。

帝王之心尽是多疑，如果替沈信说情的臣子很多，文惠帝大约会怀疑沈信私下与臣子们走得很近，可如果弹劾沈信的人很多，文惠帝反而会对沈信更加放心。一个有逆反之心的臣子，是不会为自己树立这么多敌人的。

如果说这些臣子一股脑地弹劾沈信，只是让文惠帝有些犹豫的话，平南伯和临安侯两人的"诛九族"，就让文惠帝起了疑心。

沈家、苏家、谢家都是文惠帝的心头刺。单就这些世家所拥有的声望和兵力，都会让文惠帝睡得不安稳，文惠帝不允许有凌驾于皇权之上的家族存在。

苏、谢两家是拧在一起的绳子，好在沈家与这两家水火不容，否则真的要成为文惠帝的心腹大患了。若真的照苏谢两家所说，诛了沈家九族，明齐国土之内，就再无可以抗衡苏谢两家的势力，任由苏谢两家壮大的话，他这把龙椅也就坐得更不安稳。

文惠帝第一次觉得骑虎难下。他只是想收回沈信的一部分兵权，留着沈家尚且可以制衡苏、谢两家。可如今，一个愿意替沈信说话的人都没有，文惠帝又觉得脑仁儿生疼。

文惠帝缓缓地反问道："诛九族？"

谢鼎立刻梗着脖子道："是！"

文惠帝闭了闭眼，再看向谢鼎的时候，仿佛在透过谢鼎这张皮囊，看他的狼子野心。

终于，一个小将出列，道："虽说沈将军此次任性妄为，可罪不至死，早前也为朝廷立下汗马功劳。陛下仁爱，还望念在沈家军多年征战沙场的分上，网开一面，从轻发落。"

这小将同沈信的关系不错，终于看不过眼，为沈信说了句话。

这小将一开口，文惠帝的眉目就舒展开来，他道："爱卿说得不错。沈将军此次虽然有罪，过往还是立下功勋，若说诛九族，倒显得朕不念旧情。"

"陛下，万万不可！"苏煜连忙跪倒在地，"沈将军连欺君罔上的事情都能做出来，日后不知道还会怎么样！"

谢鼎也赶忙道："正是正是！陛下，三思啊！"

他二人越这么说，文惠帝就越觉得可疑，看也不看这二人，对着满朝文武道："沈老将军在世时，也伴着先皇出生入死过。沈家世代忠良，威武大将军沈信年关大败西戎归来，也算将功赎罪。朕非暴君，株连九族……沈信的家人何其无辜！"

"陛下英明。"小将忙跪下来，道。

文惠帝摆了摆手，道："只是沈信如此，朕还是要罚他。传令下去，收回沈家军虎符，罚沈信俸禄一年，沈家军只拨前部供他调令，其他的并入御林军！"

众人倒抽一口凉气，目光皆是古怪。

说文惠帝残忍吧，他未曾伤及沈家人性命。可说文惠帝温和吧，他一开始就夺了虎符。也就是说，沈信这么多年培养的兵力，全都为皇家作了嫁衣！

群臣心有戚戚。难怪文惠帝说得这么大方，敢情都将人家的命脉拿捏住了？沈信纵然逃过一劫，威武大将军也只剩一个空壳子，又有什么威慑力？而文惠帝留着沈家的名声，不过是为了让其与世家大族相互制衡吧？

文惠帝说完后，有些烦闷地挥了挥手，道："下朝！"

文惠帝拂袖而去，只留下面面相觑的朝臣。

谁都没料到，这轰轰烈烈的大事竟然会被处理得如此简单。然而说是简单……不动声色就被变成一个光杆司令，沈信知道后会不会气得骂娘？

沈信出宫回府那一日，沈妙在宫门外的城墙下迎接。

马车停在宫墙角落里，免得被人看到。沈信威名赫赫，如今被夺了虎符出宫门，这副潦倒的模样一定有很多人乐见其成。

沈妙正想着，突然听到外头的莫擎低喝一声："站住！"

一阵劲风扑进车来，沈妙眼睛一花，马车帘子被人掀开，还算宽敞的马车里霎时多了一个人。

谷雨吓得惊呼一声，被惊蛰一把捂住嘴。

莫擎有些慌乱的声音响起："小姐！"

沈妙看着对面的人。

马车上，少年一身深红官服，桃花眼风流生情，薄薄的唇微翘，本是严肃正直的一身朝服，愣是被他穿得美貌娇贵，让人移不开眼。

"莫擎退下。"沈妙低斥道。

"可是……"莫擎隔着马车帘子的声音一紧。

"你打不过他。"沈妙平静地对着外头道,又看向惊蛰和谷雨二人:"你们也出去吧,守在马车边。"

惊蛰和谷雨是见过谢景行的,便也没说什么,依言下了马车。

马车里便剩了谢景行和沈妙两个人。

"听闻昨日朝堂上临安侯出言相助,多谢小侯爷。"沈妙道。

谢鼎帮着苏煜一块儿弹劾沈信,表面是弹劾,实则是给了沈信一条出路。别人看不出来便罢了,沈妙相信,谢景行这种道行高深的老狐狸不可能看不出来。

果然,她这半真半假的话一出,谢景行便挑唇一笑,懒洋洋地后仰身子,双臂微松,道:"临安侯自己的主意,和我没关系。"

"哦。"沈妙看着他微笑,"那小侯爷不请自来上我的马车,难道不是为了听我一声谢?"她故意加重了"我的马车"四个字,显然对谢景行每每干这种不请自来的事十分恼火。

谢景行盯着她,道:"你打算让沈信退守西北罗家?"

沈妙心中一跳,看着谢景行没说话。她是这么想的,谢景行给她指了一条"退"路,可她偏偏不想被动地退出。

被没收兵权不要紧,沈信一直最看重的并非是傅家人以为的虎符,而是他们带兵作战的本领。沈信能带出一支沈家军,未必就不能带出另一支罗家军。眼下被没收的兵权中,沈家军里已经混入沈垣的人,也是傅修宜的人。沈信带着这么一支军队,随时防着有人在背后放冷箭,那也太累了。他最好能带领另一支干干净净的军队,重新开始。沈家的兵权是没了,可罗雪雁的娘家,罗家还有。只是罗家军的战斗力不如沈家,且固守边防,战术不精,并没有引起别人注意。

沈妙打的就是罗家人的主意,要把罗家军变成另一支沈家军,作为留在手中的谁也不知道的底牌。傅家人成日担忧的不就是沈信拥兵自重造反吗?她就反给傅家人看看!

只是……她这种隐秘的心思在谢景行锐利的目光中无所遁形。如果谢景行知道了她的心思……这个在明齐史书上留下浓墨重彩一笔的悲情英雄,又会怎么做?要挟她?告发她?或是……杀了她?

不过,他大约也没有这个机会了。她想,谢景行马上就要出征北疆了,这一次的北疆之行,若照曾经的路线,谢景行会死。十日之期就快到了,命运这只手翻云覆雨,谢景行手眼通天、心思诡谲又如何?终究是逃不过那一个结局。

沈妙抬眼看向谢景行。谢景行长得是真好看。沈妙曾经入主六宫,有才有貌的青年才俊见了不少，哪怕是傅修宜，亦没有此等风姿。斜飞入鬓的英挺长眉，鼻梁高挺，双唇薄薄却微翘，笑意总有几分邪气，他英俊得霸道，轮廓硬朗冷酷，却偏偏生了一双明亮的桃花眼，看人的时候，多情似无情，又多了几分温柔的错觉。只是这人玩世不恭的桀骜外表下，生的是怎样一副黑心肠，却只有他自己知道了。

谁能想到，眼前这个风流美貌的少年，过不了多久就会命丧沙场？

沈妙的目光中顿时多了一丝怜悯。

她时而警惕时而同情的目光让谢景行有些莫名。他忽而想到在广文堂门口时，沈妙也用同样的目光看过自己，便若有所思地问道："你可怜我？"

这人简直比她还会察言观色！沈妙心中暗自想着，面上却浮起一个微笑，道："我哪里有资格可怜别人？"

谢景行嗯了一声，似乎觉得她说得有道理，突然伸手撩开马车帘。这里地处偏僻，不会有什么人过来。他撩起马车帘一角，恰好能看到高高的宫墙。

沈妙的目光不由得有些深远。她在这深宫之中住了这么多年，重活一世，却还是摆脱不了这个宿命。不过，她并不后悔，活着的目的是什么？死去的人已经无法活过来，而她活着，自然是为了报仇。

沈妙看得认真仔细，似乎想将每一块宫墙都镌刻在眼底。

谢景行见状，扬唇道："你想住进去？"

沈妙微微一怔。

"你想住进去，我可以帮你。"谢景行开口道，笑容里仿佛藏着更深的东西，"到时候，你要怎么感谢我？"

"小侯爷若是能一把火烧了这宫殿，或许我会对你感激不尽。"沈妙道。

谢景行意外地挑了挑眉，道："我以为你想做……贵人。"

"我想做贵人？"沈妙转过头，看着他，笑得讽刺，"不错，不过不是你说的那种贵人，是比贵人还要尊贵的人。"

"你想当皇后？"

皇后？沈妙的眼神微微恍惚。她也曾朝服加身，凤钗满头，帝后加冕仪式上，风光无限，群臣跪拜，百姓欢呼，母仪天下。那时候，她以为拥有了所有想要的东西。她如今去看，却是爬得越高摔得越疼。皇后？也不过是虚名而已。

"皇后简单，"谢景行淡淡地道，"皇帝却难。"

明齐风云际会，九个皇子各有千秋，太子的位子坐得也不甚安稳。谁知道未来那方玉玺会落在哪一位手中？高门大户将自己的女儿嫁给皇子，何尝不是在豪赌？赌一个前程。

富贵险中求，贪婪是人的本能。一将功成万骨枯，成王败寇，女子若选错了枕边人，自然也要跟随而去。

谢景行漫不经心地开口道："你选的是谁？"这是在问她，她所看好的皇子是哪一个？想嫁的是哪一个？扶持的又是哪一个？

"小侯爷看谁比较有未来？"沈妙反问道。

"观其面相，谁都没有未来。"谢景行的话耸人听闻，"你怎么办？"

"那就找有未来的人。"

"那你觉得我如何？"谢景行挑眉，问。

"小侯爷也没有未来。"沈妙认真地看着他。

"……"谢景行被沈妙的话噎了一下，虽未发怒，却有些不悦。他想，自己见过的女子都爱慕他，见过的男子都惧怕他，但是沈妙既不爱慕他，也不惧怕他，还老在老虎头上拔毛。他是不是待沈妙太和气了，所以让她觉得自己是个脾气很好的人？

"小侯爷到底想说什么？说完了就请快离开，"沈妙已经不客气地下起逐客令，"被人看到，误会了便不好了。"

"误会？"谢景行眼中流过笑意，故意轻声道，"什么误会？"

"登徒子轻薄良家少女。"沈妙眼皮也不眨，答得利索。

谢景行被沈妙这彪悍的一句堵得有些发昏。他咳了两声，坐直身子，也不逗沈妙了，只道："退守西北，越快越好，拖得越久，对沈信越不利。"

沈妙抬头看了他一眼，倒没想到谢景行会提醒她这么一句。

"多谢。"

谢景行道："如果沈信能在我出发之前离开定京最好。"

沈妙有些无奈地道："那也要能成才行。"不是所有人都有谢景行这样的本事，沈妙总是觉得，谢景行所倚仗的背景，似乎并不完全是临安侯府。可明齐之内，比临安侯府更高的势力，除了皇家，还有什么？而皇家和谢景行，如今是对立的。

沈妙猜不透。

谢景行顿了顿，突然撩开车帘，掠了出去，来得快去得也快。沈妙还未来得及反应，便听得外头有人在叫："夫人、老爷、大少爷！"

沈妙掀开车帘，瞧见沈信夫妇并沈丘正从城门拐角处走过。沈妙四处瞧了瞧，并未发现谢景行的踪影。

罗雪雁快步走过来，恰好看见沈妙跳下马车。

几日不见，沈信夫妇以及沈丘都憔悴了许多。

罗雪雁几步上前，拉住沈妙的手打量，道："娇娇，这几日有没有人为难你？"

沈妙摇了摇头。

罗雪雁松了口气。沈丘问道："妹妹怎么不待在府里，跑到这里来了？"

"听闻爹娘今日回府，怕你们没有马车，特意过来接。"沈妙笑了笑。

沈信动了动嘴唇，想说什么，终究没说出来。当初说好要庇佑妻儿，如今他却被人夺了虎符，心中不是不憋闷。他沉默着上了马车。

罗雪雁不想让沈妙担忧，也拉着沈妙进了马车。

"娘，陛下怎么说？"沈妙问道。

罗雪雁犹豫了一下，便笑道："也没什么，只是一场误会。"

沈妙道："爹都被夺了虎符，怎么会是误会？"

沈丘一愣，下意识地看向沈信。被夺了虎符，最恼怒的应当是沈信。他不晓得是哪里出了差错，唯一可能的便是沈家军内里出了问题，否则那违命屠城的事情谁会知道？

"其实被夺了虎符也没什么。"罗雪雁试图安抚沈妙，"没了虎符，也能打仗。你爹还是将军，咱们和从前一样。"

"还是打仗吗？"沈妙轻声道，"带着前部的人去打仗，带着炊事兵打仗？"

罗雪雁和沈丘呆住。沈信的脸色却变得铁青。将军的骄傲不容任何人践踏，文惠帝留了他一条命，却给了他深刻的耻辱，这比杀了沈信还让他难受。

"没了虎符，固然还能打仗，不过陛下大可再派副将、从将、军事、监守。爹发号施令却要看人脸色，调令三军也要假他人虎符，将军之名，不也是个空壳子吗？"沈妙仰起头，仿佛说着最平常不过的话。

沈信捏紧拳头，安慰道："娇娇，爹会为自己正名的，沈家军也终会回到爹的手中。娇娇，你的身份不会有任何改变。"

沈信一辈子都是凭军功说话。他相信，明齐之内，除了谢鼎，无人可比他勇猛。宝刀不怕藏深，他总会有再出鞘的一日。

"可那要等多久？等到了那时候，已经充为御林军的沈家军，是否还会对爹忠心耿耿？如今的沈家军，尚且由爹指挥都出了奸细，日后……谁会保证没有更多？"

罗雪雁闻言，面色沉肃下来，问道："娇娇，这些话都是谁告诉你的？"

沈妙能知道沈信被夺了虎符，也能知道沈家军被充入御林军，可沈家军里有内奸一事，却万万不可能是她从外头听到的。

沈妙摇了摇头，道："我不是傻子，别人不告诉我的东西，我未必就真的不知道。"

沈信皱眉，问道："娇娇，你到底想说什么？"

"沈家军既然已经不是我们的了，那就不要沈家军，放弃如何？"沈妙语出惊人。

"娇娇！"罗雪雁制止她，忽而觉得语气太过严厉，又软了下来，"沈家军是你爹一手带出来的，其中心腹手足数不胜数，说是放弃，如何容易？那些都是在战场上有同袍之谊的弟兄，这……不可能。"

"那么爹准备如何？"沈妙反问道，"这样隐忍下去，或许能待到良机，可若被人乘胜打压，最后咱们可是一点儿机会也没了。"

沈信盯着沈妙，面上竟然显出一点儿深思，问道："娇娇以为该如何？"

"东边不亮西边亮。"沈妙的明眸亮得惊人，"爹能带好沈家军，为何不能带好别的军队呢？"

沈信先是一愣，随即大笑着抚摸沈妙的头，道："果真是个没长大的小姑娘，这天下，哪里有那么多的兵给人带？"他说到最后，话中隐隐带了伤感。沈家军就像沈信一手养大的孩子，如今的夺子之痛，用言语怎么说得清？

沈妙淡淡地一笑，道："那么，罗家呢？"

沈信的笑容戛然而至。罗雪雁和沈丘同时想到什么，目光顿时落在沈妙身上。

沈妙慢悠悠地道："外祖的手里不是还有一支散兵吗？虽然比不上从前的沈家军，可数量也不少，慢慢培养起来，未必就不是下一支沈家军。"

罗雪雁的娘家罗家是将门，手下有兵不假，可后来西北有沈信驻守，小春城的那些罗家将士便纷纷解甲归田，虽还占着兵马的名头，却是拿着微薄粮饷不做事的，这么多年，和普通人也无异。

"这怎么行？"沈妙的话，称得上是大逆不道了。在皇帝不知道的地方养自己的兵……罗雪雁道，"娇娇，这可不是闹着玩的。"

沈丘开口道："妹妹想用罗家军代替沈家军？"

"代替倒也算不上。"沈妙轻轻一笑，"只是爹好歹也是个将军，总不能身边一个人也没有。追随者自然是要有的，既然如此，沈家军和罗家军有什么不同？有了罗家军，咱们也多一个自保的筹码，不是很好？"

罗雪雁觉得今日沈妙的话实在匪夷所思，一抬头却见沈信紧锁眉头，似乎在认真思索沈妙的话。

沈信看向沈妙，故意引导沈妙的话头，道："娇娇说的，听着是很好，可是罗家军远在小春城，咱们怎么过去呢？"

"那就要看父亲的决断了。"沈妙微笑着看他，"或许父亲可以试试，同陛下说明，退守西北，自愿去小春城驻守，即日出发。"

沈信三人又被惊住了。

小春城是西北边境小城，离定京城千山万水，沈信如果提出这个要求，谁都会想是因为被夺了虎符，这位威武大将军心灰意冷，才会驻守边陲小地。

沈信虎目圆瞪，道："这是退，不行！"

江山代有才人出，韬光养晦固然很好，可沈信已不是青葱少年。他年过不惑，若是一直不被起用，没有合适的机会回来，就算训好了罗家那一帮子人，还是只能在边防待着。壮志未酬，英雄迟暮，大抵是世上最悲哀的事。

"以退为进，兵法尚且有云，父亲怕什么？"沈妙毫不退让，"怕一蹶不振，怕一退再退、退无可退，还是怕时光易逝、难熬出头？"

沈妙一连几问，让沈信的心紧缩起来。不仅是沈信，罗雪雁和沈丘也呆住。沈信注视着沈妙，突然发现，这个娇娇软软的女儿，终究是继承了他骨子里的韧劲和狂妄。

"再说了，"沈妙轻笑一声，"两年之内，陛下必然会召父亲回京。父亲再入京之日，就是腾达之时。"

沈府西院的灯，彻夜通明。

屋中，沈丘给沈妙倒了杯茶，道："妹妹慢慢说。"

有关兵事，沈家有沈信、罗雪雁和沈丘，沈妙和这些似乎从来沾不上边。在定京城里娇养大的姑娘，或许连京城有哪些世家大族都搞不明白，兵家之事，诡谲难辨，为官者尚且分不清楚，更别说沈妙了。

可沈妙就是说了，还头头是道，说得沈信夫妇都忍不住侧目。

"放弃沈家军,重拾罗家军。"罗雪雁道,"可沈家军都是精锐,罗家军……"说到自己父亲曾经带的兵,罗雪雁终究有几分伤感,"怎么比得上沈家军?"

"罗家军虽是散兵,可重在干净。"沈妙道,"爹的沈家军里已经出了内奸,爹带着这样一支兵打仗,谁知道会不会又被人从背后捅上一刀?"

闻言,三人静默。

沈信道:"娇娇说的,我也想过。"

沈信看向沈妙,目光中隐有赞赏,道:"当断不断,必受其乱。不过,之前娇娇在马车上说的,两年之内皇上必会召我入京,是什么意思?"

沈妙垂眸。两年之内,文惠帝自然要召沈信回京。因为明齐朝贡,北有秦国,西有大凉,被夹在中间的明齐岌岌可危。那时文惠帝身子已经不好,太子卧病,周王和离王争得头破血流,傅修宜隐藏的大网也在渐渐撒开。

沈信作为忠臣武将,必将被文惠帝用来威慑敌国。就如前生一样,即便皇家还在打压沈家军,却仍留了一线,沈信必将被皇家榨干最后一滴血。

只是这话,她却不能对外说。迎着几人各异的目光,沈妙微微一笑,道:"我只是做了个很真实的梦,梦里两年内,爹会东山再起,威武大将军的名号也不会辱没。"

究竟两年之内能不能被召回京,谁都说不清楚,可是一年也好,两年也罢,或是三年四年,此刻沈信退去西北,的确是最好的办法。不仅是为了日后的东山再起,还因为夺嫡如今正是激烈,沈家留在定京,难免被牵扯其中。急流勇退,正是这个道理,在建功立业之前,男子首先要保护的是家人。这便是沈信所想的。

他笑着看向沈妙,道:"既然娇娇说是做梦,那梦一定能成真,爹信你。"他竟是一点儿也不打算深究原因了。

"爹信你"三个字,差点儿让沈妙流下泪来。她顿了顿,道:"爹如果真的信我所说,明日就向陛下请折子,退守小春城。"

"明日?"罗雪雁一惊,"怎么这么急?"

"就是要急,陛下才会以为爹是被夺了虎符不满,赌气之下的行为,才不会想得更多。"沈妙解释道。

沈丘还想说什么,可是沈信一言令下,道:"就这么做吧。"

"沈信!"罗雪雁有些急。虽然沈妙的话也有几分道理,可他匆匆决定此事,实在太草率了。

沈信摇了摇头，道："你我纵横沙场多年，还不如娇娇看得清楚。"他看向沈妙，目光多了几分复杂，"若娇娇是男儿身，天下几人可比？"

"沈家会好好的。"沈妙道。

"爹明日早朝就去上折子。"沈信笑了笑，拉着罗雪雁站起身来，道："夫人还是早些休息。"

罗雪雁本想说什么，瞧见沈信的神情时猝然住嘴。本该是万民敬仰的英雄，却要被剥夺兵权，固守在边陲之地，此刻没人比沈信更憋屈了。想到此，她便柔顺了脸色，挽着沈信，道："好。"

沈丘落在后面，看着沈妙欲言又止，最后忍不住道："妹妹，你……是想要爹造反吗？"

沈丘最清楚沈妙骨子里的戾气。豫亲王垂涎她，她就让豫亲王府一个活口不留；荆家人算计她，如今落得死无全尸的下场。皇帝夺了沈家的虎符，沈妙这看似退步的行为，真的仅仅是为了自保吗？

"食君之禄，忠君之事。"沈妙淡笑，"沈家自来忠君爱国，那种事情怎么会发生？大哥还是别多想了，若是隔墙有耳，只怕你我都有麻烦。"

沈丘顿了顿，才道："那样最好，妹妹……不要做傻事。"说完，他转身走出屋门。

沈妙慢慢地坐下来。造反？她是很想，不过如何不留恶名地造反，也是一件大事。当务之急，自然是避祸。等归来之时，她也会给傅家人送上一份大礼，只盼傅家人吃得下。

沈信被夺了兵权的事在定京城才热闹了一日，第二日又被新的传言覆盖。

听说威武大将军被夺了虎符的第二日，早朝时当着文武百官的面，递了一封折子给文惠帝，提出要带着剩余的前部和零散的沈家侍卫退守小春城。

威名赫赫的大将军要去守一个边陲小城，别人尚且觉得不可思议，想来沈信自己更觉憋屈。尽管觉得憋屈，他依然要主动上书，分明就是对文惠帝之前的惩罚不满，赌气下了决断。

酒楼里的说书人将此事讲得头头是道，说文惠帝在金銮殿上当场变了脸色，将折子扔到沈信的脸上，沈信却还是冥顽不灵，固执要求退守小春城。皇帝岂是会容你赌气的人？你不是要退守边陲小城吗？好得很，那你就去守！

于是，威武大将军明日离京前往小春城的消息，整个定京城都知道了。

有人觉得沈信做得对，大将军成了光杆司令，留在定京也憋屈，还不如走得远远的。有人却觉得沈信被捧得太高，不知天高地厚，欺君罔上在先，侥幸保了一条命，还敢跟文惠帝甩脸子看，换了别的君主，早就让他掉脑袋了。

沈妙去了趟广文堂。冯安宁一见她就哭了，抓着她的袖子，道："怎么办？沈妙，你这一去，什么时候才会回来？"

沈妙被冯安宁的眼泪弄得手足无措，安慰道："不多久就会回来的。"

"骗人！"冯安宁抽抽搭搭地哭，"我听爹说沈将军这回惹怒了陛下，陛下生气了，你哪能那么快就回来……沈妙，你要给我写信，等你回来的时候，我会不会已经嫁人了啊？"

沈妙差点儿笑出来，看着冯安宁哭红的眼睛，又笑不出来了。冯安宁的结局她比谁都清楚，虽然两年后冯家还不至于倒台，可是……她拍了拍冯安宁的肩，道："无事的，我总能见着你嫁人的那日。"

冯安宁还想说什么，瞧见带着书本的裴琅走进来。

裴琅一身青衣，站在台上，目光落在沈妙身上，顿了顿，道："沈妙，你跟我过来一趟。"

沈妙离开广文堂，同裴琅这个先生辞行也是应该的。众人并未觉得有什么不对。冯安宁不情不愿地松开沈妙的袖子，任沈妙跟裴琅出去。

裴琅带沈妙来到广文堂的三角院子里。广文堂的先生们都住在学堂内的宅子中，这一处是裴琅自己的宅子。他推门走进最近的书房，沈妙跟进去，适时将门掩上。

"你要走了？"这一回，裴琅没有迂回，直截了当地问道。

沈妙点头。

裴琅的神情变了变，他踌躇了一下，才道："流萤的事……"

"流萤姑娘已经安置妥了。"沈妙打断他的话，"她在绣庄过得很好，她的双面绣本就出色，日后做个靠手艺吃饭的绣娘，倒是不错，也许还能收几个徒弟。"

裴琅的神情渐渐放松下来。沈信一家就要离京了，他怕的就是这之前流萤的事还未处理好。

他是放松了，沈妙盯着他的眼睛，道："那裴先生考虑得如何了？"

裴琅一怔。沈妙说的考虑，自然是要他在傅修宜身边做探子的事。当日在快活楼，裴琅已经表明态度，只是到底要如何行事，却要进一步想想。闻言，裴琅便皱眉道："你想说什么？"

"两年，"沈妙道，"两年之内，我必回京。那时候裴先生务必要成为定王殿下的幕僚，还是他最倚仗的那种。"

裴琅一笑，笑容中带了几分恼怒，道："沈妙，你是不是太过高看我？我只是一介穷书生，什么都没有，就算侥幸混到定王身边，又如何得到最倚仗之名？"

"先生何必妄自菲薄？先生是千里马，自有伯乐赏识。"沈妙微微一笑，"若不是千里马，为了让伯乐赏识，也要将自己看作千里马才行。"她压低声音，"先生若做不到，你猜，我将裴知府的那个故事告诉流萤姑娘如何？又说……这一切的背后人是先生，如何？先生以为，流萤姑娘会不会感动得落泪？"

"你！"裴琅气急，道。沈妙这话分明就是威胁。流萤本就对当年之事颇有怨气，如果沈妙告诉她自己从中安排，流萤说不定一怒之下会再回宝香楼挂牌。

裴琅道："我从未见过你这般狠毒狡诈的女子。"

"先生说笑，世道艰难，我也不过是挣扎求生而已。"沈妙谦虚地笑道，仿佛是在接受先生训诫的弟子，手却不动声色地自袖中摸出一物，递到裴琅手中。

裴琅一怔，捏着手中书信模样的东西，疑惑地看向沈妙。

"流萤姑娘所在的绣庄位置，先生得了空，也可以偷偷过去看一眼。另外，上头还写着一些别的事，两年里，还望先生照着做。"沈妙道。

裴琅不怒反笑，道："沈妙，你要我做你的傀儡？"

"读书人有读书人的傲骨，先生学富五车，傲骨铮铮，学生佩服不已。若是别的读书人，学生决计不会对他用这样的手段。"沈妙抬起头，一扬嘴角，"可是，先生还有选择的余地吗？"

"先生不肯做也行，就算隔着千山万水，我也有法子同流萤姑娘讲故事。"她笑得温和，道。

裴琅心中顿起一股无名之火，莫名觉得憋屈。在沈妙面前，他一点儿身为先生的尊严都没有，每每想发火，看沈妙那般得意，又发不出火来。裴琅甚至想，莫非上辈子他欠了沈妙什么，今生她来讨债了？

他压下满腹的屈辱，道："若我照上头的做，就能达到你的要求？"

"我相信先生的能力。"沈妙垂眸，道。

信纸上写的，正是傅修宜近几年会做的事，傅修宜表面看着无甚野心，私下里却一直在招揽有识之士，至于以什么手段招揽、发掘聪明人，没人比沈妙更清楚。裴琅本就不是普通人，只要稍稍流露出一些自己的"才华"，自然会被傅修

461

宜相中。

而得到傅修宜的重视后，更需要步步筹谋。整张信纸中，沈妙没有提到要裴琅怎么做，只将接近傅修宜的机会告诉裴琅。如何得了傅修宜的信任，端看裴琅自己。这也是沈妙能给裴琅的最大信任。

她扫了裴琅一眼，心中有些怅怅，交代的事情已尽，转身就要走。

"沈妙！"裴琅叫住她，迟疑了一下，终于还是吐出两个字，"保重。"

沈妙觉得有些意外，淡淡地道了一声："多谢。"

说完，她便离开了，只剩裴琅一人站在原地，目光有些复杂地盯着沈妙的背影。

等沈妙离开裴琅的院子，却见学堂外的花园里站着一个软软白白的"团子"。那"团子"瞧见她，眼睛一亮，跑过来，惊喜地叫道："沈家姐姐！"

沈妙："……"

"沈家姐姐，你要走啦？"苏明朗吭哧吭哧了一阵，"我乖乖在这里等你回来好不好？"

沈妙点了点他的额头，故意逗他："谁说我一定会回来？也许我不回来了。"

"不会的！"苏明朗仰起头，信誓旦旦地道，"姐姐一定会回来的！"

沈妙侧着头看他，问道："为什么这么肯定？"

"谢家哥哥说不出两年，你肯定回来！"苏明朗雀跃地道。

谢家哥哥？沈妙脑子一转，谢景行？

"虽然爹和大哥都觉得姐姐一家离开之后，不知道什么时候才会回来，爹还说，沈将军这回惹怒了陛下，只怕陛下一辈子都不会召回沈将军了。"苏明朗童言无忌，自顾道，"可是谢家哥哥来看大哥的时候，同大哥说沈将军两年之内必然会回京！"

谢景行……竟然能将她的心思猜得如此之准？沈妙心中有些悚然。

"虽然谢家哥哥这个人很坏，又欺负我，也欺负我大哥，还欺负我爹……可是他说的话，回回都是真的！"苏明朗继续道，"他说你会回来，你就一定会回来。"

沈妙笑道："他说得没错，我会回来的。"

"太好了！"苏明朗跳起来，扳着短短的手指头，一字一顿地道，"那我就在这里等着姐姐回来。等姐姐回来，我请姐姐吃糖葫芦、小面人儿、蒸糖糕……"

沈妙忍不住又笑了，和苏明朗在一起，仿佛变得无忧无虑，道："你好好听

462

你爹的话。只是……今日你对我说的这些话，万万不可对别人说了。"

这世上有一个人能晓得她心中的主意就罢了，知道的人多了，反而不好。

苏明朗立刻乖乖地道："知道了，我只跟姐姐说过，不会告诉别人。"他又小声对沈妙道，"沈家姐姐，这话你也不能告诉谢家哥哥，那是我偷听的。如果被谢家哥哥知道我偷听，他又要揍我了。"

在苏家二少爷眼中，优雅矜贵的谢家小侯爷就是一个不折不扣的黑心肠土匪。

沈妙微笑，道："好，不说。"

沈信一房连夜收拾行李，临走前愣是逼着沈老夫人当着沈家族人的面分了家。

沈老夫人拿出在市井中当歌女时撒泼打诨的功夫，将沈老将军的宅子和田地占了大半。沈妙也未曾阻拦。这么多年，因为打理不善，那些商铺和田地早已不若从前那般收成喜人，留在身边反倒是拖累，况且他们马上就要去小春城，这些东西也没用。

沈信不缺银子，皇帝年年赏赐不少。沈老夫人本来以为公中那些账册里，有关沈信的银子去向早已被打点得干干净净，却不晓得临到头了，沈妙不知道从哪里找来另一本账册，上面清清楚楚地写明了这些年交到公中的沈信自己贴补的银子数量。

当着族人的面，这些也抵赖不掉，无论如何，沈妙总让沈老夫人吐出了些。沈妙想得简单，不管能拿回来多少，恶心恶心沈老夫人也是好的。

沈老夫人果真被"恶心"病了，二房、三房也因为撕破脸，干脆不和大房往来，不过这些正是沈妙乐见其成的。

等沈信退守小春城的事传到定王耳中时，文惠帝已经准允了。傅修宜自然不能再说什么。只是沈信突然来这么一遭，令他有些奇怪。他心里清楚，沈信虽然是个武夫，却绝非冲动之人。哪怕因为被夺了虎符心有不忿，他也绝不至于第二日就匆匆上折子离京。

傅修宜察觉到什么不对劲，又说不出到底是哪里不对，只觉事情似乎不应该这样。身边的幕僚问道："殿下可是在为威武大将军一事忧心？虽说事出有变，但沈家军已经散了，虎符被收了回来，威武大将军的作用也不大，殿下可以放心地大展拳脚。"

傅修宜收回心绪，淡淡地应了一声。虽然与他计划中的有些偏差，可沈信到底不是他的重要棋子。若说重要棋子，当初爱慕他的沈妙，倒可以一用，只是不晓得后来出了什么事，沈妙的那点儿爱慕便散了，让他失去了将沈家拉上自己这条船的机会。

不过，他如果真的娶了沈妙，即便有了沈家的兵力，也要被众人耻笑。傅修宜骨子里极为自傲，又怎么会容许自己有这个污点？如今那些假设都随着沈信一家即将离京而散去。

傅修宜道："这些日子，你再去招揽些人。"

幕僚一怔，随即拱手称是。

傅修宜移开目光。既然局已开始，逐鹿天下指日可待，在最短的时日里招揽更多的贤才，才是当务之急。

沈信是第二日一大早离京的。

罗雪雁和沈信起先还担忧沈妙的身子骨吃不消长途跋涉，谁知中途，沈妙连累都未曾喊过。女儿越是这样，罗雪雁心中便越是愧疚，好端端娇养的姑娘，却要跟着自己跋山涉水，吃尽苦头。

因是第一次出远门，惊蛰扒着马车帘子，有些惊奇，一会儿指着天上的飞鸟，一会儿指着林中的野兔惊叫。见沈妙一脸平静，惊蛰好奇地道："姑娘怎么不觉得新鲜？这些东西可是城里瞧不见的。"

她这么一说，谷雨也笑道："姑娘看着，倒是没有一点儿留恋呢。"

坐在马车中的罗雪雁一怔。离开故乡，去一个从未到过的地方，人生地不熟的，可沈妙自始至终都平静得很，甚至有时候看起来还有些轻快。

轻快？背井离乡，有什么值得轻快的？

感觉到罗雪雁的目光，沈妙笑了，道："爹、娘和大哥都在身边，定京还有什么可留恋的？如果我留在定京，没有亲人，那地方不是一样算不得家吗？"

罗雪雁将沈妙揽在怀中，心疼地道："不错，娇娇以后都和爹、娘、大哥在一块儿，谁也不敢欺负了你去。"

沈妙垂下眼眸，掩过眼中的一丝冷意。

曾经，她去秦国当人质，山高水长，何尝不是一个人走过？她带的心腹丫鬟，又有多少折在了异国他乡。从定京到秦国，从秦国回定京，两条路她都走得十分萧索。如今，她不是一个人离开，待再归来时，必然也不是一个人。

山路遥遥，不知不觉天色晚了。他们走的是山路，没有酒家客栈，只能投宿在一家农户屋中。好在农户一家也是古道热肠的性子，热情地接待了一众人，还烧了好些酒菜。

沈信一众人万万不敢喝酒，只怕误事，耽误了第二日启程。倒是沈妙，也不晓得是心情好了，还是农户一家酿的梅花酒甜得醉人，喝了几杯，面颊生出桃花色。

"娇娇怎么喝了这么多？"罗雪雁注意到时，不禁大惊失色，连忙伸手去探她的头。

"姐儿是不晓得这酒的厉害。"农户家的女主人笑道，"自家酿的梅花酒，味道清甜，不过后劲大着呢！咱家丫头贪杯，也是喝得醉醺醺的。姐儿睡上一觉就行了，第二日也不会头晕，夫人不必担心。"

罗雪雁这才放下心来。沈丘看着沈妙有些醉意的模样，觉得好笑，道："没想到妹妹也有喝醉的一日，真有趣。"

热闹的一桌饭，众人吃到夜深才散去。农户主人安排了足够的房间给几人。本来罗雪雁是要跟沈妙一间的，可沈妙非闹腾着住在农户挨着院墙的一间，还必须一个人睡。那间房是单独的，与旁人也隔得远，沈妙若是住进去，便是与罗雪雁她们分开了。

沈信起先觉得不好，若有危险，只怕赶不及营救，可沈妙今日也不知是撞了什么邪，醉醺醺地非要住在那间屋里。

农户家的女主人瞧见，就笑道："姐儿是想看院墙外的花儿吧？这花儿在雪影下顶好看，姑娘家都喜欢。夫人也不用担心，咱们这地方虽然小，却没啥土匪强盗。要是不放心姐儿，夫人可在外头搭个帐子，多找几个护卫也行。"

众人这才察觉，靠着院墙的那间屋子，打开窗户后，正好可以看见一大片雪白的园子，园子里还有梅花未谢，映着月亮的清辉，花影摇曳，十分优美。

沈丘觉得又好气又好笑，捏了一下沈妙的鼻子，道："娇气包，难怪要叫娇娇，醉了还巴望着找个风景好的地方。"

罗雪雁打了一下沈丘的手，怒道："你别乱动！"她又看着醉得糊涂的沈妙，摇头道，"又不肯与我睡，得了，让莫擎和阿智几个在院子外头搭个帐子凑合一晚，惊蛰和谷雨伺候完姑娘更衣就出来吧。"

有阿智和莫擎他们在外头守着，总归是没什么问题。

惊蛰和谷雨给沈妙换完衣裳，又服侍她洗净了脸才出了屋门。外头院子里，搭好帐子的莫擎和阿智几人也准备好轮流守夜。

那"风光优美"的小偏屋里，顿时就只剩下沈妙一人了。

而本来被惊蛰搀扶着已经上了榻的沈妙，却突然爬了起来。

梅花酒的后劲终于在此刻涌了上来，沈妙眸中一片混沌，摇摇摆摆地站起身，就要往窗户边走，却一个趔趄，差点儿碰到桌角，跌倒下去。

黑暗中，一双有力的手臂扶起她的胳膊，沈妙隐约可以闻到对方身上清淡的香气。一个熟悉的声音在她耳边响起，带着戏谑，道："啧，竟然往人身上扑。"

沈妙顺势环住他的腰，让自己站得稳些，却不觉这个动作让后者的身子僵了僵。

片刻后，嗤的一声，火苗蹿起。那人寻了火折子，将屋中的油灯点起了。

农户家的窗户都是木雕的，连层白纸都不糊。屋里点灯，外头也看不到。院子里的几人都没发觉屋里的异常。

模糊的灯光下，沈妙倒将对方的眉眼看清楚了。深红锦衣，唇红齿白，一双漆黑的眼眸灿若星辰，锦衣夜行亦有秀骨风姿，不是谢景行又是谁？

沈妙一愣，道："谢景行？"

说这话的时候，她只觉身子沉沉，又往谢景行身上靠了靠。

谢景行眉头一皱，道："这么大的酒气，你喝了多少？"他打量了沈妙一下，有些嫌弃地开口道，"好心送你一程，谁知道见了个醉鬼。"

"你才醉。"沈妙立刻反驳道。

"行了，还跟我顶嘴，看来没醉。"谢景行一边说，一边将沈妙扶到榻上，又将油灯拿得近了些。

明明暗暗的灯火下，沈妙穿着素白色的中衣，披散着头发，懵懵懂懂地看过来，和平日里精明沉稳的样子判若两人，真有几分楚楚可怜的模样。谢景行想了一下，终是没忍住，狠狠地拧了一把她的脸。

沈妙气鼓鼓地怒视着他。谢景行觉得有趣，想着沈妙如今喝醉了，俗话说酒后吐真言，说不定能问出些什么，就道："我是谁？"

"谢景行。"沈妙飞快地答道。

"你知道谢景行是什么人？"

沈妙盯着他，慢慢地皱起眉，迟迟不开口。

谢景行被她看得有些不自在，心说，这丫头莫非是在心里骂他？

谁知沈妙突然一笑，道："是个惊才绝艳的人物！"

谢景行若有所思地盯着沈妙，问道："你是不是在装醉？"

"谢家小侯爷，少年英才、千古人物、英年……"她说到后面，声音却是渐渐低了下去，似乎是记不住的模样。

谢景行起先还有些怀疑，后头瞧着沈妙不像是装出来的，有些奇怪，挑眉道："没想到在你心中，倒对我这么满意。"他凑近些，调侃道，"难道是心仪我？"

沈妙伸手将他的脑袋推开。

谢景行道："本想见你最后一面，你醉成这样，算了，就此别过。"说着，他就要走，谁知道只听扑通一声，沈妙再次从榻上跌到地上。

谢景行想将沈妙扶起来，随即又住了手，抱着胸站在一边，看着沈妙在地上挣扎。欣赏了一会儿，他才道："真该让你看看自己现在这副模样。"

沈妙的头晕晕乎乎的，身子又软，她哪里站得起来？她在地上扑腾了许久都未果，谢景行终是看不下去，大发慈悲地将她扶起来。才坐到榻上，他就听到沈妙道："李公公，本宫想去看烟花。"

静寂的夜中，沈妙的这句话便显得分外清晰。

李公公，本宫想去看烟花。

屋中烧着的炭火似乎都凝固了。

谢景行原本翘着的唇角慢慢地放下来，一双桃花眼不再盈满风流的笑意。他微微蹲下身，视线与坐在榻上的沈妙齐平，眼中冷意渐生。

他说："你说什么？"

沈妙睁着眼睛看他，融融的灯火下，她的眼睛越发清澈，沾染上的星点醉意令青涩的姑娘陡然间多了几分妇人才有的风情。她娇娇地、高傲地伸出一只手，命令道："李公公，本宫要看烟花，你去将太子和公主叫来。"

太子？公主？

谢景行紧紧地盯着面前的沈妙。他的眉目英挺如画，笑的时候如春花秋月般动人，不笑的时候，就危险如寂寂深渊。他看着沈妙，看着看着，突然轻笑起来。

只是他面上虽然带笑，眼眸中却一点儿笑意也无。他轻轻地勾起沈妙的下巴，这十足登徒子的动作被他做来也是优雅天成，温柔得仿佛能让人溺死。他问道："沈妙，你想当皇后吗？"

沈妙眨眼看着他，道："那本来就是我的。"

"你的？"

"本宫的。"

谢景行缓缓地收紧双指，沈妙被他握着下巴，有些吃痛，不满地皱眉。

"小丫头，这么小就有野心做皇后了？"他语气不明，眼神却危险，"有野心的女人最美，不过……你还不是女人。"

沈妙也看着他。盈盈月色，雪影清辉，梅花摇曳，对影二人，本该是花好月圆的风月场面，危险暧昧的气氛却铺天盖地，夹杂其中的还有试探和危机。

她像是被娇养大的姑娘，若是寻常女儿家，再大些便无非操心嫁个好夫婿，可她一步一步隐忍筹谋，在背后算计天下。虽然已经猜到她有野心，可是酒后吐真言，真正听到的那一刻，他还是忍不住觉得意外。

那姑娘满身荆棘，从草包到执棋人，从瞩目的将军嫡女到失势千金，似乎从来没变过的，包括这看着温顺却如兽般凶猛的眼神。一句"李公公，本宫想去看烟花"，她说得悠长缠绵，如同静夜里的铃铛，敲响在人的心弦。

谢景行慢慢地松开握着沈妙下巴的手，瞥了她一眼，眸中意味难明。顿了顿，他作势要起身离开，却听见沈妙嘟囔道："小李子，去把本宫的披风拿来，本宫冷。"

他一下子就从"李公公"变成"小李子"了。谢景行原本有些心绪复杂，被她这么一搅和，顿时哭笑不得。

他问道："你命令我？"

"冷。"沈妙委屈地看着他。

谢景行深深地吸了一口气，将自己的披风取下来，扔在沈妙身上。

沈妙围着他的披风，给了他一个笑，道："回头本宫赏你几匹缎子。"端的是恩宠无边。

谢景行面无表情地看着她，道："多谢娘娘厚爱，微臣告辞了。"说着，他就要离开，却被沈妙一把抓住袖子。

今夜的沈妙实在太反常了，谢景行做梦也没想到，喝醉了的沈妙是这副模样。他本以为可以趁着酒醉欺负她一把，不过最后好似自己被欺负了。堂堂谢家小侯爷被人当太监使唤……李公公？小李子？

沈妙扯着谢景行的袖子，一个劲地将他往下扯，直扯到谢景行蹲下身，再次与她视线齐平的时候才满意。她松开手，一下子抓住谢景行的衣领。

谢景行被沈妙的动作弄得莫名其妙，只听沈妙喃喃自语道："原先前朝有公主寡居后，就收了面首的。陛下既然对我不好，我就当死了丈夫，也该寻个面首。"

谢景行听到前面一句话，有些无法理解，待听到后面时，又觉得匪夷所思。

他盯着沈妙，道："你做的梦里，自己是个失宠废后吗？"

"不是失宠！是死了丈夫！"沈妙怒视着他。

谢景行点头，懒洋洋地道："失宠就咒丧夫，你肯定是毒后。"

"不过你这人倒是长得真好看。"沈妙突然开口道，"是新来的面首吗？"

谢景行："……"

"那前朝的公主找了个貌美面首，本宫见过画像，倒是觉得不如你美。"沈妙道，"你跟了本宫，本宫管你下半生衣食无忧。"

谢景行被沈妙的一句面首惊得不轻，待听到后一句时彻底愕然。他这是……被当成男宠了？

他尚在愣怔，却见抓着自己衣领的手猛地一使劲，有个软软的东西贴了过来，冰凉的小嘴在自己唇上舔了舔，继而啃了一下，满嘴的梅花清甜扑面而来。

"从此以后，你就是本宫的人了。"沈妙松开手，端庄地看着他微笑。

谢景行想掐死面前这个女人！

就在这时，外头突然传来一声哨声，那是他的人给的信号。莫擎他们注意到动静了。谢景行咬牙，看了沈妙一眼，飞身掠了出去。

阿智打开门，却见里头啥也没有，挠了挠头，道："没人啊。"

"大概是弄错了。"莫擎皱眉，道。

梅花摇曳的雪地中站着穿暗红锦衣的俊美少年，他自来从容的脸上颇有几分不自在的神情。他身边的中年汉子见状，忍不住问道："主子看上去心神不宁……方才里面发生什么了？"主子只是去跟沈家小姐告个别而已，怎么出来后浑身不对劲？

红衣少年眸中意味不明，道："铁衣，我看起来像……像……"

铁衣不解地道："像什么？"

"算了！"他咬牙切齿地道，"走。"

第十五章
春城风云

　　第二日清晨，天刚蒙蒙亮，惊蛰和谷雨过来伺候沈妙起床。进了屋，两人瞧见沈妙睡在榻上，被子不翼而飞，身上盖着一袭狐裘。

　　两人顿时大惊失色。昨日她们走的时候可没留什么狐裘！这狐裘是从哪里来的？惊蛰唤醒沈妙后，沈妙看着那狐裘，也是一脸茫然。

　　梅花酒的后劲虽大，第二日人醒来却不会头晕。眼下，沈妙的头是不晕，可昨夜里发生了什么，她一点儿也记不起来。

　　谷雨拿着那雪白的狐裘，道："姑娘，这狐裘又是从哪里来的？"

　　沈妙接过狐裘，摇了摇头。

　　"姑娘放衣裳的箱子都在这里，是不是姑娘昨儿个醉了酒，从箱子里翻出来的？"惊蛰试探地问道，"不过奴婢怎么好似第一次见这狐裘？"

　　沈妙道："拿出去问问农户，是不是他们家的。"

　　等惊蛰见了农户家主人，主人一听就摇头道："这么好的狐皮，咱们家可没有。姐儿记错了。"

　　沈丘捞过狐裘，也道："看起来不是凡品，就是裁剪不太好，感觉你穿着大了些。"

　　沈妙接过狐裘，心中纳闷不已。她不记得自己何时有过这么一件披风，不过听闻沈丘说值不少银子，便面不改色地说谎道："这么一说，我想起来了，是从前我在京城买的。惊蛰，收起来吧。"

惊蛰正冥思苦想着沈妙究竟是什么时候买的披风，听她这么说，也顾不上深思，道了一声是，将那披风收到箱子里去了。

沈妙摇了摇头，不管那披风是从哪里来的，此去小春城，要用银子的地方不少，真到了捉襟见肘的一日，这狐裘还能换成银子。

时日过得很快。

一行人开春二月离京，八月初的时候，终于抵达了小春城。

小春城坐落在明齐边陲，城里最大的官儿便是镇守武将罗隋大将军。

城门守卫见罗雪雁自怀中摸出罗家的腰牌，顿时让路放行，并让人去给罗家递消息。小春城就这么大地方，沈家这么带着一众人进城，周围的老百姓立刻注意到了，纷纷围着看热闹。

惊蛰掀开马车帘子，看了看外面，对沈妙道："姑娘，这就是小春城了。"

沈妙往外头一瞥。

小春城虽是边陲小城，看着倒也热闹。只是风沙大了些，女儿家的肤色有些深，不如京城姑娘的细腻。许是民风开放，她们皆是活泼灵动，很有些调皮的模样，让人感觉生机勃勃。街边有商贩小铺，物资并不缺乏。

惊蛰看着看着就高兴起来，道："姑娘，小春城和定京城也差不了多少呢！"

"娇娇喜欢这儿吗？"罗雪雁有些不安地问道。

沈妙笑了笑，道："这里挺好的。"

罗雪雁放下心来，又笑道："咱们这就去你外祖家。自你知事以来还没有见过外祖。你还有两个舅舅、三个哥哥和一个姐姐，他们都是好人。待咱们到了那里，他们一定会很喜欢你。"

罗夫人死得早，罗隋这么多年没有续弦。罗家有三兄妹，罗雪雁是最小的妹妹。沈妙出生后，罗家人千里迢迢来定京城见过她一次。曾经，沈妙对罗家的印象也很模糊，如今听罗雪雁这么一说，便只笑了笑。

此刻罗家门前早已围了不少人。

罗隋站在最前面，身后跟着两对中年夫妇，身后并列站着三个少年和一个少女。三个少年皆是眉目端正，威风凛凛。少女的肤色是健康的小麦色，一双杏眼，一看就是个泼辣性子。她拉住身边的少年，问道："大哥，你说表妹到底是个什么样的人啊？"

被她拉住的少年是个好脾性的，温声道："应当是个不错的人。"

"你能不能说清楚些。"少女不依不饶地道,"你看那些来咱们小春城的定京姑娘,长得漂亮,可性子娇滴滴的,让人生厌。去年来小春城做客的那个官家姑娘不是说认识表妹吗?"她压低声音,却因着清脆的嗓音仍能被人听见,"听说表妹在京城名声可不好。"

"潭儿!"一声厉喝打断了少女的话,罗隋恶狠狠地瞪了一眼叫潭儿的少女。

少女连忙站直身子,吐了吐舌头,不再说话了。

另一名年纪稍小、性子活泼些的少年看过来,道:"祖父就是偏心,表妹还没来呢,就这样护着。"

沈信常年在西北打仗,去西北时要路过小春城,所以每年都会过来。沈丘和罗家也是认识的。若说罗家人最感兴趣的,大约还是这个出生后与他们只见过一面的沈妙。小春城偶尔也会来一些被贬职的官家人,这里的人对定京城的传闻也知晓一二,传说中的草包嫡女沈妙,在这小春城里也赫赫有名。

就在少女和少年窃窃私语时,一辆马车缓缓地行了过来,为首骑在马上的,正是沈信和沈丘。

"爹。"沈信翻身下马。

沈丘也赶紧跟上,跑到罗隋面前一笑,道:"外祖。"

罗隋的目光在这父子俩身上扫了一下,就落向马车上。

一位笑容和气的微胖夫人笑道:"小姑和娇娇应该在马车里吧?走了这么久的路,怕是都累了。"

她话音刚落,就见马车帘子被掀开,惊蛰和谷雨挽着罗雪雁走了下来。罗雪雁又朝马车里伸手,接下一个小姑娘。那姑娘弯腰下了马车,抬起头来,露出一张俏生生的脸。

罗雪雁道:"娇娇,咱们回家了。"

叫潭儿的少女张了张嘴,没说话。

小春城风沙大又干燥,皮肤白的姑娘本就少见,更何况是这样水灵的。少女的眉目十分清秀,黛色的眉,黑色的眼,小巧的鼻,嘴唇红润润的。

她随着罗雪雁上前,一直走到罗隋跟前。罗隋生得高大,深目高鼻,显得极为严肃,不近人情。他蹙眉盯着沈妙,这般冷酷的模样,若是胆子小点儿的姑娘,直接就被吓哭了。沈妙看起来娇贵,众人以为她肯定会被吓破胆,潭儿和身边的少年都看热闹般地扬起了嘴角。

沈妙抬起头,和罗隋对视,目光平静,微微笑了笑。

罗隋愣了一下，忽然哈哈大笑起来。他这么一笑，让周围本来紧张的人都一惊。罗隋拍了拍沈妙的头，中气十足地喊道："丫头，为何不叫我？"

"外祖。"沈妙温顺地答道。

罗雪雁这才松了口气。罗隋和沈信不同，沈信对女儿宠到了天上去，罗隋却是严父。

沈妙这般态度，让罗雪雁松了口气的同时，又让周围人有些惊讶。京城来的姑娘，看起来也不是只会哭哭啼啼，似乎还有几分胆色嘛。

潭儿不服气地与活泼少年咬耳朵，道："她一定是装作不怕！"

那年纪最大、性子最好的少年若有所思地看了沈妙一眼，未曾说话。

罗雪雁又拉着沈妙上前给她介绍，除了罗雪雁，罗家还有两个儿子，就是沈妙的两个舅舅——罗连营和罗连台。

罗连营的妻子余氏是个温柔敦厚的女人，生了两个儿子，罗凌和罗飒。

沈妙的二舅舅罗连台的妻子马氏，娘家是做生意的。她精明泼辣，生了一对姐弟，姐姐叫罗潭，弟弟叫罗千。

罗凌便是沈妙的大表哥，年方十八，性子温和敦厚，和余氏如出一辙，此刻瞧见她，也是温和有礼地招呼，是个十分体贴的人。二表哥罗飒十七，是罗凌的弟弟，瞧着是个暴躁性子。

罗飒看着沈妙，冷哼一声，嘲讽道："京城的小姐熬得住小春城的风沙吗？"

他说完，被罗连营狠狠地踢了一脚。

那罗潭今年十六，对沈妙也是有些怀疑的模样，态度说不上热络，好奇多一点儿。罗潭的弟弟与沈妙同岁，生得个圆圆脸，一直上下打量沈妙。

沈妙同罗家这一圈子人打好招呼，认清楚人，罗隋才让罗雪雁带着他们到府上。

罗府是一大家子人住在一起，彼此和睦友爱。沈家人安置在罗雪雁未出阁之前的院子里，下人去收拾屋子的时候，众人就在大厅中说话。

过了最初的热闹劲儿，说的便是正事了。罗家和沈家不同，沈贵和沈万走的是文官路子，加之与沈信本就不是血亲，隔了一层肚皮，私密的事都不会拿出来说。罗家就不同了，都是一家人，不仅罗连营和罗连台可以听，罗凌几个小辈也都可以听，甚至女眷都可以听。沈信一家来了后，自然也是要听一听的。

"雁儿，你们这次回小春城，日后有什么打算？"罗隋问道。

罗雪雁笑了笑，道："爹怎么这样问？咱们既是来了小春城，自然就是在这里好好安稳地过下去。"

重振罗家军的事,罗雪雁和沈信还不知道应该怎么告诉罗隋,以罗隋这种古板的性子,他们必然要磨一磨的。

"三妹,"罗连营开了口,看了沈信一眼,"沈家军就这么被收了……真的没有挽回的余地了?"

他们是武将,更明白军队对武将的意义。沈信戎马倥偬了这么多年,忽然要他做一个闲散凡人谈何容易?换了他们自己,怕也义愤难平。

沈信拱了拱手,道:"大哥,与其埋怨,不如顺其自然。小春城也挺好的,我也想在雪雁生活过的地方过些日子。"

闻言,罗隋倒是多看了沈信几眼,道:"难得你如今改了性子。"

沈妙看着神情各异的罗家人,忽然开口问道:"外祖,听闻小春城边防有突厥人?"

马氏最先反应过来。她性子爽快,笑道:"娇娇不用怕,突厥人都在城外,不敢进来,就算进来,咱们罗家军也能将他们打跑。这么多年都安稳无事,不足为惧。"

沈丘也以为沈妙是害怕了,轻声安慰道:"舅娘说得不错,娇娇不用怕。"

沈妙垂眸。小春城是边陲小城,自来有游牧民族侵扰,东边突厥就是一支。突厥人身强力壮,马匹又精悍,作战非常勇猛,真刀真枪干起来,吃亏的说不定还是明齐这边。只是因为小春城易守难攻,加之罗家威名在外,突厥人到底不敢近前,只敢在边陲小小地骚扰一番。每年八月到十月,突厥草原干旱,突厥人都会进小春城抢东西,遇上这些小打小闹,将他们赶跑就是了。百姓习惯如此,也没有放在心上。

可沈妙记得,就是这一年,小春城发生了一件大事。

她点点头,状若无意地开口道:"罗家军也和爹的沈家军一样勇猛吗?既然如此,倘若突厥人攻入城中,罗家军应该也能抵挡。"

罗隋的面色一僵。罗连营和罗连台的神情也有些尴尬。这么多年,文惠帝根本甩手不管小春城这头,罗家军跟散了也没什么两样。将士们回家种地的种地,做生意的做生意,留下的罗家军,也不过是些混银子花的散户,除了每年在边陲小小地威慑一下突厥人,基本上是啥事儿也不用干。拿罗家军和沈家军比,简直是在打罗家人的脸。

罗飒当即翻脸,看向沈妙,道:"你是什么意思?"

罗凌忙扯了他一把,看向沈妙,温和地道:"表妹不要和二弟一般见识。"

"京城来的就是不一样。"罗潭撇了撇嘴,"咱们在这里住了这么多年都相安无事,表妹一来就怕这怕那的。放心吧,突厥是不会进城的,都这么多年了……"

沈妙微微一笑,道:"进城了又如何?"

罗潭一愣。

高座上的罗隋没有发话。

"怎么可能进城?"罗潭气急败坏地道,"那些突厥人要的只是些粮食和工具,十月一过,干旱解了,他们自然不会再乱来。他们进了城后还要打仗,哪里有那般容易?"

沈妙的神色不变,她只道:"十几年都只要粮食和工具,不觉得他们太容易满足了吗?"

罗千的年纪和沈妙相仿,他闻言,好奇地问道:"小表妹,你这是什么意思?"

"若是换了我,不会如此满足。"沈妙答道,"有勇猛的士兵,有精壮的马匹,有退守的草原,这一切,比起小春城里散落的兵户、残陋的兵器要好太多,为什么不去争一争?起初不争,大约是因为他们对小春城的路线不熟,可摸索了十几年,这么一小座城,即便每年只来一回,每回只来一处地方,地图也能画出来了。"她微笑,"两军对垒,一方万事俱备却不动手,是因为墨守了这么多年的规矩,所以必须继续遵守吗?谁规定的?"

良久,屋中无人开口。

突厥对小春城没有野心,只是因为缺乏物资,所以抢些东西,大家都习以为常。沈妙今日这番话,却从另一个方面,他们未曾思考过的方面一语惊醒梦中人。

不错,突厥人什么都有,什么都有的人为什么不可以有野心?若是突厥想要收拢小春城,小春城的人又怎么抵挡得住?

罗飒看了沈妙一眼,语气仍旧不算好,可比起方才,态度也缓和了不少,道:"你想说什么?"

"我观罗家军,不如沈家军聚得紧。"沈妙说得客气,"小时候曾听娘亲说起外祖年轻时候带领罗家军作战的英姿,外祖难道未曾想过再度恢复罗家军的荣光?"

再度恢复罗家军的荣光!罗千和罗潭眼前一亮,小辈们总盼望着风光无限。罗凌和罗飒年纪大些,表现没那么热切,不过还是有些激动。

罗隋看了沈妙一会儿,突然笑道:"你这小丫头,野心倒不小。难得定京那样的地方,还能养出你这样的硬骨头。"他言语间,却是对沈妙颇加欣赏。

不过片刻,他又叹了口气,语气不明地道:"只是丫头,恢复罗家军的荣光,

475

哪有你说的那般简单？兵马、粮草都要银子，罗家哪里负担得起？养着一支兵，无用武之地，丫头，你要将我罗家的银钱都耗在这上头吗？"

养兵千日，用在一时。那些兵都是用国库里的银子养的，罗家军这样的远在边陲的小地，文惠帝拨下来的微薄银饷一层层扣过来所剩无几。要罗家自己负担这么一支兵马的开支……太难了！

"组兵当扬名，朝廷不肯给罗家足够的银子，是因为罗家军不出众。若罗家军声威赫赫，打了胜仗，就算为了平衡朝廷的各方势力，陛下也会主动送来银子。至于敌人……"沈妙笑了一笑，"远有秦国大凉，近有突厥匈奴，明齐从来不乏对手，只要兵力精进，自然就会被派向更远的战场。外祖，你以为呢？"

片刻后，罗隋突然一下子站起身来，将袖子一甩，冷声道："重组罗家军一事不必提了，我不同意！雪雁，你带他们下去休息，此事日后也不必再议。"

说罢，他看也不看厅中众人一眼，转身而去。

罗隋这火发得莫名其妙，罗雪雁也十分不解。

沈丘摸了摸沈妙的头，坚定地站在沈妙这边，道："妹妹好样的！"

罗潭撇了撇嘴，道："光会耍嘴皮子有什么厉害的，连祖父都被气着了。"

罗千摇头，眼睛贼亮地盯着和沈丘说话的沈妙，道："她不只会耍嘴皮子，长得也很漂亮。姐，她比你漂亮！"

罗潭狠狠地瞪了他一眼。

沈信一家就这么在罗家住了下来。

时日一久，罗家人也对这位表小姐渐渐放下了心防。罗家四个小辈中，罗凌和罗飒平日都在守卫军中，沈妙见他们的时候不多。罗潭和罗千待在家里的时间比较多，罗潭在沈妙送给她一块西洋镜的时候，与沈妙握手言和。至于罗千，活脱脱一个长大版的苏明朗，整日缠着沈妙，要她讲定京城的故事。

这一日，罗千和罗潭又来沈妙的院子里找她说话。罗千一边吃点心，一边道："昨日我去校场看丘表哥练兵了。丘表哥身边的那个莫侍卫，我在他手下竟然过不了几招。表妹，你能不能让丘表哥也指点我几招？"

沈妙笑了一下，道："你若是想学，直接跟大哥说就是，他会同意的。"

"真的？"罗千少年心性，一下子高兴起来。

"表妹，"罗千高兴了一会儿，又道，"丘表哥的武艺好极了，是不是定京城里的第一人？不不不，应当是明齐第一人吧？"

一直翻着画册的罗潭终于听不下去了,咬着嘴里的橘子,白了罗千一眼,道:"这般孤陋寡闻,别说自己是罗家人,也别说我是你姐姐,真丢人。"

罗潭和罗千两姐弟整日拌嘴,沈妙都习惯了。

罗千不服气地道:"我哪里孤陋寡闻了?你的意思是丘表哥不是第一吗?"

"南谢北沈。"罗潭慢悠悠地来了一句。

沈妙一怔。罗潭已经晃着脑袋道:"谁都知道明齐两大武将世家,一是姑姑、姑父的威武大将军沈家,二就是临安侯府的谢家。丘表哥是沈家英才,听闻临安侯府的谢小侯爷亦是惊才绝艳。当初祖父见过谢小侯爷一面,回头还说,此子非池中物,终有一日会龙翔九天。"

"外祖父……见过谢小侯爷?"沈妙迟疑地问道。

罗千也道:"姐,我怎么不知道?"

"你就知道吃吃吃,怎么会知道?"罗潭白了罗千一眼,继续道,"听说祖父当初找临安侯拿军策,恰好在帐中见到了谢小侯爷。本来我想打听打听,可祖父让我离他远一点儿,说谢小侯爷是个危险人物,莫要招惹。"

沈妙垂眸。罗隋竟然见过谢景行,这一点她倒是不知道。她还未从思绪中挣脱开来,便听一边的罗潭问道:"小表妹,你也是在京城里长大的,应当见过那谢小侯爷吧?"

沈妙顿了一下,点了点头。

"他长得什么样?"罗潭一把抓住沈妙的胳膊,"是和外头传言的一般俊美无俦的仙人之姿吗?比凌哥哥还要英俊吗?"

她说的"凌哥哥"自然是指罗凌。罗家的三个儿子中,罗凌温厚,罗飒粗暴,罗千活泼,皆是眉目俊朗。只因罗凌最温和,看着反而是最"英俊"的一个。

沈妙道:"不及凌表哥英俊。"

"啊?"罗潭松开手,满眼失望地道,"可我听人说,谢小侯爷生得一副好相貌,竟连凌哥哥都不如吗?"

罗千幸灾乐祸地看着她,道:"男人最重要的自然是本事,同相貌有什么干系?再说了,便是那劳什子谢小侯爷真的找媳妇儿,也定不会找你这样的。"罗千笑眯眯地看着沈妙,"要找小表妹这样温柔的。"

罗潭立刻和罗千闹成一团。

时日一晃过去,罗潭和罗千在沈妙这里一直坐到傍晚。天色开始阴沉起来,小春城一到九十月份,城外草原干旱,城内却经常下大雨。小春城的雨都带着风沙的味道，凶悍无比，乌云几乎将整个天空都遮蔽，短短片刻，像到了夜里似的。

罗潭看了看天，道："不好，怕是又要下冰雹了。"

"姑父他们怎么还未回来？"罗千也站起身，皱了皱眉。

沈妙瞧了外头一眼，忽然想到什么，脸色大变。

罗潭瞧见沈妙的脸色不对，以为她是害怕，道："小表妹，你害怕冰雹吗？别怕，我们在这儿住了多少年，每年这个时候都经常下冰雹，不要怕。"

沈妙并未因为她的安慰好转，脸色越发难看起来。罗千也觉出些不对，疑惑地看向沈妙，道："小表妹为何如此紧张？是在担心姑父吗？没关系……"

他话音刚落，便听得外头有人呼号，正是罗家的小厮："小少爷、小姐、表小姐，夫人让你们赶紧去厅里。"

罗潭一愣，蹙紧眉头，道："发生什么事了？"

"突厥又来抢东西了！老太爷带着两位老爷并沈将军去了草原，两位少爷还在府里。眼看着要变天了，小姐赶紧去大厅吧。"

罗潭狠狠地跺了跺脚，道："该死的突厥人！"

罗千对沈妙道："小表妹跟我们进去，没事的。"

沈妙点头，等到了罗家的前厅，发现厅中已经聚了不少人。

余氏和马氏都在厅里，见到他们三人，皆是松了口气。马氏怕吓着沈妙，走到沈妙身边，拉着她的手，道："娇娇没见过这么大的冰雹吧？没事，咱们等会儿就在厅里说说话。"她绝口不提突厥的事。

余氏也笑着道："就是，咱们晚上吃烫羊肉，不晓得娇娇吃不吃得惯？"

沈妙对余氏微微一笑。罗家人总是最大程度地对她释放他们的善意。

突厥人的老巢在草原深处，每次追击时，需要罗家出动所有壮年男子，今年有了沈信夫妇，倒是好了些。沈信、罗雪雁和沈丘，罗连营和罗连台都去了，甚至连罗隋也跟了上去。小春城里还能守卫百姓的也就是罗家，本来罗凌和罗飒也要去的，不过既然沈信他们去了，罗凌和罗飒就留在了城里。

外面天色已经黑了，厅中大多是女眷，还有一些丫鬟小厮。白露和霜降默默地把晌午留下的点心递给沈妙，让她吃了点儿。

厅中已经架起了锅，厨房里在切羊肉。锅子里沸腾的汤水开始冒出扑鼻的香气。只是这时候，谁也没有心思大快朵颐。

罗千觉出些饿来，看见坐在一边的沈妙身边还有些点心，就走过来坐下，拈了块点心吃。

沈妙的眼睛一眨不眨地看着他。罗千被沈妙看得有些莫名，忍不住开口道："小表妹，你看着我做什么，是不是害怕……"

他二人离余氏较远，沈妙道："千表哥，外祖不愿意重组罗家军，到底是为了什么？"

罗千一怔。

"那日听到我说话，外祖就生气了，恐怕不只是因为没有银子，养不起罗家军吧。千表哥，能告诉我原因吗？"

罗千躲闪着不看沈妙的眼睛，支支吾吾地道："哪有什么原因……就是没银子嘛，小表妹不要多想了。"

沈妙静静地看着他。罗千到底败下阵来，低声道："小表妹，这事儿咱们府里人都不敢说。不过你是自己人，我便告诉你，你知道了也不要告诉别人。若是被我爹娘知道我将此事告诉你，我肯定要挨板子的。"

沈妙点了点头。

"其实重组罗家军一事，你并非第一个提起的人。"罗千叹了口气，"罗家军真正开始衰退的时候，是小姑出生后不久。祖父那时壮志未酬，祖母见他整日闷闷不乐，就提出要重振罗家军。祖父心中本就有这个念头，祖母这么一说，他立刻着手准备。那时候还是缺银子，祖母也就说了小表妹你当日对祖父说的那句话，组兵当扬名，只要打了胜仗，陛下注意到这支军队，自然会拨银两下来。于是，祖父自请为帅去打一场边境仗。

"结果是什么，小表妹你也猜到了。祖父大败，几乎成为笑话，罗家军本就式微，遭此重创，更是一蹶不振。祖父带兵打仗的时候，祖母病重，为了让祖父安心，祖母没有让人将这个消息告诉祖父。等祖父兵败归来，祖母已经去世了。

"祖父一直觉得，自己没完成对祖母的承诺，就算百年归去，也无颜见地下的祖母。这么多年，他不再重组罗家军，不过是没有勇气面对过去的失败。"罗千放下手中的点心，看向沈妙，"小表妹，我知道你想让罗家军重振威风，可咱们罗家人求的并不是扬名立万。我娘说过，要珍惜眼前人。如同祖父，如果时日能倒回，他一定不会去打那场仗，而会选择陪在祖母身边。所以，如果能让祖父高兴，罗家军就算一直这么萧条下去，也没什么的。"

沈妙瞧着罗千，心中微诧。她没想到罗千这么一个大大咧咧的性子，竟然也能说出这样一番话。罗家人正气凛然，温厚善良，果然不是假的。

难怪那一日沈妙说出那些话后，罗隋瞬间变色，怕是这位老将军又被勾动了心里最隐秘的伤痛。

"可就此萧条下去，难道外祖母会高兴吗？"沈妙开口道。

"哎？"罗千转头看着她，有些不解。

沈妙微笑道："我若爱慕一个人，他若是个英雄，我定希望他佩带该带的宝剑，骑该骑的烈马，领最勇猛的兵，得最值得骄傲的功勋。我不愿他受委屈。外祖父现在受委屈，外祖母知道了，不会心疼吗？"

罗千被沈妙这么一番话说得有些晕头转向。且不说别的，她当着一个男子的面说什么爱慕，听得他顿时有些窘迫。马氏还说沈妙是京城来的姑娘，娇娇怯怯容易害羞，如今看来……沈妙哪里有半分害羞？她怕是比罗潭还要坦荡几分！

他正想着，外头有小厮在喊："大少爷、二少爷回来了！"

众人朝厅门口看去，正是罗凌和罗飒兄弟二人。外头大约快要下雨，空气有些潮湿，他二人的衣裳都沾了水。

余氏吩咐小厮给他们倒茶。罗飒一口气灌了下去。

罗潭跑上前来，问罗凌道："凌哥哥，外头怎么样了？"

"看样子要下冰雹了，已经让百姓都回屋躲着。外头也都准备好了。"罗凌笑着答道，"我和二弟回来就在这儿守一夜，咱们这屋子结实，倒不怕。"

"爹和姑父、祖父他们怎么了？"罗潭不依不饶地追问。

罗飒眉头一皱，道："还没回来。"

罗潭还想说什么，罗凌见罗千和沈妙往这里走过来，忙道："无事的，想来今夜有些忙，明日他们就能回来。"他岔开话头，"好香啊，今晚吃烫羊肉吗？表妹还没吃过这些东西，也不知吃不吃得惯？"

沈妙走到罗凌面前，问道："凌表哥，城守卫的军调配好了吗？"

罗凌一愣，没想到沈妙问的是这个，答道："都安排好了。"

"城守卫的人有多少？"沈妙问道。

这一回，罗飒的目光落在了沈妙的身上。

他们这些小辈说话，余氏和马氏是离得远的。罗千问道："小表妹问这个做什么？今夜下冰雹，大约没有人会进城。"

"东三十西三十，加上北十，一共七十余人。"罗凌耐心地答道。

"平日也这么多人？"沈妙问道。

罗凌犹豫了一下，道："平日人更多，只是今日被爹他们调走了，所以城守卫军剩下的不多。不过城里只要不出事，七十余人也足够了。今夜天色不好，小弟说得没错，应该无人进城。"

　　罗家军能用的人就那么多，要去追突厥人，剩下的城守卫军便显得捉襟见肘。

　　罗飒盯着沈妙一会儿，突然开口道："你怕突厥人攻进来？"

　　众人愣了一下。罗千问道："二哥，你这是说什么呢？突厥人怎么会攻进来？"

　　罗飒冷笑一声，盯着沈妙的眼睛，道："小表妹来的当日不就说了，突厥人有野心有实力，为什么不可以攻进来？你怕的是这个吗？"

　　罗飒的性子咄咄逼人，迎着他尖锐的目光，沈妙点了点头，道："不错，我怕的就是这个。"

　　"怎么可能？"罗潭道，"且不说你说的那些会不会发生，今日爹和姑父他们都去草原追击突厥人了，那些突厥人怎么会分神来攻小春城？若他们真有野心，之前寻个时机不是更好吗？"

　　"调虎离山，不是只有明齐人才会用。"沈妙道，"突厥人虽是游牧民族，却不是傻瓜。和小春城的百姓共处了这么多年，你以为他们就不会学到些许？黄鼠狼尚且会学人情态，突厥人只要不是傻子，早就学会了。"

　　沈妙一反常态，让几人有些吃惊。

　　众人沉默片刻，罗凌先开了口，道："小表妹说的这些，是自己的猜测，还是……从哪里听来的消息？"

　　"直觉。"

　　"直觉？"罗飒不怒反笑，"小表妹，这可不是开玩笑的时候。"

　　"难道两位哥哥在城守卫军中待了这么多年，就不懂得防患于未然的道理？"沈妙眼中渐渐有坚决之意浮上来，"若是突厥人真的打了过来，城中提前做好准备，自然皆大欢喜。若没有打过来，小春城免于一劫，不也是一件好事？莫非一定要发生坏事，你们才会懂得做好准备？连这个道理都不懂，也难怪罗家会日渐式微了。"

　　"你！"罗飒一下子怒了。

　　罗潭和罗千的脸色也有些不好看。

　　倒是罗凌盯着沈妙好一会儿，温和地对着她拱了拱手，道："小表妹说得不错，是我们愚钝了。不过城守卫军人手不足，如今是板上钉钉的事实，依小表妹之见，又当如何？"

　　他这番话，表面上是问询，实则却要她来解决棘手的问题，是考验她的本事来了。沈妙心中一哂。这位表哥，也不似表面上那般宽厚。

她道："若真走到这一步，人手也不可能平白变多。突厥人有备而来，我们自然不是对手。我到底只是个女流之辈，不懂得武功，与其涉险，不如自保。凌表哥不妨将罗府门口的护卫召集多一些，护着罗府，真有问题，总是能抵挡一阵。"

她这滑不溜秋的话一出来，众人又是一呆。刚才她说得那般慷慨激昂，怎么临到这时，却又露出束手无策的模样？

罗飒最憋闷，看着沈妙想发火。

罗凌意味深长地看了沈妙一眼，道："那就依小表妹说的做。"

众人重新在厅中坐了下来。不知为何，因着沈妙那番话，连罗千和罗潭也紧张了起来。只有马氏和余氏浑然不知，还在吩咐厨房里的厨子做事。

直到天色完全黑下来，外头突然有罗凌的守卫求见。罗凌让他进来，守卫神情焦灼，对罗凌附耳说了几句话。罗凌面上忽然变色，猛地朝沈妙看过来。

沈妙在慢悠悠地喝茶。

罗凌的神情变得有些凝重。罗飒注意到他的不对劲，脸色也沉了几分，问道："发生什么事了？"

罗凌站起身来，走到沈妙面前，道："小表妹，借一步说话。"

"凌表哥有什么话，就在这里说吧。"沈妙将手中的茶盏放到一边，微笑地看着他，"真出了什么事，也是瞒不住的。"

罗千和罗潭见状，也走了过来。

这下动静大了些，马氏和余氏留意到，以为他们起了争执，余氏当即就走过来，道："凌儿，你别吓着娇娇。"

罗飒嗤笑一声，道："谁吓唬谁呢？"

"大哥，到底出了什么事？"罗千年纪小，心里有什么疑惑就问了出来。

罗凌看着沈妙，片刻后叹了口气，无奈地道："城守军那里传来消息，突厥人……好像要进城了。"

"什么？"罗潭惊叫一声，随即意识到自己的声音大了些，一下子捂住嘴。

余氏和马氏闻言，也呆了呆。马氏立刻道："凌儿、飒儿，咱们罗府能抵挡多久？你爹他们什么时候能回来？"

余氏也下意识地道："要不先去躲一躲？"

罗潭和罗千脸色发白。

"小表妹……竟然被小表妹说中了……"罗千喃喃地道。

马氏和余氏一愣。余氏看向沈妙，道："娇娇……说中了？"

"表妹之前便说突厥人可能会攻入城中。"罗凌眸中闪过一丝意味不明的光,"小表妹想必也有对策,若是不嫌弃,请告知于我,如今正是生死存亡的时候。"

罗凌的姿态摆得极低,以他的辈分和地位,他根本不必如此低声下气地向一个小姑娘请教。

沈妙道:"凌表哥也没告诉我如今到底是个什么情况。"

罗凌挥手招来方才来报信的守卫。守卫老老实实地答道:"回小姐,守卫军里有人看到突厥人正在城门口聚集,将军还未归来,城守卫军人手不足……"

到了最后,守卫已经羞愧得说不出话来。

沈妙问道:"人手多还是不多?突厥是散的还是齐的?"

那守卫想了想,道:"人手极多。虽是散的,却有马匹的声音,应当还有后援。"

几人顿时倒抽一口凉气。罗凌和罗飒的脸色一瞬间变得极为难看。有马匹意味着有军队。罗家军此刻在草原作战,小春城眼下几乎没有真正的兵力,却在这时候撞上了突厥军队。

声东击西,调虎离山,这些突厥人终究变狡猾了。

马氏和余氏也意识到事情不好,马氏道:"要不将能用的人手都召回来……不管如何,先保你们这些小辈。"

罗潭的眼圈立刻红了,她拉住马氏的袖子,道:"娘,我不要!"

"实在不行,就和他们拼了!"罗千咬牙,眸中跳动着两簇怒火,"我们好歹骨子里也流着武将的血,莫非还怕那些野蛮人?拿着剑,大不了鱼死网破!"

"实在不行,我和大哥掩护你们逃走。"罗飒开口道,"府里还有马车,从后城门出去,有一段山路,你们藏起来也不会被发现。"

"不行。"沈妙打断了他们的话。

罗飒看向她,道:"你有办法?"

沈妙摇了摇头。

"那就照二弟说的做吧。"罗凌道,"先送你们上马车,府里所有护卫都跟着你们。罗府只留二弟和我就行了,我和二弟去城守军那里。"

余氏的眼泪一下子掉了下来,她拉着罗凌的手,险些晕过去。

"怎么能让你二人留在这里?"马氏摇头,"咱们是一家人,要走一起走!"

这厢僵持不下,沈妙摇了摇头,再次吐出两个字:"不行。"

"小表妹,你到底说的什么不行?"罗千忍不住问道。

沈妙扫了众人一眼,道:"小春城里兵力最多的是罗家,城守军的首领也是凌表哥和飒表哥。突厥人也清楚这点，真的攻入城中，为鼓舞士气，他们势必第一个要对付的就是罗家。罗家想全身而退，根本不可能。"

罗潭看向罗凌，道："大哥……她说的是真的吗？"

罗凌盯着沈妙，道："不错。"

罗飒的火气顿时又起："这也不行，那也不行，既然逃不了，突厥人又带了兵来，要不就真的跟他们拼了？咱们罗家也没出过孬种，怕他不成？"

"倒也不必心急。"沈妙突然开口道。

厅中静默一瞬。罗凌看着沈妙，轻声道："表妹可有妙计？"

"妙计算不上。"沈妙平静地道，"突厥人带了兵却迟迟不攻，显然心存犹豫，有所顾忌。我想这么多年，虽然罗家军已经散了，可余威犹在，尚且可以震慑三分。他们心存犹豫，试探不前，就是说主帅也不能确定城中的情况，如此，倒是可以为我们利用一番。"

罗飒皱眉，问道："如何利用？"

"拖延些时间吧。"沈妙答道，"我爹娘、外祖和舅舅们都不是等闲之辈，应该很快就会发现不对，一旦发现就会赶回小春城。在此之前，我们只要拖延住这一头就好。"

"可是要怎么拖延？"罗潭耐不住地问道，"照你所说，突厥人那么聪明，他们也知道时间紧急，定会很快攻进来。"

"他们怕什么，我们就给他们看什么。"沈妙微微一笑，"他们怕的无非罗家军其实尚有余力，那么，我们就给他们看看罗家军的余力。"

"小表妹，"罗千着急，"我们眼下去哪儿弄罗家军啊？"

沈妙道："这就要请各位配合一下了。在那之前……也不知两位哥哥信不信得过我？"她看向罗凌和罗飒。

罗凌认真地道："我信你。"

小春城的城楼已经很破旧了。

城墙上的砖出现裂缝，曾经坚不可推的城门也渐渐腐朽。此刻，城楼上只有少量的守卫军来回走动。他们警惕地盯着不远处逐渐清晰的火把，冷汗顺着脸颊落下来。

突厥人生性凶残，懈怠多年的城守军是不可能与之对抗的。一时间，城守军的脚步声都沉重了许多。

就在不远处的人蠢蠢欲动时，城守军中突然有人喊道："那是什么？"

雨夜里，众人回头一看，只见小春城内不知何时出现了大大小小的火把，密密麻麻，伴随着震天的响声，细细听来，还有马匹的声音。

两军对垒，自然有登高的探子打探城内的消息。城守军的人站在城门能看到，外头的突厥探子自然也能瞧见。城中莫名冒出来的人马在雨夜里显得尤为清晰，震天的呼喊声随着马蹄之声落在地上，伴随风雨，竟有千军万马势不可当的壮丽景象。

"是罗家军！是罗家军！"城守军有人喊道，几乎欣喜地跪下身去，"罗家军又重复荣光啦！"

百年将门罗家早已式微多年，此刻陡然间的一声喊，倒让一众人等回想起当年罗隋率领军队所向披靡的风姿，仿佛突然有了希望。城守军的士气瞬间暴涨，一时间，众人皆拔剑四顾，嘴里呐喊着，声音连同城内的火把军马，直撞天河。

暴涨的士气和突然多出来的人马，顶着一个"罗家军"的名头，让突厥那边都惊住了。城楼下的突厥人气急败坏地交流了一番。那些兵马顿了顿，迟迟不敢近前。这般僵持了一个时辰后，突厥人也觉出些不对劲。

楼外传来喊杀声，这一次却是实打实的人马，沈信他们回来了。

突厥人马虽然精劲，到底不如罗隋和沈信打仗多年，摆兵布阵落于下风，很快就被击溃。

小春城内，罗府门口，罗凌听着小兵回来报信，这才松了口气，同沈妙作了一揖，道："这一次多亏表妹了。"

方才，沈妙让罗凌调出府里所有能用的人，再去街上召集百姓，将所有能用的火把都点燃，一人持两支火把，再让铁匠用马蹄铁模仿马蹄叩响在地的声音。小春城的百姓装作将士高声呐喊，加上风雨掩护，骗骗外头的那些突厥人是绰绰有余了。

突厥人看到这么多的火把，下意识地以为城中就有这么多人。马蹄声、呐喊声，加上对罗家军的畏惧，他们只会以为罗家军还有一部分势力在小春城内守着。突厥人心有忌惮，不敢上前，试试探探。城中因此得以拖延时间，等到沈信回来，一切就能交给他们解决了。

这件事看着简单，不过人在危急下本就容易乱了分寸，又哪里会想到这种办法？

罗潭挽着沈妙的胳膊，追问道："小表妹，老实交代，你是不是偷偷看过兵法？"

沈妙微笑道："投机取巧罢了。"

"娇娇莫要谦虚。"马氏热情地看着她，道，"今日若非有你，咱们都有麻烦。

你救了小春城的百姓，谢谢你。"

沈妙心中失笑。其实，她真的没谦虚。曾经也发生过这样的事，沈妙记不清楚是哪日，只晓得是一个下冰雹的雨天，突厥人攻进小春城，虽然最后罗隋带兵赶了回来，可也付出了惨痛的代价。小春城的百姓死伤无数，十分凄惨。

那时候，她为了讨傅修宜欢心，努力学兵法术谋，也曾用这件事请教裴琅，裴琅是这么回答她的："突厥人有所顾忌，不敢贸然上前，硬拼无益，逃遁失心，不如做一出空城计混淆视听，只要拖到援军赶来，便可迎刃而解。"

裴琅的这番话被她写在手札中，如今她记得倒是十分清晰。

第二日，晨光熹微的时候，小春城终于平静下来。

这一仗突厥败得极为狼狈。多了个沈信这样的猛将，突厥遭受了以往未曾有过的重创，退回了草原深处。想来很长一段时间，他们是没有精力卷土重来的。

虽是打了胜仗，小春城里的气氛却未见轻松。尤其是罗府上下，突厥这次进城，意味着沈妙前些日子那些可怕的猜想终于成为现实。有这么一个可怕的邻居虎视眈眈，谁都无法安然酣睡。

两日后，罗隋当着罗家众人宣布要重整罗家军。

整个小春城欢呼雀跃，奔走相告。罗家的小辈也是激动不已。唯有沈妙心中了然，突厥夜袭的事终究会让罗隋下定决心，与其被狼狈地追击，倒不如趁着宝刀未老，东山再起。

银子的事，罗雪雁这头还有些积蓄，至于练兵的人，沈丘和沈信正愁没有用武之地，自然兴致勃勃地应下了。要将那些早已解甲归田的勇将全部招揽回来练兵布阵，并不轻松。不过罗家都是虎将，既然做了，自然下定了决心。一时间，小春城倒是热闹起来。

日子就这么平静又充实地过着。

一日，沈妙正坐在桌前看书，罗潭匆匆忙忙地跑了进来，差点儿带倒门口的椅子。谷雨吓了一跳，沈妙看向她，还没来得及说话，就见罗潭气喘吁吁地抚了抚胸口，道："表妹，你听说了没有？"

"什么？"

"那位谢家小侯爷呀！"罗潭手忙脚乱地比画着，"就是之前我与你提过的，与丘表哥齐名的那位谢家小侯爷。他不是之前自请为帅，去北疆抗敌了吗？"

沈妙心中一跳，看着罗潭点了点头，道："我知道。"

"之前的消息，你也听说了吧？谢小侯爷整日打胜仗，匈奴都被逼到大漠边上了。"罗潭道，"大家都说，等谢小侯爷回京，功勋只怕比临安侯还要高，陛下肯定会赏他一个大官儿当当。"

这话倒不假，沈妙到达小春城后不久，谢景行也到了北疆。本以为谢景行会降不住谢家军，谢家军却在他的手里屡立奇功。大家都说，谢景行日后的成就定在临安侯之上。

她耐心地听罗潭说完，却见罗潭眼圈红了，一种不祥的预感直逼心头，沈妙轻声问道："你怎么了？"

"死了。"罗潭没绷住，眼泪一下子掉下来，"谢小侯爷死了！"

谢景行在罗潭心中也是个和沈丘一样的英雄，罗潭对他崇拜得很，此刻眼泪收也收不住："那谢小侯爷在昨日被敌军抄了后方包围，万箭穿心，尸体被挂在城楼上，且是剥皮示众。"罗潭哭道，"小表妹，他死了！"

他死了！

惊蛰手里的茶杯咣当一声掉在地上，她立刻惊慌失措地去看沈妙。沈妙与谢景行是有些交情的。谢景行死了，沈妙是什么反应？

沈妙是什么反应？

沈妙坐在桌前，静静地看着哭泣的罗潭，神色平静得可怕，仿佛罗潭说的是今日天气很好的寻常话语。她的眉眼越是平和，手指就越是收紧。

谢景行死了吗？万箭穿心，剥皮风干，被挂在城楼上斩首示众，和曾经一模一样的结局。那真的是谢景行吗？

沈妙恍恍惚惚地想着，似乎欲要分辨这消息究竟是玩笑还是现实，然而脑中浮起的却是那一日在广文堂的院子里，"糯米团子"将她骗出来说话，自树林后走出长身玉立的少年。那少年一身象牙白绲边镶银丝长锦衣，英俊高傲，优雅地向她一步步走来。

他的唇角勾起顽劣的笑，桃花眼中含着似笑非笑的情绪，十分醉人，有三分轻佻，六分试探，还有一分是数不清的少年风流。

他说："原来是你。"

第十六章
再回定京

　　暮春时节，草长莺飞，淅淅沥沥的小雨下过后，花朵也被打成一团湿润的红色。

　　雨水顺着屋檐滴滴答答地打下来。

　　走廊尽头，风风火火地跑来一名粉衣少女。她两手提着裙角，急匆匆地一边冲一边喊道："小表妹！小表妹！"

　　"姐，你慢点儿！"跟在她身后的少年嚷嚷道，"小心摔着！"

　　少年的话音刚落，跑在前面的活泼少女便一个趔趄，差点儿栽倒下去。好在她有武艺傍身，脚尖轻点，便又稳住身子，怒气冲冲地回头道："罗千，闭上你的乌鸦嘴！"

　　罗千吐了吐舌头。在罗千身后，又出现两道修长的身影，一个不满的声音响起："罗潭，你这样子当心嫁不出去。"

　　"飒哥哥！"罗潭跺了跺脚，"再嫁不出去，我就嫁给丘表哥！"

　　罗千笑道："丘表哥才不会看上你这母老虎。"

　　"罗千！"

　　"行了，都别闹了。"走在最后的温和青年笑了笑，道，"不是要去找表妹说话吗？进去吧。"

　　待四人打打闹闹地去了最里面的院子，白露和霜降正在外头搬弄花草。二人见了他们，忙道："姑娘在屋里等着呢！"

罗潭掀开屋帘，叫道："小表妹！"

窗前坐着一名少女，身着黛色云雁细锦衣，下身一条紫绡翠纹裙，衬得肌肤凝脂玉般通透。她听见动静，微微抬头，露出一张清秀绝伦的脸。

眸球乌灵，秀眉连娟，朱唇榴齿，新月般醉人。说来也怪，这少女的容貌十分娇贵，仿佛朝霞映雪，让人生怜，然而眉眼温和舒顺，有种端庄之感。

罗潭奔了进去，道："小表妹，你这身裙子真好看！"

沈妙微微一笑，道："你喜欢的话，让裁缝再做一身就是了。"

罗潭撇嘴，道："这颜色我可穿不出去。"她打量了一下沈妙，感叹道，"难怪小春城的公子哥儿们整日同凌哥哥他们打听你，小表妹，你真是越长越好看了。"

这是明齐七十一年。

时间已经过去了两年，两年里，沈妙也在慢慢成长。她略含稚气的脸蛋渐渐显出秀气的轮廓，走在路上都会引人频频回头。难怪罗凌和罗飒的那些个兄弟都在私下偷偷打听沈妙有没有婚配。

在小春城里，这样的美人儿还是很少见的。

罗千一手撑在沈妙面前的书桌上，道："小表妹，你可知陛下又让人送来银钱了？"

"得赏赐了？"沈妙一边说，一边将桌上的书收起来。

罗千眼尖，见那书的名字，奇怪地道："《秦国志》？小表妹怎么看秦国的东西？"

"随意看看罢了。"沈妙不甚在意地答道。

罗凌盯着沈妙，轻声道："一年来赏赐无数，最近赏得太频繁，小表妹以为这是为何？"他似乎并不认为向一个小姑娘讨主意有什么值得报然的。

"事出反常必有妖。"沈妙道，"罗家军迅速崛起，皇家只会不露声色地打压，频繁赏赐却好似扬名，那就是有所求。"她沉吟一下，"陛下对罗家军有所求，或是故意抬高罗家军的身份，至于有所求、求的是什么……明齐朝贡快要开始了吧？"

众人一愣，罗潭摸着下巴，道："好似是。"

"明齐朝贡，秦国和大凉都会来人，秦国和明齐势均力敌，大凉更是远胜于明齐，陛下也会害怕。"沈妙道，"沈家军不在，谢家军大伤，明齐无镇国武将，这怎么行？"

"所以陛下要抬举罗家，来威慑秦国和凉朝！"罗潭敏捷地答道。

沈妙点了点头。

"原来如此……"罗千恍然地道。

"这不见得是好事。"罗飒皱眉，道。

"不错。"沈妙道，"不过也是一个机会。"

"表妹以为是个什么样的机会？"罗凌微笑着问道。

"罗家军这两年好容易有了起色，陛下有心要捧。虽然功勋越大越危险，可罗家军已经有了实力。这两年训练的罗家军皆以罗家为主人，而非天子。这是罗家自己的兵，不是明齐的，陛下捧的是罗家的人，只要坚持这一点就行了。"

普天之下，莫非王土；率土之滨，莫非王臣。沈妙将罗家和明齐清晰划成两道，如果被罗隋听到，只怕要气得晕倒。这种大逆不道的话，分明就是为造反做准备。

可小辈们不一样，罗家小辈出生时，罗家已经落魄了。皇室不拨银子，将罗家军遗忘在边陲小城，小辈们不是没有怨言，怨得多了，有些想法也就变了。

罗飒沉默片刻，眼中浮起一抹狂热，道："小表妹说得极好。"

罗凌要沉稳些，却也没有反对。

罗潭和罗千更是喜欢看热闹不嫌事大，于是，这件事小辈们就这样默契地达成共识了。

另一头，小屋中，马氏、余氏和罗雪雁三人正在说话。

余氏手里拿着一封帖子，对罗雪雁道："城里张夫人下的帖子，让咱们什么时候去张府里坐坐。"她说到此处，踌躇了一下，又道，"还得将娇娇带上。"

马氏闻言，笑起来，道："我说张夫人那样眼高于顶的人怎么会来给咱们下帖子，原是醉翁之意不在酒。"马氏拿胳膊顶了一下罗雪雁，道，"小姑，这娇娇如今可是比咱爹都还有脸子。"

随着沈妙出落得越发美丽，前来打听沈妙亲事的人家也不少。加上这两年罗家军重振，来说媒的人都快把罗家的门槛踏破了。

说到这里，马氏半是嫉妒半是羡慕地道："一家有女百家求，这可真好，哪像我们家潭儿，别说来求亲，连个说媒的人都没有。"

罗雪雁劝道："潭儿性子活泼，那才真是好。总会有合适的人家，嫂子急什么？"

"话说回来，"余氏正色道，"娇娇如今年方十六，若是不回定京，迟早也要嫁人。小姑心里可有合适的人选？"

罗雪雁一愣，片刻后才道："这个还得看娇娇的意思。"

马氏试探地问道："凌哥儿和飒哥儿也到了娶妻的年纪，要不……娇娇嫁到咱们自己家得了？"

余氏闻言，眼睛一亮，迫不及待地开口道："那也成！我看凌哥儿和飒哥儿都挺喜欢娇娇。"

罗雪雁张了张嘴，还没说话，又见余氏摇了摇头，道："可飒哥儿性子冲动，不晓得疼人。娇娇嫁过来，我怕她受委屈。还是凌哥儿好，性子温柔，年纪又长，他们表兄妹上次还一同出游踏青了。"

一边的马氏不乐意了，不甘示弱地道："大嫂，怎么能这么算？照你这么说，我们家千儿还和娇娇年纪相当呢！还有我们家潭儿，潭儿和丘哥儿不也正好凑一对？这样的话，大可亲上加亲了！"马氏又看向罗雪雁，道："小姑，你觉得怎么样？"

罗雪雁："……"

两双眼睛殷切地看着她，罗雪雁硬着头皮道："这还得看孩子们的意思……"

罗凌温柔，罗飒勇武，罗千开朗，最重要的是他们心地善良，沈妙和任何一个人好了，以后的日子也只会甜不会苦。不过，还得看沈妙的意思。

罗雪雁原先晓得沈妙喜欢傅修宜那样的，可这两年，沈妙也未曾提起过傅修宜，渐渐让她放下心来。

"要不找个时机问问娇娇的意思？"马氏急急忙忙地道。

罗雪雁被她说得有些不好意思，嗔怪道："嫂子，哪有最小的先成亲的道理？"

马氏挥了挥手，道："我这不是怕娇娇被人捷足先登了嘛。"

三人正说笑成一团，突然见门口小厮来报："夫人，宫里来话了，将军让夫人们赶紧去前厅。"

"宫里的人不是刚走，怎么又来？送赏赐了吗？"马氏一边起身，一边随口问道。

"好像是要沈姑爷回京呢！"小厮答道。

罗雪雁起身的动作一僵。

罗家前厅乱成一团。

文惠帝一道圣旨，要沈信携眷回京，重起威武大将军的名号，还说要将沈家军的虎符还给沈信。

文惠帝两年前当着天下人的面打了沈信一个巴掌，如今又这样声势浩大地给甜枣吃，不过这甜枣沈信愿不愿意吃，又是另一回事了。

罗隋坐在高座上，道："明齐朝贡要开始了，皇上让你回京，是让你赶在朝贡之前。"

一个王朝隔一百年会有一次朝贡，明齐上一次朝贡，差点儿就被秦国钻了空子。先皇当时倚仗谢家和沈家才勉强度过，如今除了秦国，连凉朝都来了。

大凉地处南边，国力富强，兵强马壮，永乐帝更是一代明君，朝中任人唯贤，忠义之士更多。大凉若有野心，将明齐吞并是迟早的事。

天下之势，分久必合，合久必分。秦、凉、齐三国分立的日子终有一日会打破，只是不知道那一日什么时候到来而已。文惠帝显然不愿意在他活着的时候看到这一日。可谢家，自从谢景行死后，谢鼎已经无心朝政。唯有剩下的沈家，也被夺了虎符，赶到小春城。

眼下文惠帝希望沈信能撑一撑场面，所以表明了一个意思：明齐需要沈信。

"你应当回去。"罗隋道，"沈信，把你失去的东西全都拿回来，给他们看看，罗家的女婿、沈家的儿子是什么样的。"

罗雪雁和沈丘目光复杂，离开定京城两年，如今……他们还是要回去了吗？

把失去的东西拿回来？兵力、声势、名头，还有尊严。得让他们看看，真正的沈家人是什么样的。老虎不会因为流落山崖就变成狗，游潜在水中的龙，也终有一日会翱翔九天。

沈信朝罗隋拱了拱手，道："谨听将军教诲！"

从小春城到定京，一来一去均要半年。沈信接到圣旨的第二日便启程上路，同行的还有罗凌和罗潭。

罗隋让罗凌跟着去定京历练，顺带了解明齐如今的局势。罗飒留在小春城，同长辈们一起操练罗家军。

罗潭和罗千本不能跟着一起去，谁知罗潭自己偷偷爬上了马车，躲在后头的箱子里，到了半路上才突然钻出来。那时罗雪雁他们要赶走她已经来不及了，只得让人传信回去，将罗潭一同带往京城。

除了当初带回来的沈家军前部，这次沈信还带了一部分罗家军回京。这一队人在精不在多，是沈信自己培养的，以护卫的名义跟在他身边。

一行人从春日出发，直到深秋时节，沿途的绿叶都变成枯叶，身上也开始添衣的时候，才即将到达京城。

天色渐渐黑了下来，一行人在城外客栈中歇息。沈丘道："明日一早咱们进城，先找一栋宅子住下来。"

当初临走分了家，他们自然不可能回沈府。

罗潭托腮，一脸向往地道："姑姑、姑父，咱们找个热闹的地方住好不好？我还从来没去过京城呢！"

罗雪雁笑道："原先是城东最热闹，不过咱们也已经两年没回去了，不知道现在变了没有。"

"这简单呀！"罗潭问上菜的小二道："这位小哥，你可知道京城最热闹的地方是哪里？"

那小二不清楚他们这一行人的身份，只看带着这么多人，又穿得精细，当即不敢怠慢，热情地回道："小姐，京城里热闹的地方可多了。城东和城南都挺热闹。城东有商铺，姑娘家买些胭脂水粉方便。城南多酒楼，想吃点儿什么就去那边。"

罗潭皱了皱鼻子，道："就这样？"

小二想了想，又道："姑娘若真想要热闹，还是去城南。最近秦国和大凉朝的人来了，住在城南的衍庆巷中。"

"衍庆巷是什么？"罗潭问道。

"衍庆巷是定京城里地价最贵的一块地方，"沈丘解释道，"皇亲国戚都住不到的好地方。几位皇子殿下出宫开府都未曾住到那一块，只有当初的国舅爷在衍庆巷住过一段日子。"

罗潭先是惊讶，后道："衍庆巷竟然如此昂贵。"随即，他又有些失望，"不过，地价这么昂贵，咱们也买不起那里的宅子呀。"

那小二闻言一惊，又仔细看了看罗潭。衍庆巷这地方，别说是买下宅子，便是住进去几日都鲜有。小二险些怀疑自己看错了人，这行人不过是头一次进城的土包子吧？

"没关系。"沈妙开口道，"衍庆巷隔壁有一条街道，毗邻酒楼，在巷子外头，价钱没有这么贵。"

小二又是一愣,下意识地道:"这位小姐说得不错,的确如此。"

"娇娇也想去看热闹?"沈信问道。

"觉得有些新鲜。"沈妙笑笑。

"好啊好啊!"罗潭双眼放光地看着沈妙,"小表妹你最好了!"

沈妙抬眼看向店小二,道:"秦国和凉朝的人已经到了吗?"

小二道:"是的。明齐朝贡就在几日后,秦国和大凉都派了人来道贺,如今这些人都被安排在衍庆巷的府邸住着。"

"秦国和大凉派了哪些人来?"沈妙问道。

小二挠了挠头,道:"秦国是太子殿下和明安公主,大凉是永乐帝的胞弟睿王殿下。"

沈妙垂眸,道:"多谢。"

待小二走后,罗凌问道:"表妹对秦国和大凉来的人可有什么想法?"

沈妙一笑,道:"没什么,只是觉得有些稀奇罢了。"

罗潭笑眯眯地道:"不管怎么样,明日咱们到了京城,就能好好地瞧瞧热闹了。"

皇帝寝宫内,浓重的药味弥漫着整个寝宫。

文惠帝半合双眼,倚在榻上。身边的人动作温柔,正一勺一勺地往他嘴里喂药。这人正是董淑妃。

她喂得极为耐心。文惠帝每次只能吃一小勺,她便一小勺一小勺地吹冷了,试过不烫,才慢慢地喂到文惠帝嘴里。

好容易一碗药喂完,董淑妃从搪瓷碗里挑出一枚糖渍果子塞到文惠帝嘴里。文惠帝皱了皱眉,咽下去后才道:"难为你还记得这个。"

"陛下不怕苦,是臣妾担心陛下怕苦。"董淑妃温柔地笑道。

文惠帝被她逗笑了,目光柔和了几分,道:"这宫里,还是你最懂朕的心意。"

两年时间,改变的东西有很多。文惠帝再龙精虎猛,终究敌不过岁月的侵蚀。何况他还有这么多比他更年轻更强壮、野心更大的儿子。

太子的病情岌岌可危,太子一派也渐渐不敌。周王、静王来势汹汹,轩王、离王虎视眈眈。在这个时候,与世无争的董淑妃和定王傅修宜就入了他的眼。帝王最放心的就是这样没有野心的儿子和女人。

"朝贡就要开始了。"文惠帝叹了口气,"传信的人说,沈信就在这几日回京。朕两年前将他逐出去,他心中定还有怨气。若非情势紧急,朕绝不会引狼入室的。"

"陛下,"董淑妃笑道,"沈将军是您的臣子,自然要为您做事。您让他做什么,他就做什么,陛下何苦折磨自己?"

"臣子?"文惠帝冷笑一声,"臣子比朕的声威还大,朕怎么相信他想当个臣子?当初的谢鼎亦如是,不过他失了儿子,如今谢家不堪一击,朕也懒得赶尽杀绝。这沈家,朝贡一过,还是……朕总觉得不安心。"

董淑妃不再说话了,只是摆弄着瓷碗。

董淑妃的淑芳宫里,此刻也站着一人。那人华服高冠,冷峻风华,正是傅修宜。

"沈信今日歇在城外,明日一早进京。"面前的侍卫躬身,与他低声道。

傅修宜握紧手中的杯盏,不知在想什么。片刻后,他突然展颜一笑,道:"裴先生神机妙算,说得果然没错,明日到京……传令下去,城门守卫都听着,沈信回京的时候,要满城奉迎。"

侍卫拱手称是,连忙退下了。

傅修宜负手而立,面上闪过一丝深沉之色。两年前,沈家一招釜底抽薪,将他的计划全部打乱。如今沈信再回定京,傅修宜有一种感觉,这也是沈家谋划的一步棋。或许沈信早就知道自己会有回京的一日,所以当日离开时才那般潇洒果断。

既然如此,他就将沈家再放在赤火上炙烤一回如何?让沈家做个靶子,让文惠帝、周王一派、离王一派,甚至秦国和大凉的目光都盯紧沈信这块肥肉如何?他总归是个非常记仇的人,更讨厌被人玩弄于股掌之中。敢算计他傅修宜,沈家就必然要付出代价。

第二日一早,沈信一行人重新出发。

等他们到了定京城门口,守卫一看沈信的腰牌,顿时肃然起敬,道:"原来是沈将军!"守卫说着,让人快开城门,将沈信一行人迎进去。

罗潭道:"姑父,他们好像很尊敬你啊?"

沈丘和沈妙却同时皱了皱眉头。当日他们离开定京城时，守卫一个个冷眼看人，巴不得落井下石。他们如今这般热情，大约……受了某些人的指点。

有人往这边看来，不看不打紧，一看就惊叫起来："是沈将军！沈将军回来啦！"

越来越多的人围过来，叹道："沈将军回来啦！"

一时间，欢呼的人群几乎将整个马车前进的道路都封住。百姓狂热地呐喊，面上尽是追捧之色。

外头的罗凌等人面色难堪。有人夹道欢迎固然是好事，可如今沈信不是带着满身功勋回来的，而是被逐出京两年后又被皇帝召回来的。百姓的欢呼声越大，打在文惠帝脸上的耳光就越响。

马车里，罗雪雁和沈妙也面色微沉，只有罗潭还不晓得出了什么事。

道路堵成这样，沈信只得让身边的几个护卫下车开道。

莫擎和阿智先骑了马去找宅子。就如沈妙说的，城南衍庆巷旁侧有条街，那里的宅子还不错。

马车便往城南驶去。

离衍庆巷越近，人便越是稀少，只因住在衍庆巷周围的人非富即贵，马车行驶得很顺利。莫擎他们很快回来禀明，已经找到一处宅子，沈信等可以先住进去，回头再谈银两。宅子原先的主人也信任沈信的名头，并没有要求他交付银子抵押。

一行人离衍庆巷只有一墙之隔时，外头忽然起了一阵风，不偏不倚，恰好将沈妙坐着的马车帘子吹开，帘子又极快地落下来。

沈妙的目光微微一凝。罗潭见状，问道："怎么了？"

沈妙扫了一眼马车帘子，摇头道："没什么。"

远处的某座高楼上，有手持玉笛的年轻男子和女子并肩而立。女子如花似玉，一身金色衣裙，满身珠玉琳琅。她瞧了马车一眼，不屑地道："这就是威武大将军沈家？也不过如此。"

她身边的男子二十出头，算得上俊朗，却因鼻子有些下勾，整个人多了几分戾气。他笑了笑，道："能让明齐皇家都忌惮的，可不是简单货色。"

"太子哥哥又说笑了。"少女眉眼一横，十足骄纵的模样，"当初临安侯府谢家亦是无法无天，到现在还不是如丧家之犬，保不准沈家就是第二个谢家。"

男子笑了笑，并未接着女子的话继续说下去。

另一边，有人倚在楼头，郁郁葱葱的常青树将他的身影遮掩了一半，只露出一边流金袍角。那人端起面前的茶盏，手指修长有力，一只白玉扳指落在中指上，衬得整个手如玉雕佳品。他端着茶盏凑近嘴边，薄唇微红，因沾了茶水显得有几分湿润，越发勾人心魄。他慢慢地弯了弯唇角。

莫擎找的宅子与衍庆巷隔着一条街，转过一条胡同就是城南最热闹的酒楼。位置倒是好得很。主人家很好说话，开的价格也公道，沈信当夜就买了地契，将宅子易了主。

这头刚刚安定，宫里太监就传了圣旨过来，要沈信第二日进宫面圣。

众人接了圣旨，忙着将东西搬好后，天色已晚，吃过晚饭，便各自去休息。

到了夜里，罗潭溜进了沈妙的房间里说话。

罗潭裹着披风坐在沈妙的榻上，道："小表妹，我睡不着，你陪我说说话吧。"

"你想说什么？"沈妙让惊蛰她们退出去，随手找了本书放在桌上翻着，也没认真去看。

"没想到京城是这个样子的。"罗潭的语气里说不清是失落还是欣喜，"小表妹，我有些怕。"

沈妙微笑道："这有什么可怕的？"

"孤身一人在外，我当然害怕了，这里毕竟不是熟悉的小春城呀！小表妹，当初姑姑、姑父在西北，留你一个人在京城的时候，你害不害怕呀？"

"没什么好怕的。"沈妙答道。像罗潭说的，因为孤身一人在外而感到害怕……当初她在秦国的时候，可不就是吗？

想到秦国，沈妙忽而想到今日小二说的话，秦国和大凉的人都来了。曾经，这个时候，她就是在朝贡时见到了秦国太子和大凉的人。而为了制衡大凉，明齐和秦国一直相互试探，直到后来傅修宜登基，秦国和明齐结盟，傅修宜甚至派了她这个皇后去秦国做人质……秦国太子皇甫灏是个十分恶劣狠毒的人，总喜欢与她对着干，明安公主更是骄纵。她在秦国艰难屈辱的日子，很多都是拜这兄妹二人所赐。

至于大凉的睿王……沈妙皱了皱眉。当初明齐朝贡，大凉朝派来的使者似乎并不是这位睿王，而是另一位皇亲国戚。沈妙对这位睿王知之甚少，傅修宜也未多提过此人。

有些事情到底还是改变了。

第二日一大早，沈信、罗雪雁、沈丘便进宫去了，一直到下午才回来。文惠帝恢复了几人的官职，也将虎符还给了沈信。那些充入御林军的沈家军再次回到沈信手中，沈信却不见得有多高兴。

沈信和罗雪雁进宫不久后，沈府竟派了人来到沈妙这里，邀沈妙回去坐坐。沈妙懒得理那些人。沈家来知会的人等了好久都没信，先在门口求软，到后来就大骂沈信夫妇无情无义、不肖子孙，听得罗凌连皱眉头。

罗潭的性子冲动，她立刻冲去门口将沈家人大骂了一通。她从小跟姑娘们打嘴仗长大，说话刁钻无比，把当初沈家人落井下石的嘴脸又重复说了一遍，说得沈家人面红耳赤，终是受不了周围百姓的指指点点，夹着尾巴逃走了。

待沈信他们回来后，沈妙将此事告知，沈信默了片刻，招手吩咐莫擎，日后在府门口多安排些护卫。

罗雪雁在饭桌上道："三日后朝贡日，咱们都要去宫里。下午让裁缝过来裁些新衣，尤其是潭儿和娇娇，咱们两年未在定京，不晓得如今时兴的又是什么布料款式，总归不能落了后。"

"进宫去！"罗潭有些兴奋地道，"是不是能看到秦国和大凉的人？我听闻秦国人皆是高大，大凉皇室的人更是美貌无比，不知道这回能见着几个？"

罗雪雁失笑道："咱们明齐的人也不差，若是潭儿在朝贡宴上看到了心仪的公子，姑母和姑父也会为你打听。"

罗潭道："我可不急！倒是小表妹得认真考虑考虑。小表妹有瞧得上的，得先为自己考虑呀！"

沈妙扫了她一眼，没说话。倒是一边的罗凌，拿着筷子的手一顿，目光有些迟疑。

在等待的三日里，沈妙每日都听惊蛰和谷雨打探外头这两年发生的事，令她诧异的是，沣仙当铺在沈信去小春城后不久也关门了，前些日子才重新开张，说是掌柜的出了趟远门，才回京城不久。

冯安宁晓得她回来了，让人给她捎了封信，说本想亲自来找沈妙的，可反正朝贡宴上会见面，倒不必走这一趟了。除了冯安宁，苏明朗也给她下了一封帖子，那歪歪扭扭的字迹让沈妙哭笑不得。

转眼到了三日后的朝贡。

一大早,南山的钟鼓声就响了起来。

百姓无法进宫,只得在宫墙外听着声响和动静。官家家眷能进宫,官再大点的,连朝贡宴都能一同参加。

沈信的车辇在宫门口停下,宫人将他们一行人领进去。等到了祭典的高地,文武百官都来得差不多了,撞鼓声、奏乐、礼炮声冲天而去,端的是隆重威严、赫赫天威。

帝后高坐于正座之上,沈妙抬眼看去,文惠帝龙袍在身,神色威严,看起来和两年前没什么不同,可仔细瞧去,如今他连行走都要身边的公公搀扶,脚步也不若从前有力,到底老了许多。

傅修宜跟诸位皇子站在一侧,如今他风华渐生,在一众皇子间显得极为出色,在场不少高官女眷都偷偷地往他那头瞧。

傅修宜身后,青衫男子气质清高出尘,在朝臣中显得格格不入,正是裴琅。

客人的上座边,坐着一男一女,两人十分年轻。已至深秋,天气微凉,那少女穿着薄薄的金纱长裙,上头绣着繁复的花样。少女的眉眼也精致,动作却不甚恭敬,祭典官开始念祝词的时候,亦是面露不屑地扫着众人。这便是明安公主了。

明安公主身边是秦国太子皇甫灏,皇甫灏不如明安公主表现得明显,笑眯眯地看着台上的流程,反而更让人心中发寒。

朝贡祭典从头到尾用了整整三个时辰,从中午日头最烈时开始,直到天近傍晚才结束。文武百官及其家眷都不能离开,这是一种长时间的煎熬,于帝后而言也是一样。

等三个时辰的祭典完成,众人便要随着帝后开宴。朝贡夜宴,自然是歌舞升平,要给秦国和大凉的人瞧瞧,明齐是如何国富民强。

沈妙和罗潭才随着人群往宫宴的大厅走了没几步,身后有人啪地拍了一下沈妙的肩。沈妙回头,看见的是一张熟悉的脸蛋。

"刚刚一早我就瞧见你,可咱们隔得太远,我不能过来。沈妙,好久不见!"冯安宁伸手将沈妙抱住,端的是热情似火。

比起两年前,冯安宁看起来越发美丽。她梳着百花髻,身着石榴红色长裙,袅袅婷婷。冯安宁上上下下地打量了沈妙一下,道:"两年不见,你怎么变得好看了?莫非小春城的水土如此养人?"

沈妙今日也好好地打扮了一番，穿着紫棠色的月牙凤尾罗裙，掐花对襟外裳上绣着大朵丁香，头发梳成垂云髻，斜斜地插一支玉海棠簪子，耳坠是细小的珍珠粒。她的五官小巧清秀，可是气度夺人，安静地站在那里，一双眼睛如初生的小鹿，清澈漆黑，惹得不少年轻男子频频回头相顾。

罗潭站在沈妙旁边，好奇地看着冯安宁。

冯安宁注意到她，问道："这又是谁？"

"我的表姐罗潭。"沈妙道，"这位是冯安宁冯小姐。"

罗潭与冯安宁打了个招呼。冯安宁的性子风风火火，罗潭直爽活泼，两个姑娘一见如故，直吵得沈妙耳朵疼。

入座的时候，冯安宁与冯夫人打了个招呼，就溜到沈妙这头坐下，方便与她说话。

沈信刚回京城，并未有特别交好的同僚，随意寻了个位子。只是他如今是被文惠帝"请"回来的，周围的同僚自然不敢怠慢，纷纷言辞恭敬。

冯安宁与沈妙咬耳朵，道："喊，这些墙头草。"

沈妙不置可否，只听冯安宁又道："看，你那堂姐也来了。"

沈妙一怔，抬眼望去，正好对上对方看来的目光。

时隔两年，沈妙终于再次见到沈玥。

自从沈垣出事后，沈贵在朝中的地位一落千丈，混得一日比一日潦倒。这样的场合，他没有机会来，来的是沈万一家。

沈万如今大约仕途顺遂，正满脸笑意地与人举杯，身边坐着陈若秋，笑盈盈地与旁边的夫人说话，看上去如两年前一般满足。不过……年华逝去，她也到底不如从前鲜活。想来二房迟迟无子，沈老夫人也没少给三房施压。

看着沈妙的是沈玥。沈玥和易佩兰、白薇、江采萱坐在一处，正紧盯着她。隔得老远，沈妙都能尝出沈玥眼中的怨恨。

沈玥穿着烟粉色如意裙，梳着花冠头。她如今也十八了，柔弱文秀。沈妙的目光在她腕间的镯子上顿了一顿，又瞥一眼她头上的玛瑙银钗，唇角勾了勾。

沈玥这般爱出风头，用的却还是两年前的首饰，只能说明，如今三房的银钱不甚宽裕。再如何清高的书香门第，一样也要过日子，少了银子，又如何硬气得起来？

沈玥盯着沈妙，心中涌起无边的妒恨。她本以为沈妙滚去小春城那样的荒凉之地，此生都没机会再回来了，谁知道沈妙不仅回来了，还如此光鲜地回来了。

任沈玥目光如刀，沈妙只是淡淡地一笑，并不理会。

正在这时，帝后开始入席，骚动声渐渐低了下去。紧接着，贵宾座上，秦太子皇甫灏和明安公主也入座。

罗潭左顾右盼。冯安宁见状，问道："你看什么呢？"

"我看那大凉睿王怎么还不来。"罗潭道，"不是说大凉朝皇室的人皆美貌无比，永乐帝亦是出尘美男子，睿王既然是永乐帝的胞弟，自然也风采无限。"

冯安宁闻言，撇了撇嘴，道："得了吧，那睿王来到定京城后，除了陛下，还从没在外人面前出现过呢！再说了，便是今日他出现了，你也见不着他惊天的美貌。"

"为什么？"罗潭不解地道，"他很丑吗？"

话音未落，她就听外头的太监长长地尖喝一声："大凉……睿王殿下到……"

众人朝门口看去，自外头走来一道修长的身影。侍卫在后，那人走在最前。身形极高极挺拔，穿着绣金线的紫长袍，行走间紫金袍隐有华丽迤逦之感。他腰间系着犀角带，缀着白玉佩，脚蹬鹿皮靴。他的脸上戴着半块银质面具。面具自额头开始，在鼻尖处停止，因为贴合五官，显出极流畅的线条，可见鼻梁高挺。一双眼睛状若画轴中物，随意一扫，也是千万风流，露出的下巴轮廓优美，唇薄红润，便是紧紧地闭着，仿佛也是无声的邀请。

众人皆是静默。

年轻男子分明戴着面具，看不清外貌，却有种勾魂摄魄的魅力。

众人的眼睛一眨不眨地盯着那张脸。银质面具泛着冰冷的光，让人觉出些冷冽的寒意，然而那双眼睛黑而亮，似嚼着玩味的笑意，带着几分轻佻、几分漠然，分不清楚是温暖还是寒冰。

他在贵宾座上坐下，一举一动优雅矜贵，对比之下，方才礼仪还好的皇甫灏竟如粗人一般，而皇甫灏身边的明安公主，早已看痴了。

文惠帝哈哈大笑，看向睿王，道："睿王不是今日身子不适，怎么又来了朝贡宴？叫朕这些大臣们好不惊讶。"

睿王冲文惠帝点了点头，姿态有几分随意几分懒散，道："忽而又有了兴致，就来了。"

他的声音十分好听，低沉中带着几分磁性，听得在座女儿都微微红脸。可这话十足放肆，朝贡宴是大事，这睿王却似乎想来就来、想走就走，实在太目中无人了。

明齐的臣子敢怒不敢言，文惠帝都不说什么，他们又有什么办法？

文惠帝没有追究。众臣继续吃吃喝喝，打算就此揭过这事。

罗潭一边吃着宴席上的糕点，一边与沈妙悄声说话："小表妹，你猜，这位戴着面具的睿王殿下，和曾经艳绝定京的谢家小侯爷，哪个更美？"

沈妙没料到罗潭会突然提起"艳绝定京"的谢景行，本在喝茶，一口茶都呛在喉咙，猛地咳了两声，吓得罗潭和冯安宁忙捂住她的嘴，免得失礼。

然而，三人的动作究竟大了点儿，离得近的一些人纷纷看过来。沈妙掩饰地擦了擦嘴角，一转眼却瞧见一双眼睛。

贵宾座上的那位戴着面具的男人微微侧头，不知是真的还是错觉，目光在她身上停留一瞬，又移了开去，眼神倒是玩味得很。

朝贡宴，觥筹交错，众人酒酣耳热，恍如太平盛世。

女眷中大半人的眼珠子都黏在了睿王身上。罗潭虽也爱美人儿，却是个一阵风的性子，很快被精美的吃食吸引了注意力，尝尝这个，尝尝那个，高兴得很。

朝贡宴，不划分男女区域，一家子人坐在一处。罗凌坐得近，见沈妙不吃东西，便将面前的一块雪花糕送到沈妙手里，温声道："表妹也吃点儿东西。"

沈丘本想给沈妙夹一块，奈何被罗凌捷足先登，筷子里的雪花糕不知往哪里放。自己的碗里已经满了，他想了想，就放到离沈妙最近的冯安宁面前。

冯安宁受宠若惊地接过，看着那雪花糕发呆。

就在这时，皇甫灏突然开口道："本宫听闻威武大将军前些日子回京了，不知今日有没有荣幸得见？"

此话一出，热闹的筵席顿时安静下来。

秦太子想要见见沈信？这是什么意思？众人不由自主地去瞧文惠帝的脸色。

文惠帝笑容不变，看向沈信，道："沈爱卿。"

沈信忙站起身，对皇甫灏行了一礼，道："末将见过太子殿下。"

皇甫灏笑道："早就听闻沈将军勇猛无敌，边陲之地的散军亦可结成新阵。当日沈家军回京之时，百姓夹道欢呼，唉……"他长叹一声，"若我大秦也有此将才，当百年无忧矣。"

文惠帝的瞳孔几不可见地一缩。宴席上的大臣变了脸色，看向沈信的目光略微复杂。

皇甫灏说沈信在边陲之地亦可将散军结阵，表面上夸他才能出众，却在隐晦地说出沈信的危险。而百姓呼声如此高，对一个被皇帝驱逐出京的将领来说，意味着在皇室和沈信之间，百姓是站在沈信这边的。至于最后一句话，则是真正将沈信推到了风口浪尖。

沈妙的目光微沉，冷冷地盯着皇甫灏。沈信如今和秦国没有半分对立，皇甫灏却仍旧不肯放过他们，或许就是注定的仇怨。

文惠帝还未说话，便听得一声轻笑。众人循声看去，坐在贵宾席上的睿王放下手中的酒盏，看向皇甫灏。他的声音低沉动听，含着一种慵懒的醉意，话语却是不客气。睿王道："皇甫兄如此厚爱沈将军，大可同皇上讨要。皇上大方豪迈，不会不同意的。"

这分明是顺水推舟的话，落在众人耳中，却是滋味万千。

皇甫灏怎么会真的想要沈信？若是文惠帝真将沈信给了他，秦国碍于面子，不得不将沈信好生供养着，可谁知道他是不是文惠帝的探子？谁会放个不信任的人在眼皮子底下，整日给自己找麻烦？

文惠帝也想到了这一点，方才异样的神情渐渐散去，笑着道："有才天下惜，太子执意想要沈将军，朕也会很大方的。"

这下子，皇甫灏反倒被放在一个尴尬的境地。

明安公主与皇甫灏是一路的，见皇甫灏此刻处境艰难，想着要为他解围。只是一来睿王风华无限，她不愿与之交恶；二来大凉的人她也的确得罪不起，于是她只好将一腔怒火都撒在沈家人身上。她看着沈信，忽然娇笑起来。

明安公主道："沈将军这样的大将，我们怎敢要回去呢？倒不如将沈家小姐要回去。听闻沈家小姐是沈将军的掌上明珠，还是个美人儿，不知咱们大秦有没有这个福气？"

罗潭和冯安宁一下子抓住沈妙的手。罗凌神情微变。沈丘和罗雪雁面色一沉。沈信猛地看向明安公主。

沈妙低头看着面前的茶盏，仿佛没有听到明安公主的话。

沈信笑道："小女顽劣，当不起公主厚爱。"

文惠帝目光深远，并不打算出声解围。

沈玥见状，眼中闪过一丝幸灾乐祸。她真恨不得沈妙嫁到秦国，最好嫁给一个半老头子做妾，被活活折磨死在异国他乡才好。

明安公主也没想到沈信会如此不给面子地回绝，面上生出不悦，道："话可不能这么说。谁都知道沈家军的小姐德才兼备，怎么，沈小姐是看不起本宫，不愿意与本宫打招呼吗？"

沈妙索性大大方方地站起身，冲明安公主行了一礼，道："臣女见过公主殿下。"

她蓦然站起身，厅中众人的目光就都落在她身上。

两年时间，足以改变太多东西，眼前少女和众人记忆里的判若两人。淡紫衣裙，越发衬得她皮肤通透如玉，在小春城待了两年，她未曾被风沙磨得粗糙一分，反而越发端丽。

明安公主眉头一皱，没料到沈妙竟然这般好相貌、好气度，当即一扬眉，开口道："沈小姐花容月貌，果真出挑。不知这样的好相貌，日后哪户人家有幸将小姐娶进府中呢？"

这话有些逾越，沈信虎目一瞪，正想开口，那明安公主却又将话头岔开："想来沈小姐也是才艺出众吧？"

她此话一出，厅中众人的神色又是十分精彩。易佩兰几人都强忍着笑意。

沈妙垂眸，道："臣女才疏学浅，公主谬赞。"

"沈小姐何必谦虚？"明安公主笑得单纯，"说起来，本宫尚在秦国时就曾听闻，几年前，沈小姐在明齐校验上，与人比试步射得了一甲，本宫听到的时候心动不已。如今再看到沈小姐，本宫倒想起这一桩旧事来。"

她这么一说，众人便想起当初金菊宴上，沈妙与蔡霖比试步射，三支箭将蔡霖射得哑口无言、狼狈下场的画面。

明安公主还在继续说："本宫今日也有了兴致，想与沈小姐比试一通，不如就比试步射如何？权当个游戏罢了。"

她这话说得突兀又奇怪，文惠帝首先笑了，道："沈姑娘是娇小姐，怎么可能会步射这样的东西？"

"陛下有所不知，"明安公主笑道，"当初沈小姐的风姿，可是连大秦都有所耳闻。都说虎父无犬女，沈将军如此英武，沈小姐也定是位奇女子。况且沈小姐是娇滴滴的女儿家，本宫就不是女儿家了吗？还是陛下觉得，我大秦不配与明齐比肩？"

明安公主一句话便将明齐搬了出来，若是不比，便是明齐看不上大秦。这种时候，文惠帝怎么可能让大秦与明齐生了嫌隙？当即，他看向沈妙，温和地道："沈小姐以为如何？"

沈信捏紧了拳头。他很想直接拒绝这无礼的要求，可拒绝了，只会让明安公主有更名正言顺的理由。

沈妙低头道:"公主吩咐,臣女不敢不从。"

不敢不从?沈妙这话仿佛在说明安公主仗势欺人。

明安公主面色一沉,随即想到了什么,咯咯地娇笑起来,道:"听闻当初在校验时,沈小姐和对手是以赌命的方式来比试的,今日我们也同样以赌命的方式来比,好不好?"

"不可!"沈信不等沈妙说话就断然拒绝。他冷着脸,丝毫不顾及文惠帝的神色,看向明安公主,一字一顿地道,"公主殿下既说是游戏,便当游戏即可,何必累及性命?"

沈信这话一出,皇甫灏却笑道:"虽然如此,但将游戏认真对待,方显出大秦对明齐的郑重之心。沈将军,沈小姐不过是与舍妹玩一出游戏,沈将军莫非怕了?还是明齐如此……输不起吗?"他话中带刺,看向文惠帝,"若是明齐怕输丢了面子,今日就让明安扫兴一回,也是无妨的。"

文惠帝要是再不出声,岂不是让大秦羞辱到脑袋上来了,日后君威还怎么立?当即,他直接对沈妙道:"既然明安公主有兴致,沈妙,你陪明安公主玩一回吧。"

皇帝金口玉言,沈信说什么都是白搭。沈丘一下子握紧双拳。

沈妙低声道:"是。"

她的神情不见慌乱,倒是让众人微微一怔。

明安公主转过头瞧着沈妙,恰好对上沈妙的目光。明安公主没来由地烦躁起来,让自己的侍女去取弓箭,自个儿先笑着盯着沈妙,道:"本宫在大秦常玩的,便是一人持着弓箭蒙眼,另一人将果子放在身体上,让人射中就是。"她不放过沈妙的每一个表情,"沈小姐可懂了?"

周围的人倒抽一口凉气。上次在校验场上,沈妙和蔡霖分别头顶草果子,可也还是睁着眼的。蒙着眼射箭,岂不是连自身性命都任人摆弄?

沈妙道:"多谢公主告知。"

罗潭拉了拉沈妙的衣角,道:"小表妹,要不我替你去吧?我练过武,实在不行,避开就是了。"

沈妙摇头,低声道:"不必担心。她既然这般说,就有把握不会射中我。若是射中我的话,他们也有麻烦。她这般举动不过为了吓我,要我出丑罢了。"

"可是妹妹……"沈丘握着她的肩膀,"不管她会不会射中你,我们怎么能放你一个人去?"

"我不怕。"沈妙温声答道,"况且,她若是伤了我,我亦有一次机会,怎会便宜了她?"

罗凌拍了拍沈妙的肩,轻声道:"小心。"

沈妙点了点头,直接往正厅中走去。

明安公主看向沈妙,手里掂着黑得发亮的长弓,对沈妙道:"这便是本宫的弓了。咱们一人一支箭矢地来,可好?本宫先用箭射你,再换你来拉弓。"

眼看她三言两语便定了先后顺序,明齐这头的人露出不忿之色,明安公主分明是仗势欺人。

沈妙应了,神色也不见动摇。

她越是表现得不甚在意,明安公主心中就越堵得慌。她扫了一眼贵宾席,忽然眼睛一亮,娇甜地道:"不过咱们比试,怕有人会觉得不公平呢。不如就让大凉的睿王殿下来做个评判,站在这里检查弓箭,表明咱们都没有弄虚作假。"她说完,一双眼睛情意绵绵地看着睿王。

在座的明齐姑娘便纷纷在心里骂这明安公主好生不知廉耻。

睿王听了,略一思忖,点头道:"可以。"

这一下出乎众人的意料,连文惠帝和皇甫灏都多看了睿王一眼。

睿王懒洋洋地自座中站起,几步迈到厅中,走到沈妙和明安公主身边。

明安公主喜出望外,娇滴滴地伸出手,将弓放到睿王手里,含笑道:"那便先请睿王殿下检查检查这把弓,可有什么问题。"

皇子席上,周王冷笑一声,低声道:"这大秦公主倒是个不安分的主儿,当着这么多人的面发浪。"

睿王很快将弓还给明安公主。明安公主含羞带怯地接过来,对沈妙道:"请沈小姐站到那头去,还有……"她从侍女的托盘里拿起一个苹果,笑盈盈地递给沈妙,"沈小姐将它顶到头上吧。"

"是。"沈妙垂眸,道,拿过苹果就往另一头走去。

众人瞧着她的动作,明安公主让人为她的双眼缚上黑色布条,睿王却走到了沈妙身边。众目睽睽之下,他夺过沈妙手里的苹果。沈妙一愣。睿王拿着那只苹果,轻轻地放在她的脑袋上。沈妙抬眼瞧他。

因为头上顶着东西,沈妙怕动作太大导致苹果掉下来,只得一动不动地瞧着他。年轻男子的个子极高,沈妙堪堪到他胸前,瞧得见他绣金的扣子,也接得住他意味深长的眼神。

银质面具下是这男人好看的下巴和红唇，他唇角微勾，让人想到面具下是否也是这般含笑的面容。他的黑眸如星辰、如秋水，看过来的时候，似乎是温柔的，却又好像是戏谑。

戏谑？

他将苹果在沈妙的头顶放好，屈起一根手指，揉了一下沈妙的头发，像在温柔地抚摸某只小兽。不过短短一瞬，他便收回手。因他侧着身子挡着，旁人看不到他这个动作。

他转身走到一边，看好戏般抱胸看着。

沈妙的注意力又被面前的明安公主吸引了，明安公主慢慢地拉开弓。那张弓似乎很笨重，明安公主拉得也很吃力，弓拉得越满，众人心头就越是沉甸甸的。尤其沈信一家，几乎面沉如水。

沈妙安静地看着。不知明安公主是不是故意折磨她，将弓拉得越发缓慢。那弓发出细细的声音，凌迟着在场众人的心。

沈妙眼前有一阵恍惚，仿佛站在异国他乡的秦国，秦国皇子、公主以及臣子家的小姐们看笑话一般将她围在正中。她穿着缝补过无数遍的衣裳，脑袋上顶着果子，眼巴巴地瞧着对面的人。

对面的人嚣张跋扈，穿着华丽精致，眼睛上缚着白布条，张扬地对身边一众男女道："看！今日我让明齐的皇后给本宫顶苹果。等会儿你们都给本宫看清楚，看这位明齐皇后会不会吓得尿裤子？哈哈哈，一定要看清楚再告诉本宫！"她嚣张地一拉弓箭，箭矢咻地射过来。

明安公主猛地拉开弓，带着劲风的一箭穿越了重重岁月，带着那些被践踏的时光，凶猛地逼近沈妙。

一边的睿王不动声色地屈起手指，顿了顿，却又悄然松开。

沈妙慢慢地勾起唇，却不知道是心酸还是仇恨，似乎有一层黑雾慢慢逼至眼底，令她的目光深不可测。

她微微地，几乎以众人看不到的动作，偏了偏头。

箭矢咻的一声，轻轻巧巧，就差那么一点点，擦着沈妙的头顶一侧而过，堪堪避开了那只红彤彤的苹果。

座上的沈丘一下子松了口气。沈信和罗雪雁握紧的手稍稍放开了一些。冯安宁和罗潭拍着胸口。罗凌拿起面前的茶盏，喝了一口茶，掩饰担忧的神情。

全场静默无声。皇甫灏原本是笑着的，却渐渐地笑不出来了。

明安公主等了一会儿，并未听到场上传来欢呼声或是对沈妙的嘲弄声，心中有种不好的预感。她一把扯下缚住眼睛的黑布条，却见对面沈妙头顶的苹果完好，她的箭矢掉在不远处。

沈妙看着她，道："公主殿下刚才好似手滑，并未射中呢！"

并未射中呢！

不过愣了刹那，明安公主反应过来，看着沈妙，怒道："你刚才一定是动了，是你动了！本宫从来不会失手，要不是你动，本宫怎么会射不中？"

所有人都没料到明安公主会突然发难。文惠帝也面露不悦，道："公主是说这宴上的数百人都在包庇沈小姐吗？"

明安公主心中委屈，看向皇甫灏。皇甫灏阴沉着脸。明安公主一个激灵，转而看向站在一边的睿王，娇滴滴地道："睿王殿下方才可看清楚了，沈家小姐可有躲避？"

睿王勾了勾唇，道："没有。"

明安公主一愣，道："睿王殿下是说，沈妙没有躲避？"

"你在质疑本王的眼睛？"睿王反问道。

明安公主吓了一跳，见沈妙站在对面瞧着她，微笑道："公主殿下，愿赌服输。还是说……公主殿下其实输不起？"

"你放肆！"明安公主尖叫道，猛地瞧见四下里冲她投来的愤怒目光，忽而又明白这是在明齐的场子，她已经犯了众怒，于是冷笑一声，"本宫有什么输不起的？！不过……你也不要得意太早。本宫射不中，你就射得中吗？"

明安公主心里有气。她的步射已经练到炉火纯青的地步，这把弓又是她自小用到大的，像今日这样蒙眼步射，她还从来没出过纰漏。

沈妙拿着那只红艳艳的苹果，笑道："换了我，就请公主殿下将这只苹果咬在嘴里吧。"

全场开始还在议论，待听清楚沈妙说的是什么时，一瞬间鸦雀无声。

明安公主瞪大眼睛，不可置信地看着沈妙，道："你说什么？！"那声音因惶急而显出难听的喑哑。

沈妙笑着看她，道："公主殿下不是说这是大秦的玩法，射箭的人能指定将苹果放在什么地方？公主殿下要臣女将苹果放在头上，臣女放了。现在……"她笑了笑，"公主殿下若是觉得害怕，换个人来也可以。"

她不说这话还好，一说完，明安公主几乎气了个倒仰。换个人，岂不是说她明安公主胆小怕事，输不起，当着明齐、大凉和秦国的人丢脸丢到尽头？

易佩兰倒抽一口凉气，对沈玥道："她疯了吧？怎么敢与明安公主对上？"

皇子席上亦是一片唏嘘。离王笑得颇有深意，道："这位沈家小姐，倒是记仇得很。"

明安公主死死地瞪着沈妙。迎着她锋利的目光，沈妙也只是浅浅地笑着。无奈之下，明安公主只得求助地望向皇甫灏。

皇甫灏轻咳一声，有些愤怒沈妙的不识抬举。明安公主好歹也是大秦的脸面，他总不能放着明安公主不管，于是看着文惠帝，道："游戏而已，怎么明齐的小姐都是如此不依不饶？"

文惠帝看向沈家人。沈信和罗雪雁顾自喝茶，好似没有听到上头的话。

沈家的态度也很明了。沈信方才憋着气，明安公主咄咄逼人，现在也该尝尝这种滋味了。既然沈家已经被摆在了风口浪尖，既然秦国人一开始就针对沈家行事，那沈家还有什么好顾忌的？沈信的暴脾气一上来，他想着光脚的不怕穿鞋的，便是今日沈妙射死了明安公主，那也无妨。

既然沈信要出头做这个靶子，文惠帝就乐见其成，况且他也不喜欢明安公主这般骄纵的性子，打算杀一杀明安公主的威风，于是笑着对皇甫灏道："都是孩子们之间的游戏，太子何必如此忧心？既然她们玩得开心，朕不会阻拦。"

皇甫灏没料到沈家竟然是颗硬钉子，更没料到文惠帝想坐山观虎斗，一时间也没了法子。他警告地瞪了明安公主一眼，道："明安，既是你提出来的，就和沈小姐玩到底吧。"他又扫了沈妙一眼，意味深长地道，"既然是玩，沈小姐必然不会伤了你的。"

沈妙听了，只是一笑，道："放心吧，公主殿下，既然咱们未签生死状，臣女一定不会伤到公主殿下。"

她越是这么说，明安公主就越觉得不安。如今骑虎难下，她便只有依照沈妙所说的去做。她走到另一边，忽而又想到了什么，哂笑道："不过沈小姐，本宫那把弓不是人人都拉得动的，只怕你……"

"拉不起"三个字还未出口，她便见沈妙已经拉开了弓。

沈妙笑着看向明安公主，道："好弓，公主殿下的弓，我用着也十分顺手，多谢了。"

她招手，吩咐侍女为她绑上黑布条。侍女刚要动弹，却见睿王将侍女托盘上的黑布条拈起，在指尖把玩一转。

众人诧异地瞧着他。睿王走到沈妙身后，一手自身后握住她的下巴将她的头微微抬起，另一只手将黑布条绕到沈妙的眼睛上。

罗潭瞪大眼睛，拉着冯安宁，道："这……这是什么意思？"

对睿王的这个举动，好奇的不只是罗潭。文惠帝的眉头微微皱起，明安公主更是眼含忌妒。

沈妙的双眼被缚，什么都瞧不清楚，只感觉背后的人动作轻柔，指尖冰凉，无意间触到她的脸颊时，如同雪花亲吻在衣襟，有种淡淡的凉意。却不知为何，被他触碰过的地方，又浅浅地灼热起来。

等到后面的人再无动作时，沈妙才对着明安公主的方向，拉弓搭箭。

众人都屏息瞧着她的动作，心中皆是紧张不已。沈妙让明安公主将苹果咬在嘴里，固然可以羞辱明安公主，可也意味着，沈妙一个不慎，便会将明安公主射伤，甚至让她丢了性命。秦国公主在明齐丢了性命，秦国岂会善罢甘休？若沈妙想让明安公主安然无恙，只得故意射偏，这样一来，明齐还是会丢面子。

众人想来想去，只觉除非沈妙一箭射中明安公主嘴里的苹果，否则无法赢得漂亮。

沈妙闭着眼睛，双手摩挲着箭矢上的花纹和沉重的弓上每一道细微的划痕。

同曾经一模一样。

这把弓她摸了无数次，明安公主总在射得她十分狼狈时，大方地把弓给她，说："换你了。"

其实，沈妙私底下也练习过无数次，她可以射中的，但每次还是故意射偏。

因为她是人质，就该委曲求全，就算能赢也要输，输得让明安公主高兴，那样她才有机会活着回去见到傅明和婉瑜。

她说："烦请公主殿下不要躲避。"说完，她手一松，几乎被拉满的弓发出嘣的一声响，箭矢流星般猛地朝明安公主射去！

明安公主吓得眼前一花。箭矢来得太快，她想躲避，可根本来不及，只感到嘴巴一阵疼，箭矢一下子近在眼前。她想尖叫，可嘴里含着苹果，顿时身子一软，瘫倒下去。

身后的宫女忙扶住她。皇甫灏一下子站起身，面色阴沉得厉害。

大厅里唏嘘声四起，沈妙却施施然取下绑缚在眼睛上的黑布条，走到晕倒的明安公主面前，将她嘴巴里的苹果取出来。红彤彤的苹果上，箭头没入一半，剩下一大半箭尾都在外头，不会刺穿明安公主的喉咙，却也让人看得清清楚楚。

中了！

"看来臣女的运气很好，不巧，射中了。"她笑道。

哗的一声，厅中顿时喧哗起来。

有人道："虎父无犬女！"

明安公主提出来的比试步射，沈妙不得已才接招，可到了最后，明安公主未曾射中，沈妙射中了。明安公主甚至被吓晕，孰强孰弱，一看便知。

文惠帝纵然对沈家多有猜疑，可眼下沈妙为他长了脸，秦国人吃瘪，他也十分快慰，看着沈信，道："沈将军，你养了个好女儿啊！"

沈信拱手称不敢。

沈妙站在厅中，有风将她的裙角吹得飞扬。她静静地盯着被侍女搀扶下去的明安公主，敛下眸中的情绪，一转头却对上睿王盯着她的目光。

沈妙看不到面具下的他是什么神情，这男人的目光温温凉凉，让人迷惑。也不知是笑了还是没笑，他瞧了沈妙一眼，就走回贵宾席上坐下。

皇甫灏自觉失了颜面，看着沈妙，冷哼一声，道："不承想沈小姐也有如此手艺。"

沈妙低下头，退回到自己的座位上。

"沈妙，你刚才真是……"冯安宁拉着她的手，"你若是个男子，我就嫁给你了。"

"真痛快！"罗潭也道，"小表妹，我就知道你不是会给人随意欺负的性子。"

沈妙垂眸。众人以为她记仇，只因明安公主相逼才这般回报。殊不知，她那一箭，解的却是曾经的恨。

罗凌递上一杯热茶，温声问道："小表妹没事吧？"

"没事。"她微笑着答道，察觉有目光落在自己身上，四下一看，却又无人看过来，便只当是错觉。

贵宾席上，戴着面具的青年屈起手指，在面前的酒盏上弹了弹，白玉扳指微微泛着玉色的光芒。

好好一场朝贡宴，谁也没料到中途会出现这么一场变故。究其原因，还是明安公主自己捅的娄子。而刚刚回京官复原职的沈信，凭借硬气的姿态和其女沈妙赢得漂亮的一箭，在朝贡宴上也狠狠地出了一把风头。

直到朝贡宴结束，总归没再生出什么别的事来。

下了宴席，沈信往日的同僚过来打招呼，罗雪雁便带着沈妙先去外头等马车过来。

罗潭蹦蹦跳跳地走在前面，罗凌和沈丘走在后头。拐过宫门后，不远处便是沈信安排的马车。沈妙转过头，恰好看见宫中的长廊尽头，有道修长的身影正缓步前来。

她还未看清对方的相貌，就远远地瞧见他脸上的半块银面具在灯笼的光芒下显出几分幽暗的璀璨。他的袍角上，金线绣着的图案在夜里看不清楚纹理，只是华丽得出奇。

那青年走到离沈妙还有一些距离的时候停下脚步，微微侧头，不知道是不是在看这边。

沈妙静静地看着他。

夜色里，这人披着满身清辉，踏着摇曳的树影，看不清是什么神色，但觉如画中仙妖。他慢慢地伸出手，手指微微屈起，在宫墙门口的柱子上，轻轻地叩了三下。

沈丘和罗凌发现沈妙没跟过来。沈丘走到沈妙面前，问道："妹妹，你在看什么？"

"没什么。"沈妙回过神，道了一声。

"先去马车上等着吧，外头风大。"罗凌温和地道。

沈妙点点头，抬脚往马车那边走，忽而又停住脚步，转头望了一眼长长的走廊。

走廊上月色如水，花枝在地上涂抹出醉人的光影。清风拂过，花枝颤动，空荡荡的走廊哪里有什么人影？

她敛了眸子，转身提着裙角上了马车。

第十七章
故人来访

回去的路上，沈信和罗雪雁都没怎么说话。

今日终究是得罪了明安公主，也就是得罪了秦国太子。沈信和罗雪雁并不惧怕可能出现的难事，只怕明安公主恨上沈妙，在背后使手段。

等回了宅子，沈妙梳洗完毕，天已经有些晚了。她点上油灯，对谷雨几人道："你们下去吧。"

惊蛰和谷雨应着退出房中。

沈妙坐在桌前。小几上棋局纵横，她一手执白子，一手执黑子，认真地对弈。

时间慢慢地流逝，院子外静悄悄的，连鸟雀的叫声和虫鸣都听不到。

沈妙瞧着棋局，轻轻地出了一口气。

两年时间，各方势力轮番上场，而她布好的棋子也走到了该走的位置。

她站起身，走到窗边，推开窗。扑面而来的飒飒秋风，生出凉意。窗前树影摇曳，她看了一会儿，转回身，屋里的油灯燃尽了最后一点儿，烛火晃了晃，灭了。

月光如流水一般淌进屋里，映得屋子一片雪亮，倒比灯火多了几分清凉。

嗒的一声，自桌前传来。棋局前不知何时已经坐了一人，他手执黑子，在棋局上随意落下，抬起头来瞧向沈妙。

紫金长袍在月色下越显华丽，那纹路似乎带着几分熟悉的模样。他分明是极嚣张的姿态，脸却被半块银面具挡着，显得有些深沉。

深夜中不请自来的人，沈妙也未觉惊讶，面不改色地将窗户重新掩上，走到桌前，摸出火折子，点上了另一盏灯。

暖黄色的光晕下，衣香鬓影，显得分外暧昧。沈妙手持灯盏，走到那人对面，坐下来。

"你在等我？"紫衣青年的声音低沉，在夜色中分外好听，因着刻意地压低显出几分喑哑，仿佛情人在耳边低语。他的声音也是带着笑的，似乎十分愉悦。

沈妙盯着他脸上的面具。面具亦是掩盖不了他的好相貌，反而让他更显神秘。传言大凉皇室子女个个貌美，她不曾见过睿王的真实模样，却知单就风华，这人已经足够出挑。

"殿下在柱子上叩击三下，提醒臣女三更前将来拜会，臣女不敢抗命。"她答道。

对面的人勾了勾唇，道："真聪明。"他的态度分明是轻佻甚至有些风流的，却不知为何，总让人又觉得有些距离。

沈妙看着他，道："殿下有什么话要与臣女说？"

紫衣青年随手拿起棋篓里的一颗黑子把玩，扫了一眼棋局，道："棋局倒有趣。小丫头，天下风云都被你归在棋局里，不知道大凉在何处？本王又是哪一颗子？"他竟一语道破这棋局影射的是明齐格局。

沈妙不言。

他的声音慵懒，带着几分漫不经心："本王今日看你在朝贡宴上似乎与明安公主是旧识。你见过明安公主？"

沈妙心中一紧。他发现了什么？查到了什么？还是单单凭借着宴席上的一面之缘，便察觉到了不对？若是后者，那他也太可怕了。

她眉眼未动，袖中的手微微抓紧，面上却浮起一个微笑来。

"不巧，臣女未曾见过明安公主，不过与睿王殿下倒是旧识。"

紫衣青年侧头看她，忽而两手撑在桌上，身体前倾，凑近沈妙，在她耳边低声道："哦？什么时候？"

沈妙看着近在咫尺的人。他的呼吸温柔，金色的扣子却冰冷，唇角是带笑的，眼神却漠然。这是一个不晓得是火还是冰的男人，浑身上下都透出危险的气息。他足够吸引人，却也令沈妙本能地想要避开。

那双漆黑深邃的眸子盯着她，她低下头，避开对方意味深长的眼神，只盯着面前绣着花纹的精致扣子，淡淡地道："别来无恙，谢景行。"

空气在一瞬间静止了。油灯里，火花发出细小的噼里啪啦的声音，一小朵灯花掉了下来，在漆黑的夜里星火一般亮了一瞬，立刻隐匿不见。

沈妙抬起头来看着他。

紫衣青年淡淡地一笑，瞧着沈妙。两人的影子映在地上，显出缠绵的姿态，仿佛是他侧头亲吻沈妙一般。他慢慢地收回手，坐回自己的位子，声音仍是愉悦的："别来无恙，沈妙。"

紫衣青年伸手揭开了脸上的面具。剑眉入鬓，星眸含情，鼻若悬胆，唇若涂脂，仿佛昨日还是唇红齿白的翩翩美少年，两年时间一过，便是真正英挺美貌的男子。他唇角的笑容一如既往带着嘲讽和顽劣，双眼却再无少年的狂妄与嚣张。

那是一种让人心悸的深沉，仿佛漆黑的夜色。他通身的矜贵和优雅在两年后发挥到了极致，如清月一般冷淡凉薄，却又如烈日一般耀眼。

他似笑非笑地瞧着沈妙，语气暧昧地道："两年不见，谁给你的胆子叫我的名字？"他这般说，却终究将"本王"换成了"我"。

沈妙道："如今你不是临安侯府的小侯爷，不喜欢我叫你名字，那么叫你睿王也是可以的。"

谢景行懒洋洋地一笑，道："你非要叫我的名字，我是无所谓。不过忘了告诉你，谢渊是我的真名，景行是我的字，你叫我谢景行，是在叫我的小字，怎么……"他唇角的笑容恶劣且带着轻佻，"你我之间，已经到了唤小字的程度？"

沈妙怒视着他。除了亲人，只有情人和夫妻间才会唤小字。沈妙也没想到，谢景行换了个身份，景行竟然成了他的小字。她这才想起，大凉的永乐帝也姓谢，凉朝的皇室就是谢氏家族，真是碰巧了！

谢景行自顾倒茶喝。时隔两年，沈信都从将军府搬出去开府另过了，他这不请自来的动作还是一如既往。他抿了一口茶，瞥了沈妙一眼，似乎觉得有趣，道："礼尚往来，你想让我叫你什么，娇娇？"

那声娇娇，端的是唇齿留香，沈妙也被喊得浑身发烫。她想，谢景行便不是皇室的身份，做个小倌大约也会活得很好。

"在想什么？"谢景行问道。

"在想你如此美貌，连小倌馆里的头牌亦是比不过，难怪要戴面具遮掩了。"沈妙故意气他。

谢景行噎了一噎，不知想到什么，神情有片刻僵硬。

沈妙见他如此，心中畅快。

还未等她说话，谢景行挑眉，道："这么担忧我，看来倾心我得很？"

沈妙道："睿王可知'自作多情'四个字如何书写？"

"当初抱着我强吻我的时候，你可不是这般无情。"他说。

沈妙不可置信地瞪大眼睛，盯着他，说："你说这话是什么意思？"

谢景行伸手捏了一把她的脸。他的动作太快，沈妙躲闪不及，等反应过来的时候，谢景行已经收回手。他略略思索一下，道："看来你是记不得了，你离京的第一日夜里，我同你道过别的。"

沈妙蒙了，瞧着他不说话。

谢景行叹息一声，道："果然，喝过酒就不认人。你不记得你对我做过什么了？"

"睿王说笑。我与睿王萍水相逢，能做什么？"沈妙按捺住心中的不安，面上一派镇定。

谢景行一笑，不紧不慢地开口道："你似乎很想当皇后，醉了酒后，还要拉着李公公看烟花，还得要太子和公主陪着。"他饶有兴致地看着沈妙，"沈皇后？"

沈妙本来在掩饰地喝茶，现下差点儿将茶水喷出来！多少年没听到这个称呼，沈妙有一瞬间以为自己在做梦，全身都僵硬了。她究竟说了多少？谢景行又到底听了多少？他这么聪明，猜出了几分？

她不安的神色落在谢景行眼底，他的眸色黯了黯。他勾唇笑道："也不用这么害怕，我对女人一向宽容。想知道你对本王做了什么吗？"

"我做了什么？"沈妙镇定地与他对视。

"也没什么。"谢景行懒洋洋地用手支着下巴，说出的话却惊世骇俗，"你不过是抱着我不让我走，压着我又亲了我，哭着喊着要做我的皇后，要我千万不要冷落你罢了。"

"我没有做过那种事。"沈妙道。

"你想抵赖？"谢景行皱眉，"这不厚道，娇娇。"

"我给你银子。"沈妙当机立断地道，"你要多少，我都能补偿。"

谢景行静静地看了她一会儿。不知道为何，沈妙觉得那目光里都是刀子。

半响，谢景行才笑了，咬牙切齿地道："你当我是小倌还是男宠？银子？本王从来不缺银子。"

沈妙沉默。

谢景行深深地吸了口气，道："怎么发现的？"

沈妙不解地道："什么？"

谢景行拿起桌上的面具，道："你是怎么发现我的身份的？两年前我'战死'，无论怎么样，你一见面就猜出我的身份，不太合理。"

"未见到你之前就猜到了。"沈妙道，"猜到你是大凉的人，不过没猜着是皇室中人。后来朝贡宴上见到，我隐约觉得熟悉，斗胆猜一猜罢了。"

谢景行闻言，渐渐凝眉，看向沈妙，道："两年前就猜到？"

"卧龙寺当夜，小侯爷过来喝茶吃点心。"沈妙神情平静地道，"侥幸也让我吃了一点儿。"

谢景行挑眉，道："那又如何？"

"不巧，"沈妙道，"那点心似乎是大凉皇室的厨子做的，味道很可口。"

谢景行微微一怔。

两年前，他在卧龙寺里遇着沈妙陷害沈清和豫亲王，因兴趣索性就和沈妙去了她的屋子，还借着沈妙的茶水吃了点心……还喂了沈妙一块。他在明齐做事，到底养尊处优，大凉朝做糕点的厨子也跟在身边，那包糕点正是出自大凉厨子之手。

谢景行想过许多沈妙猜出他身份的线索，却万万没料到是这个。他目光锐利地看向沈妙，道："你怎么知道这是大凉的厨子做的？"

"侥幸吃过一回。"

她的确吃过一回，明齐的朝贡宴上，会有别国送来贺礼。糕点不过是一些小小的噱头。大凉永乐帝爱吃糕点，皇室的厨子也别出心裁，在糕点里加了水果汁水。曾经，沈妙在朝贡宴上吃了大凉的糕点，觉得很是新奇，还特意为了傅修宜做过几回。

谢景行那夜吃的糕点正是带了果香，那时候还未朝贡，糕点是不可能传过来的，当时沈妙就觉得奇怪。

谢景行道："仅仅如此？"

"侥幸猜中罢了。"沈妙垂眸，道。

仅凭一包糕点，她怎么会笃定谢景行是大凉的人？她真正怀疑，还是从宫中看到的那位高阳太医开始。她当时觉得眼熟，后来想起，自己是见过这位高太医的。曾经，在朝贡宴上，大凉派来的人是一位亲王和一名重臣，那位重臣正是高阳。后来她见谢景行与高阳之间有种不露痕迹的熟稔，加之前的糕点，多少也联想到了一些。

"你的运气一向不错。"谢景行终于不再追问了。

"不过……"沈妙犹豫了一下，忍不住问道，"你如何成了如今的睿王？"难道谢景行是造了一个假身份？

"我本来就是凉朝的睿王,"谢景行道,"现在物归原主。"

沈妙心里一动,道:"谢侯爷不是你的父亲?"

谢景行笑得不屑,道:"他凭什么有资格当我爹?"

沈妙心中越发骇然,突然想到,曾经傅修宜不遗余力地打压谢景行,真的是因为傅家人想要打击谢家功高盖主,还是傅修宜也已经发现谢景行身份不对,想要……斩草除根?

她的神色明明灭灭。谢景行看在眼里,目光深邃,笑得越发温和。他的容貌见长,英俊和艳丽极好地融合在一起,亦正亦邪,好看得很。

他敲了敲桌子,道:"今日来见故人,你长进了不少。"

沈妙回过神,瞧着他,道:"睿王也是风光无限。"从临安侯府的谢小侯爷到如今的睿王,谢景行越发金贵了。

"你很满意?"谢景行挑唇一笑,"与有荣焉?"

沈妙淡声道:"臣女是明齐人,睿王是大凉人,井水不犯河水,怎么会与有荣焉?"

谢景行拿起桌上的面具,重新为自己戴上。银质面具极好地贴合了他的五官,非但没有遮掩他的光芒,反而令他更加惑人。

"你亲我的时候,说的可不是这句话。"他的眼神比外头的秋月更动人,流过沈妙身上,"你不是说,我是你的人吗?"

沈妙抵死不承认,道:"睿王记错了。"

"以后帮你想起来。"谢景行站起身,衣角划过桌面,将那一局棋都打乱了。

他道:"下次再来看你,沈……娇娇。"

沈妙:"……"

谢景行从窗口掠了出去。沈妙瞧着他的背影,心想,明日后,要叫沈丘多安排几个守卫在院子门口才行。

窗户外,沈宅院墙的街道边,有紫衣男子走着。三更时候,街道空无一人,唯有这男子和身后的侍卫在月光下拉长的身影婆娑。月色都掩饰不了他的光芒,银质面具亦是熠熠生辉。

身后的侍卫道:"主子瞧着心情不错。"

主子说是见个故人,进了沈宅后再出来,自始至终都扬着唇,也不知为何这般高兴。

青年扫了侍卫一眼,袖子上的金线影影绰绰,锦衣夜行亦是艳骨英姿。他的眼眸似笑非笑，声音如春风拂过般愉悦动人。

"见着有趣的人，心情自然不错。"

第二日，沈妙起晚了。

用过饭后，她让阿智寻了辆普通的马车，去了沣仙当铺。沣仙当铺还和两年前一样，依旧门庭冷落。

沈妙下了马车，阿智紧跟其后，惊蛰和谷雨也跳了下来。

沈妙径自往典当铺里走去。

正忙着擦桌子的伙计见着四人往这边来，放下手里的帕子，讨好地笑道："小姐可是要典当东西？"

沈妙瞥了他一眼。当铺的小伙计已经换了个人，听闻他们去小春城后，沣仙当铺也关了两年，前不久才重新开张。

她道："我找红菱。"

小伙计一愣，又仔仔细细地打量了沈妙一番，才道："请小姐稍等。"说完，他转身钻进了后堂。

片刻后，有红衣女子前来，瞧见沈妙，目光凝了凝，忽而笑道："许久不见，小姐越发美丽了。"

沈妙微微颔首。红菱道："老规矩，小姐随我来吧，不过……"她一指阿智，娇笑道，"这傻大个儿可不能跟来。"

阿智脸红了，不过还是坚持道："属下跟着小姐。"

"你在这儿等着吧。"沈妙道，"我去见一位朋友，惊蛰和谷雨跟着就行。"

于是，红菱带着沈妙往临江仙的小楼走去。惊蛰和谷雨跟在后面。

沈妙问道："听闻沣仙当铺前不久才重新开张，两年前……"

"两年前掌柜家中有变，回乡去了，前不久才重新回到定京。"红菱笑道。

沈妙心中计较一番，待到了小楼里，如从前一样，红菱将她安置在雅室中，道："红菱这就去唤掌柜的，小姐先在此坐着休息，吃吃茶，稍等片刻。"说着，她便离开了。

沈妙一杯茶还未喝完，外头传来推门的声音。她放下茶杯，见来人着一身翠绿织金雀浣花长袍，头戴金冠，笑眯眯地走了进来。

季羽书推门瞧见沈妙，眼睛一亮，盛赞道："两年未见，沈小姐更添风华，在下都找不着话来夸姑娘了。"

惊蛰和谷雨见状，面露不悦之色。这人活脱脱就是调戏良家少女的登徒子。

沈妙微微一笑，道："季掌柜也比从前更加富裕了。"她的目光在季羽书那花里胡哨的衣裳上一扫。

季羽书在沈妙对面坐下，给自己倒了杯茶，看起来高兴得很："没想到沈小姐还记得我这个老朋友，在下心中感动不已。"

沈妙轻咳一声，道："其实我今日来，是想与季掌柜做生意的。我刚回京城，许多事都不甚清楚，须得仰仗季掌柜。"

季羽书一怔，随即道："做生意？好说。沈姑娘想知道什么，在下自当竭尽全力。至于银子，在下与沈小姐既是朋友，就给沈小姐减个两成吧。"

惊蛰和谷雨听得在背后翻白眼，只减两成？果然无奸不商！

沈妙道："银子好说，不过这次的消息可不怎么好办。"

季羽书道："沈小姐先说来听听。"

"季掌柜毕竟两年未在明齐了。明齐的事，只怕打听起来有些麻烦。"她说。

季羽书得意地开口道："虽然在下两年不在定京城，铺子也关了，可生意还是照做的，否则哪来的银子养家糊口？沈小姐说吧，有什么消息要打听？"

沈妙轻笑道："季掌柜这般说，我就放心了。今日来，我是想要做三笔生意，都是来买消息。第一个……季掌柜可知两年前临安侯府谢家小侯爷战死的消息？"

季羽书一愣，看向沈妙，道："沈小姐打听这个做什么？"

"谢家与我沈家好歹也都是明齐的将门世家，虽然临安侯与我爹政见不合，可俗话说兔死狐悲，谢小侯爷惨死沙场，私心觉得惋惜，想让季掌柜帮我打听谢小侯爷战死一事的蛛丝马迹，包括身后事。"

季羽书喝了一口茶，笑道："这好办。只是谢景行之死，尽人皆知，要想打听出些不一样的东西可不容易，在下也不能保证，毕竟人死灯灭，隔得太久了。"

"季掌柜用心做事就是，实在找不到，我也无妨。"沈妙云淡风轻地开口道，"第二笔生意，季掌柜可知道明齐宫中有位太医，叫高阳？"

季羽书一口茶喷了出来。他手忙脚乱地擦拭身上的水渍，只听沈妙道："季掌柜好似很惊讶？"

"咳！"季羽书道，"我确实有些惊讶，沈小姐怎么会想到找宫中太医？"

"受人所托罢了。"沈妙看向他，"季掌柜听过这个名字？"

季羽书摇了摇头，道："第一次听闻，想来那太医医术不甚高明，否则早已名扬天下了。"他为难地道，"不瞒你说，小姐怎么会和宫里有牵扯？宫里牵扯的势力太广，咱们做生意的不好冒险。"

沈妙看着他没说话。季羽书清咳两声，道："也不是不行，只是要多加银子……"

"季掌柜不必担心银子，"沈妙微笑，"总不会短了季掌柜。"

季羽书干笑了两声，道："不知道沈小姐要买的第三个消息是关于什么的？"

"第三笔生意有些困难。"沈妙瞧着他，"不过我相信季掌柜的本事。"

季羽书勉强笑了笑，道："多谢沈小姐信任，不过……到底是什么能让沈小姐也觉得困难？"

"我想打听一个人。"沈妙放下茶杯，"大凉的睿王殿下。"

季羽书端着茶杯的手微颤，面上一派高深莫测的表情。他道："哦？沈小姐怎么会想到要打听睿王殿下？据在下所知，这位睿王殿下刚来定京不久，莫非沈小姐也爱慕睿王的美貌，所以特地来打听？"

沈妙瞧着季羽书的兴奋模样，突然笑了，说："是啊，我也仰慕他的绝世美貌。"

季羽书蓦地张大嘴巴，结巴道："此……此……此话当真？"

沈妙点了点头。

季羽书像是发现了什么重大的秘密，嘿嘿地笑了两声，道："既然如此，在下一定会替小姐好好打听一番睿王的情况……看他身边有没有别的姑娘。"

沈妙起身，冲季羽书颔首，道："那就多谢季掌柜了。若是查到了什么，烦请人送信到府上，我自然会来沣仙当铺与季掌柜相见。"她从袖子中摸出一锭银子来放到季羽书面前，"这是定金。"

季羽书笑眯眯地道："沈小姐太客气了，你我之间还说什么定金？"他一边说一边将那银子揣进袖中。

沈妙笑道："拿钱办事，天经地义，只是季掌柜须记住一点，"她眉眼温和，说出的话却带着几分凌厉，"做生意讲究货真价实，若是得了无用的情报……"沈妙笑了笑，"坏了季掌柜的招牌，可就糟了。"

季羽书一愣。沈妙已经唤着惊蛰、谷雨推门走了出去。他呆了片刻，听见外头的红菱笑着将沈妙送走，忽然打了个喷嚏。

他揉了揉鼻子，站起身，推门走到隔壁，拉开面前一幅山水画，后面是一扇门。季羽书打开门，刚走进去就被人踹了一脚，险些摔倒。他关上门，怒气冲冲地对着始作俑者大吼："高阳！"

门后坐着的人白衣飘飘，摇着折扇一派温文尔雅的模样，说出的话却不怎么客气:"季羽书,你脑子有病吧?再这么下去,被人当傻子卖了都不知道。"

季羽书怒道:"你聪明?你聪明还不是被人发现了端倪!人家可是说,要找高……太……医!"

"闭嘴!"角落里的人终于开口,谢景行扫了季羽书一眼,"聒噪。"

季羽书委屈了,道:"三哥,我什么都不知道。我和你一块儿离京的,刚回来就被人发现不对劲,这分明是高阳的错。"季羽书看着高阳,道:"说!你是不是哪里出了问题,才会被沈小姐看出来?"

这间雅室毗邻方才的雅室,季羽书和沈妙的对话这头听得一清二楚。

"季羽书,你傻了吗?"高阳道,"沈妙也是几日前才到的定京,除非她有千里眼,不然我在宫里做什么,她怎么知道?"

季羽书转头看向谢景行,道:"三哥,现在怎么办?要给她找吗?还是随意编个消息骗骗她?"

"沈妙既然打听这三个消息,想必有所了解。沈妙究竟是什么意思?咱们现在真是连沈家的立场都看不清了。还有那个裴琅,现在成了傅修宜的心腹。"高阳絮絮叨叨地说了一通,发现谢景行根本没有听他的话,就出声提醒道,"这回要怎么应付?"

谢景行回神,想了想,道:"不用应付了。"

"为什么?"季羽书问道。

谢景行淡淡一笑,道:"因为她聪明。"

"你的意思是……"高阳眉头一皱。

"她发现了不对劲,才过来试探。"谢景行勾唇笑道,"那些话不是说给你听,是说给我听。"

"那句绝世美貌?"季羽书的重点永远都在别的上面。

谢景行目光凉凉地扫了他一眼,道:"也是说给我听的。"

马车上,谷雨轻声道:"姑娘,那位季掌柜是不是说错了什么话?姑娘看起来有些生气呢!"

沈妙淡淡地答道:"没什么。"

她笼在袖中的手指微微握紧,心中生出憋闷来。沣仙当铺在她走后不久就关门,又在她回京前不久重新开张,世上哪有那么巧的事情?沈妙仔细地想了想,沣仙当铺关门时,除了沈信去了小春城,还发生了一件大事,就是谢景行请帅出兵。至于沣仙当铺重新开张……除了她回京，不正好还是明齐朝贡，秦太子和睿王到定京的时候？

沈家和沣仙当铺没半点儿渊源，自然不会和沈家有什么干系。皇甫灏两年前可没在京城，算来算去，沣仙当铺关门和开张都和谢景行有不可磨灭的关系。今日，她来沣仙当铺，就是为了试探。

试探的结果果然不出她所料，季羽书和谢景行只怕是旧识，高阳亦是一样。她联系前前后后，季羽书和高阳可能都是大凉人，二人隐藏了身份混在定京城中。可恶的是，当初与季羽书做生意，豫亲王府的事，她和盘托出，只怕早已被谢景行知道得一清二楚。

沈妙心中憋闷。惊蛰见状，以为她是嫌热，掀开帘子想让她透透气。沈妙随意一瞥，不想却见那街道的人群中有一张熟悉的脸。她心中一惊，再定睛看去，人群中却再没了方才的脸。

"姑娘？"惊蛰疑惑地道。

沈妙放下帘子，道："没什么，继续走吧。"只是她的眉头锁得紧紧的，脸色比方才还要沉肃。

沈信夫妇大张旗鼓地回京，沈妙还在明齐的朝贡宴上大出风头，众人议论纷纷的同时，也将目光投向了原来的威武大将军府。

荣景堂内。

"老三家的近来越发过分了。"沈老夫人喝了一口参茶，脸皮几乎都要皱在一起，"昨日让她去找裁缝给我做件毛披风，也是推推拉拉。这家当的，银子全落她自己口袋里了。"

身后的丫鬟小心翼翼地给沈老夫人揉着肩。自从一年前沈元柏得了天花夭折后，沈老夫人的脾气越发喜怒无常了。

沈家二房中，原先沈贵有两个儿子，沈垣死在刽子手刀下，原本还有沈元柏可以倚仗，沈元柏一死，沈贵整个人都疯了，任婉云更是拿腰带悬了梁，吊死在院子里。任婉云死后，沈贵开始疯狂地抬女人进屋，可一年半载都没动静，后来沈老夫人寻了大夫来看，大夫说，沈贵服了绝子药，这辈子都不可能再有子嗣了。

沈老夫人听完就晕了过去，沈贵也傻了。他们查来查去，查到了死去的任婉云身上，可任婉云已经死了，于是沈冬菱倒成了二房唯一的子嗣。

沈贵自从知道自己绝后后，整日花天酒地。沈老夫人只得将目光转向三房。

沈万倒没有被灌绝子药，奈何陈若秋把沈万的心困得死死的。沈老夫人早年间塞给沈万的两个通房，到如今也不过是个摆设。

沈老夫人道："她不仅管家管得一塌糊涂，还善妒！不想着为夫君开枝散叶，只晓得用些狐媚手段，如今三房没有嫡子，也不知道在打什么主意！"

张妈妈笑道："老夫人何必生气？等过几日新买的姑娘到了，老夫人送两位去三爷跟前，三爷自然就会晓得其中的好了。"

秋水苑中，陈若秋按了按额头。

诗情道："夫人，奴婢去荣景堂打听过了，老夫人果真为三老爷寻了几个扬州瘦马，过几日就送到府里来了。夫人，老夫人这是在打您的脸呢！"

陈若秋闭了闭眼，猛地将桌上的书本一下子全拂到地上，噼里啪啦一阵响动，惊得屋里的丫鬟大气也不敢出一声。

她冷声道："这老不死的，买瘦马给儿子，真是不知廉耻到了极致！"

画意道："夫人就是太好性儿了。这样下去，老夫人迟早是会给老爷房里塞人的。"

陈若秋转眼看向诗情和画意两个丫鬟，如今她们年华正好，这样姣美……她勾起唇，道："老夫人真是老糊涂了，真要给咱们院子里塞女人，何必去外头寻？什么来历都不清楚！倒不如……从身边寻干净乖巧的，用着还放心，伺候着也舒心。"

两个丫鬟吓了一跳，连忙跪下身去，道："奴婢们不敢！奴婢只想一心一意伺候夫人。"

陈若秋低头看了她们一会儿。两个丫鬟吓得腿都有些发抖，她才道："起来吧，你们既然不愿，我断没有强人所难的道理。"

"多谢夫人。"两个丫鬟颤巍巍地起身，心中不约而同地舒了一口气。

陈若秋叹了口气，道："怪只怪我没本事，不能替老爷生个儿子。"

诗情、画意不敢随意搭腔。陈若秋喃喃地道："如今沈府败落成这般，小辈里竟然连个儿子都没有。二房眼下也死绝了……我倒是羡慕罗雪雁，下有儿女，上无公婆。沈信待她视若珠宝，连个通房也没有。"

正在这时，外头突然有婆子进来，道："夫人，府门外有人找老夫人，被夫人的小厮拦住了……说是来投靠沈家的。"

陈若秋一听就皱眉，想着荆家已经没有了，竟还有这些莫名其妙的人，当即冷了脸色，道："给两锭银子送走吧。这府里再养不得闲人，别什么阿猫阿狗都放进来。"

"不是啊！"小厮挠了挠头，"夫人，那人瞧着不像是来打秋风的，说是老将军故人的女儿，家中生了些变故，走投无路之下才来寻求帮忙的。"

沈老将军？陈若秋想了一阵，站起身，道："将她迎到偏房，我去见见。"

沈妙从沣仙当铺回府后，当晚大家在一块儿吃晚饭。

沈妙显得有些怅怅的，罗凌注意到，就问道："表妹，出什么事了吗？"

沈丘停下筷子，道："妹妹，你怎么了？"

沈妙见桌边的众人都盯着她，就笑道："没什么，只是刚从小春城回京，觉得有些不习惯而已。"

沈丘笑道："妹妹要是不习惯，过几日我得了空，带妹妹从城东逛到城西，从城南逛到城北，多走几次就习惯了。"

"丘表哥也带上我！"罗潭急忙表态，"我也能保护小表妹。"

"胡闹。"罗雪雁道，"定京这么大，若是出了事怎么办？"

沈信呵呵一笑，道："没事。臭小子，你要是带你妹妹们出去玩，就把你老子的兵也带着一队，谁敢生事，往死里揍，别怕！"

罗雪雁气得拿手拧他。

众人用过饭，在堂里一块儿说了一会子话，就要各自回屋了。

沈妙走到自己的院子门口，正要进去，却被罗凌喊住了："表妹且慢。"

沈妙转头，看着他，道："凌表哥有什么事？"

罗凌踌躇了一下，从袖子中摸出一方折成四四方方的东西，温声道："今日同表哥出门，外头在卖这个，我见买的人挺多，就买了一方。听闻表妹夜里多梦，这东西浸过香料，有凝神的作用，表妹不嫌弃的话，就请收下吧。"

沈妙微微一愣，抬眼看向面前的年轻人。罗凌比不过沈丘勇武，不如谢景行英俊，但身上那种发自内心的温雅，却让人打心底里觉得熨帖。

夜色里，她似乎能瞧见罗凌微微泛红的脸。他有些不自在地道："表妹要是不喜欢……"

沈妙将罗凌手里的东西接过去，笑道："表哥一片心意，我怎么舍得拒绝？谢谢表哥。"

罗凌微笑道："你喜欢就好。"

沈妙后退一步，笑道："若没什么事，我就先回屋了。"

罗凌眼中闪过一丝失望，但极快地掩过去，道："不打扰表妹。"说完，他转身离开。

沈妙看着罗凌离开的背影，转身回了自己的屋子。服侍她梳洗完毕，惊蛰和谷雨都退了出去。沈妙坐在桌前，将方才罗凌给的东西摊开。那是一方帕子，巧的是竟是双面绣，上头绣着一只白鹤，乍一闻的确让人心神舒缓。

沈妙端详了许久，觉得有些乏了，脱下外袍，只穿了中衣，走到榻边坐下，正想上榻休息，只听轻笑声响起："且慢。"

沈妙的手一顿，她再回头时，这回真是遮都遮不住那熊熊怒火。她看着窗外不请自来的某人，一字一顿地道："谢景行。"

那人进了屋，反手关了窗，悠然自得得像在自家后院。这回他倒没戴面具，一张英俊的脸露在灯火之下，勾人得要命，可沈妙只想将他拖出去砍了。

"普天之下，现在只有你能叫我的小字。"谢景行随手扯过一张椅子坐下，笑得云淡风轻，"世上只你一人的殊荣。"

沈妙冷眼瞧他，道："睿王每日闲得很，从衍庆巷到这里也是熟门熟路。"

"简单。"谢景行支着下巴，"衍庆巷到这里的宅子我都买了下来，现在你住的宅子隔壁，也是我的院子。敦亲睦邻，所以本王来拜会。"

沈妙倒抽一口凉气。衍庆巷离沈宅虽然也近，可到底还有一些路程。谢景行把衍庆巷到沈宅之间所有的宅子都买了下来……岂不是这城南大半个地方都是他自家的院子？他是把大凉朝的国库都带在身上了吗？他这么挥金如土，大凉的永乐帝知道吗？

待看到谢景行面上的笑容时，沈妙又气不打一处来。谢景行好不要脸，说什么敦亲睦邻，哪有人拜会邻居挑在这半夜三更的？

"你看起来不大高兴。"谢景行饶有兴致地看着她，"有什么难处，可以告诉哥哥我。以睿王的身份，我还是帮得上忙的，看在旧相识的面子上。"

沈妙白了他一眼，忽然想到今日在沣仙当铺与季羽书说的话，便故意问道："谢景行，临安侯府的方氏，你怎么看？"

临安侯府的方氏，谢长武和谢长朝的生母，当初玉清公主的死与方氏多多少少有些关系。

谢景行似笑非笑地看着她，道："想套我的话？"

"你肯说吗？"

"告诉你也无妨。"谢景行懒洋洋地道，"在我眼里，蝼蚁不如。"

沈妙问道："你为什么不杀了她报仇呢？"

谢景行眯了眯眼，盯着沈妙看了一会儿，突然笑起来，道："沈妙，你在担心沈信变成第二个谢鼎？"

沈妙垂眸，道："不错。"她顿了顿，道，"若是我处于你的位置，我会想尽一切办法复仇，杀了方氏，再杀了她的两个儿子，这才算是报仇，才算不白活了一遭。"

她说得狠辣，谢景行闻言，倒也没有惊讶。他只是笑了一声，道："我不杀方氏，只是怕麻烦。谢鼎和玉清公主与我没有半分关系，我为什么要复仇？"

沈妙一愣。谢鼎和谢景行不是父子，沈妙之前听谢景行说过了，可怎么连玉清公主也和谢景行没半分关系？谢景行身上流着的血不是谢鼎和玉清公主的，那他怎么成了谢家的嫡子？

沈妙心中一动，问谢景行："那玉清公主的儿子……"

"死了。"谢景行淡声道，"出生不久就夭折了。"

出生不久就死了，可在那之后定京城内并未听到半点儿风声，想来谢景行在那时候就被塞了过去，偷龙转凤竟无人发现。

"谢鼎的儿子就算没有夭折，也活不了多久。"谢景行无所谓地道，"因为是我，方氏才不敢下手，因为……"他笑得邪气，"那些被派来的人，都会莫名其妙地消失。"

她原先不明白的地方，此刻豁然开朗，倒是忘记之前的那些糟心事了。

谢景行低头瞧了她一眼，道："你也不必担心，沈信和谢鼎不同。"

沈妙道："我和你也不同。"

谢景行微怔，只听沈妙道："你是不屑，也没有必要。我却不同，如果有人像方氏一样动我的家，我就会不惜一切代价让他自食恶果。倘若有像方氏那样居心不良的人企图破坏，我就将他里里外外撕得粉碎。"

说到最后，她低下头去，眸中似有情绪汹涌，却觉得头上一沉，谢景行一只手按在她的脑袋上。

他道："有那种人，告诉我就是了。敦亲睦邻，我替你杀了他，不留后患。"

沈妙甩开他的手。谢景行含笑看着她。他的神情散漫，说的话带着玩笑，似乎只是随口一说，一双眼睛却仿佛是认真的。

沈妙道："杀人这种事，我自己也行。"

"不到最后一刻，自己出手可不是什么好棋。"谢景行道，"你实在过意不去，送我个东西算作酬劳也行。"

沈妙讽刺地道："睿王殿下金尊玉贵，我可付不起相请的银子。"

谢景行一笑，道："让你两成。"

他站起身，踱步到桌前，方才被沈妙摊开的罗凌送的手帕正躺在那里。谢景行随手拿起，放到鼻尖一嗅，挑眉道："香气虽劣，本王家养的狗最近睡不好，凑合着用也不错。"不等沈妙说话，谢景行就将帕子收入袖中，"这个算酬劳。"

朝贡宴后，定京城依旧热闹。

沈府里，秋水苑洒扫的下人们在谈论新的话头。

"府上新来的那位姑娘到底是什么来头，值得三夫人这般好声好气地对待？"

有个婆子低声道："听说这位姑娘的爹从前同老将军特别好，当初还替老将军挡过一刀，差点儿就没命了……"

年轻的小丫鬟忙捂住嘴，惊讶地道："难怪，对老将军有恩，就是对沈家有恩，难怪府里要将她奉为座上宾。"

"说是来投奔的，大约家中生了什么变故，瞧三夫人的模样，是要好好照顾这位姑娘。"

"说什么照顾，如今府里自己人的日子都过得捉襟见肘，还要来个吃白食的，还是趁早打发她走了才好。"

此话一出，周围倒是静默一片。自从沈信一支分了出去后，沈府里银子紧了许多，就连下人们的月银都缩减了不少。

秋水苑中，陈若秋将面前的茶盏推给对面的女人，笑道："新出的茶叶，翠儿尖，青姑娘尝尝。"

坐在她对面的女子，身着翠绿色的弹锦长裙，二十出头，衣裳发饰十分简单，很是婉约温柔，一眼看去，有一种浓浓的书卷味。

女子端起茶盏，抿了一口茶水，微笑道："茶水极淡却香醇，叶散而气浓，夫人泡茶也是个中翘楚。"

"青姑娘也懂茶道？"陈若秋笑得更深，"像你这样的年轻姑娘，极少有懂茶道的。"

女子一笑，道："夫人也别取笑我了。我如今二十有六，哪里算得上年轻姑娘？"

"二十有六？"陈若秋惊呼一声，"看着青姑娘的模样，我倒以为是十八九岁。"

面前的翠衣女子便是昨日上门来打秋风的人，叫常在青，父亲常虎曾是沈老将军的属下，当初在战场上为沈老将军挡了一刀，伤了身子。沈老将军心中有愧，便一直私下里拿银子救济他一家。当时常在青年纪还小，沈信已经到了快要成家的年纪，沈老将军甚至还开玩笑地说，要常在青当自己的儿媳妇。只是没等看到沈信娶妻，沈老将军就去世了。在这之后，常家和沈家就再没了往来。不想这个时候常家找上门来。

常在青眼底闪过一抹忧色，道："这次冒昧打扰，在青心中实在过意不去……"她看向陈若秋，"在青自知要求唐突，夫人若是觉得不便，在青这就离开，绝不会给沈家添麻烦。"

陈若秋亲切地拉起她的手，道："青姑娘这是说的什么话？你爹既然救了我公公一命，常家就是咱们沈家的恩人，你有难处，我们不能袖手旁观。"她拍了拍常在青的手，"青姑娘只管在沈家住下，明日我带你去见老太太。"

常在青一家住在柳州，她会突然来沈府，的确是遇上了一出麻烦。常虎去世后，常夫人也缠绵病榻，前些日子终于重病不治。葬了常夫人后，柳州的官家公子想抢常在青回府做妾，常在青伶仃一人被逼得走投无路，差点儿悬梁自尽，被自家奶妈救了回来。奶妈告诉常在青，或许常虎的故人沈老将军能救她一次。

常在青小时候见过沈老将军，依稀记得是个十分豪爽的军人，于是凑齐车马费来到了定京，遇着了陈若秋。陈若秋打听出前因后果后，就将常在青安置下来。

陈若秋看向常在青，道："定京城不比柳州，不晓得饭菜合不合姑娘的口味，西院可住得习惯？"

"夫人客气了。"常在青笑着答道，"夫人照顾得周到，西院也十分宽敞。不过……"她有些疑惑地道，"西院那样大的院子，平日里竟是空着吗？"

陈若秋笑道："不瞒你说，咱们府里其实有三房人的。威武大将军便是咱们沈家的大房，只是两年前府里生出误会，大房搬出去住了。我与老爷想解释，可大哥大嫂一家去了小春城，前不久才刚回来。"

常在青一愣，道："依夫人这般说，那西院……"

"西院原先就是大哥一家住的地方。"陈若秋道。

常在青恍然大悟，见陈若秋有些伤感，便劝道："夫人不必太过介怀，既然是误会，总会解开。"

陈若秋笑道："沈府里若个个都是你这般通透的人就好了。你什么都懂，日后若是无事，还请多教教玥儿。"

"夫人言重了。"常在青跟着笑道，"玥儿知书达理，冰雪聪明，我在柳州并未见过这般聪慧的姑娘。"

这话说得陈若秋心中熨帖极了，她同常在青越发热络，直到接近响午的时候才让常在青回去。

待常在青走后，诗情一边擦桌子一边小心翼翼地问道："夫人果真要留着那位青姑娘？如今府里开支大，老太太知道了怕会不高兴。"

"那个眼皮子浅的老妇知道什么？"陈若秋面露不屑，"成事不足，败事有余，她哪里看得到以后的事？"

"夫人是觉得这位青姑娘还有什么用处？"

"她不似普通女人眼皮子浅，姿色不错又面相温和，难得脾性温雅，这般聪慧，放在宅子里也是数一数二的角色。若没有野心便罢了，一旦有了野心，不出五年，这女人必定有所作为。"陈若秋一笑。

"可这般厉害的人能做什么？"画意不解，"莫非夫人想结个善缘？等青姑娘飞黄腾达攀上高枝了，再回报夫人？"

陈若秋闻言倒笑了，道："这般聪慧的人，怎会甘心屈于人下？真的攀上高枝了，也就瞧不上别人了。"

"那夫人……"

"出色的人，我可舍不得送给别人。"陈若秋瞧着窗外，"肥水不流外人田，这样厉害的女人，不晓得那一位……能撑住几回？"

另一头，常在青回到了西院。

赵嬷嬷见她回来，忙迎上来，担忧地道："小姐，今日和沈三夫人说得如何？"

常在青揉了揉额头，在屋中的软榻边坐了下来，道："沈三夫人很热情，也同意我们住下一阵子，那些人来了定京，也是不敢招惹沈家的。"

赵嬷嬷才拍着胸口松了一口气，道："阿弥陀佛，原先还替小姐担心，怕沈家不肯帮忙，如今看来，倒可以放下心来了。"

"嬷嬷多心了。"常在青冷笑一声，"就算沈老将军照拂常家，也是因为爹当年替他挡了一刀。世上不会有平白无故的好意，沈三夫人这般热情，不过是瞧着我还能利用罢了。"

赵嬷嬷一惊，道："姑娘的意思是，沈三夫人不是好人？"

"嬷嬷放心，"常在青宽慰她，"沈三夫人对我有所求，我何尝对她无所需？虽然我不知道她到底打的是什么主意，不过……总会寻出办法。"

"可是……"赵嬷嬷还是有些不安。

"放心吧，嬷嬷。"常在青笑道，"到了今日，眼看着有生路可走，我又有什么好怕的？沈家既是个跳板，我自然也要好好利用。沈三夫人想用我，我却也在用她。"

赵嬷嬷看着常在青，终于还是跟着点了点头。

衍庆巷最里面的一处府邸，有士兵把守。虽说是宅子，却华丽得像座小些的宫殿。

衍庆巷里好几处府邸，秦国太子住在靠近外头的府邸，最里面的这一处却是被睿王占了。

大凉的睿王也嚣张得很，第一天住进这里，就让人将门口的匾牌摘了，换了一块金灿灿的牌子挂上去，上书"睿王府"，让人觉得又好气又好笑。

此刻，睿王府院子中，一个雪白的东西正在地上扑腾。

"这东西太凶了，这么点儿大就如此凶悍，主子怎么会想留着？"黄衣女子蹲在地上，拿着根木棒逗面前的雪白毛球。靠近了看，那东西全身毛茸茸的，像个布偶，一双眼睛很是清澈，颇有几分机灵，此刻正用爪子挠面前女子的手。居然是一只幼虎，浑身毛皮是罕见的淡色，远远瞧去，竟如雪白色一样。

那女子逗弄着，突然倒抽一口冷气，甩下手里的木棒，怒道："这家伙竟还咬人，看我不撕了你！"

"还是算了吧。"另一个女声响起，淡红衣裙的女人瞧着地上的一团，"这可是主子亲自抱回来养的。夜莺，只怕你还未动它，就先被主子撕了。"

叫夜莺的女子站起身来，道："火珑，主子是疯了吧？好端端的，养什么老虎？以后主子要是带头大老虎回去，陛下知道了又要头疼。"

"你们两个在这儿说什么？"一声厉喝响起，二女回头一看，中年汉子大步而来。他走到笼子旁边，端起笼子上头的碗看了看，不悦地道："让你们喂食，就知道偷懒！"

"铁衣！"夜莺怒道，"我们是墨羽军的人，又不是奶妈，哪有让人成天什么事不干，就知道逗老虎的？"

"主子交代的事情就好好干，问那么多做什么？"铁衣蹲下来，拿着碗给地上的白虎喂食。

老虎吃了半碗，便不肯再吃了。铁衣收起碗，转头瞧见火珑和夜莺对着他身后行礼，道："主子。"

谢景行挥了挥手，自屋里走出来。跟在他身后的两人，正是季羽书和高阳。

季羽书瞧见白虎，眼珠子一瞪，道："这是啥？狗？"

531

铁衣的身子一颤。

高阳道:"分明就是狍子。"

铁衣道:"季少爷、高公子,它是……老虎。"

"老虎?"季羽书看向谢景行。

夜莺脆声道:"季少爷,主子来定京城的路上,遇见猎人重金卖这幼虎的皮,咱们主子就将它救了下来。"

高阳斜眼看谢景行,道:"你什么时候这般好心了?"

谢景行没搭理他二人。他穿着暗紫色镶金花藤纹窄袖锦袍,依旧是华丽无比的装束。然而,再华丽的衣裳都比不过他的模样出色。他慢悠悠地踱到白色幼虎身边。幼虎瞧见面前突然出现个人,立刻张着爪子上前一扑,开咬!却被人捏着后颈上的毛皮提了起来。

谢景行将白色幼虎提在半空中,看了一会儿,拨开白色幼虎的双腿,瞧了一眼,笑了,道:"是只雌虎。"

众人:"……"是雌虎又怎样?难不成谢景行还打算将它带回大凉当睿王妃吗?

幼虎叫了一声。谢景行将它放在胸口,摸白虎的胡须逗它。

夜莺一惊,叫道:"主子不可!它会咬人的!"

她的话音未落,白虎就一口咬上了谢景行的手指。

谢景行平静地与那白虎对视。白虎看了一阵子,似乎有些心虚,松口转头看向别处。谢景行的手指上顿时留下一个浅浅的牙印。

"眼睛像,脾气也像,爱咬人的习惯也一样。"谢景行低头瞧着怀中的白虎,倒没有生气。

白虎打了个哈欠,趴在谢景行的胸口养神。

日头懒洋洋地洒下金色的光芒,紫衣男子的容貌艳丽又英俊。他垂眸看了下怀中的白虎,长长的睫毛微卷,却掩不了他温柔宠溺的目光。

那白虎的毛皮漂亮至极,它乖巧地趴在他怀中,一人一虎如画般好看。

谢景行挑了挑眉,道:"还缺个名字,这样像的话,以后就叫你娇娇吧。"

季羽书一拍巴掌,道:"这是什么鬼名字?三哥,你要给这母老虎取个这样娇贵的名字?太奇怪了!"他抗议道,"换个名字,叫虎霸、铁锤、彪哥都挺好的呀!"

高阳拿扇子遮了眼。

谢景行不紧不慢地给幼虎的下巴挠痒痒,淡声道:"闭嘴,这是我的'娇娇'。"

· 532 ·

第十八章
秦国兄妹

沈妙在第二日接到了一封帖子，是明安公主下的，邀她去衍庆巷府中一聚。

惊蛰担忧地道："这是假的吧？怎么会是明安公主的帖子？"

谷雨摇了摇头，道："明安公主之前在朝贡宴上出了丑，只怕想寻机报复，姑娘还是推了为好。"

惊蛰也连连点头，道："对对对，不如咱们将此事告知老爷、夫人，让老爷、夫人决断。"

沈妙凝眸，想了一会儿，摇头道："此事你们不要告诉别人。以爹娘的性子，他们势必会用强硬手段。我与明安公主之间的争斗还好说，一旦牵扯到爹娘，就会牵扯到朝事。"

"不告诉老爷、夫人？"惊蛰问道，"莫非姑娘要接这封帖子？"

"无碍。"沈妙道，"明安公主既然给我下了帖子，若我真的出了事，她自然不可能没有嫌疑。秦太子知道了，也会阻拦。她不敢对我做些什么，无非是小手段罢了。"

"可是……"谷雨还是很担忧。

"不用可是了，就这么办吧。"沈妙顿了顿，又道，"我会让莫擎跟上的。帖子在府里，万一出了什么事，就让白露和霜降拿帖子去找我大哥。"

惊蛰和谷雨无奈地答应了。

天色渐渐暗了下来，定京城沈府中，西院里点着小小的灯，陈若秋和常在青正在说话。

陈若秋笑着道："帕子上绣着诗文真好看。青姑娘的诗，学士府的姑姑们也比不上。"

常在青抿嘴一笑，道："夫人过奖了。在青在这里帮不上什么忙，整日白吃白住心中又过意不去，只好绣些手帕，还望夫人不要嫌弃。"

"不嫌弃。"陈若秋将帕子折起来，收进袖中，道，"我得藏起来，否则玥儿瞧见了，又得从我这里顺走。这帕子精巧，我可舍不得给她。"

常在青笑道："若是二小姐喜欢，我再为她绣一条就是了。"

"那敢情好。"陈若秋也笑了笑，"说起来，我之前与青姑娘说的那些话，青姑娘考虑得如何？"

陈若秋之前与常在青闲聊时，说起过沈信的事。陈若秋提议，常在青既然是沈老将军的老部下之女，常虎又是沈老将军的救命恩人，自然而然沈信不会排斥。于情于理，常在青都该前去拜访一下。

闻言，常在青犹疑了一下，笑着摇了摇头，道："我如今打扰夫人，已经很过意不去了，怎敢再去打扰沈将军？况且在青这次上定京城，是为了躲避那官家公子，等事情一过，在青就会离开。"

"青姑娘什么都好，就是太客气了。"陈若秋佯怒，"你与我们是一家人，说什么叨扰不叨扰？青姑娘小时候，大哥也是见过你的，你就是大哥的妹妹，大哥怎么会觉得为难？你若真的在定京城不去见大哥，大哥回头知道了，怕还会生气。"

常在青不语。陈若秋拍了拍她的手，道："再者，你既要躲避柳州那家人，大哥那里却更方便些。他们府上兵丁众多，护卫把守也严实，那才是真正能庇佑你的地方。"

一听陈若秋提到柳州的那家人，常在青变了变脸色。

陈若秋瞧见常在青有些动摇的神色，笑道："这样吧，青姑娘若觉得不错，回头我让人替青姑娘写封帖子送过去，不提咱们沈府，用青姑娘你的名义，这样也不会惹人误会。青姑娘先去大哥那里拜访一次，瞧瞧大哥是什么态度，觉得不妥，回头不去了就是。"

常在青想了许久，终于点了点头，对着陈若秋感激地一笑，道："多谢三夫人。"

"瞧你越来越客气了。"陈若秋笑着起身，"天色晚了，我也不打扰你休息。明日我写好帖子让人送过去，青姑娘这般聪慧人儿，大哥大嫂见了，只会高兴多了你这么一个妹妹呢！"

常在青笑着称不敢。

等送走了陈若秋，赵嬷嬷过来收拾桌子，问道："小姐，好端端的，沈三夫人怎么会提起沈将军的事儿？莫非想赶小姐出府了？"

常在青哂笑一声，道："原先我还不明白沈三夫人到底想要我做什么，如今却明白了。"

赵嬷嬷一惊，道："沈三夫人想要小姐做什么？"

常在青在桌前坐下来，神情变化莫测。陈若秋暗示她，她若能进沈府，便一辈子也不用担心柳州的那些人找上门来。她道："沈三夫人既然这般看重我，我也应当去瞧瞧是怎么回事。"

赵嬷嬷愣了一下，道："明知道沈三夫人打的坏主意，小姐也要去吗？"

"用好了便不是坏主意。"常在青摆了摆手，"住在沈府不是长久之计，我也要为自己的未来打算打算。"

"若是……"

"若是觉得还不错，"常在青淡淡地笑道，"沈三夫人也算是称了我的心意。"

夜色蔓延至定京城城内，家家户户都点起灯，显出灯火通明的繁盛景象。

然而，除了宫殿，最繁华的路段大抵还是城南，酒楼各处轻歌曼舞，吃酒的声音、女子男子嬉笑的声音、丝竹箜篌的声音胡乱地交织在一起，听着格外动人。

睿王府上，连灯笼都是用金线绣着边的，一旦夜里亮起来，闪闪的，夺人眼球。有路过的人垂涎，想要去偷一盏拆了上头的金线，待瞧见那门口生得凶狠面恶的侍卫时，又只得按下心中的贼胆，灰溜溜地离开。

大凉睿王府邸上的东西，谁敢偷？

府里静悄悄的，好似一个人都没有。尽头的地方，是一处巨大的院子，院子里有一座修缮得十分精美的凉亭。凉亭毗邻清澈的池塘，池塘的水呈现出一汪翠色。月色撩人，若是到了夏季，这里应当有曲院风荷的别样意趣，可惜天气渐近初冬，人在凉亭里坐着，只能觉出飒飒凉意。

此刻，那凉亭里正坐着一人，宽大的流金紫袍几乎要将凉亭的长椅盖满。那是一个生得十分英俊的青年，说是英俊，在月色温柔的光华下，平日里的英武渐渐显得柔和，艳丽的五官都显得温和起来。他低着头，逗着怀中的幼虎。

幼虎被他强行按在胸口，非常不舒服地扭动着头，试图转过身子来咬那只挠着脑袋的手，可惜也不知是脖子太短还是按着它的动作太狠，几次都无功而返。不过这幼虎也没有气馁，乐此不疲地继续去叼紫袍青年的袖子。

谢景行从幼虎嘴里抽出自己的袖子，盯着那被幼虎的口水糊得湿了大半的地方看了半晌，在幼虎脑袋上弹了一下。幼虎嗷呜一声，终于成功地扭过身子，爪子扒着谢景行的手指玩儿。

远处的草丛里，两个脑袋倏尔冒了出来。夜莺傻傻地盯着凉亭里的一人一虎，眼神亦是不可置信。要知道谢景行有严重的洁癖，平日里也不爱什么动物，就是亲近的人也不好动他的东西，如今被个畜生糊了一袖子口水，他竟然也这般平静。

她道："主子最近是不是疯了？整日抱着老虎，用饭也抱着，睡觉也抱着，听说今儿个洗澡也抱着，他不会是真想把这老虎带回大凉当睿王妃吧？"

见身边的人没动静，夜莺转头，道："火珑，你也说两句呀。"

火珑双手捧着脸，看着亭子里的人，道："主子对那老虎崽子可真好。你瞧他看老虎的眼神多温柔。主子这般风华绝代，若是我，宁愿变只老虎，就能和主子一起睡觉洗澡啦！"火珑说起这些事来的时候，面上是一副坦然的神情，没有半分羞臊，最后还叹了口气，摇了摇头，"可惜，人不如虎。"

"我看你是魔怔了。"夜莺鄙夷地道。

凉亭里，谢景行将幼虎的头揉得快要按在胸口处了。幼虎死命地挣扎，挣扎的时候，不小心扑到了谢景行的脖子上，顺势在谢景行脸上舔了一口。

"还偷亲我？"谢景行低笑一声，双手卡着幼虎的脖子将它提起来，恶趣味地瞧着幼虎在半空中挣扎，挑眉道，"人和虎一个德行。"

幼虎张牙舞爪地看着他。谢景行在它的脑袋上亲了一下，道："乖。"

草丛里，夜莺往前一趴，道："主子疯了。"

"我要去杀了那只老虎。"火珑杀气腾腾地道。

正在这时，凉亭中突然出现了铁衣的身影。

谢景行将幼虎重新放入怀中，问道："何事？"

"回主子，今日明安公主给沈五小姐下了封帖子。"

"哦?"谢景行挠着幼虎的手指微微一顿。

"明安公主请沈五小姐去府上一叙,沈五小姐接了帖子,就在两日后。"铁衣躬身答道。

"知道了。"谢景行摆了摆手。

铁衣瞧了一眼谢景行怀中的幼虎,嘴角抽搐了一下,转身退下。

"胆子倒很大。"谢景行将手指放在幼虎嘴里。幼虎和谢景行在一同吃饭、洗澡、睡觉也生出了些熟稔,叼着他的手指,没有真的咬,只是扒着玩儿。

"去不去?"谢景行问道。

白色幼虎"嗷呜"一声,双眼亮晶晶地看着他。

"想?"谢景行挑眉,"听你的。"

转眼便到了两日后。

这一日早上,沈妙起了个大早,梳洗好用过饭后,便寻了个由头出了门。罗潭很好打发,沈信他们平日里在兵部,傍晚才回来。

等她到了秦太子府上,外头守卫的人见到沈妙手里的帖子,让沈妙先在外头等候,拿了帖子禀明主子,便一去不复返。

过了许久,惊蛰忍不住了,道:"都快半个时辰了,这些人还未禀明?分明就是那秦国公主在故意为难姑娘。"

谷雨也道:"既然她是主动相邀,将人冷落在府门外是怎么回事?"

莫擎道:"小姐,不如回去吧?"

沈妙摇头,道:"咱们既然都来了,就候着吧,总归是要把面子做足,不能将理落在别人一方。"

秦太子府中,明安公主端起桌上的茶水浅酌一口,神情有些畅快。

她问下人:"贱人走了吗?"

"回殿下,"下人道,"沈五小姐的马车还在府门口,未曾离开。"

明安公主面上闪过一丝不快,道:"竟然这般有耐心。"随即,她又笑了一笑,"等了这么久,想来她的耐心也差不多了。来人,传本宫的令下去,将沈妙请进来吧。"

沈妙被领路的婢子带到了花园中,终是见到了明安公主。

明安公主坐在花园中的小石桌前,桌上铺了细绢帕子,摆着几碟精美点心,还有一壶茶。旁边是个小池塘,这时节池水还未结冰。几个婢子坐在一边,端着小碗往水塘里喂鱼食。

沈妙在明安公主前站定行礼。明安公主转过头来。

"本宫今日邀你，原以为你不敢来，没想到竟是只身前来，胆子却是不小。"明安公主扫了沈妙一眼，目光变得阴沉起来。

"公主说笑了。"沈妙神色不变地道，"公主是明齐的客人，沈妙有幸被邀，怎么会不来赴约？"

惊蛰和谷雨站在沈妙身后。莫擎被门口的侍卫拦了下来，沈妙倒也未说什么。

"你这嘴皮子倒利索得很。本宫当然知道你胆子很大，否则朝贡宴上，你便不会故意让本宫出丑了。"明安公主想到朝贡宴上发生的事，眼中闪过一丝杀意，瞧着沈妙笑道，"本宫见你箭术出众，倒觉得秦国宫里少个像你这样的姐妹，不如同你们皇帝提个要求，让你跟着本宫一同回秦国去可好？"

"若是公主殿下有这个心意，与陛下说就是了。"沈妙浑不在意地一笑。

明安公主怒视着沈妙，道："你！"

沈妙微笑地瞧着她，并不言语。

"你放心，就这么让你跟我回去，未免也太委屈你了。"明安公主的眼底都是恶毒之色，"不如你进我太子哥哥府上做个侍妾，或者侧妃？想来明齐的皇上也是很愿意呢。"

沈妙眉头一皱。明齐想和秦国交好，联姻这个手段的确不错。若是明安公主真的说动了皇甫灏，让他提出将自己娶回去做侧妃的要求，文惠帝也会答应的。

明安公主瞧见沈妙微微失神，唇边勾起一抹冷笑，忽而对一边的侍女使了个眼色。那侍女猛地伸手，将站在池塘边的沈妙往水塘里推去！

这一下来得猛烈，沈妙猝不及防就往水塘里倒。惊蛰和谷雨惊叫一声，想过来帮忙已经来不及了。

沈妙扑通一声栽倒在水中。她会凫水，初冬的水虽然凉，却还不至于无法动弹。却听得身边又有扑通一声，起先沈妙还以为自己听错了，浮出个头，却见身边亦是水花扑腾，那翻滚的一团金色，不是明安公主又是谁？

明安公主尖叫的声音几乎要将人的耳膜刺穿，她似乎不会凫水，尖声叫道："来人！来人！"

明安公主的婢子乍见之下也慌了，纷纷去找竹竿。会凫水的皆是侍卫，可侍卫都是男子，况且……明安公主落水的地方也实在是太远了。

沈妙瞧着她这副滑稽的模样，竟然觉得有些好笑。众人手忙脚乱的时候，她却是悠然自得地往池塘边游去。

沈妙方游到池塘边上，惊蛰和谷雨已经满脸慌乱地要拉她起来，才到一半，她们便听得一声怒喝："这是怎么回事？！"

自花园外走来两名男子，一男子金色华服，头戴玉冠，面色阴沉得几乎要滴水，将俊朗的模样生生破坏了三分。另一人却是镏金紫袍，玄色大氅，半块银质面具遮着脸，艳骨英姿，不紧不慢地跟着皇甫灏的脚步往这头走来。

"回殿下，公主落水了！"仆人们连忙禀明。

瞧着一众下人手忙脚乱的模样，皇甫灏深深地吸了一口气，下意识地去看身边睿王的神色。可睿王戴着面具，谁能瞧清楚他此刻在想什么？

皇甫灏沉声对身后的侍卫喝道："还不快去！"

侍卫面色一僵，却也无可奈何，飞身朝池塘中掠去，顷刻将湿成落汤鸡的明安公主捞到了岸边。

明安公主呛了不少水，上岸的第一件事就是尖叫着指向沈妙，道："这个贱人，推我进水！太子哥哥，你替我杀了她！"

皇甫灏心中一惊，开口阻止她，道："明安！"

明安公主一愣，这才瞧见皇甫灏身边竟然还站着睿王。她吓了一跳，随即脸色涨红。

惊蛰没忍住，替沈妙反驳道："公主殿下这话好没道理，明明是我家姑娘先落水，如何能腾出手去推公主殿下？我家姑娘不是神仙，哪有这样三头六臂的能耐？"

"你算个什么东西？敢如此同本宫说话？"明安公主不怒反笑，"来人！把这个贱婢给本宫抓起来！"

沈妙冷然一笑，将惊蛰挡在身后，道："公主殿下是秦国人，惊蛰是我的人，这里是明齐，秦国人什么时候能在明齐的土地上随便撒野了？"

她用了"撒野"二字，可谓一点儿也不客气，皇甫灏也忍不住多看了她一眼。

"你放肆！"明安公主喝道。

"臣女不觉得自己放肆。"沈妙的气势丝毫不弱。

这里是秦国人的府邸，下人们送来披风，替明安公主遮挡湿淋淋的身子。可沈妙没有，她的衣裳几乎贴在身上。皇甫灏盯着沈妙，目光有些放肆了。

就在这时，睿王轻笑一声，忽而脱下身上的玄色大氅，轻飘飘地丢在沈妙身上，恰好将沈妙罩了个严严实实。这举动不由得让周围人一愣。大凉的睿王自来独来独往，同明齐没什么交情，也不刻意与秦国交好，此时竟然会为沈妙解围。

皇甫灏的目光带着深思，明安公主却是妒忌地咬紧了唇。

惊蛰和谷雨扶着沈妙站起身。明安公主按捺不住地道："分明就是你推本宫下去的！若不是你，本宫怎么会掉入湖中？"

沈妙一笑，道："臣女先落的水，如何去推公主殿下？许是公主殿下自己不小心滑倒了。"

明安公主怒道："本宫若是自己滑倒，如何能滑到池塘中央去？"

"那就巧了。"沈妙不咸不淡地道，"臣女也不是力大无穷的壮士，实在是不能将公主推到池塘中央那么远的地方。"

一声轻笑忽而逸出，众人抬眼看去，见是睿王勾了勾唇。

明安公主咬了咬牙，看向睿王，道："殿下既然在此，不是明齐人也不是秦国人，烦请殿下来主持公道，看本宫与沈妙究竟是谁在说谎？"

皇甫灏心中怒火冲天。明安公主骄纵又没头脑，他虽知道今日明安公主是冲着沈妙来的，却也没料到她会用这样蠢的法子。更巧的是，今日睿王不知怎么突然前来拜访，还看到这混乱的一幕，皇甫灏简直想掐死明安公主。

睿王勾了勾唇，道："本王为何要管这些琐事？"

明安公主一愣。沈妙暗中翻了个白眼。

"贵府也挺热闹的。"

睿王的话也听不出来是不是嘲讽，只是那语气突然让皇甫灏生出不喜。

皇甫灏瞧了沈妙一眼，忽而笑了，道："今日不过是误会一场，没想到沈小姐也会因此受累。本宫替舍妹向沈小姐道歉，还望沈小姐不要介怀。"

"太子哥哥！"明安公主不满，被皇甫灏瞪了一眼，不敢再出声了。

沈妙瞧着皇甫灏，淡声道："太子殿下都发话了，臣女不敢不从。"

"今日来得不是时候。"睿王扫了皇甫灏和明安公主一眼，分明看不清他的神情，两人却觉得睿王的眼神有些凉意。

睿王继续道："改日再来吧。"

被人看了笑话，皇甫灏也无奈，只道："是本宫招待不周，殿下改日再来，本宫定会盛情款待。"

睿王轻笑一声，不知是个什么意思，转身要走，又停住脚步，似笑非笑地瞧了沈妙一眼，道："沈小姐也浑身湿透了，早些回府为好，可愿与本王一道？"

沈妙深深地吸了口气，面上绽开一个微笑，道："多谢睿王殿下。"

皇甫灏和明安公主眼睁睁地看着两人离去。明安公主几乎要将嘴唇咬破，道："太子哥哥，那贱人在勾引睿王！她还推我入水，这事不能就这么算了！"

"闭嘴，蠢货！"皇甫灏冷冷地瞧了她一眼，警告她，"今日之事本宫饶你一回，再有下次，父皇怪罪下来，本宫也保不了你！"说罢，他转身拂袖而去。

秦国府邸外头，沈妙的马车还停在门口。见沈妙披着男子的大氅出现，莫擎一下子紧张起来，道："小姐……"

"无妨。"沈妙挥了挥手，道，"先回府吧。"

"本王帮了沈小姐，沈小姐一句谢也不说，未免太过无情。"睿王不紧不慢地开口道。

沈妙冷眼瞧着他，道："睿王今日玩得可高兴了？"

"那得取决于你高不高兴。"他笑了起来。

"明安公主落水是你干的吧？"她凑近谢景行，低声道，"你为什么这么做？"

谢景行低头看着她，声音低沉悦耳，带着微微的调侃："她算个什么东西，也能欺负你？"他顿了顿，又道，"我不是你的人吗？帮你一把情理之中。"

沈妙蓦地后退一步，与他拉开距离，不咸不淡地道："那就多谢你了。"

"谢谢可不是嘴上说一句就了事。"谢景行扬唇，"本王要好好想想。"

沈妙懒得与他多说，二话不说便上了马车。

待马车再也瞧不见，谢景行才转身，瞧了一眼太子下榻的驿馆大门，勾了勾唇，眼底却有一抹寒光。

待沈妙一行人回到沈宅，因着她浑身湿淋淋的，几人只得从后门偷偷地溜进来。

惊蛰拿帕子擦沈妙的头发，给她换了干净衣裳。谷雨吩咐厨房煮姜茶。

沈妙坐了一阵，问道："怎么不见白露和霜降二人？"

她正说着，就见白露从外头回来。白露见到沈妙，惊喜地道："姑娘可算是回来了！方才夫人问奴婢姑娘去哪里了，怎么还不见回来。"

"娘有什么事？"沈妙闻言，道。

"听闻是老将军的一位恩人之女找上门来了，夫人在外头和那位小姐闲谈，让姑娘也去看看。"

沈妙握着帕子的手一顿，目光凌厉地道："那人叫什么名字？"

白露一愣，觉得沈妙的目光有些冷，下意识地答道："听闻是姓常的。"

自从沈信一家回到京城，这新买的宅子里，还是第一次有人拜访。

沈妙到时，罗雪雁正与那女子喝茶。两人相谈甚欢，连沈妙来了也不曾发现。

坐在一头拿点心吃的罗潭瞧见沈妙，招呼她："小表妹，你要不要也尝尝？"

沈妙摇头，走到罗雪雁身边，目光落在那年轻女子身上，问道："娘，这位是……"

那年轻女子忙站起身。她穿着豆青色的衣裳，只在绾起的发髻上松松地插了一支木钗，腕间戴一只素银镯子，模样秀美，打扮却寒酸。

"这是你祖父恩人的女儿，唤常在青。你叫她青姨便可。"罗雪雁笑道，"青妹妹，这便是我们府上的姑娘，娇娇。"

沈妙对她颔首，道："青姨。"

说完，沈妙在罗雪雁身边坐下来。

不过半天工夫，罗雪雁便和常在青以姐妹相称，沈妙的目光有些冷下来。

见沈妙不说话，罗雪雁拉起沈妙的手，道："娇娇的手怎么这般冷？最近外头天寒，莫要着了凉。"

惊蛰和谷雨不自在地低下头，罗雪雁不晓得今日沈妙在明安公主那里出了事，两人都有些心虚。

"近几天入冬冷得很。我的家乡有一种药囊，装着驱寒的香料，晚上挂在床头，第二日起来也是暖融融的。五小姐若不嫌弃，我做几个送过来。"常在青笑着开口道。

"青妹妹连这个都会做？"罗雪雁笑了，"都说柳州的女儿心灵手巧，果然不假。"

"青姨是柳州人吗？"沈妙侧头瞧着她，"柳州离定京可不近，青姨这次来定京，不知为了何事？"

常在青面上显出几分尴尬。罗雪雁忙将话头岔开，道："也没什么事，就是来京城玩上几日。"

沈妙问道："那青姨如今是歇在何处？"

常在青道："现在是歇在沈府。"

沈妙淡淡地道："哦，原是歇在祖母那里的。既然常大人是祖父的恩人，想来祖母也会十分照顾青姨。"

常在青的笑容微微一僵，她又听沈妙道："青姨原是住在柳州，我闻柳州也十分好玩，可惜未曾去过。不过之前我在广文堂认识一位同窗，他的家乡便在柳州，说不定你们还认识。"

"常家小门小户，"常在青低下头，"怕是那位同窗不晓得常家。"

"青姨这般出挑的人儿，怎么也不会默默无闻的。"沈妙笑得随意，"不过青姨前来定京，青姨的夫君没有跟来吗？"

常在青的脸色更尴尬了。

罗雪雁笑道："娇娇别乱说，青妹妹如今还待字闺中呢。"

沈妙一愣，瞧了常在青一眼，问道："不知青姨今年芳龄几何？"

她如此问一个未出阁姑娘的年纪，显得有些唐突，常在青却从从容容地开口道："今年二十有六了。"

沈妙瞪大眼睛，很快又笑道："青姨不说这话，我以为青姨只有十八九岁，真是令人艳羡。"

常在青微笑着，却不开口了。

罗雪雁道："青妹妹这样好的人，难不成还怕找不到好夫婿？定京的男儿数不胜数，青妹妹在这里待得久些，说不准就遇着了真心人。"

常在青忙笑着摆了摆手。她们又说了一阵子话，天色渐渐晚了下来，沈信和沈丘并罗凌也该从兵部回来了。常在青起身告辞，罗雪雁挽留道："老爷和丘哥儿、凌哥儿快回来了，不如一起用过饭再走。"

"不必了。"常在青微笑道，"天黑了便不好走路了，夫人的一番好意，在青心领，日后再来拜访。"

罗雪雁看了一眼外头，的确是夜幕将临，便道："既如此，我也不好留你，免得天黑了路上滑。只是我与你一见如故，我许久未曾遇见这般投缘的人了，改日你一定要再来。"

常在青笑道："恭敬不如从命。"

罗雪雁吩咐人去给常在青准备马车，沈妙和罗潭跟在后面。罗潭感叹道："这青姨虽是小户人家出来的，礼仪却是比宫里的还周全。"

沈妙瞧着常在青的背影不言。罗潭见状，忽而在沈妙耳边低声道："小表妹，你是不是不喜欢这位？"

沈妙扬眉，道："我为何不喜欢她？"

"你看她的眼神有些奇怪，和你看别人的眼神不一样。"

沈妙失笑道："你未免想太多。"

罗潭撇嘴，道："难道你是因为她懂得比你多，所以不喜欢她？"

沈妙眼中闪过一丝冷意，道："哪里，这样聪慧的人，我高兴还来不及。"

常在青走后不久，沈信一行人回来了。罗雪雁与他说了常在青的事，沈信先是惊讶，后来又有些感叹。沈老将军死后，常家搬到了柳州，很多年都音信全无，不想如今突然出现。

夜里，惊蛰和谷雨被沈妙打发出去睡了。等人都走了后，沈妙揉着额头，坐在桌前发呆。

那一日，她去沣仙当铺试探季羽书，回去的路上曾见过一个身影。她原以为是自己眼花，如今想来，却是事实。当时她就瞧见了常在青。

有些事情已经变了，有些人，却不知是不是命中注定，还是在这个时候出现了。

沈信这一支，曾经从开始崩塌起，除了兵权，更重要的是府里人心的背离。沈信是一个不服输的人，到最后却被傅修宜逼到绝境，并不仅仅因为傅修宜的打压。

沈丘因为荆楚楚死了，而常在青的出现，却让罗雪雁丢了性命。

常在青是柳州人不假，曾经，在这个时候不久，常在青也出现在了沈家。那时沈府还没有分家，常在青温柔大方，沈府的所有人都喜欢她，包括罗雪雁。

罗雪雁是武将，沈府中，任婉云太过圆滑，陈若秋十分清高，以罗雪雁的性子，注定不可能与她们走得很近。倒是这个常在青出现后不久，罗雪雁就与她亲近得很。

那时候，沈妙已经嫁给傅修宜，回来过几次，见着常在青，与她也是相谈甚欢。常在青对人体贴又总能出谋划策，沈妙也很喜欢她。

后来沈妙才得知，常在青一直到二十六岁都未曾婚配，是因为柳州一户人家的公子扬言要她做妾。那户人家家大业大，柳州无人敢惹，走投无路之下，常在青便只得进定京城寻父亲的故人庇护。

沈妙对常在青的遭遇很是同情，本以为常在青会一直以客人的名义在沈府住下去，直到陈若秋拿出一封婚书，竟是沈信与常在青的。大约是沈老将军当初与常虎写的，时日隔得太久，众人又什么情况都不清楚，说是玩笑话也不为过。但是，这封婚书到底让有些事情改变了。

也不知是谁说的，常在青这么多年不嫁人，不仅是因为大户人家公子的胁迫，还有为沈信守着身的缘故。

可沈信与罗雪雁感情甚笃，这封婚书便显得尴尬起来。

当时常在青跪在罗雪雁面前，说自己对沈信绝无别的心思，那封婚书只是长辈们的玩笑，她未曾放在心上。至于嫁人，她早已绝了念头。若是沈家觉得她有什么不便，她大可去寻个庙门铰了头发做姑子，绝不会打扰沈家。

好端端的姑娘过来寻求庇护，还是恩人的女儿，沈信怎能让人家最后去做了姑子？沈家众人纷纷劝解，尤其是陈若秋和任婉云二人，最后不知怎么的，沈老夫人竟提出让沈信纳了常在青为妾。

沈信自然不肯，常在青也不肯。沈老夫人越闹越过分，最后罗雪雁无奈，只得答应下来。

三人商量好，常在青只是担着姨娘的虚名，不必行姨娘的义务。当时沈妙觉得常在青真是通情达理，十分稳妥。

常在青就这么成了沈信名义上的妾室，也的确与沈信没什么交情，看上去如同兄妹，倒是和罗雪雁关系甚好。再过了不久，罗雪雁怀了身子，常在青整日照顾她，却不晓得为什么，罗雪雁在自家院子里小产了。小产过后，罗雪雁整日郁郁寡欢，不久就病逝了。

沈信几乎一夜白头。罗雪雁一死，沈信迅速地衰老下去，以至于后来心神恍惚，被傅修宜算计的时候，连还手之力都没有，还被二房、三房钻了空子。

沈妙最恨的就是常在青的手段。且不提当时罗雪雁怎么会无缘无故地小产，可沈妙知道，罗雪雁是巾帼女将，她怎么会一夜之间郁郁而终？整日陪伴在罗雪雁身边的、能和罗雪雁说上话的只有常在青，此事和常在青脱不了干系。

沈信当时也派人查过，可都查不出什么线索，常在青是清白的。罗雪雁死后，沈信没有再娶，常在青依旧占着姨娘的名义。只是沈府大房里里外外都需要一个女人打理，常在青在下人眼中便成了大房夫人。

这才是沈妙觉得最可怕的地方。

常在青很聪明，知道沈信心中容不得别的女人，所以从罗雪雁身上下手，骗取罗雪雁的信任，让罗雪雁将她视作亲人，然后在罗雪雁背后狠狠地捅上一刀。言语可以伤人，常在青那样的人，只要稍微"无意"说出几句话，也许都能让罗雪雁痛苦。在罗雪雁缠绵病榻的时候，常在青不知道说了多少可以置人于死地的

"宽慰话"。

沈信不承认常在青没关系，因为常在青自始至终要的便是外人的目光，从不去追求那些缥缈的情意。罗雪雁一死，她就是沈信唯一的女人，就是沈夫人，这辈子便可衣食无忧。

若是没有意外，或许常在青会这样很好地活下去，可在罗雪雁去世两年后，常在青在柳州的夫君和儿子找上门来。没错，是常在青的夫君和儿子。一个赌鬼夫君和生了病的儿子。

常在青许久前就嫁人了，二人当时的确是两情相悦。可贫贱夫妻百事哀，她这样心高气傲的人，怎么会容忍一辈子泥盆养牡丹？她带了银子，抛夫弃子，寻了个由头就奔赴定京。

她的夫君打听到常在青如今在定京，成了沈信的妾，便带着儿子找上门来。世人哗然，常在青连生病的儿子都能抛下，可见也并非表面上看起来那么良善，令人称恶。

常在青被带走了，沈信却成了笑话。他给人养媳妇儿养了这么多年，不知道算不算戴了绿帽子？

沈妙闭了闭眼。往事如云烟，她一直提防着旧事重演，可没想到还是晚了。常在青出现了，并且和曾经一样，她很快让罗雪雁对她起了亲近之心。

沈妙正想着，屋中的灯火一晃，突然有人在她的耳边道："想什么？"

沈妙怔了怔，下意识地将身子往后仰去。那人一把攥住她的手臂，扶着她的后背，将她扶好才收回手，站直身子。

灯火下，他的脸英俊得不可思议，面上挂着熟悉的顽劣笑容。他低头瞧着她，道："这么出神，在想如何报答我？"

"你来干什么？"如今见了谢景行，沈妙连生气的情绪都懒得起了。

谢景行扬唇一笑，道："我来取我的衣裳。"

今日在明安公主那里，谢景行将自己的大氅脱给沈妙，替她解围。沈妙这才想起，却见谢景行瞧着地上，目光颇有深意。

沈妙下午回来得匆忙，后来又着急去见常在青，那玄色大氅被随手扔在椅子上，不知怎么的，大氅从椅子上滑了下去，此刻静静地躺在地上，一副惨不忍睹的模样。

谢景行抱着胸，凉凉地开口道："你可真不客气。"

沈妙果真没跟他客气，道："殿下的大氅就在地上，多谢了。"

谢景行瞧了沈妙一会儿，饶有兴致地开口道："你今日奇怪，莫名地发脾气，火气这么大，"他挑眉，"是为了府上那位叫常在青的女人？"

"这和你有什么关系？"沈妙没好气地道，"睿王殿下还有闲心操心别人的家务事？"

"家务事？"谢景行挑眉，"你似乎很忌惮姓常的女人？"

沈妙眼中闪过一丝冷意，道："一个投奔的亲戚，有什么可忌惮的？"

"不对。"谢景行摸着下巴，扫了她一眼，忽而俯身，仔细地盯着沈妙的眼睛。他这么欺身而近倒是一点儿也不觉得不妥，沉吟一下，道，"柳州来的女人，你从未去过柳州，为什么好似很了解她？"

沈妙猝然抬眸，便和谢景行的目光对上了。青年的容色一如既往地摄人心魄，目光却隐藏着最锐利的刀锋。他说："明安公主也是一样，你未去过秦国，却对她积怨颇深。"

沈妙不言，目光渐渐冷厉起来。

"你自小生活在定京，去过最远的地方是小春城，在小春城的两年没有踏足他地，不可能去柳州，也不可能见过秦国公主。"他的声音从夜色里飘来，带着初冬的凉意，几乎浸到人心里去。

"你想说什么？"沈妙看他。

他低低地开口，嗓音优雅醇厚："你是沈妙吗？"

有一瞬间，沈妙全身上下都起了一层细细的疙瘩，仿佛有凛冽的凉风从头顶灌了下去。她见过许多人，倚仗着曾经的经历，那些人在她面前不过是一张又一张的脸谱，白脸、红脸应有尽有，只有面前这个玩世不恭的紫袍青年，是个活生生的人。

因为探不清楚面具下是一张怎样的面孔，她冷了脸色，道："天下间，不是人人都如睿王殿下一般。"

谢景行玩味的笑容一滞。

沈妙是不是沈妙姑且不知，谢景行总归已经不是谢景行了。

"你一点儿也不肯吃亏，"谢景行站直身子，敛去眼底的深意，似笑非笑地道，"应当还是沈妙。"他似乎又自言自语地感叹道，"这么多秘密，打听起来真费力。"

"睿王为何抓着我不放？"沈妙看着他，"不管我有没有秘密，那都和睿王你没有关系。"

"不巧，你的秘密，我有兴趣。"谢景行道，"况且我想了想，明齐中我信得过的人，似乎只有你了。"

沈妙不怒反笑，道："睿王健忘，不是还有苏明枫和荣信公主？"

谢景行微笑道："没有人告诉过你，过去的事就不要再提了吗？"

不知道为什么，灯火之下，他唇边噙着的笑容分明依然风流俊雅，却显得有些寂寥。

不过眨眼间，谢景行就瞧向她，道："你打算怎么对付常在青？你要是求求本王，本王倒可以帮你。"

沈妙面无表情地道："我只求睿王不要插手此事。"

"看来已经想好怎么做了，"谢景行一笑，"你真厉害。"

沈妙垂眸，只听谢景行又道："秦国公主不会善罢甘休。"

"不必提醒我也知道。"沈妙狠狠地瞪了他一眼，"还得多谢睿王今日'出手相助'。"

以明安公主那种善妒的性子，她又对谢景行颇为痴迷，见着他偏帮沈妙，势必要将一腔怒火都发泄在沈妙身上。

"她不是你的对手。"谢景行伸手揉了一把沈妙的头，被沈妙甩开，颇可惜地看着自己的手指。

沈妙不想说话。明安公主没脑子，她一点儿也不担心，最重要的还是皇甫灏。这次皇甫灏和明安公主来，定是为了和明齐结盟一事。

不论如何，不能让傅修宜和皇甫灏搅在一起，如何破坏两国心照不宣的结盟，自然要花费力气。沈妙的目光不由自主地落到谢景行身上。在这场逐鹿天下的棋局中，大凉扮演着怎样的角色？她不知道。

她死得太早了，因此也不知道曾经到了最后，谢景行又是个什么样的光景，想来他也不是战死的，而是金蝉脱壳，回大凉去当他的睿王殿下了。

谢景行注意到她的目光，笑了，道："你又怀疑什么了？"

沈妙定定地看着他，道："睿王打算什么时候回大凉？"

"舍不得了？"谢景行含笑扫了她一眼，看向窗外，"放心，暂时还不会离开。皇甫灏和定王之间的把戏，本王也很想看到最后。"

沈妙心中一动。谢景行道："你不也想看吗？"

"不懂睿王说的是什么意思。"沈妙口是心非地道。

谢景行弯腰捡起地上的玄色大氅。大氅上沾了池水，湿漉漉的，又被随手扔成一团，卷得皱巴巴的。他漫不经心地道："沈妙，你和我是同一种人。"

"殿下天潢贵胄，臣女卑如尘埃，不敢相提并论。"

"妄自菲薄。"紫袍青年唇角一勾，道，"你和本王一样，天生就该做人上人。"

直到屋中再也没有那人的身影，烛火渐渐冷却下来，沈妙还坐在桌前。谢景行临走前说的那句话让她的心绪久久难以平静。

你和本王一样，天生就该做人上人。

定京城迎来了这个冬日的第一场小雪。

沈府的西院，有人站在院子前看着外头的飞雪。

"青姑娘也不进屋去坐着，仔细着凉，定京可不比柳州温暖。"有人笑着说。那人着一袭鹅黄软云大袖衣，淡红如意百鸟裙，袅袅婷婷，正是陈若秋。

站在院子边的人转过头来，一身简单的雪青勾丝长衣裙亦是穿得清雅动人。

常在青笑道："柳州很少下雪，一个冬日也难得下上几回，才想好好看看。"

陈若秋笑道："就算再如何喜欢这雪，也莫要在院子里待久了。屋里有暖炉，还是去屋里坐坐吧。"

二人便携手进了屋，婢子给两人送上煮好的热茶。

陈若秋端起茶来抿了一口，笑着道："我原先想，咱们沈家到了这里，还少个姐妹与我分享茶道的精妙，如今你来了却正好。"

"三夫人厚爱。"常在青也笑道。

陈若秋道："你与我这般投缘，不知前几日与我大嫂说得如何？"她顿了顿，又感叹道，"我大嫂出自将门，不懂茶道什么的，却是个心性率直的好人，不晓得有没有吓着你？"

常在青轻轻地摩挲着茶盖，低眉顺眼地答道："大夫人人很好，并未因为在青的身份有所避讳，在青心中感激。"

"我就知道，"陈若秋点头，"你明理懂事，大嫂又爽朗直率，自然能交好的……青姑娘可曾见过大哥？"

常在青摇了摇头，道："那日天色太晚，沈将军还未回府，我便先回来了，想着改日再去拜访。"

陈若秋笑得更深了些，道："改日拜访也好，都是一家人，如今都在定京住着，离得近，做什么事都方便。"

两人正说着，外头有丫鬟拿着一封帖子进来。她见陈若秋也在，先冲陈若秋行了一礼，随即将那帖子递到常在青手中，道："姑娘，这是门房送来的帖子。"

陈若秋的目光闪了闪，她笑道："青姑娘才来定京不久，竟已有了交好的朋友吗？不知是哪户人家？"

常在青打开帖子瞧了瞧，笑道："三夫人想岔了，这帖子是沈大夫人下的。"

"大嫂？"陈若秋一愣，看向常在青的目光多了几分惊讶，"看来大嫂很喜欢你，原先大嫂住在府上的时候，倒极少见她给人下帖子。"说罢，她又很为常在青高兴似的，"看来你们很投缘，我心里都有些忌妒了。"

常在青笑笑，道："三夫人又打趣我。"

"这帖子的日子就是今日呢！"陈若秋惊道，"青姑娘现在不过去瞧瞧吗？"

"眼下……怕太早了吧？"常在青有些迟疑地道。

陈若秋笑着拍了拍她的手，道："你做什么害羞？便当是串门子就行。以大嫂的性子，你这般推拉忸怩，反倒让她觉得不爽快。"

常在青便恍然道："是我迂腐了。"

"这才对。"陈若秋站起身，瞧了瞧外面，"青姑娘先整理，我便不打扰了。趁着雪还未下大，你便出门去，晚上方回来得早。"她又细细地叮嘱了伺候常在青的两个丫鬟一些事情，才施施然出了门。

陈若秋走后，赵嬷嬷将常在青的帖子收起来，道："小姐真的要去沈宅见那位沈大夫人？"

"见。"陈若秋一走，常在青的笑容就淡了下来。

"那位沈大夫人……"赵嬷嬷有些犹豫地道。

"是个好人。"常在青坐在桌前，打开一小盒胭脂，在唇间抿了抿，浅浅的一层，越发显得风姿绰约。

"好人啊，老奴这下可以放心了。"赵嬷嬷松了口气。

"是啊，"常在青对镜自语，不知是在对自己还是对别人说，"我也放心了。"

沈宅里，谷雨一边给沈妙梳头一边道："姑娘，用夫人的名义给常家小姐下帖子，若是被夫人知道了，会不会出事呀？"

"有什么关系？"沈妙淡淡地道，"都是一家人。"

"可是姑娘为什么不用自己的名义呢？"惊蛰有些好奇地道。

"我与她无甚交情，无缘无故的，请她来做什么？"

惊蛰和谷雨对视一眼，不知道如何接这话。

沈妙垂眸。罗雪雁今日不在，她总归要单独会一会这位常家小姐的。罗潭一大早就被支开了，整个府里眼下能做主的只有沈妙一人。

她正想着，便听得外头有小厮来报，说是常家小姐到了。

"这么快？"惊蛰有些惊讶地道。

沈妙微微一笑。有所求的人，无论如何都掩饰不了自己的野心。

常在青被小厮迎到了正堂。婢子端来热茶，等了许久后，常在青突然听得有人自外头笑道："青姨久等了，实在对不住，方才在屋里打湿了衣裳，重新梳洗耽误了片刻。"

常在青忙站起身，见几个婢子跟着沈妙从门外走进来。

"五小姐？"常在青的目光掠向沈妙身后。

"不用找了。"沈妙微微一笑，"是我给你下的帖子，青姨。"

常在青一怔，笑着问道："五小姐这是……"

"上回青姨来去匆匆，说好改日还会前来，我等了许久，却没见到青姨的动静，只好自己先下了帖子，用了娘的印章。青姨不会怪罪我吧？"

常在青当即就笑道："怎么会？五小姐相邀，是在青的运气。"说话间，她心里又暗暗生了警惕。

沈妙让下人重新上了茶，将茶盏推到常在青面前。常在青端起来抿了一口，神色突然变得有些怪异。

"这是朱丹茶，味苦无香，青姨大约喝不惯。"沈妙解释道。

常在青一顿。待客之道，自然是拿出最好的茶叶，沈妙何以用这般粗劣的茶招待客人，是为了羞辱她？

"茶水虽然苦涩，却对身体极好，冬日喝能驱寒保暖，我爹和哥哥们都是练武之人，冬日都喝朱丹茶。"沈妙看向常在青，"青姨出自诗书之家，大约不喝这样的茶水，可武将家里却没那么多讲究。"

常在青摆手，道："五小姐说笑，常家只是普通人家。朱丹茶虽然苦，喝久了便不觉得涩了。"

沈妙摇头，道："勉强一时容易，勉强一辈子却难。"

常在青只觉得沈妙话里有话，不由得看向沈妙。

沈妙笑了笑，道："听闻青姨如今住在沈府，沈府的人对青姨可还好？"

"都很好。"常在青笑道，"他们都很照顾我。"

"你与三婶志趣相投，想来十分投缘。"沈妙笑道，"你也看到了，三叔对三婶有多好,整个三房只有三婶一个当家主母。"她说着,又叹息一声,"只可惜,三婶没有嫡子,若有个嫡子,便也不必如此忧心。"

常在青在沈府里待了那么久,自然知道因为三房无子一事,陈若秋和沈老夫人日日闹矛盾。

"三夫人这般良善,日后定会子孙满堂。"常在青顺着沈妙的话道。

"旁人自来就爱将我们大房与三房比,"沈妙端起茶杯,吹了吹面上的茶叶,笑道,"一个文一个武,院中又都只有一位当家主母。不过我们府上还好,至少有我大哥。我大哥也到了娶妻的年纪,过些日子为他挑一门好亲事,有了嫂嫂,再有了侄儿,这屋里也算热热闹闹。"沈妙有些得意地道,"可是三房里,没有我们大房热闹。"

常在青先是觉得沈妙孩子气,在和三房怄气,待听完整句话时,忽而想到了什么,面色变了变。

不错,沈信府上,罗雪雁不会用心眼,后院本就干净,收拾起来也不难。常在青差点儿忘了,还有一个沈丘呢!沈丘是嫡长子,年少有为,再娶一个有力的妻族,就算她不争不抢,也在无形中被压低了三分。

沈妙瞧见常在青脸色的变化,目光微冷。

曾经,常在青入主沈信的后院时,沈丘已经不行了,整个后院几乎没什么人可以成为常在青的威胁。如今却不一样,沈丘好端端的,一个健康的嫡长子在这里,常在青成为沈信之妻的可能就永远为空。这样一位爱计较、脑子清醒又懂得衡量利弊的女人,会选择一条什么样的路?

沈妙拈起桌上的糕点,笑道:"三叔真是可惜了。原先祖父还在时,就说过三叔是沈家最有出息的,他若生个儿子,定能与他一般聪明。可惜三房只有二姐姐一个女子。待二姐姐出阁了,三房里便只有三叔和三婶二人,实在太孤单了。"

常在青本来心不在焉地听着,闻言心中一动。

"青姨与三婶性子肖似,神态也有几分肖似,不知道的还以为你们是一双姐妹。"沈妙不紧不慢地开口道,"依我看,青姨比三婶更出色,因为……青姨更年轻。"

常在青的嘴角不自觉地扬了扬。她想,不错,自己是比陈若秋强的。

沈妙端起茶来喝,入口的茶水涩涩的,她的脸上却露出熨帖的微笑。

常在青已经二十六了,京城这个年纪的女人说亲,大多是给人做继室。况且常家小门小户,就算倚着沈家的名头,常在青想嫁入高门亦是困难。

常在青抛夫弃子就是为了寻求更好的生活，哪里有那么容易满足？既然常在青最擅长权衡利弊，沈妙便将所有利弊给她摊到眼前去，让常在青自己选择。

常在青的神色变幻不定，心中一团乱麻。沈妙的话勾起了她心中另一个念头，一些未曾发现的事情涌上她的心头。

不错，既然沈万喜欢的就是陈若秋这样的性子，她处处比陈若秋强，又怎么能讨不了沈万喜欢？比起沈信这样的武夫，沈万谦谦君子，到底让她更心动。

可今日之事怎么会突然变成这样？她原本是想着试探沈信，原本看中的也是沈信……到了最后，她怎么要转头去对付陈若秋了？是沈妙……沈妙？

常在青猛地看向沈妙。少女坐在窗前，小雪不知何时已经停了，日头出来，照在她莹白如玉的侧脸上。她手握着茶盏，小口小口地啜饮着茶水。

常在青打了个冷战，仿佛到现在才惊觉，从开始到现在，自己都是被沈妙牵着鼻子走。沈妙东一榔头西一棒槌，看似不经意，几句话却直接将苗头引到了陈若秋身上，每一句都在让常在青往三房上想。

沈妙微笑，道："青姨怎么出了一头汗，可觉得屋中热了？"

常在青猝然回神，打起十二万分的精神，道："大约是吧。"

沈妙淡淡地道："我的丫鬟将窗子掩得太紧，屋里作茧自缚般难受。咱们还是打开窗子，去外头凉爽得多。"她吩咐惊蛰将窗户打开，再看向常在青，"青姨，我的话对不对？"

"五小姐说得没错。"常在青勉强地笑道，心中却多了几分惊悸。沈妙只见了她一面便了解了她心中所思，若日后真的进了沈信的后院，与沈妙打交道，常在青委实没有信心。

沈妙浑不在意地一笑。她就是这么明明白白地告诉常在青了，你若想进我爹的院子，首先要看你能不能对付我。

果然，之后说了没多久的话，常在青便要告辞了。沈妙也不留她。

等常在青走后，谷雨奇道："常家小姐怎么奇奇怪怪的，好像躲什么似的？"

沈妙道："吩咐下人，今日之事不要对任何人提起，常在青没有来过沈宅，记住了。"

两个丫鬟应了后出门。等所有人走后，沈妙才坐在桌前，看着铜镜失神。

她之所以让常在青去祸害陈若秋，是因为陈若秋委实可恶。曾经常在青和沈信的那一封婚书，可是被陈若秋"无意间"发现的。沈妙想，曾经常在青将目光投向沈信，未必就没有陈若秋在其中推波助澜。

既然她们是双生"姊妹花",倒不妨放在一处斗艳,看沈万喜欢的究竟是谁。只是……沈妙皱了皱眉,曾经常在青究竟做了什么,罗雪雁最后才会香消玉殒?到了现在,此事都仍然是个谜。

　　因常在青的事,这一日沈妙心事重重。夜里,沈妙躺在床上,惊蛰替她掖好被子,吹熄了灯,放下床上的纱帘。沈妙闭上了眼。

　　天色暗下来,她的呼吸逐渐平稳,沉沉的夜色笼罩着整个定京城,沈妙的身子轻飘飘的。

　　外头的阳光忽而大亮,她睁开眼睛,只觉得有些刺眼。空气燥热起来,竟像是夏日。本是初冬时节,又如何到了夏日?

　　沈妙坐起身,只觉头疼得出奇。她低头一看,发现自己坐在屋里的软榻上。从里屋传来女人说话的声音,一股极苦的药味蔓延而出。药香带着几分熟悉。

　　沈妙站起来,屋里一个丫鬟都没有,里头女人说话的声音倒越发清晰了。她想了想,便走到屋里去看,只见宽敞的里屋窗户紧闭,天气本就热,这么一紧闭,几乎让人透不过气来。

　　沈妙走了几步,听见有人说话:"去将窗子打开吧,我心里闷得慌。"

　　沈妙一愣。床榻上躺着的女人满脸憔悴,穿一件深杏色的薄棉布长衫,头发都被汗浸湿,前胸的衣裳亦是被汗透了大半。她的脸色灰败至极,目光透出一种死色。沈妙瞪大眼睛,那是罗雪雁!罗雪雁何曾有过这般憔悴的模样?

　　"姐姐还是好生躺着。"坐在床边的女人安慰道,"这样的天气若是着了凉才是不好。"

　　沈妙转头看向那女人,淡青色的衣裳,清爽又秀气,同死气沉沉的罗雪雁形成鲜明的对比,不是常在青又是谁?此刻,常在青绾着妇人髻,握着罗雪雁的手,道:"姐姐还得好起来才是。"

　　"我不行了。"罗雪雁气游若丝,眼中并未有更多生机,"丘儿没了,日子过和不过又怎么样?平白浪费了药材。"

　　"姐姐千万莫这么说。"常在青道,"五小姐若是知道您这样想,心中不晓得多难过。"

　　"娇娇……"罗雪雁目光一痛。

　　沈妙上前一步,想握住罗雪雁的手,却从罗雪雁的手中穿过,仿佛她是不存在的。

　　"娇娇恨我啊。"罗雪雁闭了闭眼,"可我又有什么法子?沈家不能和定王绑在一处。定王瞒得了娇娇，瞒不过我。娇娇如今连我和阿信都恨上了，连见也不愿见我一面，定王这般动作，娇娇日后又该怎么办？横竖都是没路可走，我……"她越说越痛心，忽用帕子掩住嘴，剧烈地咳了几声，再摊开帕子时，上头便是一片殷红。

"姐姐别想了。"常在青扶着她，安慰道，"五小姐不过是一时想岔了，父母和子女间哪里有隔夜仇？五小姐再恨也不过是一时。"

沈妙怒视着常在青。常在青这话听着是宽慰，实则火上浇油，便是坐实了沈妙恨罗雪雁的事。曾经，她嫁给傅修宜，想让沈家帮忙，沈信不肯，因此她颇有怨气，可也犯不着说恨。眼下罗雪雁气息奄奄，听闻沈妙恨自己，哪会不痛心？

沈妙眼前花了一花，又见着常在青对面，穿着秋香色锁金边衣服的女子坐在椅子上，神情有些不耐烦。那女子也年轻，却化着浓重的妆，平白多了几分古怪。沈妙张了张嘴，这不是她又是谁？

常在青笑着道："五小姐莫要恼夫人，只是兵力之事，非同小可。将军和姐姐大约是有自己的思量，这才如此。"

"都是一家人，我既然嫁到了定王府，王爷也是半个沈家人，爹和娘为何还要拿他当外人看待？我知道，爹和娘从小不喜欢我，所以将我丢在定京不管，连带着殿下也受累。"

常在青又笑道："五小姐，将军和姐姐虽然与小姐不如大少爷那般亲近，却是血浓于水的。"

"我不管！"年轻的沈妙骄纵地道，"都说青姨娘最聪明，青姨娘能不能替我想个法子，让爹娘同意借兵给殿下？"

常在青似乎十分为难，片刻后才道："五小姐既然是夫人的亲生女儿，夫人铁定是心疼五小姐的。若是五小姐同夫人撒个娇诉个苦，或许夫人会答应。实在不行，五小姐如幼童一般，闹上一闹，也是可以的。不过这都是我胡说的，五小姐还是斟酌斟酌。"

在一边看着的沈妙早已气得面色铁青，常在青这哪是在劝架，分明就是在挑拨！

沈妙想起来了，曾经罗雪雁怀孕到小产都未告诉旁人，本想等胎坐稳了再传出去，谁知中途出了变故。恰好定王想同沈信借兵，沈信不肯。沈妙找常在青诉苦，常在青便引着她说话，让她同罗雪雁赌气。

沈妙并不知道罗雪雁落了胎，便去了，或许当时在沈妙看来只是一些寻常的话，在罗雪雁最脆弱的时候，那些话无异于绝了她的生机。没有一个母亲希望孩子恨自己，而沈妙刺伤罗雪雁的同时，还说了些定王待她不好的模棱两可的话，让罗雪雁担忧。

罗雪雁思虑过甚，而沈信不在定京，她又要痛心又要忧心，加上丧子之痛，再如何铁石心肠的人都会受不了这个打击。

沈妙恨不得冲上去，抓花常在青面上虚伪的笑容。

景色一晃，沈妙又到了一处院子里。院子修缮得十分风雅，常在青穿着翠绿色的长裙，身边的丫鬟悠悠地为她打着扇子。

"听闻夫人快不行了。"常在青身边的嬷嬷道，"大夫说大约就是这几日。"

"让人伺候得好点儿，"常在青道，"别落人口实。"

嬷嬷称是，又道："姨娘总算是熬出头了。"

"是啊。"常在青拈起罐子里的紫葡萄，"这么多年，总算是熬出头了。"

"只是不知道老爷那头……"

"将军深爱姐姐，自然伤心。"常在青微微一笑，"可这与我有什么关系？我只要坐着大房里唯一一个女主人的位子就好了。将军不认我，下人认我就好。"

嬷嬷也点头道："姨娘说得是，原先咱们以为夫人能撑久一点儿，不想这么快就……"

"心都伤透了，整日又担忧，熬到现在已经算她命长。"常在青淡声道，"罗雪雁好命，嫁到这样一个好人家，院子里又没有别的女人，可惜生了沈妙那样的女儿，就将她的好运气糟蹋没了。"

沈妙一怔，只听常在青又道："说什么便信什么，定王殿下的手段倒是高得很，让沈妙对他死心塌地，连爹娘都不要了。不过，若非沈妙蠢，又怎么成全我的好运道？"

沈妙站在常在青的对面，炎炎夏日，心却如坠冰窖。

"沈妙让人从定王府送来的年礼吃食，全被人做了手脚都不知道。她自个儿蠢，罗雪雁倒疼她得紧，把那些个药膳全都吃了，不晓得自己女儿送来的是毒药。那一日，你也见着了，沈妙喂罗雪雁喝药，那一勺一勺喂的都是毒，偏偏罗雪雁还满心欢喜。"

沈妙的身子一颤，险些歪倒下去。

那时她为了帮傅修宜说服沈信，想讨好罗雪雁，便命人采买了药材，学做药膳，回沈府里做给罗雪雁吃。罗雪雁自来觉得沈妙待她冷淡，忽而热情，她当然高兴极了，全都一勺不剩地吃下去。原来……那些东西便被人动了手脚？是她亲手推着自己的母亲进了黄泉路，她才是最不孝的人！

"罗雪雁强了一辈子，却折在自己女儿手中。说起来，我倒要谢谢沈妙。"常在青笑得舒畅，"她将她母亲的命道拱手送了我。从此以后，沈家的后院便由我说了算。罗雪雁这辈子不亏，若说她做得最错的一件事，大约就是生了沈妙吧。沈妙，的确是个害人精呢！"

远处，忽有婢子跑来，影子在夏日底下拉成长长的一条，声音也是滞缓的，仿佛带着湿漉漉的汗珠。

"常姨娘，夫人方才咽气了！"

"夫人没了！夫人没啦！"

轰隆一声惊雷自天地间铺开，照亮了定京的夜色。雨声和着雷声闪电，将屋里人的哭闹一丝不露地掩住。

沈妙满脸泪痕，尖叫道："娘，娘，是我错了！是我错了！我不该喜欢傅修宜！我再也不喜欢他了！我错了，是我错了！娘！"

床榻边上，冬日的惊雷照在她惨白的脸上，令她仿若厉鬼般凄厉。紫袍青年站在榻边，面色复杂地盯着沈妙不断挣扎在梦魇中。片刻后，来人终是微微叹了口气，握住了她的手。

轰隆一声闷雷，初冬的天气竟也会有这样的闪电，沈妙自梦中惊坐而起，大口大口地喘着气。她的手无意识地抓着什么，感觉有人轻轻地拍着她的后背，而她倚在对方怀中，一头一脸的汗，只觉得快要喘不过气来。

那人也是好脾气，任她蜷缩着，顿了顿，伸手放在沈妙的后脑勺处，将她按进怀里。沈妙的身子抖得厉害，她一口咬上他的肩膀。他的身子一颤，却未动作，他只是安抚地拍了拍沈妙的头。

不知过了多久，雷声渐渐小了，淅淅沥沥的雨声自窗外传到屋中。沈妙的心渐渐地平静下来。她松开嘴，鼻尖碰到了某个冰凉的东西，是一枚金色的扣子。

她慢慢地从那人怀里坐起来。那人起身。片刻后，屋中亮起了灯。有人持着油灯放至软榻前的小几上，走到榻边坐下来。他一如既往地优雅矜贵，正是谢景行。灯火之下，他的目光比起往日来少了几分玩世不恭，隐隐透着关切。

沈妙的心头一缩。她沉迷于可怖的梦魇无法醒来，那个梦却不单单是梦，仿佛真的发生过。她惊疑于可怕的真相，触到温暖的东西就像溺水之人抓到救命稻草，不肯放开。她一直锁住的秘密仿佛在这一刻有了裂缝，而她面对的是最精明的猎人。

"你梦到什么了？"谢景行将油灯里多余的灯芯剪掉，这样简单的动作，由他做来也令人赏心悦目。

"噩梦而已。"沈妙垂眸，道。

谢景行顿了顿，转头看向她，道："你也有怕的时候？"

沈妙心中忽而就起了几分怒气，只道："我不是睿王殿下，生存于世间本就辛苦，自然会怕。"

谢景行看着她。他的眼睛很漂亮，形状是最好看的桃花眼，平日里有几分轻佻、几分认真，让人摸不清他的真心假意。可是如今他对着沈妙，一双眼睛如同秋日的潭水，如墨玉般深沉，让人难以察觉其中的情绪。

他道："不用怕，只是个梦。"

沈妙鼻尖一酸，心中忽然冒出无法言喻的难过。或许是今夜的雨声太过凄冷，或许是谢景行的目光过于温柔，让她冷硬的心也变得脆弱。她觉得眼前一花，有什么东西拂在脸上，抬眸看去，谢景行拿着一方帕子，正替她擦拭眼泪。

她终究哭了出来。

青年微微低头，目光认真，动作轻柔，仿佛做着世间最精细的事。长长的睫毛垂下来，本就英俊如画，褪去了白日里的漠然和顽劣，他却如同最温和的眷侣。他像是兄长，又像是朋友。

沈妙有些失神。直到谢景行擦拭完眼泪，瞧见她的目光，挑眉道："不哭了？"

她移开目光，道："多谢。"

谢景行诧异地看了她一眼，忽而勾唇笑了，道："你梦见了什么？口口声声都是沈夫人，你哪里做错了？"

沈妙心中一惊，问道："我说了什么梦话？"

谢景行沉吟了一下，道："说沈夫人我错了，说对不起沈夫人。"他若有所思地问道，"你在梦里犯了什么错，这样严重？"

沈妙闻言，松了口气，敷衍道："没什么，只是一个梦罢了，不过……"沈妙忽而想起了什么，瞧着他，"这么晚了，你过来做什么？"

谢景行从袖中摸出一封信，道："本来打算送你一件礼物。"

沈妙莫名其妙地看了他一眼，接过那封信打开，却是一愣。信上密密麻麻写着的，正是常在青在柳州的事，包括还有一个丈夫和儿子被她抛弃。

"你好像不惊讶，"谢景行侧头看她，"早就知道了？"

"还是多谢睿王的好意。"沈妙将信收起来，"此事睿王不要插手，我自己来吧。"

谢景行看了她一会儿，摇头笑了，道："是本王多管闲事。"

沈妙默了一会儿，目光下意识地落在谢景行榻边的衣袍角上，料子华丽，金线绣的纹路亦是精致。似乎能感觉到谢景行落在她身上的探究目光，沈妙抬起头，努力平静地与他对视，道："无事的话，你回去吧。"

谢景行盯着她，道："雨这么大，你让我走？"

窗外的雨伴随着雷声，好似一夜都不会停。

沈妙道："莫非睿王还要在这儿留宿不成？"

谢景行眉眼一动，道："好主意。"

"谢景行！"

"你叫我的小字叫得顺口。"谢景行将帕子塞到她手里，道，"睡吧，雨停了我就走。"

沈妙气急。哪有大姑娘睡觉时，旁边有个男人看着的？这是什么混账事？

"睿王在这里，我睡不着。"沈妙面无表情地看着他。被谢景行这一打岔，她原先因常在青生出的沉郁消散了不少。

谢景行抬起她的下巴，逼着沈妙盯着他的眼睛，慢悠悠地道："看清楚了，本王是皇族血脉，有真龙之气镇着。本王待在你屋里，魑魅魍魉都不敢来，你才不会做噩梦。"

沈妙不怒反笑，挣开他的手，道："这么说，我还该谢谢睿王了？"

"不错。"

沈妙怒视着谢景行，心情却渐渐轻松起来。

谢景行走到窗前，将窗户拉紧，免得雨水飘进来。他走到桌前坐下，随手拿了本书，竟是要坐着看书的模样。他头也不回地道："本王在这里，你可以放心睡。"

沈妙动了动嘴唇，想说什么，最后什么都没说。外头凄风苦雨，雷电煞是吓人。她将自己裹在被褥中，只露出一个脑袋，目光不自觉地投向桌前的人。

青年即便是坐着都显得身姿修长挺拔。他随手翻阅着书，十分认真的模样，侧面看上去实在是英俊绝伦，浅黄色的灯火之下，整个人都显得温和了几分。此刻的谢景行褪去了玩世不恭，显得沉稳而温和，身影仿佛可以遮蔽所有的风雨，便是什么都不说，竟也能让人生出些信任的感觉。

他心机深沉，冷漠狠辣，欺瞒天下人，亦有破釜沉舟的决断。愚弄皇室，偷梁换柱，表面玩世不恭，却翻手为云覆手为雨，他不是个好人，却也……没有想象中的那么无情。

沈妙慢慢地闭上眼睛。

雨水终于在许久之后停了，桌上的油灯只剩一点，烛火微微晃动，马上就要熄灭的样子。

青年合上手中的书，站起身走到榻边。

床榻之上，少女睡颜安宁，闭眼的时候多了恬静，越发显得整个人稚气未脱。其实，她只有十六岁。寻常人家里，十六岁的小姑娘大约在思索哪家的少年郎长得好看，或是哪家的香囊做得比较香。

谢景行的目光有些复杂。他不是良善之人，亦有常人没有的狠绝，但每每面对沈妙，总会留那么一分余地，从第一次见她开始，他的姿态都是退让的。

他在让着她。

但他并不知道这是为了什么。就好像他故意说雨未停，不过是为了看着她睡着一般。她明明很害怕，却要逞强，他也就只能装作不知道。

雨停了，他离开了屋子。

与沈宅一墙之隔的宅子，如今已被睿王一并买下。谢景行从里走出来，等在外头的铁衣和南旗赶忙跟上。

"宫中的帖子，重新接了。"谢景行道。

铁衣一愣，道："主子不是说不去？"

"改主意了。"

铁衣心中狐疑不已。那帖子是皇子给下的，一众明齐皇子和大秦太子在，谢景行不想掺和其中，直接给拒了，怎么如今又突然想到去了？

谢景行目光微冷。

沈妙在梦里，其实不只唤了罗雪雁的名字，还有定王傅修宜。

再也不要喜欢傅修宜了……他的唇边泛起了一抹嘲讽的笑，喜欢？

喜欢过，总归是一个让人觉得碍眼的词。

第十九章
庶女心计

京城冬日的惊雷让第二日迅速转冷,仿佛一夜之间便到了深冬。

"没想到雨说来就来,院子里的花倒是可惜了。"陈若秋一边替沈万整理衣裳,一边说起昨夜的大雨。

沈万心不在焉地听着,没看向陈若秋。

陈若秋笑着问道:"老爷有什么心事?"

沈万回过神,看着陈若秋,道:"我想,玥儿如今也到了说亲的年纪了。"

陈若秋心中咯噔一下,笑道:"我晓得的,一直在替玥儿物色合适的人家,不过也得慢慢挑,不能糊里糊涂将玥儿嫁过去。"

"都已经物色了这么久,"沈万这次却没被陈若秋敷衍过去,板着脸道,"自玥儿十六开始,已经整整两年。旁人家的姑娘都有了人家,再这么拖下去,日后我们再想为玥儿找到合适的人家也就难了。前几日我给你的那几户人家,都是不错的。"

陈若秋勉强地笑了笑,道:"这一时半会儿的,得让玥儿熟悉熟悉才是。"

"两年了,每每与她说些人家,她都推辞,你这个做娘的也纵着。"沈万目光犀利地道,"玥儿若是打了什么不该打的主意,将咱们这一房都搭进去,可就得不偿失了。"

陈若秋心中打了个突。沈万不是傻子,沈玥这个不嫁那个不嫁,做父亲的自然会心生疑惑。沈玥一心恋慕定王，沈万若是知道，只怕不会饶了沈玥。

"有些人家不是我们能高攀的，"沈万话中有话地道，"还是让玥儿趁早绝了不该有的念头。"

"可是老爷……"陈若秋还想为沈玥争取一把，"玥儿眼下年纪还小，有些事情急不得。您从前也疼她，这一回不能体谅一下吗？"

沈万深深地吸了一口气，看向陈若秋，目光有些失望，道："夫人一向识大体，怎么到了如今偏拎不清楚？定王绝非表面上这般简单，以前大房还在的时候，沈家兵权在握，定王或许有所忌惮。如今大房分家，定王娶妻，定会娶有利于他的妻族。玥儿于他意义不大，他怎么会让玥儿做正妻？最多不过侧室罢了。就算玥儿得了他的欢心，一个侧室怎么与背景深厚的正室斗争？到时候，吃亏的还是玥儿。"

陈若秋闻言，惊出一身冷汗，道："原来如此，是妾身想得不周到。"

"也不怪你。"沈万叹息一声，"玥儿如今脾性比从前骄纵，你要让她好好收拾，省得日后多加麻烦。那些京城里的好人家子弟，我先前让手下整理做成册子，等会儿让人给你送过来。你挑一些，改日让玥儿去见见吧。"他顿了顿，道，"这事真的拖不得了。"

陈若秋这回倒和沈万站在了同一处，当即答应了下来。等沈万上朝后，册子送了回来，陈若秋仔细地盘点着，觉得合适的就令人做个记号，竟真的打算让沈玥去见见人家了，却没看到秋水苑中，外头洒扫院子的丫鬟里，有人悄悄地放下手中的活计出去了。

沈玥手中的笔一顿，一道墨痕瞬间出现在还未完成的画纸上。她全然没有理会，反而气急败坏地问跑来的丫鬟："你说什么？娘要给我选婿了？"

"回二小姐……"丫鬟小心翼翼地道，"夫人已经在册子上选出了好几个人，派人送去了帖子，过几日应当就会带着二小姐一起拜访的。"

"混账！"沈玥将笔一摔，也不知道是在骂谁。

她如今已经十八了。十八岁，在京城中，就算没有出嫁的，也该定了人家。可她到现在还没有，因为她想嫁的人只有一个，就是傅修宜。

"我要去跟娘说，我不嫁！我不嫁！"沈玥将桌上的笔墨纸砚胡乱一扫，显然气狠了。

另一头的彩云苑中，有人也听到了动静。

"外头吵吵嚷嚷的，又是闹什么呢？"做针线活的万姨娘抬起头，这两年她过得不错，看着硬气了不少。

门口的小丫鬟便道："回姨娘，二小姐因为三夫人要为她选婿发脾气呢！这会子正往秋水苑赶去。"

嗤的一声，万姨娘先是笑出声，随即眼神一黯，道："真是身在福中不知福。"

她的女儿沈冬菱也是沈府的姑娘，年纪和沈玥差不了多少，可沈老夫人看不上庶女，沈贵不管院子里的事。沈冬菱身份不高，极少有人来说亲，纵是有来说亲的，也尽是些莫名其妙的人家。

万姨娘正想着，却见屏风后的沈冬菱站了起来。她身量长了不少，身材苗条修长，眉眼水灵，很有万姨娘当初唱旦角儿的风姿。

"你去哪里？"万姨娘随口问道。

沈冬菱道："姨娘不是一直操心我的亲事吗？"

万姨娘一愣，不晓得她说这话是什么意思。

"我等了两年，现在，这个机会来了。"沈冬菱道。

沈玥在秋水苑里闹了一阵，可这次陈若秋像是铁了心，任她如何哀求都无动于衷，甚至动怒说，再闹就将她软禁起来。

沈玥心中着了慌，出秋水苑的时候，整个人就带了几分愤怒。恰好见着彩云苑中走出几人，为首的蓝衣少女见着她，上前道："二姐姐。"

沈玥扫了那少女一眼，嗯了一声，态度有些冷淡。

这少女是二房的庶女沈冬菱。自从任婉云死后，沈贵被诊出再也无法有子嗣，沈冬菱便成了二房唯一的血脉。即便这样，沈玥也是瞧不起沈冬菱这样出身的庶女。

沈冬菱笑着道："我打算纺几匹丝来做绢布，恰好描了几个花样子，二姐姐可要一些？"

"不必了。"沈玥道。

这般被冷落，沈冬菱依旧好脾气地道："如此便罢了，我原想着给二姐姐也做几个。"

沈玥有些不耐烦，眼下她一心为选婿的事担忧，哪里顾得了那么多？却见沈冬菱低着头，露出一截洁白的脖颈。

沈冬菱和沈玥只差半岁，她长得不像沈贵，眼睛大大，下巴尖尖，仔仔细细一打量，也是一个吾家有女初长成的俏丽佳人。

沈玥心中突然一动，主动拉起沈冬菱的手，笑眯眯地道："我不让你给我做，无非怕累着你。你是府里的正经小姐，又不是绣坊里的绣娘，成日做这些针线活算怎么回事？"

沈冬菱一愣，面色微微涨红，受宠若惊地道："二姐姐言重了，平日里我也没什么别的事。"

沈玥见沈冬菱乖巧，眸中笑意更浓，道："你这性子也该改改了，老实巴交的。我明儿个要去珠宝铺子里挑首饰，你跟我一块儿去吧，看中了什么，我送你。"

"这……"沈冬菱有些慌乱地摆手，"不行……"

"你还跟我客气不成？"沈玥佯怒，"这姐妹做着还有什么意思？"

沈冬菱有些不知所措。

沈玥见状，微微一笑，拍了拍她的肩，道："三妹妹还是这般胆小，倒是惹人心疼。行了，我还有些事，不与你说话了。明日让丫鬟去彩云苑找你，你便跟我一同去首饰铺子。"

沈冬菱点点头，接受了。

待沈玥一行人渐渐走远后，沈冬菱身边的丫鬟乌梅道："二小姐是什么意思？一会儿冷一会儿热的。"

"她这是变着法儿讨好我呢！"沈冬菱微笑道，"大约觉得我很好收买，日后想要我帮忙，便也简单多了。"

乌梅闻言，大惊道："那可怎么办？"

"无妨。"沈冬菱笑得欢喜，"这个忙我也乐意帮。就像她送我首饰一样，她要把好东西拱手让人，我既不是圣人，哪有不要的道理？只是她自己鼠目寸光罢了。"

沈玥在这头闹得鸡飞狗跳，沈府西院的院子门口，正有人往外搬花。

沈万自西院门口路过，正巧听见一个婆子惊叫道："小姐小心！"

沈万循声看过去，只见一名年轻女子正将一盆极重的花草搬到台上，花盆太重，差点儿砸了脚。旁边的嬷嬷松了口气，那女子回过头来，冲着嬷嬷嫣然一笑。

沈万的脚步一顿。

女子穿着青碧色的对襟羽纱衣裳，下身着翡翠撒花洋绉裙，梳着百合髻，只算秀美，可日光将她额上的汗珠晒得晶莹，她脸上便生出了些红晕，竟有种无法言说的美。

爱美之心，人皆有之。沈万虽然不好女色，却不代表会对美人儿无动于衷。如今他见这美人儿于天地之间活色生香，不由得驻足。

那女子注意到有人在看她，转过头瞧见沈万，先是一愣，随即走过来。她走到沈万面前，落落大方地行礼，道："三老爷。"

沈万扫了她一眼，恍然大悟她的身份，就道："常小姐。"

常在青只见过沈万一回，还是刚来沈府的时候，晚上陈若秋带她去荣景堂给沈老夫人行礼。晚上灯火暗，沈万也未曾留意常在青，没想到近了看，她却是个难得的美人儿。

"常小姐在做什么？"沈万笑着问道。

常在青回头看了花台一眼，道："昨夜下了雨，花枝都被雨淋湿了，我在给它们'包扎'呢。"

"包扎？"沈万觉得有些新奇，问，"花朵如何包扎？"

常在青微微一笑，道："三老爷瞧着就是。"

沈万走到花台前去看，果真见到七零八落的花枝上，有的缠着布条，有的涂着药水一样的东西，摆弄得十分整齐。

"你倒是有心，"沈万喟叹，"也难得肯下功夫。"

"花草也是有生命的。"常在青笑道，"万物有灵，那些人口口声声说爱怜花草，却连这点儿事都办不到。况且我不过是动动手，愉人悦己，何乐不为？"

"好一个愉人悦己！"沈万看向常在青的目光充满欣赏，"是我庸俗了。"

"三老爷谬赞。"常在青打趣道，"大家都是俗人，我也是有私心的。若是我将花草养得好，住在府上也会安心许多，总还能做一点儿事的。"

沈万开怀一笑，道："纵然常小姐什么都不做，沈府里也不会有人想要赶你走。"

常在青也跟着笑道："那就多谢三老爷了。"她忽而又想起了什么，看向沈万，"说起来，我昨日无意中摆了一盘棋，怎么也解不开，本想找三夫人帮我瞧瞧，可今日三夫人忙碌。我听闻三老爷亦是棋艺高手，可否为在青指点一二？我可以为三老爷煮茶。三夫人或许与你说过，我煮的茶十分好喝。"

她的态度落落大方，若是拒绝，反倒显得沈万失礼了。沈万略一思忖，便笑道："恭敬不如从命！"

他二人到了花园石桌前，开始对弈，亦随口闲谈。

沈万诧异地发现，常在青不仅棋艺出众，与他谈话时，天文地理，无不涉猎，哪怕是朝中之事，也能插上一两句嘴。沈万自来欣赏有才之人，对美貌倒不那么看重，后院中独宠陈若秋，不过是因为陈若秋琴棋书画样样精通。可陈若秋有个不好的地方，就是因为出身书香世家，到底有些自命清高。一两次是情趣，可日日与她生活在一处的人，难免也会觉得她太小家子气了。

常在青爽朗又不乏细腻，十分善解人意。与她说话妙趣横生，让人心中熨帖。不知不觉，沈万看向常在青的目光越来越欣赏。

赵嬷嬷远远地瞧着，眼中流露出一丝欣然，不动声色地吩咐丫鬟将院门看好，莫要放旁的人进来。

这头如此，明齐皇宫内，今日也是分外热闹。

太子为了招待秦国和大凉的客人，特意设宴款待。秦国太子和公主在场，大凉睿王也接了帖子，陪着赴宴的，还有明齐的八个皇子。

太子如今的病情越发严重了，正因如此，连带跟着太子的楚王和轩王也有些军心摇动。所有人都默认了一个事实，太子这个位子，坐得并不会长久。

反观之，周王、静王两兄弟和离王一派倒是越见显赫。离王这个笑面虎左右逢源，追随者众多。周王兄弟则是凭借母妃徐贤妃的势力。两派人斗得水火不容，颇有些图穷匕见。

最安稳的倒是定王傅修宜。定王这两年也参与朝事，却都是些无关痛痒的小事。尽管如此，文惠帝却对他十分满意。也因为他表现出来的中立和安然，无论是太子还是周王，抑或是离王，对他都没有刻意打压。定王反而是最安全的一人。

堂厅里，太子笑着举杯，道："诸位远道而来，实在应该庆贺。"

皇甫灏举杯，作势与太子碰了一下，笑道："多谢太子盛情款待。"

皇甫灏身边坐着明安公主。在被皇甫灏禁足几日后，明安公主终于被放了出来。今日她盛装打扮，眉眼含情地看着坐在她对面的紫袍青年。可惜落花有意，流水无情，睿王被半块面具蒙着脸，盯着酒盏，不知道在想些什么。

太子笑问："睿王如何不饮酒？可是酒不合口味？"

睿王勾了勾唇,道:"身子不适,不宜饮酒。"

太子的面上有些尴尬。

傅修宜开口道:"既然如此,睿王殿下就以茶代酒吧。来人,给睿王上茶。"

明安公主有些担忧地看着睿王,开口道:"睿王殿下无事吧?是哪里不舒服?要不要叫太医过来瞧瞧?"

皇甫灏闻言,顿时沉下脸,狠狠地看了明安公主一眼。当着明齐这么多皇子的面,她独独表现出对睿王的痴迷,不是赶着给人看笑话?况且睿王看明安公主的眼神分明就是有几分不耐烦,要是睿王脾气不好,厌烦了明安公主,连带着整个大凉都对秦国无甚好感,吃亏的只会是他。

睿王没搭理她,反而看向对面座中的最后一个人。众人注意到了他的目光,顺眼看去,却是定王傅修宜。

傅修宜在九个皇子中是最安分守己,此刻睿王独独看向他,几个皇子再看傅修宜的目光就有些变了。傅修宜倒也镇定,并未慌乱,只与睿王对视。

睿王忽然笑了,道:"来明齐之前就听闻九皇子少年俊才,如今一看,名不虚传,不知可有婚配?"

众人没料到睿王会突然来这么一句,神情陡然古怪起来。傅修宜也愣了一下,答道:"还不曾。"

周王哈哈大笑。他坐在傅修宜身边,顺势拍了拍傅修宜的肩膀,道:"咱们老九是几个兄弟中唯一未曾娶妃的,怎么,睿王也对老九的亲事有兴趣?"

面具下的唇勾了勾,睿王悠然地道:"大凉宫中也有许多适龄公主,本王一见九皇子,觉得甚是投缘,有心想结秦晋之好。"

闻言,在座诸位顿时神情大变。

睿王这话的意思,竟是想和傅修宜做个亲家。若真如睿王所说,娶一个大凉的公主,背后的意思可不仅仅是多一个妃子,还多了来自大凉的助力。傅修宜一旦娶了她,就会成为皇位最有力的竞争者!

傅修宜握着酒盏的手猛地一紧。睿王不是在帮他,而是在害他!不过是一句话,皇子们看向他的目光已经充满了提防,可见睿王几乎将他推到了风口浪尖。

他心中对睿王生起警惕,面上却是笑道:"多谢睿王殿下厚爱,只是在下如今未有娶妻的念头。"

"哦?"睿王唇角一勾,"九皇子可是已经有了心仪的女子,所以不愿?若是如此,也不会勉强。"

"殿下说笑。"傅修宜拱手，"只是如今在下的确尚未有此念头。"

诸位皇子见傅修宜干脆利落地拒绝了睿王的提议，脸色这才好看了点儿。

"真奇怪，"睿王好似独独对傅修宜极有兴趣，似笑非笑地道，"九皇子并未娶妻，又无心仪之人，为何不愿考虑此事？本王见九皇子也是风流俊杰，莫非平日里就没有爱慕你的姑娘？"

闻言，成王哈哈大笑道："睿王殿下有所不知，原先在咱们明齐，可有位姑娘爱慕咱们老九，爱慕得举朝皆知。"

"是不是沈妙？"不等成王说完，明安公主就急急地打断他的话。

"原来公主也知道？"成王有些讶异地道。

"沈妙痴恋定王殿下的事连秦国都知道了，算不得什么稀奇。"明安公主幸灾乐祸地道。

"不错。"成王笑道，"睿王殿下有所不知，沈妙就是威武大将军的嫡女，当日在朝贡宴上与公主殿下比试的那一位。当初沈妙年岁还小，整日想法子去寻老九，还为老九做针线、做糕点、学抚琴、学写诗……啧啧，真是做了许多事。"

"当日在朝贡宴上，她却很有几分风姿。"说话的是皇甫灏，只见他玩笑道，"九皇子真是铁石心肠。"

"当初沈小姐年纪小。"成王继续道，"谁知道两年后，竟出落得如此美丽。"成王嘿嘿一笑，"早知如此，老九当初何必如此无情，平白辜负美人恩，现在后悔也来不及了。"

明安公主冷笑道："这沈小姐也是个妙人，身为姑娘家，却一点儿也不知羞，也真难为她了，做针线、做糕点，日日跟着……真是好'体贴'啊！"

晓得明安公主对沈妙不痛快，众位皇子也只是笑着不说话。

傅修宜摇头，道："沈姑娘是好人，诸位还是不要拿她开玩笑了。"

"老九，你就是太严肃了。"楚王笑道，"你不要人家，难不成还不许别人要？若不是我们都已经立了妃，要我娶沈小姐，我也愿意！"

"不错！"皇子们纷纷附和。

"的确如此。"皇甫灏笑道，"若我是九皇子，也一定会娶她。"

明安公主心中不悦极了。她看向睿王，发觉睿王并未跟着众人玩笑起哄，心中一喜，问道："睿王也是如此以为吗？"

睿王一顿。众人望向他。

戴着面具的年轻男人挑起酒盏把玩，淡淡地道："为男子做针线、做糕点、学抚琴、学写诗……"

明安公主道:"简直伤风败俗,贻笑大方!"

"这样好的姑娘,"睿王含笑道,"不巧,本王也想要。"

座中众人原本还是笑着的,笑着笑着就笑不出来了。

皇甫灏盯着睿王的眼睛。明安公主面皮僵直,神情都有瞬间的扭曲。

太子打圆场道:"窈窕淑女,君子好逑。沈小姐才貌双全,自然引得无数英雄折腰!"众人纷纷附和。

睿王似笑非笑地放下酒盏,没有再开口。

明安公主自从睿王说了那句话后,目光中都带着恨意,看得皇甫灏连连蹙眉。

到了最后,睿王最早离席。为此,明安公主的神情就更加不好了。火气极重的她在回去的路上一连责罚了好几个下人,连过来同定王交公务函的属下都被她大骂了一番。

那两人是谢长武和谢长朝。傅修宜训斥了他们几句,明安公主才罢休。

等回了定王府,傅修宜将今日宴上发生的事告知自己的幕僚们,思索道:"大凉的睿王似是对本王有敌意?"

诸位幕僚各自沉思着。傅修宜看向最前面的青衫男子,道:"裴先生可有什么见解?"

裴琅是两年前被傅修宜招到门下的,当时傅修宜看中了裴琅的才华,奈何裴琅并不贪慕权势,最后傅修宜使了浑身解数,才让裴琅动了心。而裴琅也不负傅修宜的厚望,在两年时间里,替傅修宜解决了许多难题。

裴琅道:"殿下可曾在别的地方与睿王有过交集?"

傅修宜摇了摇头。

"这便奇怪了。"裴琅分析道,"如果说之前没有交集,实在想不出为难殿下的理由。殿下并未碍着他的路,就算大凉要发难明齐,找的人也应当是陛下或者太子。"

傅修宜点头,道:"我也是这般想的。或许……"他沉吟一下,"或许是为了沈妙?"

"殿下此话何解?"另一个幕僚问道。

"我想了想,睿王说的那些话同我有关系的,就只有沈妙了。当时我分不清他是玩笑还是故意,现在想起来,觉得有些奇怪。"

有幕僚道:"莫非睿王和沈妙私下里有什么不可告人的关系吗?"

裴琅断然道:"这不可能。"

众人都瞧着他。

"睿王是初到明齐,沈妙也是跟着沈信回京不久,这之前二人绝不可能有所联系。若是在这之后……"裴琅拱手道,"殿下与睿王打了这么久的交道,应当知道睿王是一个不好琢磨的人,为了沈妙一个女人而与殿下敌对,这不划算。"

闻言,傅修宜沉吟道:"你说得也有道理。依裴先生所见,如今应当如何?"

"既然今日殿下也未受到太大牵连,轻举妄动反而让周王他们心生警惕。不妨静观其变,再做定夺。"裴琅道。

傅修宜点头,道:"既然如此,就照裴先生说的做吧。"他按了按额心,"今日酒饮多了,明日还要上朝,我先休息,诸位也都散了吧。"

油灯下,沈妙在写字。写完后搁下笔,她找了只信封,将信纸装好,交到了惊蛰手里。

"明日一早,在外头寻个可靠的人,将信送到沈府里的常在青手里。"沈妙道。

惊蛰应了。

谷雨将桌上的笔墨纸砚收起来,笑道:"姑娘也早些休息吧。"

待惊蛰和谷雨走后,沈妙将油灯拿到榻前的小几上,坐在榻边出神。

昨夜做了那样一场梦,眼下无论如何她都睡不着,仿佛从那个梦中窥见了前生的一点儿端倪。如果说常在青是罪魁祸首,那么她自己就是被人利用的刽子手。

这是血海深仇,她若只让常在青身败名裂,未免太过简单。她想了整整一日,到底想出了一些东西。那张信纸上,密密麻麻都是沈万的喜好。沈妙不相信,以常在青的段数,沈万这样的伪君子还能不中招?

她脱下外裳,上了榻,正想躺下,却又鬼使神差地看了窗口一眼。

窗户关得很紧,外头清风摇曳,黑漆漆的夜,并未有别的人。

沈妙怔了一下,暗自摇了摇头,将心中那点儿古怪的感觉压住,吹灭油灯,这才真的睡了。

睿王府中,有人在院子里喂虎。

白虎撒着欢儿偎在青年脚下，不时伸着脑袋从他手里讨食吃。

"别喂了，再喂就真成猫了。"高阳在一边瞧着，泼冷水道。

谢景行充耳不闻，一边继续给白虎喂食，一边漫不经心地道："我宠的，你有意见？"

高阳被噎了一下，道："好好好，我不管你喂猫还是喂虎，今日在东宫里究竟是怎么回事？莫名其妙的，你怎么对定王发难了？傅修宜现在对你一定有所怀疑，你到底是怎么想的？"

高阳见谢景行不理自己，眼珠子一转，道："不会是为了沈妙吧？"

谢景行道："你很闲？"

"啥？"

"苏家的事情打点好了？"谢景行问。

高阳一愣，随即道："已经安排人去做了。不过……"他顿了顿，又道，"你这样做有意义吗？虽然你和苏明枫是好友，可是有一天他知道了你的真实身份，必然会与你为敌。到时候，你做的一切在他眼里都是有所图谋，做了不如不做，你这又是何必？"

"我做事，为何还要考虑他的想法？"谢景行道，"只是因为我想做而已。"

"真是如此？"高阳犀利地道，"你别忘了，你现在和从前不同，这个身份，注定在明齐没有一个值得你信任的人。"

夜风习习，白虎吃饱了，打了个饱嗝，欢腾地去叼谢景行的袖子。

隔了许久，谢景行开口道："不是。不是所有，还有一个人……可以让我用大凉睿王身份相交的人。"

"你是说沈妙？"高阳提醒道，"如今沈妙与你相交，是因为她也要对付定王。一旦真有一日到了最后，她还是会站在你的对立面。你只是贪恋一时的快活，黄粱一梦，醒来后不过徒增伤感。"

"那又如何？"

闻言，高阳一愣。

谢景行将白虎从地上提起来，抱在怀里，站起身，修长挺拔的身影在夜色里如青松一样笔直。

"世上一切东西都要付出代价，权也好，人也好，都一样。如果真到了那一天，本王就想办法抢。江山要抢，皇位要抢，女人要抢，心也要抢。

"这条路从一开始就注定了，被天下人恨又怎么样？如果连这点儿事都承受不了，你就趁早回大凉吧。

"本王从来没有忘记自己要走的路，相反，很清楚自己要的是什么。所以，不要怀疑本王的决定。

"如果一切都是黄粱一梦，那就把梦变成现实好了。本王有这个自信，高阳，你怀疑吗？"

很多年后，高阳再回想起这个冬夜，似乎都能感觉到骨子里沸腾的热血。他见过那人少年时的嚣张和顽劣，见过他青年的狂妄和高傲，却在这一刻，真正见到了他身上来自皇族的霸道和坚决。

"如果一切都是黄粱一梦，那就把梦变成现实好了。"

高阳顿了顿，片刻后，屈身跪下去，向对方行了一个君臣之礼。

"臣，誓死追随殿下。"

"起来吧。"谢景行逗着怀中的白虎。

高阳拍拍膝盖上的灰尘，想了一刻，肃然问道："那么，殿下打算如何抢沈姑娘？"

谢景行道："滚。"

进了初冬后，日子过得格外快。

因着整日操心沈玥的事，陈若秋对沈万也疏忽了几分，却不知何时起，常在青成了沈万的红颜知己。沈万下了朝后，有些心事难题会对常在青倾诉。

常在青竟有许多兴趣和习惯与沈万是一模一样的。比如沈万不爱甜，常在青做的糕点恰好也不怎么甜；沈万喜欢香茶，常在青煮的茶也多是香茶；就连他们最欣赏的书画家也是同一位。沈万越发觉得常在青与自己甚是投缘。

只是这一切，陈若秋都不知道罢了。

沈府的彩云苑中，沈冬菱正将面前的糕点推到沈玥面前，笑道："厨房新做的点心，加了牛乳和桂花，二姐姐尝尝。"

沈玥看了一眼，并没有伸手去拿，反而有些烦躁地叹了口气，道："我现在哪里还有吃东西的心思。"

沈冬菱看向她，问："二姐姐还在为自己的亲事苦恼吗？"

"你不知道，"沈玥没好气地道，"昨日我去了员外郎府上，我娘对那个王公子极为满意。若我猜得不错，她是要动把我嫁给王公子的念头。我现在食不下咽，急得脑仁儿都疼。"

"员外郎？"沈冬菱好奇地道，"可是那位叫王弼的公子？"

"你竟然也知道？"沈玥狐疑地看着她。

"曾经听父亲说起过。"沈冬菱羞涩地一笑。

沈玥道："不错，就是他。"

"听闻那位王公子学识渊博，如今也入了仕，出人头地是迟早的事。二姐姐，这是一桩好事啊，为何不愿意？"沈冬菱问。

"就算你们将他夸得再天花乱坠，我都不喜欢。"沈玥没好气地道，"我要嫁，就要嫁生来就风光无限的人，他算什么？"

沈冬菱闻言，试探地问："莫非……二姐姐是有心上人了？"

沈玥一愣，随即掩饰道："没有，你胡说八道什么呢！"

沈冬菱歉意地笑了，道："我原想着，王公子不错，二姐姐却不喜欢，是不是因为有了心上人，所以其他人都瞧不上眼了。"

沈玥摆了摆手，有些心不在焉。她为傅修宜守了这么久，眼下功亏一篑嫁给旁人？沈玥不甘心极了。

沈冬菱轻声道："二姐姐为何不尝试一下呢？其实王公子也许没有你想的那么糟糕。二姐姐嫁过去，总不会受委屈，安安稳稳地过一辈子，不是很好吗？"

她越是这么说，沈玥就越是厌烦。沈玥要的从来不是安稳，而是风光。众人艳羡的目光，只有傅修宜能给她。

"二姐姐这样的福分，有些人求都求不来，譬如我。"沈冬菱道，"若是换了我在二姐姐的位置，晓得这件事，定不会拒绝，反而觉得很欢喜。女子在世，求的不就是一个稳妥吗？"

沈玥本来听得有些不耐烦，待听到后面，忍不住顿了顿，心中慢慢浮起一种奇异的感觉，不由自主地看向沈冬菱。

沈冬菱下巴尖尖，整个人格外柔弱。

沈玥的心中慢慢起了一个念头。

一连几日，京城都很平静。

府邸上，明安公主面容美艳，身着金红色纱裙，有一搭没一搭地吃着盘子里的果脯。她的对面正跪着两名臣子模样的人，是临安侯府的两位庶子，谢长武和谢长朝。

他们如今都在定王手下做事，定王对他们虽然算不得倚重，却也是视为未来有用之人培养的。两人之所以出现在秦太子的府邸上，也是因为傅修宜的吩咐。

傅修宜有心和秦太子交好，私下里想达成某种约定，对皇甫灏的胞妹明安公主，自然也要花费一番心思。他想着明安公主也许对定京不太熟悉，就派了谢长武和谢长朝二人奉承她，别人也不会感到奇怪。

明安公主脾气暴烈，这几日没少给谢长武和谢长朝苦头吃。

今日亦是一样。

她看着对面的二人，嘲笑道："你们整日跟着本宫，也不嫌闷得慌。"

谢长武道："公主殿下满意，臣等才会安心。"

明安公主嗤笑一声，道："本宫手下可不收这样无所事事的人，听闻你们临安侯府曾有个小侯爷，可惜英年早逝了。若是他，本宫倒可以考虑让他成为本宫的手下。"

地上匍匐的两人低着头，神情有一瞬间的阴霾。

谢长朝目光闪了闪，道："兄长的确惊才绝艳，曾与威武大将军的嫡女沈五小姐关系匪浅，说起来也是有缘。"

听到沈妙的名字，明安公主先是一愣，随即柳眉倒竖，道："怎么回事？你快告诉本宫！"

谢长朝抬起头，似有些诧异地看着明安公主，道："公主殿下可曾记得当初明齐校验场上，沈五小姐步射独占鳌头的事？"

明安公主的神情越发阴沉，谢长朝这么说，让她想到了在朝贡宴上与沈妙比试出的丑。

"当时蔡霖下场后，我二哥本想挑战沈五小姐。若是他上场，必然能让沈五小姐落败，可这时候我大哥冲了出来，护住沈小姐，自己替上了。"谢长朝道。

正因为谢景行的出现，他们兄弟在校验场上被谢景行打得落花流水，几乎成了笑话。

"原来如此。"闻言，明安公主冷笑一声，"看来谢景行也不是什么好东西，与那贱人勾搭在一起，活该，死得痛快！"

谢长朝和谢长武眼中飞快地闪过一丝快慰，只要抹黑谢景行，他们心中就十分舒坦。

"那沈妙，本宫看着十分碍眼，若非哥哥护着，本宫不能出手，早已让她死了十回八回了。"明安公主有些烦躁。

那一日，在太子东宫之中，睿王说的那些话时时回荡在明安公主耳边："这样好的姑娘，本王也想要。"

她疯狂地忌妒，新仇旧恨加在一起，只恨不得将沈妙碎尸万段。可她被皇甫灏禁了足，就算出去，身边也跟着皇甫灏的护卫，什么都不能做。眼下谢长朝提起沈妙，那些恶毒的想法又从她心底胡乱滋长出来。

她心中一动，看向谢长武和谢长朝。谢长武和谢长朝跪在地上，明安公主没让他们起来，他们就不能起身。这两人一直都是如此，非常听话。

明安公主忽然笑了，道："谢长武、谢长朝，你们跟了定王有几年了吧？怎么到现在还只是个跑腿的呢？"

谢长武和谢长朝一顿。明安公主这话戳到了他二人的痛处。未能得傅修宜器重，在他们眼中，其实和本人没什么关系。他们自认文韬武略十分出众，之所以到现在都出不了头，无非是因为一个庶子的名头。

明安公主道："你们很想升官吧？很想被定王带在身边，得他器重吧？很想有一日飞黄腾达，不必顶着卑微的庶子名头吧？"

谢家兄弟不说话。

"本宫有一个法子，能让你二人得偿所愿。"

谢长武和谢长朝对视一眼，不约而同地道："求公主殿下赐教！"

"那就是本宫呀！"明安公主笑意盈盈地道，"本宫是秦国的公主，如今定王对我太子哥哥有所求，才让你二人来讨我欢喜。若是本宫在太子哥哥面前替你们美言几句，让太子哥哥和定王成事，定王也会念着你二人的功劳。"她看着自己涂着蔻丹的指甲，"你们这些日子委曲求全地讨好本宫，不也就是为的这个吗？"

见他二人都不言，明安公主有些按捺不住，自己说出来了："本宫的一句话，多少人想求都还求不来。你二人与本宫非亲非故，好端端的，本宫替你们说了话，自然也是要拿些补偿的。"

这样一来，两人再装傻就说不过去了。谢长武道："请公主殿下吩咐。"

"你们也知道，"明安公主道，"本宫一向很仁慈，在明齐也时时想着与人为善，奈何总有些不长眼的贱人要招惹本宫。"她的声音忽而尖锐，"本宫如今最厌烦的就是沈家那个小贱人！"明安公主看向谢长武和谢长朝，"我知道你二人皆是明齐数一数二的青年才俊，胆识过人，不知道可愿意帮本宫这个忙？"

谢长朝试探地问道："公主殿下打算如何？"

"放心，本宫心善，不要她的命。"明安公主笑道，"不过你们得将她卖到明齐最下等的楼里去，等她慢慢习惯那里的生活时，再想法子让官府把她救出来。"

谢家两兄弟倒抽一口凉气。将人卖到最下等的楼里，还特意吩咐不弄死了，等沈妙被人折腾得差不多了，再让官府救她出来，岂不是天下人都晓得沈五小姐成了妓子的事实？唾沫星子能将沈妙淹死。

谢长武勉强笑道："沈家的护卫个个武艺高强，如何将沈五小姐卖去……那地方？"

"这便是你们的事了。"明安公主又恢复了高高在上的模样，"否则事事都要本宫为你们考虑好，本宫要你们何用？"

见谢长武和谢长朝二人还在犹豫，明安公主又放轻语气，循循善诱道："事成之后，本宫会在定王面前替你们美言，至少让定王替你们谋一个好差事，不必如现在这样高不成低不就。如此合算的交易，你们还不答应吗？"

谢长武和谢长朝对视一眼，都从对方眼中看到了纠结之色。

富贵险中求，如他们这样一直在仕途上得其门而不入的，最渴望的无非有朝一日飞黄腾达。明安公主给他二人提供了一条捷径，只需要短短的时间，他们便能向自己梦寐以求的东西靠近一步。

可要绑走沈妙，的确不是一件容易的事。沈家是军户出身，护卫非比寻常。况且一旦沈妙失踪，沈信肯定会封锁定京城，全城戒严，到时候他们想要藏匿沈妙并且将她运到楼里去，谈何容易。

成，荣华富贵加身；败，一切皆为幻影。得得失失，二人拿捏不定。

明安公主见状，道："既然你二人犹豫，那就当本宫没有提过此事。机会只有一次，本宫不会给第二次。你们下去吧，明齐有胆识之人不是只你二人，本宫想，总有人愿意赌这个富贵。"

"臣愿意！"不等明安公主吩咐，谢长朝率先叫了一声，拉了谢长武一把。

谢长武见谢长朝已经说出口，也只得屈身道："臣愿为公主殿下赴汤蹈火，在所不辞！"

明安公主笑道："起来吧，既然你们为本宫用心做事，本宫也不会亏待你们。本宫就在府里……静待佳音。"

定京城冬日黑得早，夜里，沈妙在灯下回帖子。

冯安宁给她下了不少帖子，她却因为考虑常在青的事，一次也没去过，都让罗潭去陪冯安宁闲逛了。一来二去，冯安宁的大小姐脾气一上来，在今日给她下了封帖子,要她两日后必须出来一同逛铺子。若是她不出来,朋友便也不必做了。

沈妙想了又想,为了维系这段"来之不易"的友谊,便只得回了帖子,应了冯安宁的邀约。

沈妙将帖子写好,交给谷雨。惊蛰和谷雨出去掩上了门。沈妙打了个哈欠,打算睡觉,便走到榻边。她方走到榻边,突然见有什么东西拱成一团,在她的被褥下蠕动。

沈妙吓了一跳,当即走到榻边将被褥掀起来。被褥底下,赫然是一只大猫,皮毛是罕见的雪白色。那大猫毛茸茸的,缩成一团,仰头看她。

沈妙有一瞬间的呆怔。那是一只……白虎?

沈妙疯了,黑灯瞎火的,从哪儿跑来这么一只白虎?

就听得阴影处有人低笑,唤道:"娇娇。"

沈妙下意识地回头,见那白色幼虎呼地站起身,往另一头跑去。

灯火之下,他的紫色衣袍被一寸寸照亮,绣着金线的地方折射出细小的熠熠光彩,容貌被晕黄的烛火镀上一层暖色,好看得不像是人间应有的人。

谢景行将白虎提起来,随手笼在袖中,道:"淘气。"

沈妙眨了眨眼睛,反应过来,难以置信地道:"你叫它什么?"

"娇娇。"谢景行挑眉,"是不是很配?"

沈妙气得不想跟他说话。拿她的小字给牲畜当名字,谢景行还是人吗?

谢景行自来熟地走到小几前坐下,倒了杯茶,道:"茶还热,看来你替我想得很周到。"

沈妙道:"不要脸!"

世上怎么会有这么无耻之人?可谢景行居然还看了一眼小几上的菊花酥,道:"啧,还准备了点心,不过我不饿,有劳了。"

那是惊蛰怕沈妙夜里肚子饿准备的零嘴儿。

沈妙冷眼看着谢景行。这人这样,她还是不要说话好了。

"这几日很累。"谢景行道,"还好能在你这里歇一时,多谢了。"

沈妙心中一动,问:"你去做什么了?"

谢景行似笑非笑地看了她一眼,道:"又想套我的话?"

沈妙不置可否。

"总这样可不公平。"谢景行悠然地开口道,"你知道我不少秘密,我对你一无所知，不如你也说说你的事？"

"睿王想听什么，大可去找季掌柜。"沈妙凉凉地开口，"季掌柜会很乐意告诉殿下。"

"季掌柜不问风月事。"谢景行道，"本王想知道的事，季掌柜也答不出，只有你能告诉本王。"

沈妙问："你想知道什么？"

谢景行托着下巴，看着沈妙，看了一会儿，突然道："你喜欢傅修宜什么？"

沈妙一怔。她喜欢傅修宜什么，和天下大计有一丝半厘的关系吗？

沈妙问："为什么问这个？"

半晌没有听到谢景行的回答，沈妙看向他，恰好对上他的目光。他本就英俊惑人，此刻在灯火之下，黑眸如星，明亮之中，又生出些锐利的锋芒。那目光里似乎含了些别的东西，似乎是质问又或者是其他，三分强势七分霸道，让人看一眼想移开也难。

沈妙听见自己剧烈的心跳，有瞬间的慌乱。这份久违的、鲜活的、从胸腔里冒出来的声音让她无措。

寒冷的冬日，烛火暖洋洋地照着。青年目光锐利，似乎洞悉一切，唇角缓缓地勾起。

阿嚏！谢景行怀中的白虎打了个喷嚏，将屋中沉默的二人惊醒。

沈妙回过神，道："你的宠物生病了。"

谢景行将白虎从袖中拎起来，瞧了两眼，道："娇气！"也不知道是在说谁。

沈妙深深地吸了口气，总觉得谢景行给白虎取了个自己的小字，意图十分恶劣。

"既然娇气，回头就请高太医给它看看吧。"沈妙嘲讽地道，"反正高太医的医术高明。"

谢景行一笑，道："娇娇不喜欢高太医，只喜欢黏着本王。"

沈妙怒视着他。谢景行一定是故意的！

"睿王还不走？"沈妙道，"我要休息了。"

谢景行不悦地道："有时日和冯安宁出游一整天，本王来片刻就赶，真是无义。"

话虽如此，他却从座中站起来，走到窗口，忽而想起了什么，回头对站在榻边的人道："刚刚那个问题，以后告诉本王。"

他的身影消失在窗口处。

沈妙走过去将窗掩上，吹灭灯，上了榻。

屋里陷入了沉寂，仿佛有人来过只是幻觉，只是……

沈妙的手抚上心口。那里，方才剧烈地跳动，到现在还未曾平息。

不是幻觉。

天公作美，冯安宁出门的这一日，难得地出了太阳。

一大早，冯安宁的马车就在沈宅门口等候罗潭和沈妙。

冯安宁穿着樱桃色花笼裙，外罩绯色织锦斗篷，冬日里显得极为鲜亮。她这些年容色见长，越发俏丽，只是一开口说话便显得骄纵起来。她掀开马车帘子，着急地道："等死人了，还不上来！"

她却没想到站在马车外头的是沈丘。冯安宁瞧见他，脑袋一缩，方才趾高气扬的声音一下子低下来，怯生生地道："沈少将。"

沈丘莫名其妙地看了冯安宁一眼，点了点头算打过招呼。他让沈妙和罗潭坐上马车，嘱咐注意安全后就离开了。因着今日是冯安宁相邀，冯家护卫跟了不少，沈妙和罗潭便也没带其他护卫。等到了时辰，冯安宁将她们送回沈宅就是。

等沈丘走后，冯安宁抚着心口，这才松了口气。

罗潭问冯安宁："安宁，你为什么怕丘表哥？"

"我何时怕过他了？"一听这话，冯安宁忙不迭地反驳。

"你方才明明就是很畏惧好不好？"罗潭道，"这有什么可丢人的？"

冯安宁强调道："我没有怕他！"

罗潭道："好好好，你不怕！这总行了吧？"

一直默默旁观的沈妙瞧着冯安宁两颊的红晕，心中一动。

光禄勋家前生因为站错了队，冯老爷也被连累，为了保全这个掌上明珠，只得提前将冯安宁嫁给了本家表哥。谁知道那表哥金玉其外败絮其中，冯家落败后，在外头养了个外室，连儿子都有了。冯安宁生性骄傲，后来便拿了剪子和那王八蛋同归于尽。

今生却因为沈妙这么胡乱搅和，明齐皇室势力到如今都是势均力敌，冯老爷还未曾站队。可前生冯安宁的结局，谁也不能保证不会再次发生。

"你看我做什么？"冯安宁见沈妙直勾勾地盯着她，也不知在想什么，气急败坏地道，"你也觉得我怕你大哥？"

579

沈妙回神，摇头道："没有。"她心中微微叹气，心急吃不了热豆腐，有些事情，还是慢慢来的好。

不得不说，这一日过得分外热闹。三个小姑娘到处逛，买的东西多到马车都没地方放了。冯安宁豪气得很，若非沈妙阻拦，只怕要将整个首饰铺子都搬回府去了。

吃吃喝喝，玩玩闹闹，等到太阳快要落山时，众人打算回府。谁知道刚坐上马车，冯安宁翻了翻身上的荷包，面上现出焦急之色："我方才买的猫眼簪不见了！"

冯安宁逛了一日定京城的首饰铺子，最满意的便是挑到了一支蝶形猫眼簪，十分好看，在酒楼用饭的时候还曾单独拿出来与沈妙她们端详。

沈妙道："你再找找，方才还拿在手里，怎么会不见？"

冯安宁翻了翻荷包，又问自己的几个贴身丫鬟，几人俱说没有瞧到。

罗潭问："会不会是落在酒楼里了？"

冯安宁道："我不知道。"

"要不回去看看吧。"沈妙道，"你才刚走，若是落下，酒楼的人应该会捡到。我陪你一道去看看。"

冯安宁想了想，道："我自己去，横竖一句话的事儿，若没找到便罢了，倒也不是可惜那两个银子，只是难得遇上这么喜欢的。我带几个护卫上去看看。你们在这里等等我，我马上就下来。"

沈妙点头。

冯安宁带了大半护卫走了，大约是为了壮点儿声势。万一酒楼里的伙计捡了想要藏私，瞧着冯安宁这动静也会胆怯。

冯安宁走后，马车里只剩下罗潭和沈妙二人，外头有四个护卫守着。

罗潭瞧着天，道："等安宁下来，回府后大约天就黑了。"说着，她伸了个懒腰，"今日真累，明儿个我要起懒，谁也别吵我。"

沈妙默然。方才不知是谁兴致勃勃地说下回还要这般痛快地玩。

沈妙正想着，忽然听到外头有个护卫道："沈小姐、罗小姐，属下刚刚捡到了小姐的簪子。"

"啥？"罗潭一愣，掀开车帘，果然见一个护卫手里拿着一支闪烁的宝石簪子，不是冯安宁丢的那支猫儿眼又是什么？

罗潭皱眉，道："安宁怎么冒冒失失的？东西落在地上都不知道。"

那护卫往马车前走了两步，罗潭伸手接那簪子。她刚刚握住簪子，那护卫却将她往外一拽！

另一个冯府护卫忽地跳上马车，将车夫掀倒，猛抽马鞭。几匹马吃痛，蓦地扬蹄，乍惊之下在街上疯跑起来。

这一切发生得太快，连另外两个护卫都未反应过来，等反应过来时，沈妙连着马车都已经跑出了十几米远！

值得庆幸的是，罗潭还在马车上。她反应极快，在护卫将她往外头拉时，牢牢地抓住马车车沿，身子往后一仰。那人见拽不下罗潭，也未纠缠，跃上另一匹马，同马车一同往城外的方向跑。

街道上本来有不少百姓，都被这横冲直撞的马车惊呆了。有躲闪不及的小贩，摊子连同整个人都被掀翻。那马车速度极快，沈妙和罗潭在马车里摔得东倒西歪。

关键时候，罗潭还记得拉住沈妙的手，道："小表妹别怕！我们跳车，跳下马车亮出身份，外头那么多人，他们总要忌惮几分！"

沈妙心中微暖，却道："来不及了，你看外面。"

罗潭趴在马车窗沿往外看，却惊呆了，方才熟悉的街道已然不见，小巷七歪八扭，一个人都没有，不知道是哪里的路。如果说，方才她还想奋力跳车，至少能保命，可是顷刻之间，荒无人烟，纵然跳车了，也不过是人为刀俎我为鱼肉。

"别担心，他们应该是冲着我来的，到时候你装晕或是想法子逃掉，他们也不会对你怎样。"沈妙道。

"我怎么可能扔下你自己逃命？"罗潭抓住沈妙的手，"要死一起死！"

沈妙哭笑不得，现在可不是讲英雄义气的时候。她勉强直起身子，附耳对罗潭低声道："记住，你成功逃出去后，想法子给睿王府上递信，就说有事交易，价钱后议。"

罗潭听着一呆，狐疑地看向沈妙："怎么还和睿王有关了？小表妹，你……"

"别问那么多了。"沈妙道，"事关重大，睿王之事不要对任何人提起，我信得过你才告诉你。"

罗潭点点头，又摇头，道："不行！我不会丢下你一个人的。"

沈妙还要说什么，马车却猛地停了下来。沈妙和罗潭反应不及，撞到马车里的小几上。紧接着，帘子猛地被人掀起，一人进来就抓住沈妙往外头拖。

罗潭一把抱住沈妙的大腿，唤道："小表妹！"

罗潭连吃奶的劲儿都使出来了,一拽之下,外头的人竟然未曾拖走沈妙。那人十分恼怒,踹了罗潭一脚。就算常年习武,罗潭到底只是个小姑娘,当即从马车里摔了出去。

剩下的那个护卫催促道:"动作快点儿,别被人发现了!"

他们砍断了马车,其中一人二话不说,拿布堵了沈妙的嘴,又绑了她的手脚,打晕后将她往马背上一扔。那动作看得罗潭几欲喷火。这时,罗潭突然瞥见从马车里掉出来一把短刀。今日冯安宁逛够了珠宝铺子,也大发慈悲地陪罗潭逛了逛兵器铺子,那短刀就是在那里买的。她想也没想,抓起短刀就往一人面前冲。

那人是个练家子,几把将罗潭撂翻在地。

罗潭的目光突然一凝,她道:"兵家……"这人不是普通的护卫,这几个招式,分明是兵家人特有的。这两个人与军队脱不了干系!

那人听见罗潭如此说话,突然目露凶光,夺过罗潭手里的短刀,反手就是一刀。罗潭捂着腰,慢慢地倒了下去。

另一人还在催促:"别磨蹭了,快走!"

那人才扔下刀,上了另一匹马。

二人迅速消失在小巷中。

阴森森的巷子里只有七零八落的马车,罗潭趴伏在地,杏色的衣裙渐渐染上大片红色,格外悚然。

啪!啪!冯安宁甩手给了两个护卫一人一记耳光。

两个护卫跪倒下去,磕头道:"属下护主不力,请小姐责罚!"

"责罚?"冯安宁不怒反笑,"责罚了你们又有什么用?沈妙和罗潭就能回来?"

两个护卫皆不吭声。他们也试图追那马车,可马车极快,对方又似乎有备而来,走的都是小巷,到后面根本不知道人到哪儿去了。

冯安宁看着地上沾染了灰尘的簪子,闭了闭眼。今日之事是有人计划好的!有人混进了他们冯家的护卫里,为的就是劫走沈妙和罗潭。

一个是沈信的嫡亲女儿,一个是罗雪雁的亲侄女,有人竟敢在她们头上打主意,这便意味着,既然对方肯冒这么大的险,那么沈妙她们肯定凶多吉少。

冯安宁浑身颤抖起来。若是她不回去找簪子,多几个护卫或许就能阻止那些凶手。若是她不邀请沈妙，根本就不会发生今天的事！是她，都是她的错！

"怎么回事？娇娇呢？潭表妹去哪儿了？"酒楼外传来沉肃的男声。

冯安宁松开手，见沈丘大步走了进来，身后还跟着一众小兵，个个威武，酒楼的人都忍不住缩了缩头。

沈信和罗雪雁还没回府，不知道这个消息。

沈丘见此，心中顿时涌起了不祥的预感。他大步走到冯安宁面前，问："出了什么事？"

冯安宁面色涩然，艰难地开口道："我与沈妙、罗潭逛完铺子，单独回酒楼拿东西，沈妙、罗潭留在马车里……冯府护卫混进了奸细，他们劫走了马车，也劫走了沈妙和罗潭。我已经让我爹派人暗中查探，可是……"冯安宁强忍着眼泪，"对不起，都是我的错。"

屋中静静的。

片刻后，沈丘深吸了一口气，声音十足平静，吩咐莫擎："报官、封城、找人，沈家军即刻出动，拿我的令牌传令下去，全城搜捕，只要找到人，沈家重金有赏！"

重金有赏！周围人的目光动了动。

莫擎面色肃然，转身领命而去。

冯安宁道："虽然报官可以更好地封城，可这样一来，定京势必会起流言，对沈妙和罗潭的名声有损。"

沈丘道："比起命来，名声一文不值。就算她们真的名声受损，沈家养一辈子又如何？又不是养不起。"

他转身往外走，冯安宁道："今日之事都是受我牵连，改日我定会登门道歉。"

"此事和你无关。"沈丘的声音听不出喜怒，"那些人有备而来，知道她们的身份还敢动手，因此就算不是你，他们也会找别的机会下手。"

冯安宁还没说话，又听到沈丘淡淡的声音传来："不过抱歉，看见你，我难免迁怒，所以冯小姐暂时还是不登门为好。"

说完，他头也不回地大步离去，徒留冯安宁一个人呆呆地立在厅中。

外头，阿智问沈丘："少爷直接调动沈家军，不问问夫人和老爷的意见？"

"问个屁！"沈丘骂道，"那些人敢冒险，娇娇和潭表妹危险得很。竟然在我沈家头上打主意，等我抓到人，我他娘的非弄死他不可！"年轻的少将军在这一刻将浑身的匪气暴露无遗，翻身上马，道，"去京兆尹，就算把京城掘地三尺，也要把人找出来！"

沈家小姐和表小姐在京城被歹人掳走的消息，不出片刻就传遍了整个定京。这是隐瞒不了的事实，一来当时歹人掳走沈妙、罗潭时，周围有百姓看着。二来京兆尹、城守备、衙门官府、沈家军、冯家护卫全部出动，搞这么大动静，百姓要想不知道也难。

谢景行从外头回来，刚到睿王府，就见季羽书和高阳等在府中。这二人平时一般都在沣仙当铺聚头，一般来说不会同时到睿王府。

谢景行意外地看了二人一眼，问："什么事？"

高阳看了季羽书一眼。季羽书眼巴巴地盯着白虎，过了一会儿，下定决心地道："有件事情要告诉你。"

"什么事？"

谢景行今日出城了，还真不知道定京发生了何事。

"定京最近的治安不太好，有些乱。"季羽书顾左右而言他，道，"今日有小姐出去逛街，就在酒楼下，自家护卫里混了歹人，直接把马车给劫跑了。那马车里还有另外两名官家小姐，到现在都没下落。"

谢景行盯着季羽书。

季羽书被他的目光盯得胆寒，颤巍巍地道："我和高阳想提醒你，你的美貌不比那些小姐差，千万要小心。"

谢景行平静地开口道："季羽书。"

"我说！那个人你也认识，就是沈五小姐！"季羽书飞快地开口，后退一步，藏到了高阳身后。

屋中有一刻的寂静。

"人呢？"季羽书茫然地看着空荡荡的院子。

"你是不是傻？"高阳冷眼看他。

"比你聪明就行。"季羽书回道。

与此同时，正在城里各处搜寻沈妙下落的沈丘得到消息，据说已经找到了罗潭。

莫擎道："罗小姐快不行了。"

第二十章
生死营救

罗潭被人找到时，是在定京城西一条几乎废弃的巷子里。虽然人被找到了，情况却并不好。罗潭的腰部被深深地捅了一刀，送回沈府时，人已然奄奄一息了。

一连来了好几个大夫，瞧着罗潭的伤势也只是摇头，气得沈信差点儿拔刀。

罗雪雁道："拿阿信的帖子去请宫中的太医！谁治好了潭儿，沈家必然重重有赏！"

沈丘命手下拿沈信的帖子去宫中请太医了。众人围在罗潭的床榻前。

罗雪雁眼眶都红了，道："是谁干的？这般心狠手辣！"

罗潭尚且落得如此下场，沈妙到底会遭遇什么，众人想都不敢想。

沈家的人在定京城马不停蹄地搜寻，可愣是没找出一丝半点儿的线索，那些人仿佛凭空消失了。

屋中陷入了可怕的沉默。

外头发生的一切，沈妙并不知道，等她醒来时，手和脚都被绑着，不能动弹。

这是一处密室，里头有一张书桌，一只柜子，还有一张床。外头没有任何声音，沈妙什么都听不见。

沈妙用后脑勺想也猜得出来那人是谁，除了明安公主，谁还会用这么简单粗暴的手段？

不知为什么，沈妙第一时间想到的竟是若谢景行出手，应当很快能找到她。沣仙当铺在明齐做了这么多年的生意，到处都是眼睛，他焉有找不到她的道理？

沈妙心中也只希望谢景行能尽快发现她了。

她费力地将手往袖子里缩，几乎是将手腕都磨破了皮，才探到了袖中的簪子。

那是她特意做的，簪子顶端弯成了钩，千钧一发时，大约可以用这个来刺瞎对方的双眼，眼下她用来磨一磨绑着手脚的绳子也是可以的。

沈妙刚想动手，听得外头传来脚步声，于是迅速将簪子塞回袖中，靠墙紧闭双眼，装作还未清醒的模样。

门被打开，从外头走进来几人。

其中一人道："沈家动静太大了，这样下去，什么时候能把人运走？"

另一人回道："慌什么？现在人在我们手上，避过这阵子风头，再送出去也不迟。"

沈妙心中狐疑。这两个人的声音怎么听着有些耳熟？可她在装睡，不能睁开眼去看。

一人迟疑地道："她怎么还不醒？是不是之前办事的手重了？"

"二哥，都什么时候了，你还有心思关心她醒不醒？"另一人道，"你放心，就算沈妙醒不过来，公主那边也只会高兴。"

"我只是担心，"那人的声音里含了几分担忧，"要是此事被爹发现……"

"爹发现又如何？别忘了，你和我可是爹的亲生儿子！自从那小杂种死后，爹将来能倚仗的也就只有我兄弟二人。"那人道，"再说了，谢家和沈家本就不对盘。你以为，爹会为了沈家去告发自己的亲生儿子？"

谢家？谢家！

角落里的沈妙睫毛微微一颤，没想到，掳走她的人竟是谢家人，一人叫另一人二哥，看来这二人是谢长武和谢长朝！

谢长武和谢长朝所做的事一旦被揭发，整个临安侯府都要遭殃，这两个人是疯了不成？

谢长武啐了一口，道："这地方安全吗？"

"自然安全。"谢长朝得意地道，"有谁会想到，沈家小姐会藏在咱们府上？

再说知道这间密室的也不过你我二人。就算沈信真的得了陛下口谕，搜到咱们府上，我也保管让他铩羽而归。"

"那就好。"谢长武松了口气，"等外头风声一过，就速速把人送出去。"

谢长朝点头，走到沈妙身边，把两只碗放在她面前。

谢长武道："我们也先出去，省得令人怀疑。"

待外头再无声响后，沈妙缓缓地睁开了眼睛。她面前的地上摆着两只碗，一碗是清水，另一碗是馊饭。

谢长武和谢长朝的话让她慢慢地蹙起了眉。这里竟然是临安侯府的密室，那沈信要找到这里来，怕是很难了。第一，没有文惠帝的口谕命令，沈信不可能搜寻高官的府邸，除非有切实证据；第二，纵然沈信真的拿到了口谕，如谢家兄弟所说，这密室十分隐秘，谢鼎都不知道的地方，沈信又如何能找到？

沈妙看着面前的清水。

谢景行能找到吗？

另一头，沈宅里，宫中的太医终于来了。

来人白衣翩翩，手持一把折扇，若非背着医箱，就好似哪家温润如玉的王孙公子，不像是来救人，倒像是来赏花的。

正是高阳。

众人都目光炯炯地瞧着他。半响，高阳摇头叹息道："气息微弱，脉象紊乱，伤口太深，伤及肺腑，流了不少血，难。"

罗雪雁顿时道："原来又是个庸医！丘儿，再拿你爹的帖子去请大夫。"

"慢着！"高阳不悦地道，"我只是说难，又没说重症不治，你们邀我过来出诊，又去找别的大夫，是何意？"

"你果真能救潭表妹？"沈丘上前一步，问道。

"若是再耽误一会儿，在下也束手无策了。"高阳道。

"好！"沈信道，"用人不疑，疑人不用，我信你。若高太医能治好潭儿，沈家必然重金奉上！"

高阳笑了一声，道："不敢不敢，医者父母心，银子什么的便不必了。罗小姐命在旦夕，耽误不得。在下先为罗小姐施针，还请诸位在外等候。"

罗雪雁有些犹豫，沈信却已经往外走了。他走南闯北，知道医术这东西最怕外传，想来高阳是怕被人瞧了去。

很快，屋里就剩下高阳和床榻上昏迷不醒的罗潭。高阳一边将医箱打开，一边喃喃自语："这些都和我有什么关系？我倒成了出力的人。"他取出一个布包摊开来，里头是数十枚大小形状各异的金针。

高阳道："讨好沈妙便罢了，现在连家人也要一并讨好了吗？"他摇了摇头，伸手解开罗潭的衣襟，颇为无奈地道，"姑娘，得罪了，在下也不想的，若是想找人负责，便去睿王府上找戴面具的那个就是。"

一连两日过去了。

两日里，高阳施了两次针，让人给罗潭煎药喂了两碗后，罗潭的气息渐渐平稳下来，换了个大夫来看，也说至少命是保住了。

罗潭的病情是稳住了，可沈妙那头迟迟没有消息传来。那些人凭空消失了一般。沈信那边连百姓家都挨家挨户地查过了，接下来要查，也只能查到定京城的官户，可官户关系错综复杂，一不小心便会引起极大的混乱，文惠帝也不肯。

临安侯府的书房里，谢长武和谢长朝正在攀谈。

谢长武道："沈家盯得太紧了，我们根本没法子把沈妙运出去。再这样下去，明安公主责怪下来该如何？"

沈信在外头弄出这样大的阵仗，谢长武和谢长朝不敢轻举妄动，明安公主这样的急性子怎么忍耐得住？今日一早，她就派人过来警告谢长武，再不将沈妙送出去，之前的交易便都作废。

前有沈信的手下挨家挨户地盘查，后有明安公主不分青红皂白，步步紧逼，饶是谢长武再精明，也觉得头疼。

"二哥不要急，沈信盘查得厉害，咱们要先保证自己不暴露。"谢长朝道。

"我是不急，可公主那头催得厉害。"谢长武说到此处，忍不住埋怨，"也不想想，若是出了纰漏，她也逃不了！"

"行了。"谢长朝道，"公主想看的无非就是沈妙被人侮辱，虽然我们不能将沈妙送出去，却可以把人送进来。临安侯府招些粗使下人，从嬷嬷手里买人，不犯法吧？也没什么可疑的吧？"

谢长武一愣。不错啊！沈妙送不出去，为何不能将外人引回来呢？将沈妙变成禁脔，是不是也可以满足明安公主的心态？

"三弟，你……"谢长武道，"你已经想到了？"

"爹今日有个户部郎中的应酬，你我二人不能同时缺席，否则遭人怀疑。"谢长朝道，"二哥你先去，我让管事嬷嬷买几个粗使下人……事成之后，再与公主报信。"

谢长武道："我知道了，三弟你也多加小心，不要给人留下把柄。"

等谢长武走后，谢长朝从袖中摸出密室钥匙，眼中闪过一丝诡异的光芒。

沈妙在密室里待了两日。

今日，她突然听见外头有脚步声，不一会儿，门便被人推开了。

昏暗的光线下，那人对上沈妙的目光，怔了一怔，随即笑道："这几日，我每次来，你都装睡，怎么今日不装了？"

谢长朝跟谢长武肖似，只是比起谢长武，显得更浮躁一些。他看了看被沈妙用过一半的清水和米饭，颇为遗憾地开口道："不光是公主殿下，其实我也想看看千金小姐学狗吃饭是什么模样，你怎么不等等我呢？"

沈妙冷眼看着他。

似乎被沈妙的目光激怒了，谢长朝猛地捏住她的下巴，道："沈小姐还不知道吧？如今沈将军和沈夫人满定京城找你的下落，不惜重金悬赏，可惜到现在还无人认领。你说，若是我将你送出去，会不会得到赏金呢？"

沈妙不言。

"可惜我也是替人办事，自然不能轻易将你放出去。"谢长朝又是一笑，"放心，今日之后，你的日子会稍稍好过一点儿……公主殿下本来打算将你卖入下等楼里去，可惜沈将军追得太猛，咱们便只能将场子开到侯府里来了。"

沈妙的目光微沉。

谢长朝似乎极为满意沈妙这神态，凑近沈妙，以一种诡异的音调低语道："早上我吩咐管事嬷嬷去招几个看院子的大汉，要身强力壮的庄稼汉那种。你说，过了今夜，你还有力气瞪我吗？"

沈妙垂眸，袖中的手却是暗自摸到了那支带钩的簪子。这两天她也没有闲着，每天以一种匪夷所思的毅力反手用簪子磨手脚上的绳索，估摸着到了眼下，绳子都只剩一点儿相连的地方，只要轻轻一挣就能挣脱。到时候，她就用簪子刺瞎谢长朝的眼睛。

世上的路都是自己走出来的，所谓的绝路，不过是没有勇气去试一试别的路罢了。

谢长朝道："可是我不愿意将你这么个娇滴滴的小美人儿拱手让人，细皮嫩肉的官家'嫡女'，倒不如让我先享受。"

"当初那小杂种似乎对你有些不同寻常。"谢长朝笑得下流，"我同他做了十几年兄弟，最了解他不过，你和他之间不是普通关系。怎么，沈小姐是谢景行的妍头？"

谢长朝话说得如此难听，以至沈妙也显出一点儿怒意来。

谢长朝大笑道："你是他的妍头也没关系！小杂种在临安侯府压了我兄弟二人这么多年，今日我就睡了他的女人。"他邪笑道，"沈小姐应该感谢我，你的第一次给了我这样的官家少爷，比给了那些泥巴地里打滚的庄稼汉好得多！"

他猛地扳过沈妙的头，拇指在沈妙的脸上摩挲，面上泛起迷醉的神情，令人作呕。

沈妙目光平静，算计着在什么时候将簪子戳进谢长朝的眼睛，又如何刺瞎他的另一只眼睛。

谢长朝微微清醒，突然沉下脸，看向沈妙，道："你为何不怕？"

沈妙瞧着他。

谢长朝沉着脸，似乎对她无动于衷的反应十分不悦，道："你为什么不怕？你还在等谁来救你吗？"

沈妙道："你到底想干什么？"

谢长朝忽然纵身一跃，沈妙躲避不及，被他一下子扑倒在地。这下她再也顾不得别的，立刻挣开绳子。可她还未来得及拿出簪子，谢长朝就猛地撕扯起她的衣裳来，嘴里胡乱嚷道："你在等谁来救你？莫非是那个死了的谢景行吗？"

沈妙好容易才摸出簪子。谢长朝背对着她，脸埋在她的脖颈间，就要扯开她的衣衫。沈妙扬手就要对准他的后背刺下，却在余光扫到门口时蓦地停手。

"你以为谢景行会来救你吗？"谢长朝嚷嚷道，"那个小杂种已经被剥皮砍头，死得骨头渣子都不剩了！"

平静的、带着收敛的磅礴怒意在空荡荡的密室里淡淡升起。

"是吗？"

谢长朝一愣，闪电般放开沈妙，转头注视着来人。

密室墙壁上挂着牛角，牛角里放置有照明的火把。火光明亮，将昏暗的密室分成了两部分。对面的人站在暗色里，就着昏暗的火光，依稀可以看清他的相貌。

那是一个身量极高极挺拔的青年。青年外罩一件玄色锦鼠毛披风，露出里头紫金的锦袍，鹿皮青靴，暗金腰带。而他面上戴着半块银质面具，分明是极冷的色泽，却在密室里火把的照耀下跳跃出几分暖意，让人不由自主地被吸引。

谢长朝呆滞片刻，忽然叫道："睿王殿下！"

他在明齐的朝贡宴上见过此人，也在太子的东宫宴席上与此人打过照面，可大凉睿王怎么会突然出现在这个地方？忽然，谢长朝心中一沉，问道："你怎么知道这里的？"

这是临安侯府的密室，连谢鼎对此都一无所知。整个临安侯府，只有谢长武和谢长朝二人知道，而谢长武肯定是不会说出去的。

"说啊！你为什么知道这里有密室？"谢长朝心中忽然涌出一种强烈的不安，这是本能的畏怯。

"临安侯府，没有我不知道的地方。"

紫袍青年慢悠悠地踱步上前，从暗处走到了光明底下。他勾了勾唇，笑容也不知是嘲讽还是真心，慢慢地伸手拂向脸上的面具。

沈妙微微一怔。

谢长朝咽了咽口水，眼睛一眨不眨地盯着面前的紫衣青年。

银质面具被拿下了，灯火一寸一寸爬上青年近乎完美的脸庞，那似笑非笑的顽劣表情一如既往，而一双桃花眼经过岁月的沉淀，早已敛下少年时的轻佻，生出几分淡漠，几分深沉，如同行驶在暗夜星河上的小舟，低头去望，依旧满眼明亮。

这是比两年前更英俊、更沉稳、更深不可测也更危险的谢景行。是在战场上被人万箭穿心、剥皮风干，早已在明齐历史上成为唏嘘一叹的谢景行。

谢长朝不敢相信自己的眼睛。他大叫道："谢景行！谢景行！"

"难为你还记得我的名字。"谢景行含笑上前，只是笑意并未到达眼底。

"你不是死了吗？"谢长朝惶急地开口道，"你不是在北疆战场上被万箭穿心、剥皮风干示众，早就死得尸骨无存了吗？你是人是鬼？别过来！"他说得又快又急，仿佛这样就能掩饰自己心中的恐惧。

谢景行道："你说我是人还是鬼？"

谢长朝一愣。

青年衣饰金贵，姿态优雅入骨。如果说两年前的谢景行是一把看上去十分华丽的宝刀，那么如今这把宝刀终于出鞘，带着收敛的杀意，却让所有人都忽视不了。

谢长朝的目光落在谢景行手中的银面具上，心中一动。难怪他和谢长武总觉得大凉睿王十分肖似一个人，却总是想不起来。如今想来，睿王就是谢景行无疑。只是没有人会把睿王同一个死了两年的人联系起来，因为大家都不知此人早已偷梁换柱！

思及此，谢长朝冷笑道："原来如此。原来你没有死，却跑去投奔大凉。你假死叛国，不配做谢家的子孙！父亲知道此事，一定以你为辱。大哥，小弟可真佩服你啊！"

沈妙退到角落里，闻言有些诧异，没想到谢长朝竟会以为谢景行做了明齐的贼子，投奔了大凉，却也不想想，大凉就算如何厚待有才之士，一个永乐帝胞弟的身份，却也不是随随便便许给别人的。

果然，谢景行轻笑一声，目光渐冷，道："不要拿你肮脏的血统与我混为一谈。想做我的兄弟？谢长朝，你还不够资格。"

谢长朝不屑地笑道："莫非你以为得了个睿王的身份，就真的是大凉永乐帝的胞弟了？谢景行，你什么时候也学会做白日梦了。"

谢景行不置可否。

谢长朝见状，面色慢慢地变了，道："你……你真的是大凉的睿王？"

"所以呢？"谢景行盯着他，"我有没有告诉过你，别碰我的东西？"

谢长朝怔住。谢景行永远占着临安侯府最好的东西，吃的穿的玩的。有一次，从海上送来的一块虎皮被谢鼎给了谢景行，谢长朝和谢长武年纪小，偷偷去了谢景行屋子玩了一下午。后来，谢景行回来了，看了一眼被谢长朝兄弟爬过的毛皮，轻描淡写地让管家拿去烧了。

他说："别碰我的东西，脏。"

所以，谢长朝听到谢景行的话，立刻就笑了，看了一眼角落里的沈妙，恶意道："谢景行，那又如何？我碰了你的女人，你也要像从前一样，把她烧了吗？我刚摸过她，你嫌不嫌脏？"

沈妙目光沉沉，谢长朝的确是有一开口就让人想杀了他的本事。

"她和虎皮不一样。"谢景行微微一笑，"当年的虎皮在我眼里一文不值，所以烧就烧了。现在……"他目光冷厉，说出的话温和却带着凛冽的寒意，"还是烧了你吧。"

谢长朝不屑地一笑，笑着笑着，突然笑不出来了。他坐在地上，往后退了一步，强忍着内心的恐惧，道："你想干什么？"

"谢长朝，这么多年你还是没有长进。"谢景行似乎对他的反应有些失望，叹道,"你看了我的脸,你以为我会让你活下去吗?"

沈妙觉得有几分好笑。

谢长朝眼中流露出深深的恐惧,道:"你不敢。我是父亲的儿子,这里是临安侯府,你杀了我,别人总会查到你的头上,你也不会好过!"

"放心吧。"谢景行微笑道,"今日临安侯和谢长武赴宴,夜里才回,无人会发现你的踪影。看在你叫了我那么多年大哥的分上,我也会照拂你,不会留你一个人在黄泉路上。谢长武会下来陪你,感激的话就不必说了。"

谢长朝似乎终于相信谢景行是来真的了,站起身就要往外头跑。可他两年前都不是留了余地的谢景行的对手,如今又怎么可能在谢景行手下脱身?他尚且未看清楚,就被人从后面踢中膝盖,电光石火间喉咙就被卡住了。

沈妙正看着,却忽然面前一黑,有什么东西笼在了她面前,伸出手来,却是谢景行的披风。

谢景行用披风把她兜头罩了进去,道:"别看。"

他这头语气温和,另一头却是毫不留情地捏着谢长朝的喉咙慢慢收紧,能听到骨头发出的脆响。

随着咚的一声,沈妙拨开罩在头上的披风,谢景行已经用帕子擦拭着手,地上谢长朝仰面躺倒,大睁着眼睛,显然是没气了。

沈妙还是第一次见他杀人,见他神情平静,并未有一丝异样,不由得在心里喟叹。她把披风递给谢景行。谢景行见状,扫了她一眼,别过头去,道:"你自己留着吧。"

沈妙顺着他的目光一看,发现刚才挣扎的时候,衣襟都被谢长朝撕坏了,连里衣都能瞧见。她一愣,心中将谢长朝骂了一顿,重新将谢景行的披风罩在身上。

谢景行的披风于她来说太大,扣子扣不上,沈妙弄了半天也不好。

谢景行转过头,恰好见沈妙还在弄披风的扣子,便走过来在沈妙面前蹲下,从披风的领口里抽出带子,替沈妙系好。

他的手骨节分明又修长,系带子的动作灵巧又温柔。沈妙抬眼瞧他,他专心致志地打着结,却从头至尾冷着一张脸,好似心情不佳,不晓得是谁惹到了他。

打完结实的蝴蝶结后,谢景行还未站起身,沈妙道:"其实你不用杀了他的。"

虽然她不晓得谢景行留在明齐究竟是为了什么,可这样做肯定会给他招来不必要的麻烦。

"他看了我的脸,不能留活口。"谢景行道。

沈妙在心里翻了个白眼,根本没人要看谢景行的脸,是他自己主动把面具拿下来的。

"日后少出门。"谢景行道,"我来得再晚点儿,今日你就出事了。"他说这话的时候,微微蹙眉,和着冷脸,倒有几分谆谆教诲的模样。

沈妙一时无言,想了一会儿,道:"我爹娘、大哥他们现在怎么样?"

"沈家军全都出动了,在定京挨家挨户地找过几回,都无功而返,没人猜到你被藏在临安侯府。"他顿了顿,又道,"罗潭伤得很重,一直昏迷不醒。高阳已经去沈宅救人了,听说眼下情况不错。"

"罗潭受伤了?"沈妙一愣。

"中了刀伤。"谢景行侧头瞧了沈妙一眼,"你不知道?"

沈妙摇了摇头,道:"当时我被打昏带上马,后来出了什么事都不知道。"她沉默了一会儿,突然想起了什么,看向谢景行,"罗潭受伤不醒,那你是怎么找到这里来的?"

谢景行有些莫名地道:"什么意思?"

沈妙心中一动。罗潭昏迷不醒,自然不可能见到谢景行,也不可能同他说自己的托付。那么,谢景行眼下过来救人……是他自己的主意?

一瞬间,沈妙的心情有些复杂。

倒是谢景行,目光微微一闪,勾唇道:"听你的意思,是让罗潭找我了?向我求救?"

沈妙知晓瞒也瞒不过去,就道:"只是觉得你有这个本事,况且身份也便利得多。"她强调道,"我让罗潭来找你,说好了是一桩交易,待你救我出来,我自然也会付出相应的酬劳。"

"酬劳?"谢景行满不在乎地道,"沈家为找你许以重金,不过我不在乎,大凉国库多的是,你能付出什么?"

沈妙咬牙道:"只要不以身相许,自然都是可以的。"

谢景行挑眉看她,叹道:"原来你是这样想的!莫非你在提醒我,你想嫁给我的事实?女子当婉约含蓄,你这样不好。"

沈妙唯有冷笑以对。

"算了。"谢景行道,"救人于我只是小事一桩,我也不为难你。酬劳简单,"他盯着沈妙,似笑非笑地道,"写诗弹琴,做糕点做针线,暂时就这几样吧。"

沈妙说:"换一个。"

"本王就要这个。"谢景行拒绝,将沈妙拉起来。

"眼下不能送你回沈宅,你失踪了三日,外面流言漫天,此刻回去难免被人猜疑。"谢景行道,"我安排人送你去公主府,容姨会帮你。"

沈妙怔住,看向谢景行,问道:"荣信公主也知道你的身份?"

谢景行摇头。

沈妙沉默了。谢景行看着地上谢长朝的尸体,眼中闪过一丝厌恶,忽然道:"不过今日我为了救你,出手杀人,难免惹麻烦。此事因你而起,从今往后,我们就是一根绳上的蚂蚱了,你是我的盟友,明白了吗?"

"我好像并没有同意。"

"我同意就够了。"谢景行欣然打了个响指,从外头走进两名黑衣人。

"搬回去。"谢景行用脚碰了碰谢长朝的尸体。

沈妙诧异地道:"你要他的尸体做什么?"

谢景行挑眉,道:"有大用。"

自从两年前谢景行战死沙场的消息传来后,荣信公主就大病一场,后来落下了病根,连皇家宴会都极少出席,连有人拜访也是一律不见。

今日公主府上来了一位客人。

沈妙坐在正厅里,丫鬟们过来给她上茶点,到底能感觉到一些打量她的目光。沈妙坦然接受了。若是有人认出她,自然奇怪她眼下为什么会出现在公主府。

可是没办法,她现在独自回府,阻挡不了流言的传播,得找一个位高权重说话又有信服力的人为她证明。上次的花灯节,荣信公主替她证明了一次,这一次还得要荣信公主帮忙才行。

片刻后,身后传来脚步声,沈妙回头一看,被女官搀扶着的荣信公主缓缓地走来。沈妙不由得一惊。

来人穿着秋色薄罗长袍,外罩斗篷,面上掩不住衰老憔悴。两年前,沈妙见荣信公主,荣信公主还是颇有精神的妇人。如今荣信公主却像一夜之间被抽走了灵魂,让人看着有几分心酸。看来谢景行的死对荣信公主打击极大,令她两年就憔悴成了这个样子。

她起身向荣信公主行礼。

荣信公主见着她,露出一点儿怀念的神情来,嘴角也带了些笑意,道:"两年未见着你,当初沈将军走得急,本宫来不及让人给你送辞行礼。你回京的时候，本宫又着了风寒，朝贡宴也未去，所以一直没有机会跟你见上一面。"

荣信公主在桌前坐下来，示意沈妙也坐。

沈妙微微颔首，道："是该由臣女前来拜访的。"

"之前我就知道你长得好看。"荣信公主笑着看她，"眼下见你越发出众。若本宫那外甥还在世……"她眸中闪过一丝痛色，却是说不下去了。

沈妙也不知道说什么好。

倒是荣信公主自个儿笑起来，道："本宫总说这些让人不高兴的话，让你跟本宫一块儿难过，真是本宫的不是。"

荣信公主那般强硬的人也会对人致歉，沈妙心中诧异，更多的却是同情。

荣信公主笑道："你的事本宫都听说了，放心吧，两年前本宫帮你，这一次本宫自然也会帮你。"

沈妙只说自己是被歹人掳走，因为离临安侯府较近，所以被谢景行原先的贴身暗卫给救了。因着谢景行的暗卫曾见过沈妙，这才施以援手。但她就这么贸然回沈家，只会引起流言，还得请荣信公主出面。

只要搬出谢景行，荣信公主总会变得格外宽容。加之他从前的暗卫真的有谢景行赐的令牌，荣信公主见了后，便也不再怀疑。

"臣女多谢公主殿下。"沈妙道，"每次都来麻烦公主殿下，实在惭愧。"

"你这算什么麻烦。"荣信公主苦笑道，"原先景行在的时候，但凡犯了错，总喜欢往公主府钻。哪一次惹的麻烦不是比天大，也没见他有一丝愧然。原本想着，本宫就当是做善事，等本宫老了，就换本宫给他找麻烦，谁知道……"荣信公主笑得难看，"如今我倒想他再给本宫找找麻烦，却再也等不到了。"

罗潭在夜里醒了一回。

说来也巧，沈信一行人在定京城里四处搜寻沈妙的下落，罗凌在府里看着罗潭和高阳，突然接到手下线报，说是瞧见有可疑的人在城西活动。罗凌便将罗潭托付给高阳，自己带着手下往城西赶去。

屋里只剩下罗潭和高阳二人。

罗潭醒来时，屋里只有两个丫鬟在照料她。丫鬟见她醒了，惊喜不已，道："表小姐可算是醒了！"

罗潭觉得身子发沉，撩开被子一看，见中衣下处有一道白色的布条缠着。

白露宽慰道："表小姐大难不死，必有后福。当日伤口深得很，夫人连请了好些个大夫都没法子，还是宫中那位高太医医术高明。不仅如此，高太医还留了个方子，只要表小姐按方敷药，日后疤痕很轻，几乎看不到。"

罗潭揉了揉额心，问道："我晕了几日？"

"回表小姐，您晕了快三日了。"霜降道。

"三日？"罗潭吓了一跳，突然想起了什么，着急地问道，"小表妹呢？小表妹找到没有？"

白露和霜降神情黯然，摇了摇头。

一颗心渐渐沉了下去，罗潭道："姑姑和姑父现在怎样？"

"外头现在封了城，老爷和夫人整日在外奔走，搜寻姑娘的下落，可都没什么消息。"霜降道，"眼下也不知道姑娘到底如何了。"

罗潭握紧拳头，心中焦急不已。她记得亲眼看着两个歹人将沈妙打晕带上马车，然后……罗潭心里一动，忽然想起沈妙在马车上与她说过的话来。

"记住，若是你成功逃出去后，想法子给睿王府上递信，就说有事交易，价钱后议。"

她站起身来就想往外走。白露和霜降吓了一跳，忙过来扶住她，道："表小姐这是想做什么？奴婢们来就是了。表小姐的身子还未好，莫让伤口重新裂开了。"

罗潭站起身便觉得一阵乏力，腿脚软绵绵的，却道："我有些事情要去办，你们别管我了。"

彼时，她突然听得外头传来一道陌生的男声："你要去哪儿？"

罗潭抬起头，只见自屋外走进一名年轻男子。男子一身白衣，生得挺好看，手里端着一碗药，随手放在小几上，又问了一遍："你要去哪儿？"

罗潭皱眉，问道："他是谁？"

霜降连忙道："这位是宫里的高太医，就是他将表小姐治好的。如今他就住在咱们沈宅里，方便给表小姐施针换药。"

若放在平日里，遇着这么个俊俏公子，罗潭大约也会好声好气的，可如今她心里揣着沈妙，遇着个天仙也没心思欣赏，便道："高大夫，我有要事在身。"

高阳被噎了一下，听过有人叫他高大人、高太医，却没听过叫他高大夫，这让他恍然觉得自己仿佛是某个市井中的坐馆大夫。这对挑剔又自爱的高阳来说，简直就是不能忍受的事。

他又看了罗潭一眼，少女的肤色不似京城中女子白皙娇柔，带着健康的小麦色。她站在那里，如一株生机勃勃的植物，有种爽利之感。

高阳自认怜香惜玉，可沈妙那种心机可怕的母老虎，他不喜欢，罗潭这样粗鲁好强的，他也不喜欢。他当即便道："沈将军和沈夫人邀我治好姑娘，在下治好了姑娘，姑娘却四处奔走导致旧病复发，医治不力的帽子在下受不起，还请姑娘不要随意走动。"

罗潭按捺着性子同他解释道："我出去有要事，回头一定亲自告诉小姑姑和姑父，此事和你无关，可以了吗？"

"不可以。"高阳道，"在下身为'太医'，要对自己的病人负责。"他重重地强调"太医"两个字，希望罗潭能明白，自己和那些市井中的坐馆大夫不一样。

罗潭气急败坏地道："你一个治病大夫，凭什么管我？"

"第一，在下是太医。第二，罗凌兄临走将姑娘托付给在下，姑娘真有要事在身，在下可以为姑娘跑上一趟，姑娘但说无妨。"

罗潭咬了咬唇，沈妙当时对她说，睿王一事万万不可告诉别人。

她狠狠地瞪了高阳一眼。

"如果姑娘改变了主意，就先喝药吧。喝了药，姑娘的身子就能早些好起来，到那时，姑娘自然就能去办要事了。"高阳微笑着道。

罗潭让白露拿来药碗，一口气咕咚咚咚将药喝了个精光，又将药碗砰的一声放下，对高阳道："这下行了吧？"

"在下佩服。"高阳冲罗潭拱了拱手。

罗潭道："我要休息了，麻烦高大夫能早些离开。白露、霜降，你们也退下，有人在屋里我睡不着，吵得慌。"

高阳笑意盈盈地同两个丫鬟一道出去了。

待所有人走后，罗潭站起身，跑到窗口往外看。白露和霜降在另一头洒扫院子。罗潭飞快地从屋里翻出外裳和披风，三两下穿好，想了想，又将桌上的几瓶外敷药全部笼在袖中，从屋里搬出板凳放在窗前，开始翻窗。

从前在小春城，犯了错被关禁闭，罗潭和罗千两姐弟就经常溜门撬锁，该干啥干啥。

只是她腰部的伤口还未痊愈，轻轻一动就扯得生疼。罗潭此刻也顾不上，一手按着伤口，成功地翻窗出去，又轻车熟路地找到院子里的角落，拨开墙边的杂草，现出一个狗洞，她立刻毫无负担地钻了进去。

罗潭做这一切无比轻松，没瞧见远远地站着的白色人影，正瞠目结舌看着她这一番动作。高阳简直不敢相信自己的眼睛。

就算罗家是将门世家，就算小春城民风彪悍，就算……罗潭好歹也是个官家小姐。翻窗钻狗洞，也难为她想得出来。高阳以为明齐里出了个沈妙就算奇葩了，没想到沈妙的表姐也不遑多让。果然不是一家人不进一家门！他摇了摇头，还是跟了上去。

罗潭快疯了。她出门时怕惊动别人，不能乘坐沈宅的马车，结果出来后又不好再找别的马车，这样一来只得自己走过去。虽然睿王府离沈宅并不远，可眼下对她来说，这路未免也太长了。

然而罗潭没有放弃。

高阳远远地看着，本是轻摇折扇，看热闹一般，最后扇子却也摇不动了。

罗潭每走两步，就要停下来扶着墙休息一会儿。她的伤口很容易裂开，牵扯到伤口就会很疼。不过令人诧异的是，即使这样，罗潭都没有停。每一次高阳以为罗潭停了许久不准备再往前走的时候，罗潭又会继续。这令高阳十分好奇，想瞧瞧她不顾安危愣是爬也要爬出去，究竟是想干什么。

短短的一段路似乎格外漫长，罗潭无比怀念自己从前蹦蹦跳跳的时候。当"睿王府"三个字映入眼帘的时候，她双腿一软，差点儿跪了下去。而她到底没跪下，身后有一双手将她扶了起来。

罗潭转头一看，那位白衣翩翩、纸扇轻摇的"高大夫"正扶着她站起身来。

"你跟踪我？"罗潭甩开他的手，怒道。

"哦。"高阳爽快地承认了，"你千辛万苦就是为了来睿王府？你找睿王做什么？"高阳大约猜到了罗潭的来意。罗潭和谢景行之间的联系只剩下沈妙了，她为了沈妙来找谢景行，多半也是为了得知沈妙的下落。

"你认识睿王吗？"高阳问她。

"我怎么可能认识睿王？！"罗潭斩钉截铁地反驳，"睿王殿下金尊玉贵，我只是普通臣子家的女儿，怎么可能认识他？！"

"那你为何要来找他？"高阳不依不饶地道。

罗潭结结巴巴地道："因为……因为……"她瞥了下高阳的脸，灵机一动，大声道，"我听闻睿王殿下是个绝世难寻的美男子，所以想来一睹他的绝世芳容！"

她书念得不好，成语说得乱七八糟，"绝世芳容"这词也说了出来。

高阳闻言，笑出声来。

"你笑什么？"

"你不顾身子未好，拖着病体，千辛万苦也要来这里，就是为了一睹芳容？"高阳问道。

罗潭振振有词地道："你懂什么？世上好看的人难寻，若是有，看一眼也是珍贵的。"

高阳摇了摇头，道："那在下也极好看，姑娘为什么不看在下，偏偏要来这里？"

罗潭道："高大夫，人贵有自知之明。我不与你说了，我要去见睿王殿下。"说着，她便上了台阶，走到睿王府门前，天真地道："麻烦两位通报一声，我有要事见睿王殿下。"

高阳紧随其后，冲那两名护卫使了个眼色。护卫自然识得高阳，便也没说什么，将大门打开。

一人道："我带二位进去等候。"

罗潭看着高阳，道："你来干什么？"

高阳道："我也想一睹芳容。姑娘要是不让我进去，在下只好回沈宅，沈夫人和沈将军回头问起来……"

"等等！"罗潭狠狠地瞪了他一眼，"你跟我进来吧。"

两名护卫面面相觑，俱是有些摸不着头脑。原以为高公子带了位姑娘来睿王府，眼下瞧着怎么像是……那位姑娘来睿王府，带着高公子？

高阳和罗潭在正厅等了片刻，半炷香的时间后，戴着面具的睿王出现了。

罗潭心中焦急，看了一眼自在喝茶的高阳，对睿王道："请睿王殿下借一步说话。"

睿王点了点头。罗潭心中暗喜，想着这位睿王倒不似传言中那么不易近身。

待进了一旁的隔室，罗潭二话不说就跪下身来，道："求睿王殿下救救我的小表妹！"她将沈妙教她的话讲了一遍，"虽然眼下臣女拿不出什么东西，可若是找到小表妹，沈家一定会对睿王尽心报答！求睿王殿下救命！"

她在地上磕了个头。她磕得爽快，没瞧见这动作似乎让那人吓了一跳。

"我知道了。"睿王道。

罗潭觉得有些古怪，但又说不出哪里古怪，只道："睿王殿下是答应救出臣女的小表妹了吗？"

睿王轻轻地点了点头。

"多谢睿王殿下！"罗潭欣喜地给他磕了个头，就要站起来。谁知她刚起身，就觉得眼前一黑，猛地栽倒下去，竟是昏厥了。

睿王吓了一跳，下意识伸手去捞，唤道："来人！高阳！"

高阳从外头进来，先是惊了惊，然后快步上前抓住罗潭的胳膊替她把脉。片刻后，他放下手，叹道："身子太虚弱了。给她熬碗参汤灌下去，等她醒来，我送她回沈宅。"

从外头进来两个婢子，将晕过去的罗潭扶到床上躺下。

高阳和睿王走到屋外。睿王啐了一声，猛地掀开脸上的银面具，道："憋死我了！你干吗让我装三哥？"

这人竟不是谢景行，而是季羽书。

"不知道他什么时候回来，总不能让罗潭在睿王府待到天黑，到时候沈家人找上门，说都说不清楚。你就装一装应付一下，回头让她早点儿走不就行了？"高阳道。

季羽书摆了摆手，道："再来几次我可受不了。长这么大还是第一次有人给我跪下磕头，这样会不会折我的阳寿啊？还好没出什么破绽，否则三哥回头要是知道我坏了他的模样，非得揍我不可。"

"不过她为什么叫你高大夫？"季羽书狐疑地道，"你现在已经不在宫里，改做坐馆大夫了吗？"

高阳："……"

罗潭这一晕，醒来的时候已经是傍晚。她醒来时，高阳正好端药过来。

罗潭喝完药，一抹嘴巴，看了看窗外渐渐暗下来的天空，道："我得回去了，睿王殿下在哪儿？我去跟他道个谢。"

高阳斜眼看她，道："不必了，睿王已经出门了。你要跟他道谢，可能得明日以后。"

罗潭先是一愣，随即又喜不自胜，想着睿王这么快就出门，定是去救沈妙了。

高阳莫名其妙地看着突然高兴起来的罗潭，道："既然如此，就整理离开吧。"

"好。"罗潭高高兴兴地从榻上爬起来穿鞋，忽然想到什么，"你也跟我一起回去？"

"自然如此。"高阳道，"若非将军和夫人强烈挽留，在下也不想久留。宫里还有许多贵人娘娘等着在下医治。"高阳强调道。

罗潭有些同情地看着他，道："高大夫实在是太辛苦了，若是如此，还是赶紧先回宫里吧。若是耽误了差事，扣了你的银子就不好了。"

高阳："……"他想了想，咬牙道，"不必了，在下已经同太医院告过假。"

罗潭咦了一声，转头却翻了个白眼，藏匿了自己鄙夷的眼神。

一个大男人，长得倒是挺俊俏的，偏偏没事就去跟踪黄花闺女，还色眯眯地想要看定王殿下的"芳容"，医术再好也无医德，无耻！有病！

二人回到沈府，沈信一行人也都回来了。见他二人回来，众人皆松了口气。

沈丘问道："潭表妹、高太医，你们这是去哪儿了？"

罗潭面色一僵，支支吾吾地道："我……我就是……"

"是在下带她出去的。"高阳拱手道，"罗姑娘的身子还未好，她整日闷在屋里，心情郁郁，反倒不利于伤情恢复，在下带她去外头走了走，会让伤口恢复得快一些。"

罗雪雁闻言，面上的怀疑之色才消了下去，对高阳道："高太医一片好心，可若是下次再这样，还是与下人们说一声才是。潭儿身边一个婢子都没带，我们还以为她出事了呢！"

高阳赧然道："是在下思虑不周，向夫人赔个不是。"

"算了算了。"罗雪雁摆了摆手。

罗潭心中松了口气，看向高阳的目光虽然还是不甚热络，到底比方才好了些。她想着回头得多给高阳诊金，之前的事情便不计较了。她问道："怎么没见着凌表哥？"

"你们没在一处？"沈信皱眉，问道。

罗潭摇了摇头。

"那就奇怪了。"罗雪雁也道，"今日出门前，我让凌儿看着你，回来不见你们的踪影，还以为你们一同出去的，方才出门的只有你和高太医吗？"

罗潭点头。

"表弟是不是出去买东西了？"沈丘问道，"就算是出去寻人，眼下天色晚了，他也该回来了。"

"莫非是找到了？"罗潭心中一动，"会不会是凌哥哥找到了小表妹，所以回来晚了？"

沈丘和罗雪雁一愣，随即面露欣喜，道："若是这样就好了。"

就在这时，外头突然传来慌乱的声音："不好了，不好了！"

众人一看，来人却是罗凌的手下。他满身鲜红，道："不好了，凌少爷出事了！"